# Poetized Psychology
# 诗创作心理学

谭阳刚 ◎ 著

中国社会科学出版社

## 图书在版编目（CIP）数据

诗创作心理学/谭阳刚著.—北京：中国社会科学出版社，2017.7
ISBN 978-7-5203-0315-6

Ⅰ.①诗⋯ Ⅱ.①谭⋯ Ⅲ.①诗歌创作—文艺心理学—研究
Ⅳ.①I052

中国版本图书馆 CIP 数据核字（2017）第 099943 号

| 出 版 人 | 赵剑英 |
| --- | --- |
| 责任编辑 | 郭晓鸿 |
| 特约编辑 | 席建海 |
| 责任校对 | 张依婧 |
| 责任印制 | 戴 宽 |

| 出　　版 | 中国社会科学出版社 |
| --- | --- |
| 社　　址 | 北京鼓楼西大街甲 158 号 |
| 邮　　编 | 100720 |
| 网　　址 | http://www.csspw.cn |
| 发 行 部 | 010-84083685 |
| 门 市 部 | 010-84029450 |
| 经　　销 | 新华书店及其他书店 |

| 印　　刷 | 北京明恒达印务有限公司 |
| --- | --- |
| 装　　订 | 廊坊市广阳区广增装订厂 |
| 版　　次 | 2017 年 7 月第 1 版 |
| 印　　次 | 2017 年 7 月第 1 次印刷 |

| 开　　本 | 710×1000　1/16 |
| --- | --- |
| 印　　张 | 27.5 |
| 插　　页 | 2 |
| 字　　数 | 358 千字 |
| 定　　价 | 118.00 元 |

凡购买中国社会科学出版社图书，如有质量问题请与本社营销中心联系调换
电话：010-84083683
**版权所有　侵权必究**

# 黑箱大脑奇

## （序）

　　先从"黑匣子"说起。"黑匣子"是飞机机载的专用电子记录装置，学名为航空飞行记录器，不论是军用飞机还是民用飞机上均有安装。"黑匣子"最初是一位澳大利亚工程师在 1958 年发明的。"黑匣子"包含驾驶舱话音记录器与飞行数据记录器两部分。"黑匣子"能够在整个飞行过程中客观地全程记录飞行数据和舱内话音及声响。其中，飞行数据记录器能将飞机系统工作状况和发动机工作参数等飞行参数都记录下来。飞行数据记录器是由步进马达带动 8 条磁道的记录器，磁带全长约 140 米，可记录 25 个小时的 60 多种数据。其中有 16 种是必录数据，主要是加速度、姿态、空速、时间、推力及各操作面的位置。话音记录器实际上就是一个无线电通话记录器，可以记录飞机上的各种通话和声响。该仪器上的 4 条音轨分别记录飞行员与地面指挥机构的通话，正、副驾驶员之间的对话，机长、空中服务员对乘客的讲话以及驾驶舱内的各种声音。通常将"黑匣子"安装在机尾位置内，是因为对许多起飞行事故的统计，发现飞机的机尾部相对位置较高，飞机坠毁后通常不易完全损毁，安装在机尾内的一些机载仪器设备也不易损坏，由于飞机失事后有的遭遇严重撞击，有的遭遇火灾，有的遭遇海水浸泡，有的遭遇化学溶液的侵蚀，还有的遭遇强雷击，因此，对飞机"黑匣子"的设计与制造有一系列耐压、防火、密封、抗震、抗磁干扰的技术要求。这样，即便失事飞机已完全损坏，"黑匣子"里的记录数据也能保存完好。由于平时人们是无法也是没有必要打开它的，所以它只是处于"暗箱"状态，里面的奥秘也是无从窥见的，故称其为"黑匣子"。①

现在，除飞机上安装有"黑匣子"之外，在其他如汽车、轮船上也安装了"黑匣子"之类的装置。"黑匣子"的主要用途是通过实时、完整地记录飞行数据和话音，用于科研、事故分析和机务维护。它提供的信息可供设计人员进行飞机性能的比对、系统分析和研究，以利于飞机的改进和完善；它可向飞行事故调查人员提供证据，帮助他们了解事故的真相，分析事故发生的原因；它可供机务人员针对飞机故障进行适时维修，以确保飞行安全。由此可见，此"黑匣子"并不神秘。

现在我们通常把"黑匣子"形象地比喻为不可随意打开的神秘箱子——"黑箱"，也就是指那些既不能打开，又不能从外部直接观察其内部状态的系统。现在发展成了一种"黑箱理论"，"黑箱理论"认为："主体和客体之间的反馈耦合，对于我们人类具有特殊意义。对这种反馈耦合系统的研究形成了控制论的认识论，任何一种方法论都有其对应的认识论，与控制论的独特方法相对应的则是一种独特的认识论，这就是黑箱理论。"② 这种不可随意打开来解读和研究的黑箱就如我们的大脑一样，只能通过信息的输入输出来确定其结构和参数。

从进化的角度来看，人脑是世界上最复杂的一种物质，在长达上亿年的发展进程中，从单细胞动物到有神经系统，到脊椎动物的复杂神经系统，再到高度复杂的人脑，直到今天我们的大脑。我们学过生物学都知道，大脑是由100亿以上的神经细胞和1000亿以上的神经胶质细胞组成，每个神经细胞又可能与其他神经细胞存在1万个以上的联系，最

---

① 参见逸平《解码飞机"黑匣子"》，《交通与运输》2014年第5期。
② 金亚坪：《黑箱理论及其应用》，《电力技术》1985年第11期。

终形成了盘根错节的复杂神经网络。人的大脑如此复杂，这也注定了人是世间的主宰，万物的灵长。正如莎士比亚在《哈姆雷特》中说："人是一件多么了不起的杰作！多么高贵的理性！多么伟大的力量！多么优美的仪表！多么文雅的举动！在行动上多么像一个天使！在智慧上多么像一个天神！宇宙的精华！万物的灵长！"[①] 为什么人之所以成为"宇宙的精华，万物的灵长"，就因为人在整个生物进化过程中，在从非生命物质、植物、低等动物、高等动物直至人类的发展过程中，逐步形成了高级心理，即能摆脱生物本能的束缚，最终摆脱了受直接欲望的驱使而成为万物的灵长。从莎士比亚如此富有诗性的对人进行的描绘中可以看出，人是多么的伟大和复杂，而人脑又堪称是世界上最复杂的物质。

人脑是世界上最复杂的一种物质，它是人类各种心理活动最重要的物质本体，神经系统的机能，特别是脑的机能即是心理。哲学以内，世间各个学科都在研究纷繁复杂的各种现象，无论是自然现象抑或社会现象，凡所涉及的各式各样的现象中，当数人的心理现象最为复杂。研究人的心理现象的科学就是心理学。由此我们可以得出，心理学是一门多么复杂而又玄妙的一门学科。在一百多年前，德国心理学家 A. D. 雷蒙提出了"七个宇宙之谜"，包括第一，物质和力的本质；第二，运动的来源；第三，生命的起源；第四，自然界的合目的的安排；第五，简单感觉与意识的起源；第六，理性思维与语言的起源；第七，意志自由的问题。其中简单感觉与意识的起源、理性思维与语言的起源及意志自由的问题都是心理学中研究的对象，所以，心理学在科学大家族中显得尤为重要和关键。

邹琪也提到"人类大脑的十个未解之谜"，它们分别是：第一，信息如何为神经元活动编码？第二，记忆如何存储与恢复？第三，大脑中

---

① 《莎士比亚悲剧集》，刘彬译，内蒙古人民出版社2006年版，第94页。

的基准活动表示什么？第四，大脑如何模拟未来？第五，何为情感？第六，何谓智能？第七，时间在大脑中如何表示？第八，大脑为何睡觉和做梦？第九，大脑特定系统如何彼此合作？第十，何为意识？①② 人脑是宇宙中最为复杂的物体，大脑中的神经元就像银河系的星星一样多。尽管对大脑研究的思维科学近年来取得了若干进展，我们仍然发现自己还在黑暗中摸索，这一点也不值得惊讶，但至少我们已经抓住了心理科学中的关键问题，并开始着手研究它们。心理现象历来被称之为"黑箱"，它虽然看不见、摸不着，不像一个实体那样，具备一个实体的特征，如颜色、重量、长短、体积、密度等特征，通过借鉴"黑箱理论"的方法，我们可以间接地研究我们的心理现象，根据外显行为来间接地推测内在心理，从而揭示人的心理现象的规律性。我们的目标是让我们的心理大白于天下，让"心理黑箱"变成"心理白箱"，但这个过程是"路漫漫其修远兮，吾将上下而求索"的过程，不是一两个人就能完成的事情，也不是一两代人就能完成的事情，更不是一两个国家就能完成的事情，它需要相关领域的全世界的专家、学者共同努力。现在我们的"心理黑箱"也变成"心理灰箱"，这是值得庆幸的大事，说明我们的努力有了结果。在面对如此难题时，我们要持"前途是光明的，道路是曲折"的信念，无论最终的结果怎样，历史将是最后的裁判。

诗创作心理学既然是心理学的一个分支学科，它所面临的任务也是同样艰难的，更何况它的研究对象是诗人心理，诗人的创作过程心理。在奥林匹斯山上的缪斯家族的九位文艺女神当中，属诗的缪斯最为活泼、最为动人、最具魅力，甚或最刁钻古怪。它凭着想象之翼，乘着情感之风，来无影，去无踪，如醉如痴，在无尽的思维时空中尽情地邀游，如此美妙的精灵，它会带着我们体会大千世界、人生百态，体验世

---

① 邹琪：《大脑的10个未解之谜》（上），《世界科学》2007年第10期。
② 邹琪：《大脑的10个未解之谜》（下），《世界科学》2007年第10期。

间的真善美，它的魅力无限，人们为之折服，那么我们不禁要问：我们能把握住它吗？

更有甚者，古希腊三哲之一的柏拉图（约公元前427—前347年），在其名作《伊安篇》中谈到，诗人创作的诗篇根本不是诗人自己创作的，而是神灵，是神灵借诗人之名代传，也就是说，诗人是神灵的代言人，其中说道："有一种神力在驱遣你，像欧里庇得斯所说的磁石，就是一般人所谓的'赫拉克勒斯石'。磁石不仅能吸引铁环本身，而且把吸引力传给那些铁环，使它们像磁石一样，能吸引其他铁环。有时你看到许多个铁环互相吸引着，挂成一条长锁链，这些全从一块磁石得到悬在一起的力量。诗神就像这块磁石，她首先给人灵感，得到这灵感的人们又把它递传给旁人，让旁人接上他们，悬成一条锁链。凡是高明的诗人，无论在史诗或抒情诗方面，都不是凭技艺来作成他们的优美的诗歌，而是因为他们得到灵感，有神力凭附着。科里班特巫师们在舞蹈时，心理都受一种迷狂支配，抒情诗人们在作诗时也是如此。他们一旦受到音乐和韵节力量的支配，就感到酒神的狂欢，由于这种灵感的影响，他们正如酒神的女信徒们受酒神凭附，可以从河水中汲取乳蜜，这是他们在神志清醒时所不能做的事。抒情诗人的心灵也正像这样，他们自己也说他们像酿蜜，飞到诗神的园里，从流蜜的泉源吸取精英，来酿成他们的诗歌。他们这番话是不错的，因为诗人是一种轻飘的长着羽翼的神明的东西，不得到灵感，不失去平常理智而陷入迷狂，就没有能力创造，就不能作诗或代神说话。"[①] 这就使得原本纷繁迷奇的诗创作心理变得更加离奇，还有其他的各种观点，如此等等，不一而足。

诗创作心理学就如心理学最初所面临的那样，"黑箱"尽管保护严密，人们还是能够打开进行必要的分析研究。我们研究诗人的诗创作心

---

① 《朱光潜全集》第12卷，安徽教育出版社1991年版，第8—9页。

理学，在这个黑暗的世界里摸索，其间难度比心理学所面临的难度还要大，因为相对于一般心理学来说，它不仅是特殊的学科研究对象，更为难的是它面临诗人这个特殊的人群，这个"诗创作心理黑箱"是绝不能轻易打开的，也绝不是让人随心所欲进行解剖的，其间难度千万，这是诗创作心理学研究很少有人问津和难有重大突破的关键原因所在。

诗乃文学之祖，是文学上的最耀眼的星座。作为文学的灵魂，它渗透到了文学的各个领域，不知吸引了多少人为之疯狂、迷恋，而且它自身也在不断变换形态，它的触角也在不断延伸，不断触摸着现代人的心灵。读者每每读到一首名篇佳作，便会无限欣喜，进而想试探诗人的创作过程是如何进行的，这也就是我们今天所讲的"八卦""好奇""内幕"等。诗读者可能对这首诗本身不感兴趣，但他就是对诗创作过程的"八卦"感兴趣，这是无可厚非的，也是人类的天生本能使然：好奇心和求知欲。

其实诗人对这个话题是最有发言权的，也是最容易说清道明的，因为诗作就是他本人创作出来的。为啥在诗人的作品里没有详列的专著来论述诗创作心理过程呢？其实诗人创作出一首诗，这首诗是一个成品，摸得见看得着的东西。这个实实在在的东西是诗人从物理世界转化为心理世界再转化为诗的世界的一个东西，也就是它从一个实在物，经过了几重转化，又变为了另一个实在物，在这个转化的过程中，改变了当初的形质，已是面目全非了。而且诗人当初的创作目的就是写出佳作，根本无暇顾及诗创作心理过程，导致即使想清楚当时的心理过程，但无奈时过境迁，物是人非，只好事后靠已完成的诗作来推测，来建构罢了。如中国文学史上的第一位田园诗人陶渊明《饮酒（其五）》中所道："此中有真意，欲辩已忘言。"正如晚唐诗人李商隐的《锦瑟》中的诗句那样："此情可待成追忆？只是当时已惘然。"

刘勰在《文心雕龙·沉思篇》中所说："若情数诡杂，体变迁贸，拙词或孕于巧义，庸事或萌于新意。视布于麻，虽云未归，枢轴献功，焕然乃珍。至于师表纤旨，文外曲致，言所不追，笔固知止。至精而后阐其妙，至变而后通其数，伊挚不能言鼎，轮扁不能语斤，其微矣乎！"① 就是说，作品的思想感情异常复杂，风格体式也各式各样。拙劣的文辞中也会蕴含着巧妙的道理，平常的事物中也会创作出新颖别致的诗篇。这就像麻与布的关系一样，麻虽然没有布那样高贵，但只要经过织布工人加工，就会焕然一新成就一番变化，变得弥足珍贵了。至于那些经思考所不能达到的玄微之义，是用文辞也难表达明白的，所以就谈不下去了。要想深刻地阐明其玄妙的思维，就得有高超的文笔；要想精通其写作构思，也就必须得有理解我们大脑的运行规律。商朝的宰相伊尹不能详细阐述烹饪的奥秘，春秋时齐国有名的造车工匠轮扁善用刀斧砍木制造车轮，他也很难说明使用斧头的技巧，这的确是很微妙的。

这就会不禁问道："诗创作心理过程有没有规律可言？"中国当代作家，诗人路遥（1949—1992）曾在《早晨从中午开始》一文中谈道："处于创作状态的心理机制是极其复杂的，外人很难猜度。有些奇迹是一些奇特的原因造成的。"② 新中国成立之初，毛泽东曾对苏联汉学家尼·费德林说："现在连我自己也搞不明白，当一个人处于极度考验，身心交瘁之时，当他不知道自己还能活几个小时甚至几分钟的时候，居然还有诗兴来表达这一种严峻的现实。恐怕谁也无法解释这种现象……当时处在生死存亡的关头，我倒写了几首歪诗，尽管写得不好，却是一片真诚的。现在条件好了，反倒一行也写不出来。"还说："现在改写文件体了，什么决议啦，宣言啦，声明啦……只有政治口号，没有诗意

---

① 古敏主编：《中国传统文化选编〈文心雕龙〉》，北京燕山出版社 2001 年版，第 84 页。
② 《路遥中篇小说·随笔卷》，陕西人民出版社 1993 年版，第 273 页。

啰。"① 如此伟大的诗人在论及诗创作心理过程时都持"恐怕谁也无法解释这种现象……"这种观点，那我们又如何来研究诗创作心理学呢？

我们的答案是：坚持不懈、博采众长、大胆创新。

所谓的坚持不懈是指坚持以马克思主义为指导，以心理学理论、观点、方法及心理规律为基准，以诗人为经线（横向研究），以诗创作心理过程为纬线（纵向追踪研究），深挖下去，相信诗创作心理的奥秘之泉终将会涌出，这就如德国著名哲学家、诗人尼采（1844—1900）的那首名诗《不灰心》：

在你立足处深挖下去，

就会有泉水涌出！

别管蒙昧者们叫嚷：

"下面永远是——地狱！"②

也如当代诗人汪国真（1956—2015）的那首《学会等待》：

不要因为一次的失败就打不起精神，

每个成功的人背后都有苦衷。

你看即便像太阳那样辉煌，

有时也被浮云遮住了光明。

你的才华不会永远被埋没，

除非你自己想把前途葬送。

你要学会等待和安排自己，

成功其实不需要太多酒精。

---

① ［苏］尼·费德林：《毛泽东谈文学：〈诗经〉、屈原……》，《光明日报》1996年2月11日。

② 《尼采文集》，楚国南等译，改革出版社1995年版，第678页。

要当英雄不妨先当狗熊,

怕只怕对什么都无动于衷。

河上没有桥还可以等待结冰,

走过漫长的黑夜便是黎明。

诚哉斯言,相信此番劳作定会开出美丽的花朵,愿与有志于诗创作心理学研究之士共勉之。

所谓的博采众长,就是古今中外,凡涉及诗创作心理学的,我们都予以采用,取其精华,去其糟粕,不仅包括西方的诗创作心理学,还包括本土的诗创作心理学(本书以此为主),不仅包括古代的诗创作心理学,而且还包括近现代诗创作心理学、当代的诗创作心理学。也许是这门学科前人没有专门论述,没有系统的专著问世,所以在探索过程中难免会掉入资料的旁征博引,行文的不经济,有些地方的论述还颇显繁复,尾大不掉,可能是作者想表达得更为生动形象而考虑的吧,也有可能是不忍删繁就简而导致的,毕竟自己的作品正如自己所孕育的孩子那样。但有些地方依然很空洞,缺乏大量文献的阅读,力不从心。这个旁征博引、博采众长的过程真是令人痛并快乐着,这正如作者在2010年9月7日所作的一首《五律·咏史》:

人猿分袂始,乃有性灵分。

原始石头造,奴隶铜铁生。

封建忠魂铸,社会外族侵。

一部史书览,青丝变老翁。

"一部史书览,青丝变老翁",对此深有体会,但由于太广太博,可能有时会将原本应该是"完型"的东西给人为割裂了,不能将"点""线"恰如其分地放在同一个平"面"上,有些地方甚至重复引用等,但这也是从多角度分析而导致的弊病罢了。

所谓大胆创新，就是根据科学发展观最鲜明的精神实质："解放思想、实事求是、与时俱进、求真务实"思想而进行的。在旁征博引、博采众长的基础上，放开步子，大胆前进，开拓思维，大胆探索，努力写出一部富有创见性的诗创作心理学。虽然我们称之为诗创作心理学，而且比较全面系统地来探讨此中的诗创作心理现象，又加之内容多，多少带有教科书的韵味，这还是第一本专著，盖非因为我们做了什么了不起的工作，实则只是一种尝试，一种探险，一种心灵的探险，去触摸诗的缪斯的精灵，其间身心都感到了一种微妙的震颤，体会到了那种无法替代的美感享受，这可能就是"先吃螃蟹的人"所得到的回报吧！

未说完的话，未尽的事宜太多，我们就以作者在 2015 年 10 月 9 日所作的一首诗《五言律绝·学习近红外成像原理有感》来表达：

  黑箱大脑奇，科技迄今知。
  勿要藏颜色，应须显本之。

一切神秘的面纱在如今的科技面前，都显得苍白无力，一切的做作在科技面前都会现出原形。我们完全有理由相信，在科技面前，在滚滚向前的时代巨流面前，我们的"诗创作心理黑箱"会从"诗创作心理灰箱"变为"诗创作心理白箱"，一切的谜团终将不再离奇。

2016 年 1 月 1 日于西北师范大学农马斋

# 目 录

**第一章 引论** …………………………………………………………… 1

第一节　诗创作心理学研究的缘起 ………………………………… 2

第二节　诗创作心理学的特点 ……………………………………… 20

第三节　诗创作心理学研究原则及方法论 ………………………… 25

第四节　诗创作心理学的任务 ……………………………………… 59

第五节　诗创作心理学的意义及价值 ……………………………… 61

第六节　范例（迟来的花——魔高一尺，道高一丈）…………… 70

附文　时空隧道之思维阶段论 ……………………………………… 91

**第二章 诗创作心理定向阶段论** ……………………………………… 112

第一节　潜意识 ……………………………………………………… 116

第二节　意识 ………………………………………………………… 124

第三节　梦与诗创作 ………………………………………………… 128

第四节　注意 ·················································· 144
　　附文　时空隧道之诗人同白昼梦的关系 ························· 149

第三章　诗创作心理准备阶段论 ········································ 159
　　第一节　诗创作心理冲动的引发 ··································· 161
　　第二节　诗创作记忆心理 ········································· 165
　　第三节　即景会心 ··············································· 206
　　附文　时空隧道之文学家的想象 ································· 236

第四章　诗创作心理的酝酿阶段论 ····································· 256
　　第一节　诗创作心理酝酿阶段的两个过程 ··················· 259
　　第二节　诗创作心理的酝酿阶段的思维探索 ··············· 264
　　第三节　心源为炉 ··············································· 311
　　附文　时空隧道之有关《乌鸦》的创作哲学 ··············· 316

第五章　诗创作心理豁朗阶段论 ········································ 329
　　第一节　诗创作心理豁朗阶段概说 ························· 329
　　第二节　基于黑猩猩的顿悟实验 ··································· 351
　　第三节　灵魂出窍 ··············································· 353
　　附文　时空隧道之分析心理学与诗的艺术 ··············· 355

第六章　诗创作心理验证阶段论 ········································ 375
　　第一节　诗创作心理验证阶段概说 ························· 375
　　第二节　诗的语言 ··············································· 378

第三节　言语产生的过程 …………………………………… 394

第四节　意在言外 …………………………………………… 406

附文　时空隧道之诗的无限 ………………………………… 409

## 云深不知处（跋） …………………………………………… 415

# 第一章　引论

　　心理学在当今的社会中所发挥的作用可谓越来越明显，而且心理学在当今的学科大家族中可说得上是如日中天，具有神奇的魔法，魅力无限。它像天上之月，其他学科则像浩瀚繁星，大有众星拱月之势，必定要与之攀上点关系，不与之沾亲带故，似有不妥之感。好像哪一门学科不带上心理学，就会被认为不完整似的。无论自然科学，抑或人文社会科学都是如此。这可能与心理学本身是一门中间学科有关，亦可以说心理学是自然科学中的人文社会科学，或人文社会科学中的自然科学，但整体而言，它是一门科学学科。首先要明确的一点是，当今心理学绝非玄学，切勿将其与街头巷尾的算命、风水、看相相提并论。我国心理学家车文博教授在《心理学原理》一书中提到："美国科学家把科学分为七大类，即物理化学科学、数学科学、环境科学、技术科学、生命科学、社会经济学和心理学。"[1]

　　心理学是一门关于人性的学科，它是在诸多人性学科中，如哲学、宗教学、社会学、文学、史学、法学和艺术学、美学、教育学中是处于基础性地位的学科，它是对这些学科的一个汇总，也为这些学科提供了理论基础。从中可以看出，它在理论方面是具有坚实基础的，在实践中

---

[1] 车文博主编：《心理学原理》，黑龙江人民出版社1986年版，第53页。

它也具有不可替代性,我们都知道,社会发展的根本动力是由社会基本矛盾决定的。社会基本矛盾的内容是生产力和生产关系、经济基础和上层建筑的矛盾,其中社会基本矛盾运动中最基本的动力因素,是人类社会发展和进步的决定力量。心理学的发展不取决于主观愿望,而取决于对社会实践所起的作用。社会实践的一个显著标志是生产力的发展水平,而生产力的三要素中当数劳动者(人)是其最活跃、起主导作用的因素。林方在《心灵的困惑与自救:心理学的价值的理论》一书中提道:"据原苏联哲学家凯德洛夫(Kedlof,1903—1985)的研究,近代科学发展的早期,力学是第一个带头学科,领先200年。以后是化学、物理学和生物学一组学科,领先一个世纪。再往后是微观物理学,领先50年。到当代是控制论、原子论和航天学,领先25年。预计到下一步将是以分子生物学为中心的一组新学科的大发展。进入21世纪,生命科学的领先地位又将由以心理学为中心的一组学科所取代。"[①] 种种迹象表明,21世纪是属于"心理学的世界"。

## 第一节 诗创作心理学研究的缘起

"诗创作心理学"这门学科之前没有专门提及过,也没有这方面的专著,一般只是在《文艺心理学》这门学科中涉及的零星的片段。我国第一本"文艺心理学"专著当数朱光潜的《文艺心理学》,开了国内研究文艺心理学的先河,但它却非心理学专著,而是完全站在文学与艺术学、美学立场上来建构,心理学色彩极淡。朱自清在欧洲旅途中给这本书作过序,在《序》中说:"这是一部介绍西洋美学的书……他这书虽

---

① 林方:《心灵的困惑与自救:心理学的价值的理论》,辽宁人民出版社1989年版,第311—312页。

然并不忽略重要的哲人的学说,可是以'美感经验'开宗明义,逐步解释种种关联的心理的,以及相伴的生理的作用,自是科学的态度。在这个领域内介绍这个态度的,中国似乎还是先例。"①

朱光潜在这本书的《作者自白》中也说:"这是一部研究文艺理论的书籍。我对于它的名称,曾费一番踌躇。它可以叫作《美学》,因为它所讨论的问题通常都属于美学范围。美学是从哲学分支出来的,以往的美学家大半心中先存有一种哲学系统,以它为根据,演绎出一些美学原理来。本书所采用的是另一种方法。它丢开一切哲学的成见,把文艺的创造和欣赏当作心理的事实去研究,从事实中归纳得一些可适用于文艺批评的原理。它的对象是文艺的创造和欣赏,它的观点大致是心理学的,所以我不用《美学》的名目,把它叫作《文艺心理学》。这两个名称在现代都有人用过,分别也并不很大,我们可以说,'文艺心理学'是从心理学观点研究出来的'美学'。"② 一般对朱光潜的《文艺心理学》这本书的介绍都是:"它是一本著名美学家朱光潜先生美学研究方面的代表作,也是我国现代较早较系统的美学专著之一。全书以生动活泼、深入浅出的方式,将外国现代美学理论与中国古代美学思想相结合,论述了美感经验、文艺与道德等诸多问题,同时对西方一些主要美学流派进行了介绍。"这种美学观点已从目录中显出:③

序(朱自清)

作者自白

第一章 美感经验的分析(一):形象的直觉

第二章 美感经验的分析(二):心理的距离

---

① 朱光潜:《谈美·文艺心理学》,中华书局2012年版,第107页。
② 同上书,第110页。
③ 同上书,第2—3页。

第三章　美感经验的分析（三）：物我同一

第四章　美感经验的分析（四）：美感与生理

第五章　关于美感经验的几种误解

第六章　美感与联想

第七章　文艺与道德（一）：历史的回溯

第八章　文艺与道德（二）：理论的建设

第九章　自然美与自然丑——自然主义与理想主义的错误

第十章　什么叫作美

第十一章　克罗齐派美学的批评——传达与价值问题

第十二章　艺术的起源与游戏

第十三章　艺术的创造（一）：想象与灵感

第十四章　艺术的创造（二）：天才与人力

第十五章　刚性美与柔性美

第十六章　悲剧的喜感

第十七章　笑与喜剧

附录一　近代实验美学

附录二　简要参考书目

再版附记

附录　论直觉与表现答难——给梁宗岱先生

编校后记

本卷人名及书名索引

为什么想着研究"诗创作心理学"？怎样研究？研究对象是什么？谁来研究？什么场合研究？什么时间来研究？这就是所谓的最基本的"5H+1W"思维方式提问。要回答这"5+1"的问题，这还得追忆到七年前，也就是2009年9月1日的作文课上，语文老师教我们如何作文说起。

请让我们来看一下当时的场景：在一个阳光明媚的早晨，教室里一片宁静，全班的同学都以一种期待的目光在静候一位备受大家敬爱的语文老师。突然脚步破了这迟来的爱，我们班的班长刘同学精力高度集中，随时都保持着一种战斗状态，一有老师的身影，就立刻起立，老师好！这也难怪，这毕竟是班长的神圣职责嘛。但这一次出现了意外，随着班长的起立，全班也叫了声"老师好"！但由于太过于热爱这门课，以至于没有注意进门的是谁？随着这突如其来的老师好！把刚进来的一个不知道是谁的同学给吓了一大跳，惊吓之余条件反射般欲退出教室，搞得全班一片哗然，这位同学低声说："周老师在开一个小会，叫我通知你们自己总结一下上次课所讲的内容，写一篇感言，散文随笔、诗歌……不限，字数也不限。"然后又随手在授课桌上取了一支红色的粉笔，在黑板上工整地写了一遍，尴尬地笑了一下跑出了教室……

此时我们的心情如临大赦，前排跑到后排，后排跑到最后排，把所有烦恼都抛开。让新鲜空气过来，跟所有不愉快大声说拜拜。男的、女的，都不要再等待，自由自由，现在就要自由摇摆（摆龙门阵）。

树欲静而风不止，子想学却师不在。人在江湖，身不由己。莘莘学子身心俱疲，还得学龙门摆呀！说的就是这种情况。由于不知可敬的周老师何时到来，大伙决定选出一位最具潜质的站岗兵——放哨。怎么能叫选呢？每次不管怎么选，去的永远都是我们班上的侯爱晓，虽然上了一所不错的大学，这都是后来的事了……

光阴似箭，日月如梭，激情的力量不可挡。在龙门阵的世界里，竟将我们的世界拖得太快，50分钟有如白驹过隙，还未来得及准备，时间都去哪儿了。随着刺耳的铃声一响，我们像怯怯的小白鼠，听到了英勇的黑猫警长的叫声。

因为我有天生的负罪感，就是说该做什么的时候没有做，下一刻负罪感大增。其他同学有没有我是不知道！我叹道："周老师下一节课一定会来，势必会叫同学们一一起来念我们写的作业，而且还会做专业的点评，与其到时出洋相，不如此刻勤练功。"

我回到座位上，拿出本子，搜索枯肠，想把老师上次课给我们讲了作文的方法，如主题的提炼、题材的选择、结构的安排、语言的凝练、文章的修改。什么生活、思想、技巧，或义理、考据、辞章的三者简单相加，如此等等，一一记下。总之老师是系统而又详尽地给我们进行了解析，还探讨了一些写作文的规律：深入作者的心灵深处，读作者的传记，先将作者摆平，再学他的文章……作文是一种创造性的劳动，如何要通过分析、综合、比较、对比、抽象、概括等思维过程，将外界的信息转化为内心的信息，利用感觉、知觉、记忆、语言等心理过程，注意、意识等心理……不是要将这些要素进行简单相加，而是要利用格式塔心理学原理，将其有机集合起来。太复杂了，不管是这个人、这个事、这个物，总之，面对如此复杂之物，要写如此复杂的文章，终于此刻爆发出了一声悲天悯人的惊叹："还让人活不活了！"

由于当时的我们还年少，很轻狂，处于"恰同学少年，风华正茂，书生意气，挥斥方遒"的阶段，总想着你讲这么多没用，实际一点，整点有用的，将材料拿给我们，我们背下来不就完了吗？现在细想想，当时还真是不知天高地厚，仗着自己有点记忆力，就敢如此放肆。可能当时的我们的确很强悍，简单、粗暴觉得比什么都强！简直不知道什么叫策略、智慧、方法……而且当时我们还有一条至理："有入就有出，有花就有果。积少成多，水满自溢。"可能这也是"老师的点点滴滴的影响，天道酬勤吧。"

经过了如此一番思想挣扎，看时间还有五分钟，动笔吧！以什么方式来写呢？散文随笔还是诗歌？题目是"上作文课有感"，散文重在铺排，诗歌重在缘情，又加之受到"感"的影响，"有感而发，脱口而出"的那种，那就用诗的方式赶快地写一首吧，要上课了。

于是就写了下面的这首《五律·上作文课有感》：

世代风骚客，哪堪不历艰。
良辰时处有，诗作亦生娴。
下里巴人易，阳春白雪难。
唯存驱虎力，高曲亦轻拈。

以上可能叙述得太过烦琐，但将时光拉到七年前，太过久远，难免怀一下旧。在这几年的时光里，可谓几经挫折，千回百转，人生漫长路，还得细细体味。这些年一直在写作这条路上，一路走来……其间甘苦不言自明，恰有如履薄冰之感！

为什么要研究"诗创作心理学"，这还得益于第一次研究生开组会。当时还写了一首诗《七律·开第一次组会有感》：

生平首次都觉异，值此期得见傅翁。
佐我新人添赋料，任人旧典诵骚风。
贤师长老歌新作，后辈新生语袋穷。
一首撩人心曲话，十年胜我看书功。

当时我们的导师王晓丽老师让我们各自谈一下想法，各自想研究的课题方向。来得太突然了，我压根儿不知道，也没想过这方面的问题，不知如何是好？导师就问我你对什么感兴趣，我就说对中国古文化感兴趣，特别是对诗歌感兴趣，惊人的一幕出现了："那你可以研究一下诗歌与心理学的结合嘛！因为心理学是一个包容性很强的学科，它可以与任何学科挂钩，每个人做自己感兴趣的事，那才会走得长远，我不硬逼你们做研究，更不限制你们的课题方向。"可能是言者无意，听者有心吧！在接下来而岁月里，我在这上面切磋，琢磨，想研究什么呢？"诗学心理学"怎么样？深思熟虑后，一门心思地钻了进去，查找资料，问询师长，图书馆、网络上、在街上、在桥下、在田野中独自进行着那无人问津的研究，最后有惊人的发现，居然没有这门学科，此时不是"惊恐"有没有，而是"迟疑"怎么来研究，没有模板，没有前车之鉴……突然有一种如履薄冰、如临深渊之感，失望、落寞随之而来……

在此人生十字路口，我的人生导师说道："在一片处女地上，只要你肯耕耘，总会有收获的。"还有鲁迅先生的一句名言："世上本没有路，走的人多了，便成了路。"此刻好像黑暗的世界里又燃起了一抹光，虽然只是一抹光，但保不定将来会烧成大火，星星之火，可以燎原。这只是当时的遐想。从此我就确立了研究生生涯的信条：只想一路去，管他几路来。既然无所有，何怕失东西。在反复查阅前人资料的过程中，无意间看到了湖北人民出版社出版的由鲁枢元、童庆炳教授等主编的《文艺心理学大辞典》，里面有一个由畅广元教授写的词条"诗歌心理学"：

> 诗歌心理学是研究诗歌的心理学诸因素的一门学科。有两个分支：诗歌创作心理与诗歌品鉴心理。诗歌创作心理：研究诗人对生活进行诗话的心理活动，它包括：诗意感知；诗境建构；诗美传达。诗歌创作心理的基本研究内容包括诗人艺术发现的心理因素；诗人审美选择的心理机制；诗人的情感表象与诗境建设；诗的情感基调与诗境的构成；诗的外在结构与诗人诗美传达的欲求；诗语言与诗人的情感后动方式；诗人的审美心理结构；诗人的艺术心理特

征；诗人的艺术气质；诗人的艺术人格；诗人的心理能与无意识在诗创作过程中的凝聚与宣泄。

我国诗歌心理学的研究，大致走过了这样一段历程，一开始，论者多喜欢以心理学原理或学说作为自己直接操纵的方法，即依据原理或学说的基本观点，对诗创作和品鉴的心理活动进行归纳。这种方法虽能较快地把两个学科沟通起来，但却强化了诗歌心理学的实证性，似乎它的存在价值只能证明某个心理学的原理或学说的正确性，完全成为一个心理学的实用性分支，把诗歌心理学普通心理学化，而削弱了它的审美特性。之后，论者逐渐丢弃了外在的心理学拐杖，在熟悉心理学原理或学说的基础上，学术视点与思路主要集中在诗歌创作和品鉴的心理活动特征上，不再是从研究对象本身出发，这种方法的好处是对对象学科性研究的选择较为准确。一些课题的研究也因此而深入。但从整体上看，这种重视本学科特殊性的研究，是以对对象的科学分析为其突出特色的，它缺乏应有的综合，在一个时期内，尚提不出属于本学科的理论框架、概念和范畴，因而研究整体水平的提高仍然受到较大的影响。

方法论上的不足，已为不少学者所注意，现在潜在研究诗歌心理学的学者，大都意识到综合方法的重要性。由于文艺心理学主要是以人文心理学而不是科学心理学作为学科的知识基础，所以体悟和理解较之实证显得更为重要。作为文艺心理学一支的诗歌心理学的研究，在方法论上应该把综合原则与对对象的比较逼近的实际体悟与理解融合起来，这样有助于提出具有较高科学性的理论与假说。[1]

但经此线索去追寻《诗歌心理学》这本专著，大失所望，根本没有

---

[1] 参见鲁枢元、童庆炳等主编《文艺心理学大辞典》，湖北人民出版社2001年版，第93页。

这本书。后来又去查找畅广元的相关著作，唯有一本《诗创作心理学——司空图〈诗品〉臆解》，这本书只是对晚唐诗人、诗论家司空图（837—908）《诗品》的一种解说，主要是站在文学评论的立场上的，心理学的影子几近不见。

后来研读了许多文献，自己也做了一些分析，认为诗学与心理学在很大程度上有一部分是重叠的，即这两门学科在研究对象方面具有交集，其实这样说大家是不会感到有太大的疑问的：诗学有一部分是心理学。在前面提到，诗既属于文学范畴，也属于艺术范畴，更属于美学范畴。在文学范畴方面的部分，反映在消遣方面，有个十分普遍的看法：文学能向人们提供一条通向灵魂深处的通道，或曰，它能够为人们提供一条探究人类思维、情感和行为的根本原因的通道。作家描写人的经历和行为是如此勾魂摄魄，使得文学形象经常打上读者的"幼稚心理学"的印记。这个"幼稚心理学"是弗里茨·海德尔（Fritz Heider）提出来的，它指的是，读者经常用某种认识的模式去解释自己的经历和行为，解释与自己交往密切的伙伴行为和经历，并对这些行为和经历进行归类。读者在阅读艺术性强的文学作品时和在阅读消遣的文学作品时，都有这种"幼稚心理学"的特点。通过这种阅读方式获得的"心理学"知识，一般在日常生活之外的情操修养方面起作用；而很少能解决日常生活中的问题。

到了21世纪，用这种阅读方式获得的"心理学"知识在人们理智地思考自己的为人处世和自己与周围世界的关系以及一些社会问题时起作用。虽然一部作品同读者的交往是不通姓名的，是不涉及个人的，但对读者来说，阅读一部文艺作品是"很切身"的事情。从现实上看，当读者设身处地去体会一部文学作品时，那么这部文学作品就不是对不熟悉的读者起作用，而是直接与某一个读者对话，这个读者就因此被这部作品所打动。如果在文学领域中，具体地研究心理学所提出的一些设想，那么，就可以在那些心理学的设想中看到一个人的行为、经历的本质，并对此有一个全面的看法。这种全面的看法包括了人的行为动机、个性发展、个性结构、艺术性交往过程等问题。如果要解释"为什么一个文学形象总以特定的方式表现自己"，"怎样客观地描述一个文学形象"，"一个文学形象能表现哪些人的行为、经历的一般性问题"，等等，那么，我们要做的实际上是心理学上的工作。在上述这些问题中，有些只是肤浅地涉及个性心理学的一些问题，而另一些问题则比较深入地触及业已证明的心理学知识。越是把后一类问题同现有的关于人行为的知识联系起来，越是把已掌握的人行为的规律性应用到解释文学形象的实践中去，那么，这当中的研究就越是成为心理学的课题。人们在认识方面的另一个类似的兴趣——利用文学作品中的关于人行为的知识去解释心理学方面的问题，这促成了狭义文学心理学的研究。精神分析法认为，作家在自己的作品中展示了许多人的心理，尤其展示了决定人心理的基本因素，如无意识这个深层结构。而自然科学还未涉足于这一点。因此，文学是心理学研究的一个宝贵的认识源泉。[①]

在艺术美学范畴内，如果要找出现代美学各家各派分成两大派的分水岭，那么，这个分水岭就是心理学。现代美学的两个方面——心理学美学、非心理学美学——囊括了这门科学的几乎一切动向。德国唯心主义哲学家、心理学家费希纳（1801—1887）十分贴切地区分了这两大派别，他把一派叫作"自上而下的美学"，把另一派叫作"自下而上的美学"。显而易见，这里说的不仅是一门科学的两个方面，甚至还是两门有其专门对象和专门研究方法的独立学科的形成。在一些人看来，美学任务主要是思辨的科学，但另一些人，如德国心理学家，符茨堡学派的

---

[①] 参见［德］拉尔夫·朗格纳编著《文学心理学——理论·方法·成果》，周建明译，黄河文艺出版社1990年版，第1—2页。

创始人之一O·寇尔帕（1862—1915），却倾向于认为，"现实美学正处于过渡阶段……康德以后的唯心主义的思辨方法几乎完全被抛弃了。经验的研究……则正处于心理学的影响之下……我们认为，美学乃是关于什么关系（Verhalten），亦是一种使人整个为之占据和渗透的、以审美印象为其出发点和集中点的普遍状态的学说……美学应当被看作审美享受和艺术创作的心理学"。①

通过上述分析，我们看到了诗学与心理学有交汇的一面，最主要的一点我想应该是，心理学是一门方法学科，它为诗学提供了一个研究方法、途径。也正如在前面所提到的那样，心理学在诸多人性学科中处于基础地位，它是对其他人性学科的汇总，也为其他人性学科提供理论基础。这两门学科的交互作用可通过作者在2015年研究"诗学心理学"的过程中写的诗《七律·撰写〈诗学心理学〉有感》表现出来：

> 人性科学发浩声，诗学心理一家亲。
> 女儿眉下一新月，男子胸中万丈虹。
> 智士字间书万卷，愚人口吐万千能。
> 古今人性皆不变，唯有真神道旁通。

话到此处，我们学院的好多导师及朋友都不太理解我的用心，而且还大发打击、蔑视之言，同时我也将我自己的本心一一道出：

> 作为一个古典文学爱好者，深深为作为一个炎黄子孙而感到无比骄傲、自豪。中国文化博大精深，潜移默化地影响着我们每一个华夏儿女。在五千多年的文化发展进程中所留下的都堪称精华。大

---

① [俄]维果茨基：《艺术心理学》，周新译，百花文艺出版社2010年版，第5—6页。

家都知道，诗乃文学之祖，艺术之根。诗是文学上的一顶桂冠，一颗璀璨的明珠，一朵绽放在文学上的最美的花朵。中国古代诗歌的历史源远流长，亦可这么说，中国就是一个诗的国度。

可能有人会质问我，你一个研究心理学的人为什么要写诗词，而且还如此醉心于诗词研究呢？这可能是基于我对一些美好事物的追求与执着有关。正如我在上文提到的诗乃文学之祖，是文学上最美丽的花朵；而心理学呢？恩格斯在《自然辩证法》中说："思维着的精神是地球上的最美的花朵。"这个比喻是非常生动形象的，因为花朵是植物，是生物，是有生命的，它象征着人世间的美好的东西。花朵是植物的精华，同时思维着的精神是一个人的智慧的精华，花朵与人一样，都会经历一个从孕育、产生、发展、成熟、衰老至死亡又到下一个更高阶段的循环往复的过程。在花之精华与人之精华这一具有共同属性的特点上来说，恩格斯的比喻是非常贴切的，而且也是很符合辩证法思想的。

在我们的心理学研究中，他的研究对象是心理现象，而心理现象又是世界上最复杂、最奇妙的一种现象，心理现象包括很多内容，其中的思维着的精神即是他的研究对象之一。所以，我们也可以这样说："心理现象是地球上最美丽的花朵。"这"两朵最美丽的花"能否加以结合呢，结合后又会产生什么呢？这正是我正在做的事情，就是在这两门学科之间搭建一个平台，构建《诗学心理学》这门全新领域的学科。所以我的回答是非常掷地有声的："这是值得研究的，而且是值得我付诸一生的终身事业。"

经过查阅资料，我们发现诗学心理学这门学科前人尚未建立此系统的学科。它的研究对象包括诗人心理学、诗创作心理学、诗文本心理学、诗鉴赏心理学或诗读者心理学以及诗人、诗文本和诗读者之交互作用心理学。我们根据研究对象，对其所下定义为：诗学心理学是一门研究诗人及其创作过程和诗读者接受过程的情景中以及它们在交互作用下的基本心理特点及其规律的科学，它是心理学与诗学的一个交叉学科，它属于心理学的一个分支。"诗学心理学"的目录为：

第一篇　诗学心理学绪论

第二篇　诗学心理学理论背景

第三篇　诗人心理学

第四篇　诗创作心理学

第五篇　诗文本心理学

第六篇　诗鉴赏（诗读者）心理学

第七篇　诗人、诗文本和诗读者之交互作用心理学

第八篇　诗学心理学之应用：如诗歌疗法心理学……

我们在这里是专谈"诗创作心理学"，由"诗学心理学"的对象我们可以看出，诗创作心理学是最为复杂的，它的研究对象即诗创作心理现象异常复杂，很难或根本不存在指导创作者在作品中的心理表现规律，那么显然就不能从作品上溯到创作者的心理，这似乎是说诗创作心理是极为不寻常的，存在极大的个性。但唯有分析诗文本，似乎只有文本才是唯一客观真实的，只有我们分析了诗文本的因素的结构，我们才能设想出反应的结构。维果茨基曾举了一个例子说道："譬如我们研究某一个文学作品片段的韵律结构，我们接触的始终不是心理事实，然而，由于我们所分析的这一语言韵律的结构是旨在以多种多样的方式引起相应的功能反应的，所以通过这一分析，根据完全客观的材料，我们就能设想出审美反应的某些特点。"[1] 其实根据客观诗文本来推测诗读

---

[1] ［俄］维果茨基：《艺术心理学》，周新译，百花文艺出版社2010年版，第28页。

者的审美反应，它也存在主观因素。其实我们已有过类似的经验，当我们在欣赏某一诗歌作品时，并不是完全接受诗歌作品，而是以诗歌作品作为一个外界刺激的材料，然后将我们的个人经验、个性特征等贯注其中，以我们自己的方式来解读这部诗歌作品。其实当我们这样做的时候，此时的诗歌作品也不再完全属于诗人个人了，它也属于读者的一部分，就是说这部诗歌作品也带上了读者的个性、情感等因素。

这其实就是我们所谓的"第二次创作"问题。所以在这里，在"诗学心理学"的研究对象里面，"诗创作心理学"始终是核心，只要将它的心理机制、心理过程的实质搞清楚了，其他问题就会迎刃而解了。所以这本书的目的旨在先谈"诗创作心理学"，先解决这一系列的理论难题，其他的也就顺理成章了。其实我是没有想过将其分开来出版的，也就是说，"诗创作心理学"本就是"诗学心理学"的一个章节。我本打算写一本较为详细的"诗学心理学"，搭好"诗学心理学"的理论框架，但是细一想来，觉得还是将其工作先放一下，先虚心听取一下读者的意见，毕竟这是"诗学心理学"史上的一件大事。由于之前还没有此方面的专著，先完成"诗创作心理学"，然后再深入思考，结合当今心理学的实验方法，做一些实证研究，那时写"诗学心理学"也不迟。因为科学心理学的一个不可替代性的优势就是它的科学方法，它的操作可重复性，而"诗学心理学"更多的是一门定性研究的科学，但它也有定量的一面，只是前人没有过多注意罢了。

例如，质性分析中的话语分析技术、研究诗人、读者或文本时的定性与定量相结合的方法。张敏在《〈诗经〉的认知诗学与心理分析研究》一文中提到：将来我们应该对"诗学心理学"做一些更多的定量研究，应该从更为科学和实证的角度，探索《诗经》文化自传体记忆的意义。如为了探究属于最早口语传统的诗歌与《周颂》中后期书面创作诗歌之间的差别，可以采用当代认知神经科学中核磁共振成像（FMRI）技术，选取字数相同的属于最早的口语传统的诗歌与《周颂》中的诗歌，对读者通过视觉呈现或对听众通过听觉呈现已经在形式上进行了精加工编码的最早口语传统的材料和完全属于书面创作材料，观察读者或同种大脑活跃的区域有何不同。

还有张晶等的《诗句鉴赏过程中的顿悟：来自脑事件相关电位的研究》一文中指出：运用事件相关电位技术，采用"猜谜—催化范式"探讨诗句鉴赏过程中顿悟发生的认知机制。结果发现，在诗眼呈现后的500—700ms内，诱发顿悟诗句较无法诱发顿悟诗句的脑电波形存在一个更加正向的偏移。两类诗句的脑电差异波中，该正成分的潜伏期约为600ms，差异波的脑电峰值位于Pz点，差异波地形图显示诱发顿悟的诗句比无法诱发顿悟的诗句多激活了顶部和枕部广泛脑区。P600可能反映了诗句鉴赏过程中诗眼信息促发的语义整合和由此产生的语义表征的更新，标志着诗句顿悟过程的特异性加工机制。我们认为，诗句鉴赏中的顿悟是一个通过意象重组，将诗句的原有表征整合并更新为一个新的表征的过程。本研究借鉴"猜谜—催化"范式，运用事件相关电位技术记录诗歌鉴赏过程中的顿悟现象，并对诗歌顿悟的认知机制进行了探讨。考虑到诗句鉴赏活动的特殊性，研究没有采用以部分被试预先确定诗句有无顿悟，或者根据被试猜对答案与否作为分类标准而对诗句进行叠加，而是采用主观评定的方法区分有无顿悟体验，这充分考虑了被试个体鉴赏心理的差异性和主观情绪体验性，以更准确地区分被试是否发生了顿悟。并且，研究发现诱发顿悟诗句较无法诱发顿悟诗句引起了顶部和枕部脑区更显著的激活，并产生了一个更加正向的脑电偏移（P600）的结论。结合先前研究对这一成分的认知意义进行探讨，认为诗句鉴赏中的顿悟是一个通过意象重组，将诗句的原有表征整合并更新为一个新的表征的过程。未来研究可以在此基础上，对诗句材料进行更为严格而细致的分类，如在诗句的形式、意象、情感等维度将诗句分为不同的类型，以考察不同诗歌要素对于诗歌顿悟的影响，并进一步揭示诗歌鉴赏过程中深层意蕴加工的心理生理机制。

还有就是克里斯蒂安·奥伯迈尔（Christian Obermeier）等在《基于ERP证据：诗歌审美鉴赏与诗歌的易加工性之间的相关研究》一文中指出：修辞理论假设语言的节奏和韵律功能非常有助于说服、打动和取悦观众。这些影响的一个可能解释被称为"认知流畅理论"，"认知流畅理论"规定，这种循环模式（如韵律）增强了感知的流畅性，并可能导致更强的审美鉴赏力。本研究中，我们通过事件相关电位（ERPs）的方式来验证，在诗歌接受过程中的韵律和节奏对其影响这两个假设。被试听取了根据韵律和节奏不同的四个版本的抒情诗节，并且被试对诗节的节奏韵律和审美喜好进行了评级。对于韵律和节奏的诗节在增强喜好和节奏韵律评级上，行为和ERP结果证据一致。有韵律和节奏的诗节所引起的N400／P600 ERP的波幅，比在非韵律、非节奏的诗节，或者与在非韵律和非节奏的诗节相关联的特征上要小。此外，对于抒情诗节的N400和P600的效应与审美喜好效应（韵律—非韵律）有关，这意味着N400和P600对抒情诗节的审美鉴赏有直接的关系。正如"认知流畅理论"所假设的，我们认为，这些效应是知觉流畅增强审美喜好的一个指标。

在这个研究中，我们开始探讨了诗歌的韵律与节奏特征是否与如何提高在诗歌的接受过程中的加工过程的容易性，并且这种效应是否与诗歌的高审美鉴赏相关。我们发现了诗歌的韵律和节奏的N400和P600效应，这种效应是诗歌加工过程容易性的一种指标，并且这种效应与审美喜好程度明显相关。我们也提供了第一个音系学与作诗方法模式的神经科学的证据，这种模式可通过提高加工过程的容易性与诗歌的审美鉴赏有关，这也正如认知诗学与认知流畅理论所提出的那样。未来的研究需要探讨感知加工过程如何与语义的加工过程发生交互作用，再者，在诗歌的接受过程中，如何促进富有经验的理解在高认知过程与低认知过程之间的交互作用。此外，诗歌仅仅是许多艺术语言中的一种，因此，这将是一个有趣的探索，韵律是否不仅与诗歌的审美鉴赏有关，而且在其他语言形式中发挥着重要的作用，例如宗教、修辞与销售方面。此外，诗歌接受应该与音乐接受和与之相关的效应相比较，因为诗歌和音乐共享许多的结构特性。最后，神经美学的方法可以确定和比较在反映诗歌语言鉴赏与艺术的非语言相关工作方面的大脑加工模式。

诗歌、诗人在从前总是与某种神秘莫测的力量联系在一起的，诗人被认为是由神灵选中并赐予灵感的特殊而神秘的人物。例如"古希腊三哲"之一的柏拉图（约公元前427—前347年），在其名作《伊安篇》[①]中通过苏格拉底与伊安的对话谈道：

伊：我不能否认，苏格拉底。可是我自觉解说荷马比谁都强，可说的意思也比谁都要多，舆论也是这样看。对于其他诗人，我就不能解说得那样好。请问这是什么缘故？

苏：这缘故我懂得，伊安，让我来告诉你。你这副长于解说荷马的本领并不是一种技艺，而是一种灵感，像我已经说过的。有一种神力在驱遣你，像欧里庇得斯所说的磁石，就是一般人所谓"赫拉克勒斯石"。[②] 磁石不仅能吸引铁环本身，而且把吸引力传给那些铁环，使它们像磁石一样，能吸引其他铁环。有时你看到许多个铁环互相吸引着，挂成一条长锁链，这些全从一块磁石得到悬在一起的力量。诗神就像这块磁石，她首先给人灵感，得到这灵感的人们又把它递传给旁人，让旁人接上他们，悬成一条锁链。凡是高明的诗人，无论在史诗或抒情诗方面，都不是凭技艺来作成他们的优

---

[①] 《朱光潜全集》第12卷，安徽教育出版社1991年版，第8—10页。
[②] 原文注：欧里庇得斯是希腊的第三个大悲剧作家。"赫拉克勒斯石"就是吸铁石。

第一章 引论

美的诗歌，而是因为他们得到灵感，有神力凭附着。科里班特巫师们①在舞蹈时，心理都受一种迷狂支配，抒情诗人们在作诗时也是如此。他们一旦受到音乐和韵节力量的支配，就感到酒神的狂欢，由于这种灵感的影响，他们正如酒神的女信徒们受酒神凭附，可以从河水中汲取乳蜜，这是她们在神志清醒时所不能做的事。抒情诗人的心灵也正像这样，他们自己也说他们像酿蜜，飞到诗神的园里，从流蜜的泉源吸取精英，来酿成他们的诗歌。他们这番话是不错的，因为诗人是一种轻飘的长着羽翼的神明的东西，不得到灵感，不失去平常理智而陷入迷狂，就没有能力创造，就不能作诗或代神说话。诗人们对于他们所写的那些题材，说出那样多的优美词句，像你自己说荷马那样，并非凭技艺的规矩，而是依诗神的驱遣。因为诗人制作都是凭神力而不是凭技艺，他们各随所长，专作某一类诗，例如激昂的酒神诗、合唱歌、史诗、或短长格诗②，长于某一种体裁的不一定长于他种体裁。假如诗人可以凭技艺的规矩去制作，这种情形就不会有，他就会遇到任何题目都一样能做。神对于诗人们像对于占卜家和预言家一样，夺去他们的平常理智，用他们做代言人，正因为要使听众知道，诗人并非借自己的力量在不知不觉中说出那些珍贵的词句，而是由神凭附着来向人说话。卡尔喀斯人廷尼科斯③是一个著例，可以证明我的话。他平生只写了一首著名的《谢神歌》，那是人人歌唱的，此外就不曾写过什么值得记忆的作品。这首《谢神歌》倒真是一首最美的抒情诗，不愧为"诗神的作品"，像他自己称呼它的。神好像用这个实例来告诉我们，让我们不用怀疑，这类优美的诗歌本质上不是人的而是神的，

---

① 原文注：科里班特巫师们掌酒神祭，祭时击鼓狂舞。
② 原文注：这些都是希腊诗的各种体裁，短长格以先短后长成音步，常用于诗剧。
③ 原文注：廷尼科斯不可考。

不是人的制作而是神的诏语；诗人只是神的代言人，由神凭附着。最平庸的诗人也有时唱出最美妙的诗歌，神不是有意借此教训这个道理吗？伊安，我的话对不对？

伊：对，苏格拉底，我觉得你对。你的话说服了我，我现在好像明白了大诗人们都是受到灵感的神的代言人。

在那个时代之所以会得出如此的结论，主要是由于当时的时代原因（如社会经济状况、思想观念、科学技术等）造成的，将一切不可解释的东西都归结为神灵，也就是持唯心主义观点的世界观。而现如今与当时的蒙昧无知完全不同了，时代在前进，历史的车轮留下的印记足以让我们都为之感到骄傲自豪，以上所介绍的都是采用当今的先进仪器、先进技术来进行诗歌研究的，相信随着科学技术的提高，这些神秘会由这些科学技术而变得不再神秘，打开神秘之门是尤为吸引我们的，这就像反应时技术中的开窗实验技术那样，可以直接测出某一特定加工阶段所需要的时间，也能比较明显地看出这些加工阶段的心理过程，就好像打开窗户一览无余一样。

## 第二节　诗创作心理学的特点

诗创作心理学是研究诗人创作过程的基本心理特点及其规律的科学，它是心理学与诗学的一个交叉学科，它属于心理学的一个分支。

诗创作心理学属于现代心理学的范畴，是现代应用心理学的一个分支学科，它的研究对象是用现代心理科学的研究成果去揭示、探讨诗人在诗创作过程中的心理规律。诗创作心理学包括五个阶段，这五个阶段的思想主要是根据美国心理学家格拉姆·华莱士（Graham Wallas）的

《思维的艺术》(The Art of Thought)一书里提到的,华莱士也叙述了此思想的缘起,其中写道:

> 我更需要问及的是在思维过程的何种阶段,思想家应该使用有意努力和无意努力。在这一点上,我们遇到了一个难题,除非我们能识别出这一心理事件,并能将其从其他事件中区分出来,否则我们就不能运用意识的努力来进行;又加之我们的心理活动是连续的相互有联系的心理事件,这些心理事件彼此间相互影响,任何一个心理事件在任何一个时刻都有一个起因、经过和结果,因此,这些心理事件是极难将其区分开来的。
>
> 在一定程度上,我们能避免这个难题,如果我们就一种思维上的成功——一种新概念的使用或一项发明,或一个新思想的诗意化表达——研究它是如何产生的。这样,我们就能够粗略地分析一个连续的思维过程,指出其开始、中间和结束。例如,著名的德国物理学家赫尔姆霍茨(H. Von. Helmholtz, 1821—1894)在1891年的生日宴会上说到了他最重要的新思维的获取方法。他说:对于一个问题,经过各方面的前期调查之后,一种高兴的想法就会不加努力地不期而至,就像灵感降临一样。就我而言,在我思维感觉疲乏,或当我在桌旁工作时,这种灵感是绝不会来光顾我的。它们常常在风和日丽之日,在我缓步登临树木蓊郁的小山之时特别容易到来。在这里赫尔姆霍茨给了我们在新思维形成过程中的三个阶段。第一个阶段我称之为准备阶段(Preparation),在这一阶段就是将问题从各方面加以调查;第二阶段是对其不加意识地思考问题,我称之为酝酿阶段(Incubation);第三阶段是由"高兴的想法"不期而至,并与这些之前和与之同时出现的心理事件一起出现时,我称之为豁朗阶段(Illumination)。

此外，我还得增加一个第四阶段，即验证阶段（Verification），这是赫尔姆霍茨所未提及的阶段。例如，亨利·庞加莱（Henri Poincaré）在《科学与方法》一书中曾详细清晰地描绘了他在数学上的两个伟大的发现。这两个发现都曾经历过酝酿阶段而产生（其中一个是服兵役成为预备役兵时期发现的，另一个是他在旅行中发现的），在这时期他对数学问题的思考都不是有意识的，然而，就像庞加莱所认为的那样，所发生的都是无意识的思维活动。在这两种案例中，都是先经过一个准备阶段，然后再进入酝酿阶段，在此阶段有意识的、系统的分析对问题都是无用的。在最后的问题解决阶段是伴随着简洁的、突如其来的和直觉的相似特征。随之还有一个验证阶段，在这一阶段里，需要将观念进行有效的检查，并使之产生一种精确的形式。庞加莱说道：在验证阶段，无意识的工作绝不能提供一个算题的现成答案，因为要求出答案需要应用复杂的规则。……我们从这种无意识的思维成果——灵感中所希望得到的是对于算题的分界点。至于算题本身，它们必须得在意识工作的第二个阶段，也就是伴随着灵感的阶段，在这阶段，灵感被证实，结果被推演。这些算题的规则是严格的和复杂的；所以，它们需要有规范、注意、意志和意识。

以上是华莱士提及的四个阶段：准备阶段、酝酿阶段、豁朗阶段和验证阶段。在诗创作心理学中，我还不得不再加一个阶段，诗创作心理定向阶段，在诗创作心理准备阶段之前的一个阶段，这个阶段并非是一个可有可无的阶段，这个阶段就决定了你是否成为一个诗人抑或是伟大诗人的前提，也就是说，此阶段它会在诗人心中形成一个似是而非的印像，有时甚至连诗人自己也不清楚他自己正在做这件事。这也就是精神分析学派中弗洛伊德和荣格所提的潜意识问题，它的力量很强大，我想用中国的一个词来说更为贴切，那就是"征兆"抑或"暗示"，这在后面还会详细系统地论及。

这五个阶段中，在诗创作心理定向阶段具体包括集体潜意识、个体潜意识、潜意识对诗创作心理的影响、意识、梦的定义、梦对诗创作的作用、梦的设计和注意等具体内容；在诗创作心理准备阶段具体包括诗创作心理动机的来源、诗创作心理冲动的激发、诗创作记忆心理、物感过程、信息的获取方式、两种世界的转化、审美知觉、联觉、错觉以及幻觉等具体内容；在诗创作心理的酝酿阶段具体包括诗创作心理的酝酿阶段的两个过程、诗创作的思维概说、表象、想象、诗创作的形象思维、诗创作的抽象思维、诗创作的创造性思维与诗创作的整体思维等具体内容；在诗创作心理豁朗阶段具体包括诗创作心理豁朗阶段概说、基于黑猩猩的顿悟实验以及灵魂出窍等具体内容；在诗创作心理验证阶段具体包括诗创作心理验证阶段概说、语言概说、语言传达的价值、一般语言与诗的语言、言语产生的概念化阶段、计划阶段、执行阶段、自我监控和校对阶段以及意在言外等具体内容。

诗创作心理学是一门交叉学科，也是一门中间学科。在学科分类学中，通常将学科分为自然科学和社会科学。从诗创作反映论的角度来说，诗创作活动是以文字形式反映客观现实的一种特殊的精神创造活动。既然是精神创造活动，那就不是对物质世界的简单描写，而是必须将其转化为心理世界，最后转化为诗作的过程。也就是说，诗创作心理是一个心理过程，它必须在诗人的思维中酝酿成熟，然后转化为可见的诗作的过程，具体来说，就是首先涉及将外界刺激信息进行转化，即将外界信息转化为诗人的心理信息；其次以此心理信息为基础材料，在此基础上进行排列组合、加工改造，变成具有诗人气质的新的心理信息；最后借助语言工具变成诗作。将这个过程加以简化，就是感物的过程，根据认知建构理论，感物过程是一个由物理场进入心理场直到审美场，最后到诗作的成形的建构过程。

  诗是物质世界的反映，同时也是心理世界的反映，这个物质世界（包括社会生活、客观现实）制约着诗创作心理现象的发生、发展及其变化，而且也制约着诗的内容与形式，同时也制约着诗人创作心理的发生、发展及其变化。这符合马克思主义所讲的反映论，而且是能动的反映论，其反映在诗创作上就是诗人对客观世界的反映。因为任何的诗创作都是诗人在与客观世界的相互作用中对客观世界的反映，都是以观念形态（诗作品）再现客观世界的特征、本质和规律。在这里，客观世界即客观对象是诗人认识的出发点，没有客观对象的存在，就不可能产生相应的诗作品；一定的客观对象规定着一定的诗创作作品。诗人对客观世界的反映是一个能动的创造性过程。这种反映是从客观世界中产生出来的一种属于高级形态的过程，它不是一种机械的反映，也不仅仅是一种客观世界的模本，更是一种创造，一种创造性的反映。恩格斯曾说道："人的思维的最本质和最切近的基础正是人所引起的自然界的变化，而不单独是自然界本身。"这种变化也就是通过实践，反映在诗创作上，这种实践就是诗创作，诗人对客观世界的能动反映是以实践为中介而实现的，而且实践也是这种能动反映的基础和机制。

  诗人也是社会的人，人的本质是一切社会关系的总和，马克思指出："人的本质不是单个人所固有的抽象物，在其现实性上，它是一切社会关系的总和。"现实的人总是处在特定的社会关系和特定历史条件下的人。诗人在离开了社会这个大环境下，他的感觉就不能得到很好的发展，知觉能力也不能得到很好的发展，诗歌语言更是不能得到很好的发展，还有其他的一些心理过程如思维、想象、情绪、情感过程、意志过程、语言和意识等也不能得到很好的发展，更特别的是从事诗人这个行业对人的能力也要求得比较高，一定的社会环境是很有必要的，因此，诗创作心理学属于社会科学的范畴。

然而，诗创作活动又是一种复杂的心理现象，是人的大脑中枢的高级活动，要研究心理的神经生物学基础、脑机制、神经机制、生物化学机制等，这一切都与人的大脑有关，诗创作心理学的核心问题必须要借助实验心理学、测量心理学、统计心理学、认知心理学等自然科学的方法，因此，诗创作心理又属于自然科学的范畴。因此，从严格的意义上来讲，诗创作心理学是介于自然科学和社会科学的一门中间学科，因而又可称为中间科学抑或是边缘科学。更确切地来讲，它属于思维科学，更具体地来讲是属于创造性思维科学。

一般能被称为中间科学或边缘科学的学科，它涉及的范围是相当广泛的。在论证诗创作的过程中，不仅要非常熟练地掌握普通心理学、测量心理学、认知心理学、本土心理学、质性心理学、叙事心理学、传记心理学、社会心理学、发展心理学、教育心理学，等等。由于诗创作心理学是一门非常特殊的学科，所以它还得涉及哲学、诗学、语言学、文体学、文章学、创造心理学、思维心理学、创造学、鉴赏学，等等。这些学科在诗创作心理学中没有详细的专论，只是取其精华，去其糟粕，也正如鲁迅先生的"拿来主义"那样，择其要者，为我所用。本书在对待这些学科时也是采取此观点，没有详加介绍，而且这也没有必要，故在行文的安排上只是散见而不成系统地对其择取引用。

## 第三节 诗创作心理学研究原则及方法论

作为一项科学研究工作，诗创作心理学研究必须遵循科学研究的基本原则。采取科学的方法和公正的态度。任何一项研究工作，都是以揭示此研究工作的本质和规律为其出发点及目的的。诗创作心理学也是如此，它也是为了揭示诗创作心理学现象的本质和规律。我们在进行科学的研究活动中，一般会有不同的研究目的，包括描述研究对象的状况，解释研究对象的活动过程，预测研究对象的将来发展以及控制研究对象，产生预期的改变和发展。研究目的的不同，其使用的方法也会不同，这样也就保证了研究活动的科学性。下面就诗创作心理学研究原则及方法论分别加以论述。

## 一  诗创作心理学的研究原则

诗创作心理学的研究原则主要包括以下几点：

第一，客观性原则。

客观性原则是任何科研都必须遵循的原则。诗创作心理现象同一切社会现象和自然现象一样是客观存在的，具有它自身的规律性和原则性。客观是相对于主观而言的，所谓客观性原则就是在研究过程中，一定要从实际出发，用实事求是的科学态度，按照诗创作的本来面目去描述它，解释它，预测它以及控制它。实事求是就是一切从实际出发，理论联系实际，坚持在实践中检验真理和发展真理，不断深化诗创作心理的认识，研究和把握诗创作心理的客观规律。有了客观性原则，我们就会带着此原则观察研究对象，分析材料和数据，根据研究课题的要求，确保如何来进行研究的具体操作步骤。其实在科研中若没有此项要求，又加之人的主观性及个性的差异性，那是很容易使每个研究者的研究结果，即使是同一个研究都会有很大的差异，而且没有可比性。诗创作活动是一项很具个性的创造活动，但只要我们在研究过程中把握这个原则，按照科学的研究方法，依然会得出客观、真实、可靠的结论。

第二，联系与发展的原则。

唯物辩证法是关于世界普遍联系和永恒发展的科学，联系的观点和发展的观点是唯物辩证法的基本观点和总特点。联系是指事物要素之间以及事物之间相互影响、相互促进、相互制约的关系，也就是世间万事万物都不是孤立的，都是处于联系着的，而且是以系统的形态存在的。

所谓系统就是由相互联系、相互作用的若干要素组成的具有稳定结构和特定功能的有机整体。诗创作心理现象是处于这样的一个有机系统中，其产生和发展变化都有一定的原因。诗创作心理学的研究目的就是通过对研究对象的描述，寻找和解释诗创作心理现象的成因和发展规律，并且以预测和控制研究对象的发展。

事物的相互联系包含事物的相互作用，而事物之间的相互作用的结果会使事物发生运动、变化和发展。人之所以为人，就是他会不断突破自身，改变世界实现发展的目的。在诗创作过程中，不同的诗人心理活动千差万别，绝无一定之规。因此，研究者必须以一定的发展、辩证的眼光来看待问题、分析问题，不要把个别诗人的创作心理规律作为所有诗人的创作心理规律来进行推广引申。我们要时时关注到他们之间的联系和区别，做到个别与一般、个体与整体、具体与抽象、现象与本质、原因与结果、偶然与必然、可能与现实、形式与内容之间的区分，逐步接近规律性的东西，从而保证科学研究的客观、真实、可靠性。

第三，反映论原则。

诗创作心理是大脑的机能，是大脑对客观世界的主观反映。在认识的本质问题上，存在两条根本的认识路线，其中，马克思主义坚持从物到感觉和思维的唯物主义路线，坚持物质第一性、意识第二性的反映论，而且是唯物主义的能动反映论。诗创作也绝非违背这个反映论原则，它是一种创造性活动，绝非如有些人所说，似一个简单的加工厂那样简单，它就像人生情感五境界那样：它是物理世界的信息与诗人的大脑相遇、相识、相知、相爱和相许的五境界。当诗人与物理世界的信息达到相许境界，也就是相交境界后，即会触动情怀，引起文思，达到"精骛八极，心游万仞""笼天地于形内，挫万物于笔端""思接千载""视通万里"，达到"气之动物，物之感人，故摇荡性情，形诸舞咏"，达到"随物以宛转，与心而徘徊"，最终达到"主观与客观相交融、相统一"，这也就是"诗源于生活又高于生活"。

其实，诗创作活动也如邦达列夫所认为的那样，它是一种"甜蜜的苦役"；也如莫里亚克所谓的"是自身或者部分的自我，是靠哺育出来的"，它犹如揭示人体怎样经由两性接触、受精、怀孕、孕育到最后分娩的过程，诗创作也是如此，如何一步步地触发、孕育、生成、转化和发展的历史。

这种反映论原则非镜像似的机械印刻，而是具有诗人主观能动性的创造，明显具有诗人的个性特色，诗创作心理学是对诗人的大脑活动进行的研究，明白这一点对我们尤为关键和重要。

以上这些方法论研究原则起一个提纲挈领、总领全局的作用，它也是对诗创作心理学研究方法的一个通体扫描，全面确立了方法论的依据和原则。除了以上论及的主要方法论研究原则外，还有涉及如教育性原则、美育性原则、有效性及经济性原则、伦理性原则，等等。这些原则是相互影响、相互联系的，在不同的研究中各有倚重，但整体而言，它们是一个整体系统。

## 二 诗创作心理学的研究方法

一门学科的独立是同它的特殊研究对象相联系的，如果将诗创作心理学的研究对象与其他学科的研究对象互混不分，那最终导致的结果就是诗创作心理学本学科的无价值可言，也就是我们所谓的"学科的无可替代性问题"。同时，一门学科的发展史是同它的研究方法的不断革新相联系的。诗创作心理学是借助自然科学与社会科学的研究方法而不断前进的，如果诗创作心理学的研究方法停滞不前，那诗创作心理学也会受阻。

学科的研究方法是由学科的性质、研究对象、研究目的所决定的。诗创作心理学作为一门中间学科或边缘学科，它的研究方法正出现一种综合取向。诗创作心理学作为一门至今尚未完善和成熟的学科，还未形成自己独立的研究方法。它的中间学科位置也决定了它不可能取决于单一的研究方法。因此，诗创作心理学的研究方法是按"取其所需，为我所用"的原则，将自然科学与社会科学的研究方法加以综合。下面就以定性研究方法与定量研究方法加以说明。

第一，定性研究方法。

定性研究方法（qualitative research method）又叫"质性研究方法""质的研究方法"或"质化研究方法"，目前还没有一个明确的公认的定义，就像一棵枝繁叶茂且正在向四方蔓延的大树一样，它是社会科学领域（如哲学、宗教学、社会学、文学、史学、法学、艺术学、美学、教育学等）常用的研究方法。它通过运用一种特殊的技术既可以了解事物的一般现象，又能获得定量研究的方法所无法获得的信息，如人们的想法、动机和感受等深层次内容。它是研究者参与自然情景中，采用观察、访谈、实物分析等多种方法收集资料，对社会现象进行整体性研究，采用归纳而非演绎的思维方法来分析资料和形成理论，通过与研究对象实际互动来理解和解释他们的行为。这种研究一般不使用量表或其他测量工具，而是以研究者本人作为研究工具。

质化研究方法概念的历史演绎错综复杂，它分为广义的质化研究方法和狭义的质化研究方法。广义的质化研究方法几乎包括人文、社会科学除量化研究方法之外的所有方法。狭义的质化研究方法是指从被研究者的视角来获得资料的一种方法。秦金亮提到我们在方法论视角理解"质化研究"这一概念时，可把握如下要旨：[1]

（1）质化研究是一种人文社会科学的主观研究范式，它承认"研究者所涉入世界的主观性"，研究者需要从被研究者的视角来审视问题；

---

[1] 秦金亮：《质化研究心理学》，上海教育出版社2012年版，第32页。

(2)质化研究收集资料的方式是用参与观察、深度观察、文献档案、音像资料的获得;(3)质化研究的基本方式是用文字加以详细的描述,而不以数字加以测量,文字的描述主要在于理解而不太关注验证;(4)质化研究资料的分析是一种自下而上的归纳方式,而不是概率论基础上的演绎推论;(5)质化研究承认主观人化世界中研究者的价值涉入,研究者不是这种主观价值存而不论,而是必须重视这种主观价值对研究进程与结果的影响;(6)对质化研究的方法论考察需从操作技术层面和哲学前提层面进行全方位的考察。

由于质化研究方法过于烦琐,我们没有详加介绍每一种研究方法,只是将质化研究方法中的基本范式也就是目前研究中的公认的人文社会科学研究方法做了一个简要介绍,而且在这里也没有必要做详加介绍。这些研究范式在心理学的研究中也有广泛的应用,但它们目前仍然处于不断的发展和演化当中,其基本特点的对比见表1-1。

表1-1　　　　　　　　质化研究七种范式比较

| 比较维度 | 研究目标 | 学科渊源 | 资料收集 | 资料分析 | 表达形式 |
| --- | --- | --- | --- | --- | --- |
| 话语分析 | 分析语言如何建构社会现实,以便更好地了解社会生活及社会互动 | 社会学、心理学、哲学、文化人类学、历史学 | 访谈转录的文本,或在某一话题上摘录在其他话题研究取向中的文本 | 对文本进行仔细阅读,并以文本中的语言为依据,读文本给出解释 | 对某种社会现实进行描述的文本 |
| 传记研究 | 描述个人发展历程及事态变化 | 心理学、文学、社会学 | 利用多种途径收集资料如文献、档案、实物、口述、访谈、观察等 | 讲述故事、描述历程 | 他传或自传体形式 |

续表

| 比较维度 | 研究目标 | 学科渊源 | 资料收集 | 资料分析 | 表达形式 |
|---|---|---|---|---|---|
| 现象学研究 | 理解某一现象的经验本质 | 心理学、哲学、社会学 | 经历者的长时间、多次访谈（一般为10人左右） | 陈述语句、分析语义、直观描述体验 | 描述经验的"本质" |
| 扎根理论 | 从现场资料中发展 | 社会学、医学 | 对现场及当事人进行观察、访谈，已达到饱和为止（一般为20~30人） | 开放式编码、轴心式编码、选择性编码 | 发展理论或构建理论模型 |
| 民族志 | 描述并理解某些社会群体及文化 | 文化人类学、社会学 | 长时间（半年以上）的田野工作，通过参与观察、访谈、实物收集来获得资料 | 深度描述、主题分析、共情理解 | 发现个体或群众的文化行为 |
| 个案研究 | 对一个或多个人或事件进行深度分析 | 政治学、法学、社会学、心理学、其他社会科学 | 采用文献、档案、访谈、观察、实物收集等多种途径获得资料 | 描述个案边界、分析个案主题、揭示个案意义 | 深度研究一个或多个人物或事件 |
| 叙事研究 | 收集有关过去经验的故事 | 文学、历史学、心理学、社会学、人类学 | 主要采用访谈法、文献法获得资料 | 讲述故事、重构故事、解释主题、详述背景 | 讲述特定的生活故事 |

通过表1-1对七种研究范式进行概要化的总结发现：话语分析是人们如何运用语言建构其世界的方式以及从语言中我们能够知道什么；

传记研究是对个人生活史的记录和叙述；现象学研究描述某类现象经验的本质；扎根理论研究是通过一个模型的建立来构造理论；民族志研究是整体性地描述一个社会文化群体；个案研究是对一个有边界的系统或个体进行深度研究；叙事研究是详细地讲述一个故事。在研究的具体内容和策略方面，它们相互交叉、相互渗透，共同构成质化研究的基本框架。从表1-1可以看出，上述其中研究范式不是按照同一个维度来进行分类的，在这些范型中存在一定的重叠、交叉，这既与研究范式最初产生在不同的学科有关，同时也是人文社会科学研究方法出现高度融合的结果。①

第二，定量研究方法。

定量研究方法（quantitive research method），又叫"量的研究"或"量化研究"，它重在对事物可以量化的特性进行测量或分析，以检验研究者的理论或假设。它有一套完备的操作技术，包括抽样方法、资料收集方法（如问卷法、实验法）、数据统计方法等。其基本过程是：假设—抽样—资料分析（问卷/实验）—统计检验。研究者首先明确分析所研究的问题，确定其中的重要变量（如先前知识水平、认知加工策略与学习效果），对变量之间的因果关系或者相关关系做出理论假设，然后通过概率抽样的方式选择研究样本，使用可靠而有效的工具和程序来采集数据，进而通过数据统计分析来检验所假设的变量关系。②

以下是关于心理学定量研究的方法分类，主要是以实验法、测量法、统计法和其他研究方法为其类别的，我们不具体详谈每一种方法，因为在诗创作心理学的研究中，使用定量研究方法的还相当少见，其大概的分类方法如见表1-2。③

---

① 参见秦金亮《质化研究心理学》，上海教育出版社2012年版，第51—52页。
② 参见陈琦、刘儒德主编《当代教育心理学》，北京师范大学出版社2007年版，第13页。
③ 参见王重鸣《心理学研究方法》，人民教育出版社2001年版，第8—9页。

表 1–2　　　　　　　　定量研究方法分类

| 定量研究方法 | 特 点 |
|---|---|
| 实验法 { 实验（实验室） { 因子式设计；被试内设计；被试间设计 }　自然实验 { 交叉滞后相关组设计；不等同对照组设计；回归间断点设计；间歇时间序列设计 } | 实验法：在控制条件下对某种心理现象进行研究的方法。分为实验室实验和自然实验。a. 优点：可揭示因果关系；可反复验证；数量化指标明确；可主动掌握进程。b. 缺点：实验情景人为性影响实验效度 |
| 测量方法 { 心理测验 { 智力测验；能力倾向测验；其他心理测验 }　心理物理测量法 { 最小变化法；恒定刺激法；平均差误法；信号检测法 }　问卷法 { 社会测量法；眼动测量法；Q 分类法 } | 测量方法：依据一定的法则使用量具对事物的特征进行定量的描述的过程。它分为直接和间接两种方式。基本要求：信度；效度；标准化 |
| 统计方法 { 参数统计方法 { 相关分析　回归分析；方差分析　因素分析；多元回归分析；因径分析法；典型相关分析　聚类分析；判别函数分析；多维量表分析 }　非参数统计方法 X² 检验法 { Kolmogorov–Smirnov 检验法；Wilcoxon 配对符号等级检验法；McNemar 检验法；Mann–Whitney U 检验法；Kruskal–Wallis 单项方差分析；Friedman 双向方差分析 } | 统计方法：专门研究如何运用统计学原理和方法，搜集、整理、分析研究中所获得的随机性数据资料，并根据这些数据资料进行科学推论并找出其规律的一门学科。统计方法是一门与数据打交道的学科，在使用数据过程中，也即通过部分数据来推测总体特征时要防止过犹不及 |

续 表

| 定量研究方法 | 特 点 |
| --- | --- |
| 其他方法 { 发展研究法 { 纵向分析法　横切面分析法　趋势分析法 　生理心理方法　计算机方法　脑功能成像技术 | 其他方法：是指除实验法、测量法以及统计法之外一些方法，这些方法也是经常在心理学研究中使用到的方法。其中发展研究法：是发展心理学中所使用的研究方法，即为了研究个体从受精卵开始到出生、成熟、衰老的生命全程中心理发生发展的特点和规律所使用的方法<br>生理心理方法：是生理心理学中所使用的方法，即以脑的形态和功能参数为自变量，观察在不同生理状态下，行为和心理的变化所使用的方法<br>计算机方法：指充分利用了计算机的运算速度快、精度高、具有存贮与记忆能力、具有逻辑判断能力、自动化程度高等特点，它可以进行刺激的产生与呈现、实验过程的控制、反应的记录、数据的处理和分析，等等<br>脑功能成像技术：根据现代物理、电子与计算机的迅速发展所形成的高新技术，试图以大脑的可视化为目的。利用脑功能成像技术的高时间分辨率和高空间分辨率，可观察大脑的动态过程 |

以上简要介绍了定性研究与定量研究的方法，但要说到定性研究与定量研究的区别到底为何，我们还要从一些基本的特点上说起。定性研究与定量研究是两种各不相同的方法，也是两种不同的思维方式。定性研究旨在描述所研究问题或现象的性质，而定量研究则在说明研究问题或现象在特定属性上的程度或大小。其实世间任何现象都有质和量的一面，所以世间任何研究也可以有定性研究与定量研究两种，这两种方法相互补充，不可偏执一面，下面我们对之做一个简要对比，以明大致方向。定性研究与定量研究方法之比较见表1-3。[①]

表1-3　　　　定性研究与定量研究方法之比较

| 类别 | 定性研究 | 定量研究 |
| --- | --- | --- |
| 研究目的 | 解释性理解，寻求复杂性，提出新问题 | 证实普遍情况，预测寻求共识 |
| 对知识的定义 | 由社会文化所建构 | 情境无涉 |
| 价值与事实 | 密不可分 | 分离 |
| 研究内容 | 故事、事件、过程、意义、整体探究 | 事实、原因、影响、凝固的事物、变量 |
| 研究层面 | 微观 | 宏观 |
| 研究问题 | 在过程中产生 | 事先确定 |
| 研究设计 | 灵活的、演变的、比较宽泛 | 结构性的、事先确定的、比较具体 |
| 研究手段 | 语言、图像、描述分析 | 数字、计算、统计分析 |

---

① 陈向明：《质的研究方法与社会科学研究》，教育科学出版社2000年版，第11页。

续 表

| 类　别 | 定性研究 | 定量研究 |
|---|---|---|
| 研究工具 | 研究者本人（身份、前设），录音机 | 量表、统计软件、问卷、计算机 |
| 抽样方法 | 目的性抽样，样本较小 | 随机抽样，样本较大 |
| 研究的情境 | 自然性、整体性、具体 | 控制性、暂时性、抽象 |
| 资料收集方法 | 开放式访谈、参与观察、实物分析 | 封闭式问卷、统计表、实验、结构性观察 |
| 资料的特点 | 描述性资料、实地笔记、当事人引言等 | 量化的资料，可操作性的变量，统计数据 |
| 分析框架 | 逐步形成 | 事先设定，加以验证 |
| 分析方式 | 归纳法，寻找概念和主题，贯穿全过程 | 演绎法，量化分析，收集资料之后 |
| 研究结论 | 独特性、地域性 | 概括性、普适性 |
| 结果的解释 | 文化主位，互为主题 | 文化客位、主客体对立 |
| 理论假设 | 在研究之后产生 | 在研究之前产生 |
| 理论来源 | 自下而上 | 自上而下 |
| 理论类型 | 扎根理论、解释性理论、观点、看法 | 大理论，普遍性规范理论 |
| 成文方式 | 描述为主，研究者的个人反省 | 抽象、概括、客观 |
| 作品评价 | 杂乱、深描、多重声音 | 简洁、明快 |

续 表

| 类 别 | 定性研究 | 定量研究 |
|---|---|---|
| 效度 | 相关关系、证伪、可信性、严谨 | 固定的检测方法，证实 |
| 信度 | 不能重复 | 可以重复 |
| 推广度 | 认同推广、理论推广、积累推广 | 可控制，可推广到抽样总体 |
| 伦理问题 | 非常重视 | 一般重视 |
| 研究者 | 反思的自我，互动的个体 | 客观的权威 |
| 研究者所受训练 | 人文的，人类学的，拼接和多面手的 | 理论的，定量统计的 |
| 研究者心态 | 不确定，含糊，多样性 | 明确 |
| 研究关系 | 密切接触，相互影响，变化、共情、信任 | 相对分离，研究者独立于研究对象 |
| 研究阶段 | 演化、变化、重叠交叉 | 分明，事先设定 |

对表1-3的研究方法（定性研究方法和定量研究方法）没有详加介绍，现详加介绍事件相关电位（ERP）技术，自从事件相关电位技术被引入了诗创作心理学的研究中，让我们不仅看到了研究诗创作心理学的希望，而且也让我们看到了可用现代高科技来对诗创作心理学进行研究。事件相关电位技术是随着认知神经科学的发展，现代物理、电子与计算机的迅速发展对脑功能呈像（functional brain imaging）领域起着重要推动作用。事件相关电位技术主要优势在于它直接反映了神经的电活动，有极高的时间分辨率，几乎达到了实时（记录与被试的活动几乎同

时进行），而且它的造价较低，操作方便，几乎完全对身体没有创伤性。现对这种技术详细加以介绍。

（一）事件相关电位发展简史

事件相关电位是从自发电位中提取出来的脑电，原称激发电位（evoked potentials，EP）它的历史可以追溯到20世纪30年代，距今已有七十余年。1935—1936年包丽娜和戴维斯（Pauline&H. Davis）首先记录到人清醒时的感觉激发电位。1939年戴维斯等发表了首篇诱发电位论文，其诱发电位是没有叠加的单次刺激，在被试脑电平静时进行记录。1947年道森（Dawson）首次报道用照相叠加技术记录人体诱发电位。1951年道森发明机械驱动——电子存贮式EP叠加与平均方法，并首次介绍诱发电位平均技术，开创了神经电生理学的新时代。1962年迦兰波什和谢慈（Galambos&Sheats）首次发表计算机平均叠加的诱发电位论文。1964年瓦尔特（G. Walter）等发现第一个认知事件相关电位成分伴随性负波（congtingent negative variation，CNV），标志着事件相关电位研究新时代的开始。另一个主要的进展是萨顿（Sutton）等人在1965年发现了P3。他们发现，当被试不能预计下一个刺激是听觉刺激抑或是视觉刺激时，刺激会诱发一个大而正的P3成分，峰值在刺激后300ms左右。当能够很好预测刺激出现在哪一个通道时，这个成分就会大大减少。他们用信息论的术语来说明这个实验结果。由此，P3就成了认知心理学的研究热点。

（二）事件相关电位的概念

既然事件相关电位（ERP）是由激发电位（EP）演化而来，那么在确定的激发电位的定义时，有必要将激发电位的广义与狭义的相关定义同时加以概括。

激发电位的广义定义：凡是外加一种特定的刺激作用于有机体，在给予刺激或撤销刺激时，在神经系统任何部位所引起的电位变化。

激发电位的狭义定义：凡是外加一种特定的刺激作用于感觉系统或脑的某一部位，在给予刺激或撤销刺激时，在脑区所引起的电位变化。

事件相关电位的广义定义：凡是外加一种特定的刺激作用于有机体，在给予刺激或撤销刺激时，在神经系统任何部位所引起的电位变化。

事件相关电位的狭义定义：凡是外加一种特定的刺激作用于感觉系统或脑的某一部位，在给予刺激或撤销刺激时，在脑区所引起的电位变化。一般事件相关电位仅指该狭义的定义。

撤反应：刺激或长或短总是要持续一段时间的，通常只考虑刺激出现时所引起的诱发电位，其实在刺激消失时也会产生诱发电位。后者在生理学上称为撤反应。这种撤反应引起的诱发电位比刺激出现时所引起的诱发电位要小得多，人类视觉诱发电位约为1/7。如果刺激长度（持续时间）适宜，它就会与刺激出现时所引起的诱发电位混合，视觉诱发电位失真，因此严格地讲，这是一种伪迹。为了消除这种伪迹，可以：

（1）延长刺激持续时间，在拟观察的事件相关电位成分出现后，再使刺激消失。

（2）缩短刺激持续时间，在拟观察的事件相关电位成分出现前，已使刺激消失。

（3）用持续时间长的刺激测出撤反应的潜伏期与波形，从混合的事件相关电位中将其减掉。

（4）在观察不同心理条件下同样刺激的差异波（difference wave）时，由于撤反应已被减掉，可以不考虑撤反应。当然，由于撤反应较小，有些工作所研究的成分波幅又很高，有时也不严格要求，这属于事件相关电位的水平问题。

（三）事件相关电位主要成分介绍

事件相关电位各成分中既包括容易受到刺激物理特性影响的外源性

成分如 P1、N1 和 P2 等，也包括不容易受刺激物理特性影响的内源性成分如 N2、P3 等，后者和认知活动有密切关系，可以成为探测心理活动的窗口。其中 P3 是最受关注的一种内源性成分，也是当前事件相关电位领域中研究最多的一种成分，所以在某种程度上人们用 P3 来作为事件相关电位的代名词。

事件相关电位的成分到目前为止已经成熟的有：视觉的感觉反应（C1、P1、N1、P2、N170 与顶正电位）；听觉的感觉反应（早成分、N1、失匹配负波）；体觉、嗅觉与味觉的感觉反应；N2 家族；P3 家族；错误检测；反应相关的 ERP 成分以及与语言相关的 ERP 成分。诗创作心理学主要是针对诗歌语言的，所以下面详细介绍语言相关的 ERP 成分。

最令人满意的语言相关的 ERP 成分是由库塔斯和希利亚德（Kutas&Hillyard）于 1890 年首次报道的 N400。N400 是一个负走向波，通常在中央区与顶区最大，而且右半球的振幅比左半球稍大。典型的 N400 见于违反语义期待的反应。例如，当把单词逐个地在屏幕上呈现为一个句子时，其句子为"While I visiting my home town, I had lunch with several old shirts"（我回乡探亲时，同几件旧衬衫一起用午餐）的最后一个单词"shirts"（衬衫）会诱发出一个大的 N400。而如果用"friends"（朋友）代替"shirts"（衬衫），则可能看不出 N400 的活动。在词对刺激中的第二个词也能诱发出 N400，"tire…sugar"（轮胎……食糖）会诱发大的 N400，而"flour…sugar"（面粉……食糖）则会诱发小的 N400。读者或者听到的任何实义词都能诱发出某种 N400 活动。而且，相对不常见的词如"monocle"（镜片），要比相对常见的词"milk"（牛奶），会诱发更大的 N400。

非语言刺激只要它们是有意义的，也能诱发 N400（或者类 N400 波）。例如，如果一个素描图与之前词或者素描图的系列刺激在语境上不匹配时，就会诱发 N400。当然，被试可能同时默读刺激，因此，这样的 N400 有可能还是反映语言特性的脑活动。尽管 N400 典型地在右半球更大，但似乎它主要产生于左侧颞叶。对于这个似乎矛盾现象的解释是，左半球基底部的源偶极子并不直指上方，而是稍微偏向中线的缘故。对裂脑病人和脑损伤病人的研究都显示，N400 是依靠左半球活动的。来自神经外科病人的皮层表面记录也发现了清楚的证据：左前内侧颞叶出现了类 N400 活动。

但是，违反语义规则会诱发不同的 ERP 成分，其一叫 P600。例如，在句子"The broker persuaded to sell the stock"（经纪人劝说卖掉股票），单词"to"所诱发的 P600，大于句子"The broker hoped to sell the stock"（经纪人希望卖掉股票）中，单词"to"所有发的 P600（由于"to persuade sb. to do st."与"to hope to do st."的英文语法差别）。违反语法规则还会诱发一个起始于 300—500ms 的左额区负波。不过，这个负波在比较 wh 问题（wh‐questions，如"What is the…"）与 yes‐no 问题（yes‐no questions，如"Is the…"）时，具有同样的反应。考虑到在语法与语义之间存在重要差别，当性质上属于语法类的词语属于语义类的词诱发出不同的 ERP 活动时，我们应该不会感到惊讶。特别是功能词（function words，如 to 与 with）在左前部电极位置诱发一个叫 N280 的成分，而实义词（如名词与动词）则缺乏这个成分；相反，实义词诱发一个 N400，而功能词却没有。①②③④

---

① 参见魏景汉、阎克乐等《认知神经科学基础》，人民教育出版社 2008 年版，第 51—53 页。
② 参见魏景汉、罗跃嘉主编《认知事件相关电位教程》，经济日报出版社 2002 年版，第 8 页。
③ 参见付翠《事件相关电位测谎技术应用研究》，中国检察出版社 2010 年版，第 31—33 页。
④ 参见［美］拉克《事件相关电位基础》，范思陆等译，华东师范大学出版社 2009 年版，第 27—36 页。

## 三　应用举例

用事件相关电位（ERP）来研究诗歌的文章，到目前为止，仅有几篇，这也代表了诗学心理学的最高水平。下面分别以两篇为例来详细加以介绍。

### （一）《诗句鉴赏过程中的顿悟：来自脑事件相关电位的研究》

第一篇文章是在 2015 年 3 月在《南京师范大学学报》（社会科学版）上发表的一篇由张晶、刘昌、沈汪兵等撰写《诗句鉴赏过程中的顿悟：来自脑事件相关电位的研究》的文章，该文巧妙地将问题领域的顿悟过程的脑机制研究应用到了诗歌创作与欣赏中的顿悟心理的研究上，它使用的范式：猜谜—催化范式。猜谜—催化范式是指通过呈现答案的方式催化顿悟，降低了顿悟发生所需的时间，并能更准确地记录顿悟发生的时间点，是当前广泛采用的顿悟研究范式之一。该范式在实验室情境下诱发顿悟，实质是促使被试对问题答案的"领悟"，而诗歌鉴赏中的顿悟也是对诗歌深层意蕴的直觉领悟过程。说明将猜谜—催化范式引入诗歌鉴赏心理研究具有现实可行性。与其他诗歌类型相比，以近体诗为代表的中国古典诗歌，更讲求格律，其诗歌结构具有较高的同质性，且诗作数量较多，可以满足实验材料的选取需要。诗中常有阐述主旨并意趣生动的关键句，以凝练的语言表达深刻的意蕴。因此，不需要对整首诗进行鉴赏，对关键诗句的鉴赏即可引发豁然开朗的顿悟反应。以诗句鉴赏代替全诗鉴赏可有效降低鉴赏时间，增加实验所能接受的项目数量。并且，关键诗句中常有明显的"诗眼"，即诗中最精警传神的字或词语，是揭示"全诗之旨"的重要所在。把空缺诗眼的不完整诗句作为"谜面"，可视为鉴赏中的"留白"，其空白与不确定性促使鉴赏者不断思考诗句的深层意蕴。而将诗眼作为"答案"，可以促进句中意象的整合与完形，进而在瞬间诱发顿悟。诗歌顿悟是瞬时发生的，对这一时间点的准确记录尤为重要，事件相关电位（event related potentials，ERP）技术具有极高的时间精度，符合对顿悟闪现瞬间记录的需求。

1. 问题提出

在心理学研究中，抑或任何的研究都起始于问题的提出，问题解决的过程，包括发现问题、解决问题、提出假设和验证假设。本研究以古诗句作为实验材料，采用事件相关电位技术，借鉴猜谜—催化范式对诗歌鉴赏过程中顿悟发生的时间进程及认知机制进行探讨。

2. 方法

在心理学研究中，方法部分是最为核心的部分，包括被试、实验材料、实验程序、脑电记录与分析。

（1）被试。本研究中，由于诗句鉴赏任务的特殊性，需要对被试进行较为严格的筛选，以保证被试鉴赏过程的顺利完成。根据自编的《古诗爱好程度调查问卷》（同质性信度 $\alpha = 0.76$），从被试自评古诗爱好程度、自评古诗水平，被试古诗爱好程度问卷题目、古诗水平问卷题目及鉴赏水平问卷题目等五个维度对152名被试进行了测量，共收回有效问卷137份。问卷中对被试自评爱好程度、自评古诗水平进行了七点评分，剔除了自评爱好程度低于5分（代表"比较高"）或自评古诗水平低于4分（代表"一般"）的被试，余下被试根据另外三种指标的分数之和，从高分到低分排序，最终13名来自国内某高校的本科生与研究生参加了实验。其中男生5人，女生8人，年龄介于20—24周岁，平均年龄为 $21.38 \pm 1.45$ 岁。所有被试均为右利手，身心健康，视力正常或矫正后正常。所有被试此前未参加过类似实验，脑电实验获得了被试知情同意，实验结束后，被试获得一定的报酬。

（2）实验材料。从非常经典和普遍认同的诗集，诸如《全唐诗名篇精注佳句索引》等十几本古诗著作中预选出300句具有明显诗眼，且诗眼位于第二句古诗第三个字的五言诗句，让30名文学专业学生或非文学专业的文学爱好者从诗句熟悉度、诗眼明显度、是否有生僻字等几个角度对诗句进行评定，最后挑选出200句熟悉度低，诗眼明显并且没有生僻字的诗句作为正式实验材料。所有诗句长度和答案长度都是固定的，作为问题呈现的诗句为空缺诗眼的不完整诗句，包括9个汉字和1个"＿＿"，答案句为"＿＿"处填上诗眼的完整诗句，包括10个汉字。诗句和答案句均以18号宋体呈现于屏幕的中央，且诗句和答案中的汉字均为高频字。

（3）实验程序。被试距离显示器约100cm，水平视角1.2°，垂直视角1.6°。实验分为练习实验和正式实验两个部分，正式实验总共包含200个试次（其中190个诗句与诗眼正确匹配，另外10个诗句与诗眼错误匹配，用作避免被试在实验过程中觉察到诗句与诗眼的对应关系和由此产生的反应定式，并作为鉴别反应以甄别被试是否认真完成鉴赏任务），被试每隔40个试次休息一次，休息时间由被试通过按键自行控制。在正式实验开始之前，为了让被试适应实验环境并熟悉实验流程，设置了一个15个试次（13个诗句与诗眼正确匹配的试次和2个诗句与诗眼错误匹配的试次）的练习实验，练习实验的程序与正式实验一致。具体实验流程如图1-1所示。

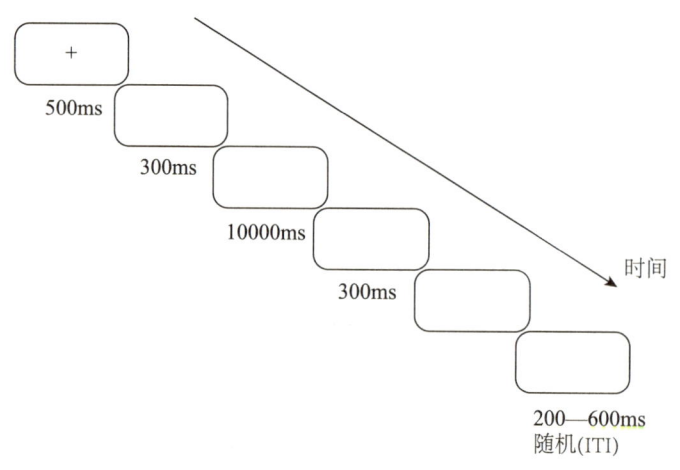

**图1-1　诗句任务的刺激呈现流程**

如图 1-1 所示，每个试次（trial）开始时，屏幕中央呈现一个 500ms 的"十"字注视点，之后是一个呈现 300ms 的空屏，紧接着屏幕上出现抠去诗眼的五言诗句，被试需要阅读理解诗句并思考适合填充的答案字。若被试想出可能的答案字，按空格键，进入一个 300ms 的空屏，未做按键反应的试次在 10000ms 后也进入 300ms 的空屏，空屏消失后要求被试快而准确地对随后呈现的填上诗眼答案的完整诗句进行反应。具体为当被试看到所呈现的诗眼字后，理解了诗句语义，但不能产生豁然开朗的顿悟感时，被试用右手的食指按数字键盘的"1"键，表示无法诱发顿悟；当被试看到所呈现的诗眼字理解了诗句语义，并在理解之外对诗句产生了豁然开朗的顿悟感时，被试用右手中指按数字键盘的"2"键，表示诱发了诗句顿悟；当被试认为所呈现的字不能让其理解诗句时，用右手无名指按数字键盘的"3"键，表示不理解诗句（此反应仅用作检验被试对错误匹配任务的辨别反应，以此剔除未认真反应的被试，此条件数据不进入后续的统计分析）。若完成判断则直接跳入下一空屏，200—600ms 随机间隔后进行下一个试次。若未完成判断，则在 6000ms 后答案句消失，出现一个随机间隔为 200~600ms 的空屏后也进入下一个试次，两种类型反应条件下的试次均以完全随机方式呈现，被试的行为反应被 E-prime2.0 软件记录。

（4）EEG 记录与分析。被试的脑电数据由 Neuroscan 公司的 64 导脑电分析系统采集，按照国际 10—20 系统扩展的 64 导的银/氯化银电极帽记录 EEG。实验中将左侧乳突作为参考电极，同时记录右侧乳突的电位活动。离线处理时将所有电极的数据与双侧乳突的平均值进行再参考。垂直眼电（VEOG）由安放在左眼上下约 1cm 的电极记录，水平眼电（HEOG）由两眼外侧约为 1cm 处所安放的电极记录，前额接地，连续采样频率为 1000 Hz/导，滤波带宽为 0.05—30Hz。数据进行离线处理时，脑电分析时程为诗眼答案呈现前 200ms 的基线和之后 1000ms 的反应时间。自动校正水平眼电和垂直眼电及其他伪迹所引起的脑电电压变化。将导联电压超过±50μV的脑电事件剔除，对余下的ERPs进行叠加，之后进行零相位的30Hz低通滤波。参照以往同类研究，并根据"前中后"和"左中右"的电极选取规则，本研究最终选取了Fp1、Fp2、Fpz、F5、F1、F2、F6、Fz、C5、C1、C2、C6、Cz、P5、P1、P2、P6、Pz、O1、O2及Oz等21个电极，进行2（反应类型：诱发顿悟、无法诱发顿悟）×3（半球部位：左、中、右）×3（电极位置：前、中、后）三因素重复测量设计的方差分析。方差分析结果若不能满足球形假设则用Greenhouse-Geisser法校正。同时，地形图由64导的总平均图得出。

3. 结果

（1）行为数据分析。行为记录显示，作为鉴别反应的10句错误匹配诗句，被试基本做出了"不理解"反应，于是认为13名被试的数据是有效的，可以纳入分析。数据显示，无法诱发顿悟和诱发顿悟条件下的诗句数量分别为80±19与87±24句。表明所筛选的绝大多数诗句能为被试所理解，并且该材料诱发了被试足够数量的顿悟反应，满足本研究的基本要求。另对两种条件下的反应时结果进行配对样本t检验，发现诱发顿悟条件的反应时显著短于无法诱发顿悟条件，$t(1, 12) = 2.40$，$p < 0.05$，其中诱发顿悟条件的反应时为2282±390ms，无法诱发顿悟条件的反应时为2526±457ms。这一结果符合诗歌顿悟"突发性"的特点，并与部分问题解决顿悟研究结果一致，但同样采用猜谜—催化范式的问题解决顿悟研究却报告了相反的反应时差异。这可能在于本研究借鉴猜谜—催化范式时，对被试的任务反应做出了调整，以往研究要求被试比较猜测答案与所给答案是否相同，在猜中（"无顿悟"）条件下，被试较快意识到自己猜对了答案，故能较为迅速地做出按键反应；而未猜中（"有顿悟"）条件下，被试需要更长时间克服错误的解题思

路，理解答案与问题之间的关系。而在本研究中，不要求被试关注是否猜对诗眼答案，而让被试根据看到诗眼时是否对诗句产生顿悟体验做出判断。与无法诱发顿悟条件相比，诱发顿悟条件的诗句可能带给读者更强烈的瞬间情感体验，被试也更确信能通过诗眼答案理解诗句，因此反应更快。

（2）脑电数据分析。根据总平均图（图1－2、图1－3）可以发现，诱发顿悟和无法诱发顿悟条件诗句的脑电波形较为一致，两种条件下产生了类似的 N1 和 P1 等早成分，方差分析显示在此时程范围反应类型的主效应及反应类型与电极位置或半球部位的交互作用都不显著，$ps > 0.05$。且在 350—500ms 与 700—1000ms 时程范围内，也得到了相同的实验结果，$ps > 0.05$。而在 500—700ms 内，诱发顿悟比无法诱发顿悟的诗句存在一个更加正向的偏移，测量两种条件的差异波在 Fz、Cz 和 Pz 点的波峰潜伏期与振幅，结果显示差异波的最大波峰位于 Pz 点，峰潜伏期为 $597 \pm 25$ms，峰振幅为 $1.38 \pm 0.95 \mu V$。差异波地形图显示（图1－3），诱发顿悟比无法诱发顿悟诗句更广泛地激活了顶枕部脑区。为进一步检验两种反应类型是否存在显著的脑电活动差异，采用平均波幅法对 500—700ms 的脑电成分进行了分析。

三因素重复测量方差分析结果显示，在 500—700ms 内，反应类型的主效应极其显著，$F(1, 12) = 11.54$，$p < 0.01$，效应量 $\eta 2 = 0.49$。电极位置的主效应极其显著，$F(2, 24) = 9.71$，$p < 0.01$，效应量 $\eta 2 = 0.45$。此外，方差分析结果还显示，反应类型与电极位置的交互作用显著，$F(2, 24) = 6.47$，$p < 0.05$，$\eta 2 = 0.35$，半球部位和电极位置的交互作用显著，$F(4, 48) = 5.50$，$p < 0.05$，$\eta 2 = 0.31$。半球部位的主效应，反应类型与半球部位二者，反应类型、半球部位与电极位置三者的交互作用都不显著，$ps > 0.05$。进一步对反应类型和电极位置的交互作用进行简单效应分析，结果显示，诱发顿悟与无法诱发顿悟条件的平均波幅在前部电极差异不显著，F（1，12）=0.29，p>0.05；在中部电极差异显著，F（1，12）=5.16，p<0.05；而在后部电极差异极其显著，F（1，12）=10.68，p<0.01，在中后电极部位均为诱发顿悟条件的平均波幅显著大于无法诱发顿悟条件。

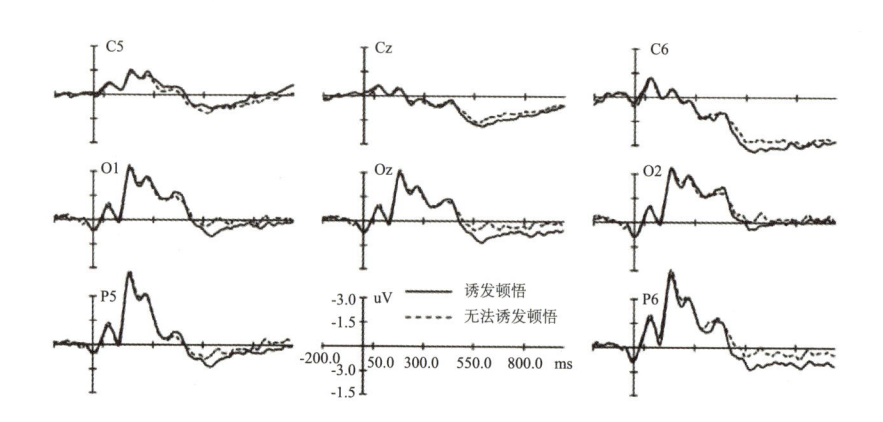

图1-2 诱发顿悟与无法诱发顿悟条件在 C5，C6，Cz，P5，P6，O1，O2，Oz 和 ERP 总平均（$n=13$）

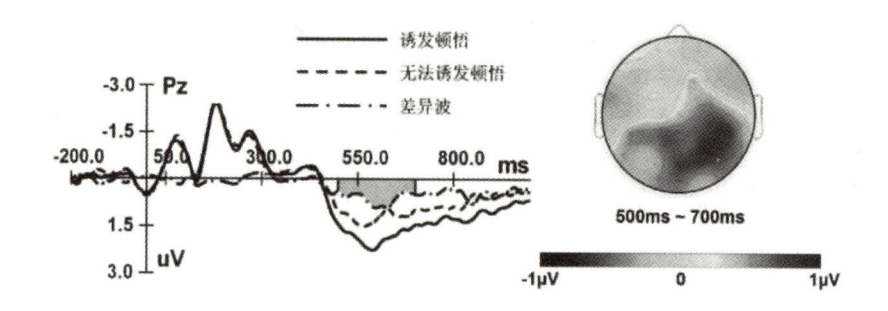

图1-3 从左到右分别是（1）Pz 电极点 ERP 总平均（$n=13$）；（2）诱发顿悟较无法诱发顿悟条件差异波在500—700时程地形图分布

4. 结论

本研究借鉴"猜谜—催化"范式，运用事件相关电位技术记录诗歌鉴赏过程中的顿悟现象，并对诗歌顿悟的认知机制进行了探讨。考虑到诗句鉴赏活动的特殊性，研究没有采用以部分被试预先确定诗句有无顿悟，或者根据被试猜对答案与否作为分类标准而对诗句进行叠加，而是采用主观评定的方法区分有无顿悟体验，这充分考虑了被试个体鉴赏心理的差异性和主观情绪体验性，以更准确地区分被试是否发生了顿悟。并且，研究发现诱发顿悟诗句较无法诱发顿悟诗句引起了顶部和枕部脑区更显著的激活，并产生了一个更加正向的脑电偏移（P600）的结论。结合先前研究对这一成分的认知意义进行探讨，认为诗句鉴赏中的顿悟是一个通过意象重组，将诗句的原有表征整合并更新为一个新的表征的过程。[①]

（二）*Aesthetic appreciation of poetry correlates with ease of processing in event – related potentials*

第二篇文章是在 2015 年 12 月在 *Cognitive，Affective & Behavioral Neuroscience* 杂志上发表的，由德国学者 Christian Obermeier, Sonja A. Kotz, Sarah Jessen 等撰写 *Aesthetic appreciation of poetry correlates with ease of processing in event – related potentials* 的文章。该文就是根据修辞理论假设语言的节奏和韵律功能非常有助于说服、打动和取悦观众。这些影响的一个可能解释被称为"认知流畅理论"，"认知流畅理论"规定，这种循环模式（例如，韵律、节奏）增强了感知的流畅性，并可能导致更强的审美鉴赏力。

---

[①] 参见张晶、刘昌、沈汪兵等《诗句鉴赏过程中的顿悟：来自脑事件相关电位的研究》《南京师大学报》（社会科学版）2015 年第 2 期。

1. 问题提出

在本研究中，研究者给被试呈现 60 首抒情诗节，它们是从 19—20 世纪的德国诗歌中挑选出来的，每一首由四个诗节所组成。我们呈现给非诗歌专家被试听四种不同语言变量的诗歌，在韵律上（有韵律和无韵律）和在节奏上（有节奏和无节奏）同时对它们进行脑电（EEGs）记录。被试评定对诗节和韵律节奏的喜欢程度（我们可以将之理解为对于整体审美鉴赏的替代物）。在以往的关于日常语言运用 ERP 证据的基础上，我们预期对于有规律的韵律和节奏 N400 的反应会减少，而对于韵律 P600 的反应也会减少。韵律和节奏的交互作用是否发生仍然是一个悬而未决的问题，因为到目前为止，韵律和节奏在理论上是独立的。我们预期如果诗歌的这两种特征有交互作用，那么它们将会彼此增强，因为传统的德国诗歌（和英国诗歌）使用的是它们的共同特征。因此，我们预期对于韵律和节奏这两者对于诗节的加工过程会更容易一些。此外，我们打算重复先前的对于韵律和节奏诗节的高喜欢和高评价的行为结果。最后，我们预测在 ERPs 中加工过程的减少将会与审美鉴赏有关。如果是这样，我们应该找到一个在 N400 和 P600 的 ERP 的反应减少与对于诗歌的审美评价之间的显著的相关性，那么加工过程的减少与诗歌的审美鉴赏之间会相互影响这一假设就是成立的。

2. 方法

（1）被试。18 名德国本土被试，其中包括 11 名男被试，7 名女被试；年龄在 18—30 之间，平均年龄为 24.9 岁，参加了这项研究并签署了知情同意书。所有被试都是右利手，视力或矫正视力正常，没有听力障碍，之前没有参加过使用相同刺激材料的研究。被试都不习惯于阅读或听诗歌，但在学校里都不得不接触一些诗歌。

（2）材料。抒情材料包括 Obermeier. C. 等在 2013 年的文章 *Aesthetic*

*and emotional effects of meter and rhyme in poetry* 使用过的抒情诗集中的选节。原来的刺激材料包括从19—20世纪早期的德国100首诗选的4行诗节。所有的诗节都选自德国歌谣，大致相当于英国民谣诗节且被称之为"Volksliedstrophen"。这种类型的诗歌有许多，而且还有好多是德国目前的流行歌曲，所以我们预期每位读过诗歌的读者都会很容易地发现诗歌的韵律和节奏特征。我们控制的变量类型有韵律（一半诗节包含隔行押韵；另一半诗节包含不隔行押韵）、节奏（抑扬型VS扬抑型）、诗节大小（相同的）、符合句法性、诗节长度（每首诗包括85—125个字节）、没有句法上的省略和跨行连续的诗节。只有名词和动词出现在押韵的位置，以降低对诗节的熟悉性。

我们选取了包括每种100首诗节的4个不同版本，考虑的两个因素：韵律（韵律VS非韵律）和节奏（节奏VS非节奏）。第一个版本是原始诗节（韵律和节奏）。第二个版本是有韵律但没有节奏的诗节（韵律和非节奏）。第三个版本是非韵律但有节奏（非韵律和节奏）。第四个版本是非韵律和非节奏（非韵律和非节奏）。我们的版本是按照一致的原则来进行的。

我们尽可能保留了节的原始词和词序，也保留了非韵律版本，通过在每行诗中增加一个或两个音节，例如通过改变小品词和功能词，修改了形容词，或者替换了名词，目的是使之有一个大致相同的意义。对于非节奏的诗节版本，我们更换了每个节奏中的第一个字。除了修改了节奏和韵律，我们保留了诗歌的其他特征，如隐喻和句法特征（例如，重复的主题，见表1-4）。

表 1-4　　　　　　　　　四个不同版本的诗歌

---

第一个版本　韵律 and 节奏：
Let other bards of angels sing,　　其他鸟儿唱出天使般的歌声
Bright suns without a spot,　　　　风和日丽万里放晴
But thou art no such perfect thing,　但你的艺术并不是那么出神
Rejoice that thou art not!　　　　　无独有偶为此高兴

第二个版本　韵律 and 非节奏：
Let other bards the angels praise,
Bright suns without a flaw,
But thou art no such perfect thing,
Rejoice that thou art not!

第三个版本　非韵律 and 节奏：
Let the other bards of angels sing,
Of bright suns without a spot,
( ) Thou art not such a perfect thing,
Rejoice because thou art not!

第四个版本　非韵律 and 非节奏：
Let the other bards the angles praise,
As bright suns without any flaw,
( ) Thou art not such a perfect thing,
Rejoice because thou art not!

---

总之，我们选取了 4 种不同版本的每种 100 首的诗节，包括的诗歌特征既有韵律又有节奏，实验中总共有 400 首诗节。为了尽可能降低理解的影响，我们选取了一个专业演员将所有的诗歌都吟诵了一遍，目的是减少表现力及典型性强的诗歌。我们对每首诗节都录制了数遍，并从中选取了 78 分贝的声音，目的是规避在诗节之间的不同声音强度。此外，我们单独进行了声学的分析，包括最高音调、最低音调和平均音调，目的是确保不同版本中每首诗节的同音性，这可根据他们的声学特性来定。

（3）前测。为了验证和优化韵律操作的效果，我们对其进行了评级。我们邀请了 40 位德国本土人士对刺激进行评级，对于是否有节奏

对其进行5点评分量表（1代表非常没规律到5代表非常有规律），其刺激包括（有韵律和有节奏或者没韵律和有节奏）。有韵律的诗节比没有韵律的诗节被判断为更有规律 [$F (1, 39) = 189.7$, $MSE = 0.154$, $p < 0.0001$]。基于评级的结果，我们选择了30首相连并有节奏的两行诗节和30首隔句有节奏的诗节，作为最终的刺激材料，在有节奏规律的评级方面，对于有韵律的和非韵律的诗节版本来说，这提供了最大的不同，因此，最终的结果是我们得到的刺激包括240首诗节（60首诗节×4种版本）。

（4）程序。被试坐在电脑屏幕面前，且是在一间昏暗和声音微弱的小室内。被试认真听所有诗节，并对这些诗节通过按压相关按钮在5点评分量表上进行评分（节奏韵律评分是1代表非常没规律，5代表非常有规律；喜欢程度是1代表是非常差，5代表非常好）。一个典型是试次开始时在电脑屏幕上呈现300 ms 的"十"字，之后通过扩音器和屏呈现诗节。随后立即对节奏韵律和喜欢程度进行评级并且之后呈现100 ms 的空屏。我们对被试的评级顺序进行了平衡。

我们给被试随机呈现40个 blocks。每个 blocks 包括6首诗节。4个不同的条件，每个条件60个试次，共240个试次。在每10个 blocks 之后有一个短暂的休息。实验包括一个短暂的训练，共持续时间大约90 min。具体程序如图1-4所示。

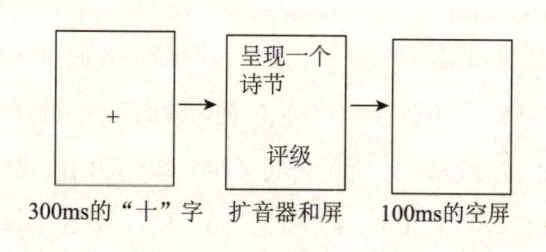

图1-4 程序

（5）脑电记录。被试的脑电数据由美国Eaton公司的32导脑电分析系统采集，按照国际10－20系统扩展的59导银/氯化银电极帽记录EEG。我们使用了一个PORTI－32/MREFA的放大器（直流电135 Hz）来放大EEG信号，并且我们在500 Hz时将其数字化。Sternum接地并且左侧乳突作为参考电极。我们保持电极阻抗在5 kΩ以下，且其滤波带宽为0.1—140 Hz之间。数据进行离线处理，参照乳突数据。我们测量垂直眼电和水平眼电目的是排除尾迹。

（6）分析。行为数据分析。实验任务要求被试对每一个诗节的节奏韵律和整体喜好程度进行评级。我们对所有试次评级，统计分析使用重复测量方差分析，其中被试内设计的两因素为韵律（有韵律，非韵律）和节奏（有节奏，非节奏）。

ERP数据分析。统计分析之前，我们使用带通滤波宽为0.1—100 Hz进行离线数据滤波，并让数据自动进行伪迹去除，电极与肌肉产生的伪迹使用Field Trip进行去除。然后，我们应用独立成分分析，以确定眼动以及其他伪迹（如心跳）。我们从EEG数据中移除相应的成分，并使用一个手动的去除伪迹的程序得到正确的数据。总体而言，我们排除了试次的13.7％，然后再进行进一步的分析。最后，我们再次通过带通滤波宽为0.5—30Hz进行正确数据的过滤，目的是校正基线偏移。我们计算了在每一个实验条件下的，在每首诗节的最后一个字的单被试的平均数。

我们把时间锁定在最后一个字上，我们把时间设置在刺激呈现200 ms的基线和之后1000 ms的反应时间。我们分开分析横向和中间的电极点。对于横向电极点，我们定义了四个感兴趣的区域（ROIs）：左前（AL：FP1、AF3、AF7、F7、F5、F3、FT7、FC5和FC3），左后（PL：TP7、CP5、CP3、P7、P5、P3、PO7、PO3和O1），右前（AR：FP2、AF4、AF8、F8、F6、F4、FT8、FC6和FC4）和右后（PR：TP8、

CP6、CP4、P8、P6、P4、PO8、PO4 和 O2)。对于中线分析（MID），我们使用了以下的感兴趣的区域 ROI：FPz、AFz、Fz、FCz、Cz、CPz、Pz、POz 和 Oz。

基于视力检测和我们的假设，我们选择了两个时间窗，以分析诗歌接受过程中韵律和节奏对其的影响。第一次时间窗出现在 200 到 500 ms 内，相对应于经典的 N400 时间窗，第二次时间窗出现在 700 到 850 ms 内，我们确定了一个持续的正向的反应出现在 P600 处。

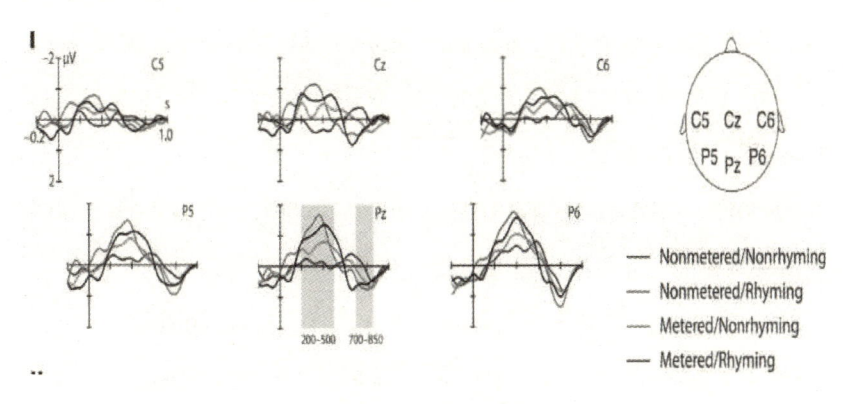

**图 1-5　ERP 波形**

对于这两个时间窗，我们计算了平均 ERP 振幅，并随后进行了重复测量方差分析，对于横向的感兴趣的区域（ROIs），被试内设计的因素有：韵律（韵律、非韵律）、节奏（节奏、非节奏）、半球部位（左、右）、电极位置（前、后）；对于中线的感兴趣的区域，被试内设计的因素有：韵律（韵律、非韵律）、节奏（节奏、非节奏）。我们只报告了设计韵律和节奏的因素。我们使用了 7Hz 的低通滤波显示了我们的地形图。

相关性数据分析。我们使用了相关分析，研究了韵律和节奏是否对于加工过程的容易性有影响与审美喜好之间是否存在相关性。N400 和 P600 的韵律和节奏（横向和中线电极）是与具有审美喜好的韵律和节奏有相关性的。为了这个目的，我们计算了两个指标：a. 计算了对于

N400 和 P600,韵律和非韵律条件的差异以及节奏和非节奏条件的差异;b. 计算了对于韵律和节奏两种条件下的喜好程度的不同分数。我们计算了皮尔逊相关系数(单向),目的是探索韵律和节奏的 N400 和 P600 的相关性和与之相关的行为评级效应。这个程序测试了 ERP 的效果是否会影响审美喜好,反之亦然。

3. 结果

(1)行为数据结果。有规律性的评级揭示了韵律的主效应显著(metered,3.36 ± 0.11〔standard error〕;nonmetered,3.00 ± 0.11)〔F(1,17)=20.45,p<0.001〕和节奏的主效应显著(rhyming,3.98 ± 0.12;nonrhyming,2.38 ± 0.18)〔F(1,17)= 52.08,p<0.001〕。这两者的交互作用显著〔F(1,17)=9.59,p=0.007〕。在解决韵律的交互作用过程中,我们发现了对于韵律和非韵律的节奏的主效应,其中韵律刺激(rhyming,4.19 ± 0.12;nonrhyming,2.52 ± 0.19)〔paired t(17)=7.08,p=0.000002〕;非韵律刺激(rhyming,3.76 ± 0.13;nonrhyming,2.25 ± 0.16)〔paired t(17)= 7.29,p= 0.000001〕。同样,我们在解决节奏的交互作用过程中,我们发现了对于节奏和非节奏的韵律的主效应,其中节奏刺激(metered,4.19 ± 0.12;nonmetered,3.76 ± 0.13)〔paired t(17)=5.04,p=0.0001〕;非节奏刺激(metered,2.52 ± 0.19;nonmetered,2.25 ± 0.16)〔paired t(17)=3.49,p=0.003〕。

我们对喜好程度的数据分析再一次显示了韵律和节奏的主效应显著,其中韵律(metered,3.11 ± 0.10;nonmetered,2.92 ± 0.09)〔F(1,17)=20.03,p<0.001〕;节奏(rhyming,3.38 ± 0.12;nonrhyming,2.65 ± 0.12)〔F(1,17)=26.05,p<0.001〕;并且它们的交互作用〔F(1,17)=11.01,p=0.004〕。进行节奏主效应的韵律和非韵律分析,其中韵律(rhyming,3.52 ± 0.12;nonrhyming,

2.70±0.12）［paired t（17）=5.04，p=0.001］；非韵律（rhyming，3.24±0.12；nonrhyming，2.59±0.1）stanzas［paired t（17）=4.65，p=0.001］。进行韵律主效应的节奏和非节奏分析，其中节奏（metered，3.52±0.13；nonmetered，3.24±0.12）［paired t（17）=5.17，p=0.00007］；非节奏（metered，2.70±0.12；nonmetered，2.59±0.11）［paired t（17）=2.35，p=0.03］，这两者很可能在韵律和节奏上存在交互作用。

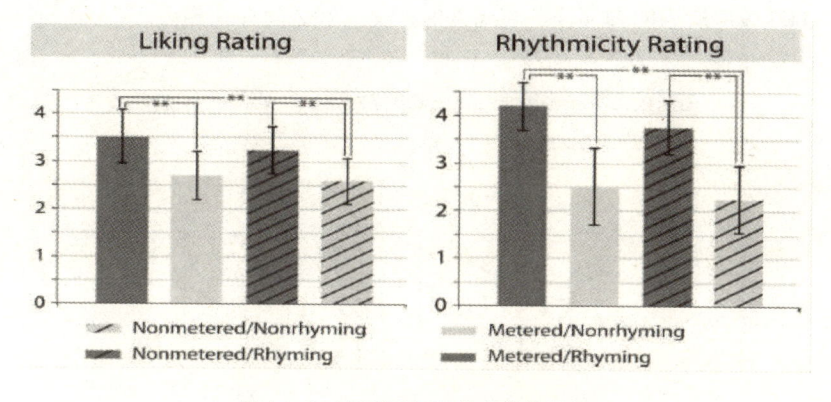

图1-6 喜爱评级与节奏韵律评级

（2）ERP数据结果。总体来说，N400的效应表明，抒情诗节的最后一个字在有韵律和有节奏特征的时候，其加工过程会变得更加容易，然而当仅有一个特征或一个特征都没有的时候则需要更多的努力。而P600时间窗的分析确认了在后侧横向电极位置上，在抒情诗节的韵律版本中对节奏效应有促进作用。

（3）相关性分析结果。相关性分析显示在横向与中线电极位置中N400节奏效应与审美喜好评级之间的相关不显著［lateral：r（18）=0.10，p=0.35；midline：r（18）=0.07，p=0.38］。然而，我们也观察到了在N400韵律效应与审美喜好评级之间在横向电极位置显著［r（17）=0.44，p=0.038］，在中线电极位置显著［r（18）=0.48，p=

0.026]。因此，加工过程的容易性（一个较大的 N400 效应）与高度的审美喜好之间存在相关。与之相似的，相关性分析显示在横向与中线电极位置中 P600 节奏效应与审美喜好评级之间的相关不显著［lateral：r（18）＝0.07，p＝0.38；midline：r（18）＝－0.11，p＝0.34］。然而，我们也观察到了在 P600 韵律效应与审美喜好评级之间在横向电极位置显著［r（18）＝－0.51，p＜0.0001］，在中线电极位置显著［r（18）＝－0.78，p＜0.0001］。同样，加工过程的容易性，正如更大的 P600 效应所表明的那样，与高度的审美喜好之间存在相关。

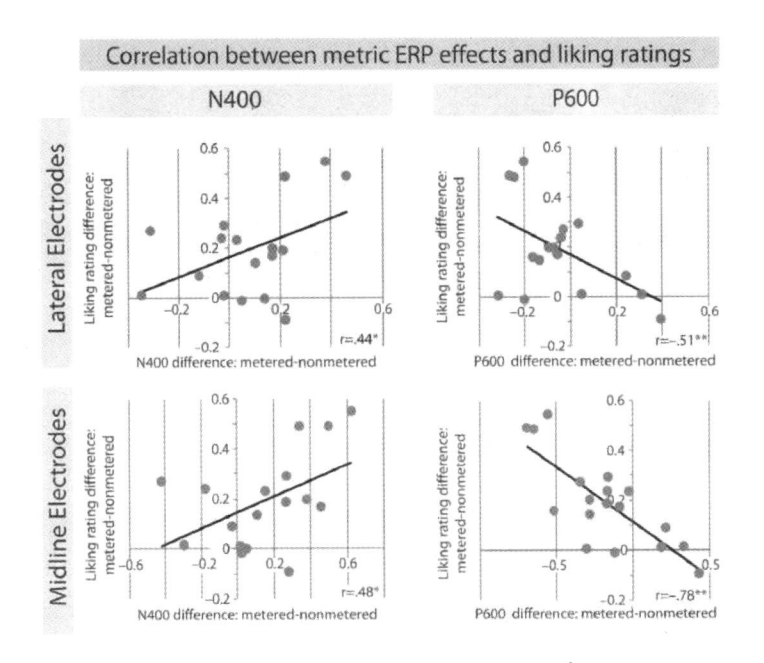

图 1－7　节奏的 ERP 效应与喜爱评级之间的相关

4. 结论

在这篇文章中探讨了诗歌的韵律与节奏特征是否与如何提高了在诗歌的接受过程中的加工过程的容易性，并且这种效应是否与诗歌的高审美鉴赏相关。我们发现了诗歌的韵律和节奏的 N400 和 P600 效应，这种效应是诗歌加工过程容易性的一种指标，并且这种效应与审美喜好程度明显相关。我们也提供了第一个音系学的与作诗方法的模式的神经科学的证据，这种模式可通过提高加工过程的容易性与诗歌的审美鉴赏有关，这也正如认知诗学与认知流畅理论所提出的观点一致。①

## 第四节　诗创作心理学的任务

在前面已提到，诗创作心理学是诗学心理学的一部分，所以诗创作心理学的内涵及理论体系仅包括诗创作心理论，它属于诗学心理学的核心部分，即诗创作心理的综合规律。研究诗创作心理活动的各阶段的阶段性及其心理特征：诗创作心理定向阶段论——这是诗创作心理活动的第一阶段，也就是在心中形成一个似是而非的映像，有时甚至连诗人自己也不清楚他自己正在做这件事，我们也可以称之为诗创作的征兆阶段，可能会成功，也可能会失败，一旦成功，就会面临下一个阶段。诗创作心理准备阶段论——这是诗创作活动的第二阶段，双重身份问题，既要神与物化，又要出乎其外，保持距离。诗创作心理酝酿阶段论——这是诗创作活动的第三阶段，也是一个无奈的时期，即所有可能想到的解决方案都无法成功地解决问题。在这一阶段里，问题解决被移入潜意识中进行，这个过程看似无所作为，实则暗藏汹涌，涌动的内心即将会爆发小宇宙。诗创作心理豁朗阶段论——这是诗创作活动的第四阶段，此阶段心灵的窗户通向了世界，死人也会开口说话，思想的火花似乎点燃了整个黑夜，暗藏的小宇宙终于爆发了，诗创作的成功体验就在此刻。诗创作心理验证阶段论——这是诗创作心理活动的最后一个阶

---

① Christian O., Sonja A. K., Sarah J., Tim R., Martin von K. &Winfried M, *Aesthetic appreciation of poetry correlates with ease of processing in event—related potentials*, Cognitive, Affective&Behavioral Neuroscience, Vol. 16, No. 2December 2015.

段，此阶段将心灵的迹象外化出来，用语言将其定格，一旦定格我们就可以对其进行操作，主要是对诗创作心理豁朗阶段所产生的诗创作思维的检验并评价，如是检验和评价不达标，诗人就会返回到诗创作心理酝酿阶段，有时会返回到第一阶段、第二阶段、第三阶段或将之弃之不用，重新进入下一首诗的创作。

当然，以上的诗创作阶段只是一个一般有共性的阶段，大概是符合诗创作心理活动规律的，但还存在一个特殊化的问题，诗创作思维也绝非如此一概而论，特别体现在这个豁朗阶段上，此阶段与诗人的思维技能、个性特征及社会支持不无关系。在一个持中庸之道的国家，也就是从正态分布的角度来考虑，不应该出现诸如"顿悟""豁朗""灵感"等字眼，也正如当年的古希腊三哲之一的柏拉图在《伊安篇》中所说的"神赐论"那样有些玄乎，但这是有一个过程的积淀的突然爆发，不是一蹴而就、无中生有的，如果硬是将其做慢动作回放，它也是一个递增的循序渐进的过程，即是通过每一小步的成功到最后的终极成功，其实这一切都是建立在之前的准备之上的。

至于创建诗创作心理学的任务，诗创作心理学是建立在心理学之上的学科，心理学在当今也还算不上一门成熟的学科，正如心理学史家黎黑所说的那样："心理学有一个长期的过去，一个短期的历史和一个不确定的未来。由于对牛顿的综合理论的幻想，也许它在现时代已经衰退。今天它作为一个流行的和实用的研究领域而繁荣起来。明天我们可以预期它会解体，听任每一个部分按照自身的方法自由发展。历史将是最后的裁判。"[①]心理学未来的前景我们暂且不谈，就它目前来看，业已奠定了坚实的理论基础，但我们离全面地高水平地建设出完美的心理学体系尚十分遥远。建设中国的诗创作心理学的前景真可谓任重而道远。

---

① ［美］T. H. 黎黑：《心理学史——心理学思想的主要趋势》，刘恩久等译，上海译文出版社1990年版，第515页。

一言以蔽之，我们所面临的诗学心理学的任务主要有两个：一般任务与特殊任务。一般任务就是创建有中国特色的诗创作心理学，这一点将在诗创作心理学的意义与价值一节来谈。特殊任务是解决当前所提出的一些问题，我们将诗创作心理学分为五个阶段，具体在每个阶段里探讨了诗人在诗创作过程中的心理特点及其规律。在诗创作心理定向阶段讨论了诗人的潜意识、意识及注意等心理现象；在诗创作心理准备阶段探讨了诗人的动机、记忆及知觉等心理现象；在诗创作心理的酝酿阶段讨论了各种思维现象；在诗创作心理豁朗阶段接着论述思维过程，在思维过程快要结束时的顿悟现象；在诗创作心理验证阶段论及了诗的语言及其最后的修改过程。这些心理现象也是普通心理学所讨论的心理现象，但毕竟普通心理学与诗创作心理学是两门学科，各有各的研究对象及研究任务。普通心理学的研究对象是人类的普遍心理，虽也包括了诗人心理，但毕竟它们是有区别的。诗创作心理是研究诗人在创作过程中的心理现象，是属于特殊的心理，它们是普遍与特殊、共性与个性、一般与个别之关系。诗创作心理学将触须深入被人称为最难理解的"诗人黑箱"，在如此艰难的任务中，若是能走出一条路来，那将是诗创作心理学的最为风光旖旎之处了。

## 第五节 诗创作心理学的意义及价值

诗乃文学之祖，艺术之根，诗是一种阐释心灵的文学体裁，而诗人则需要掌握成熟的艺术技巧，并按照一定的音节、声调和韵律的要求，用凝练的语言、充沛的情感以及丰富的意象来高度集中地表现社会生活和人类精神世界。中国自第一部诗歌总集《诗经》诞生以来，特别是唐朝以来，诗一直是中国文学体裁的正宗，中国的诗大概经历了古体诗、近体诗到现代诗歌，其中古体诗又经历了《诗经》、楚辞、汉赋、汉乐府、魏晋南北朝民歌、建安诗歌、陶诗等文人五言诗、唐代的古风、新乐府律诗绝句等；然后到近体诗，近体诗又经历了近体诗、词、曲等；到现代诗歌就不一而足了，各式各样的翻新、出奇，也不无受到西方国家的诗体的影响。

　　国家统治需要诗，个人生活也需要诗。人类观照世界的方式无外乎是以真善美的标准来衡量的，无论是科学的方式抑或诗的方式。其实它们都涉及真理与价值的问题。真理是人们对客观事物及其规律的正确认识，真理也不是绝对的，而是相对的。价值是揭示外部客观世界对于满足人的需要的意义关系的范畴，也即具有特定属性的客体对于主体需要的意义。我们要以开阔的眼光来看待世间的各种学科，它们都是解释世界的一种方式。真理与价值的关系是辩证统一的。首先，成熟的实践必然是以真理和价值的辩证统一为前提的；其次，价值的形成和实现是以坚持真理为前提，而真理又必然是具有价值的；最后，真理与价值在实践和认识活动中是相互制约、相互促进的。为此，我们必须在实践中坚持贯彻人文精神和科学精神相统一，因为这两者不仅是涉及自然科学和人文科学这两大类学科，而且还涉及对待世界与人的方方面面。

　　正如前面所提到的，诗一直是中国文学体裁的正宗，直到近现代提倡实用主义和科学技术日盛以来，这不仅在造福人类的同时，也给人类的生存带来了新的威胁，它造成了人的片面发展，什么拜金主义、个人享乐主义等日渐猖獗，使人们对诗词歌赋等麻木不仁，使人的情感也受到了压抑，人们在享受现代文明的同时却常常感到失去精神家园，而诗词歌赋等恰恰可以弥补这方面的缺陷。西方很多学者都在呼吁如何救治当今的科技产物下的人们的疾病，很多的呼声都指向了东方文化，中国优秀的传统文化。从"传统文化救治现代病症"看来，中国优秀的传统文化是多么为世界人士所倚重。然而我们中国人何以如此，祖宗精髓随意丢弃，这也不能怪我们自己，这可能是与我们自近现代以来所面临的矛盾有关，为了医治战争带来的创伤，为了救治积贫积弱的中国广大人民，采取了唯外是从、拿来主义、崇洋媚外。现在中国经济上来了，各方面的综合实力也提升了，该是拾取我们祖宗的传家宝的时候了，确实，我们也看到了这一点，这就是我们在做这件事的动力所在。这符合马克思主义所讲的人的全面发展观和心理学家罗杰斯所讲的情感与理性的全面结合，也是我们研究诗创作心理学的意义所在。

面对科技革命的世界，这个机械的世界，人也会沦为机械的人，单调、乏味、畸形、空虚，何以改变，捍卫我们空虚的内心世界？诗可以达到这一点，美可以达到这一点。面对这些境况，我们的诗创作心理学就有了用武之地：

第一，可复兴中国优秀传统文化。中国曾经是多么的辉煌，曾塑造了文明古国的光辉形象，特别是唐朝，是当时世界上最为强大的国家，四方来朝贡，诗在当时也达到了巅峰，这期间，诗歌与当时的政治、经济、文化、社会不无关系。中国自古的思维模式以"悟性思维"为主，其价值何在？诗也正好是其"悟性思维"的最好表现，由此，我们需对诗进行再认识、再研究、再评价。一言以蔽之，复兴中国古代文明，诗学心理学本身是应承担职责的一角。

第二，心理学本土化研究。中国心理学与改革开放和现代化的总设计师邓小平的命运有些相似，可谓"三起三落"，之后心理学在中国的命运也同中国当时的命运，就正如蒋开儒与叶旭全所作的歌曲《春天的故事》：

一九七九年
那是一个春天
有一位老人

在中国的南海边画了一个圈

神话般地崛起座座城

奇迹般地聚起座座金山

春雷啊 唤醒了长城内外

春晖啊 暖透了大江两岸

啊 中国 啊 中国

你迈开了气壮山河的新步伐

你迈开了气壮山河的新步伐

走进万象更新的春天


一九九二年

又是一个春天

有一位老人

在中国的南海边写下诗篇

天地间荡起滚滚春潮

征途上扬起浩浩风帆

春风啊 吹绿了东方神州

春雨啊 滋润了华夏故园

啊 中国 啊 中国

你展开了一幅百年的新画卷

你展开了一幅百年的新画卷

捧出万紫千红的春天

啊……

一句"建设有中国特色的社会主义"是多么的震撼人心，当时的中国心理学家潘菽也为此提出了与之遥相呼应的"建设有中国特色的心理学",面对如此响亮的召唤,中国心理学界为此进行了大刀阔斧的行动,是时与国际心理学还相差甚远,但这毕竟是一个成长过程,中国心理学也需要这个过程。诗歌自古就有着坚实的基础,无论是在理论上还是在实践中,在中国更是如此,在中国历朝历代留下的瑰宝中,诗记载着中国的历史,谱写着现代,也昭示着未来,无疑闪烁着智慧的光芒,所以说研究诗创作心理学无疑对揭示中国诗人的心理,抑或对揭示中国诗创作心理无疑都是大有裨益的。

但自古中国心理学就不落后,在世界心理学界,中国古代心理学有一些堪居世界第一,就如我国心理学家张耀翔所提到:

中国自春秋以来二千五百余年对心理学一向重视,不断有贡献。老聃的《道德经》涉及感觉、欲望、智能、心理卫生等问题。尹喜或他人依托的《关尹子》九篇全谈心理,包含意识、下意识、感觉、知觉、注意、想象、情绪等问题,是一部最古老的心理学专书。管子的《内业》讲精(即内分泌)、血(循环)、气(呼吸)饥饿、疾病和情绪、思考、运动及感觉的关系等问题,是一篇最古老的生理心理学。墨子的《所染》将社会对于个人的影响说得很透彻,可称为最古老的社会心理学论文。荀子的《非相篇》首先将心理学的两个伪门类面相学与骨相学驳倒。《劝学篇》对学习和注意有精辟议论。《修身篇》介绍一些高深心理卫生的理论和方法。《乐论篇》详述音乐之生理及心理的作用。《解蔽篇》通篇讲知觉,包含观察、注意、错觉、幻觉等问题,且有实验报告,例如"厌(压)目而视,视一为两"等等。其他如庄子的《养生主》《缮性》《至乐》,韩非的《说难》,董仲舒的《实性》,王充的《率性篇》《本性篇》,王安石的《原性篇》,等等,都是中国古代心理学名著。西洋心理学发源于苏格拉底的"自知"(Know Thyself)学说及亚里士多德的《心理研究》；唯苏氏出世在孔子卒后九年，亚氏不过和孟子同时。二氏以后这研究就中断了二千年，直到十七八世纪洛克、休谟等出，才重新提倡出来。①②

第三，利于记忆。诗歌是在文学史上诞生最早的文学形式，在先秦甚至在文字出现之前就有了诗歌的存在（易于记忆）。诗歌早就有了抒情、记事的功能，历来就有写诗以记事，每有大事件或祖辈在生产劳作中有所发现，就会将之变为诗歌的形式，通过口耳传诵历代相传，诗歌不仅在字数上符合记忆规律，它的节奏、韵律等也是符合人类记忆规律的。从中国的诗歌创作模式来看，它经历了从以前的四言、五言、六言，直到后来的七言，到七言基本上就达到了一个恒定的模式，它就非常复合人类的记忆规律（人类的记忆：《神奇的数字7》），是最符合人类大脑记忆规律的模式。

第四，教育与发展功能。在中国的环境下，只要是受过全日制教育的大学生，从小学、中学到大学十多年的时间一直会学习诗、词，所以研究《诗学心理学》是非常迫切和需要的，能帮助各年级的老师及学生以科学的心理学的方法加以指导，能更加科学有效地学习诗歌。

第五，美育功能。它能帮助青少年提高诗歌鉴赏、创造能力及陶冶情操的作用。当代著名诗人汪国真也曾谈道："诗是属于青年的。如果身为青年而不喜欢诗，这真乃人生一大遗憾。"其实他在这里谈的也就是说青年人应该多读诗，诗能陶冶情感，丰富想象，提高文学修养，增进对文学艺术的感知力，体会到一些美的东西。在人生的字典里不能没

---

① 张耀翔：《感觉、情绪及其他——心理学文集续编》，上海人民文学出版社 1986 年版，第 12—13 页。
② 原文注：此文原刊登在 1951 年 4 月 21 日上海《人公报》的"中国的世界第一"栏内，后收在《大公报》出版的《中国的世界第一》第二册。关于中国古代心理学的论述请参阅《心理学文集》第一集《中国心理学的发展史略》一文。

有"真""善""美",青少年正处于人生的重要时期,在心灵的成长之路上应有诗的相伴。

第六,进行心理治疗(诗歌疗法)。诗歌疗法(Poetry Theory):类似叙事疗法,兼有其他。心理学是一门艺术也是一门科学,诗歌疗法也是兼具艺术性和科学的。诗歌疗法自古有之,例如西方柏拉图甚至更早就有倡导诗歌的"情感宣泄说"。中国汉朝刘向说:"书(诗)犹药也,善读可医愚。"南宋胡仔《苕溪渔隐》亦言:"世传杜诗能除病,盖其辞意典雅,读之悦然,不觉沉疴去体也。"诗歌疗法在现代也大有来头,无论是在美国心理学家协会下属的专业分会(如人文心理学和家庭心理学),还是专门理论领域(如精神分析学、格式塔心理学和认知心理学),或是临床诊疗模式都涉及诗歌疗法,它可用于个体、家庭和团体治疗中。

诗歌疗法首先是治疗师要很有明确的治疗目的(譬如确定情感类型、鼓励来访者或患者表达自己,鼓励他们积极参与活动,将个人经历普遍化,等等),做到心中有数,然后可根据具体的面谈内容挑选出最为实用的诗歌。诗歌的好处在于它给来访者或患者一种安全感,他们可以在安全的距离之间找寻情感的共鸣,这样一来就很容易解除其心理防御使他们不再抵触治疗。表面上看似在讨论诗歌,实则说的是他们自己。诗歌打开了他们倾诉的心扉,可以让他们尽情诉说情感、价值和梦想。治疗师应充分考虑来访者或患者的视角,从他们的立场就诗歌提一些问题,譬如可以这样发问:"你从这首诗中领悟到了什么?""诗歌中那一句最打动你呢?""哪些地方还不完善,还可以再修饰一下呢?"[①]

第七,它能填补国内诗创作心理学学科的空白。诗创作自古有之,无论是诗人,抑或是文学家都或多或少谈及过作诗的心理体会,但诗人的直接创作目的是写出诗作,不是记录诗创作过程,不少诗人介绍诗创

---

① 参见[美]尼古拉斯·玛札(Nicholas Mazza)《诗歌疗法——理论与实践》,沈亚丹、帅慧芳译,东南大学出版社2013年版,第25页。

作经验比登天还难，是因为诗创作是个很复杂的思维活动过程，不可能用几个公式就可以列出来。所以之前一直没有这方面的专著，即使有也没有系统成体系的详细论述，主要是很难把握住诗创作心理规律。本书站从心理学的角度来分析诗创作过程，不能说它全面，但它基本上把握住了诗人创作诗歌的一些本质。本书为这门学科引入了一些新思路，在这里也算是尽了一份力。

时代在昭示诗学心理学，在昭示诗创作心理学，可以从如下几个方面可以看出：

第一，根据马克思主义的社会发展阶段理论，人类社会历史发展会经历原始社会、奴隶社会、封建社会、资本主义社会、社会主义社会以及共产主义社会，这是一个客观必然的历史进程，虽然我们坚信"前途是光明的"至理名言，但我们也得看到"道路是曲折的"伟大真理，历史的车轮在滚滚向前，我们应看到希望，坚信我们的努力。我们现在是社会主义社会，而且正一步步地向着马克思主义的预想之路前进，并且在现实中社会主义社会本身就是共产主义社会的初级阶段，所以它的到来不再是梦想，一定会实现。

我们根据辩证唯物主义，这种社会形态的更替是具有必然性、规律性的东西。根据唯物辩证法三大规律之一的否定之否定规律来分析社会发展形态。否定之否定规律即事物的辩证发展过程经过第一次否定，使矛盾得到初步解决。而处于否定阶段的事物仍然具有片面性，还要经过再次否定，即否定之否定，实现对立面的统一，使矛盾得到解决。事物的辩证发展就是经过两次否定，出现三个阶段即"肯定—否定—否定之否定"，形成一个循环。事物经过前两次的否定达到第三阶段，是吸收了前两个阶段的全部积极成果，它表面上是对第一阶段的重复，实则是在一个更高阶段的重复——是一种螺旋式上升或波浪式前进的重复，而且每一次这样的循环往复都是向前进了一大步，没有终点，是永远向着更高阶段的循环往复的。其实我们也可以这样说，社会发展阶段是一个循环往复的过程，共产主义社会其实就是原始社会的更高阶段的循环往复，只是在一个更高层次上的循环往复而已。

社会发展形态会循环往复地上升，诗歌也会如此，更会如此。而且根据中国诗歌史也可以看出这一点，中国诗歌也正是经历了一个"兴盛—衰弱—兴盛"这样的否定之否定的反复循环的道路，不仅过去如此，现在如此，未来还是如此。诗歌在当下处于颓废状态，也就是处于衰弱阶段，特别是我们这一代人甚至是我们父辈那一代人都是如此，"兴盛"这一周期会在某个角落不期而至，所以研究诗创作心理学是有必要的。

第二，国家在大力弘扬中国传统文化，课改方面已做了相当大的努力。中国的诗词歌赋也增加了不少，就是一个征兆吧！中国优秀传统文化已经昭示着它的熠熠光辉，诗的精灵无不吸引着当代青年，诗歌作为文学的灵魂，诗的世界是真的世界、美的世界、善的世界，诗的历史最为古老，诗的生命却永远年轻，诗永远是属于青年的。心理学家艾宾浩斯曾说道："心理学有一个漫长的过去，却只有一个短暂的历史。"我们在这里也可以说："诗歌不仅有一个漫长的过去，也有一个长期的历史，更有一个美好的未来。"这两门学科的结合如一个新生命的诞生，那将是时代的昭示，人们在科技时代的昭示。

第三，世界孔子学院风风火火。2015年是孔子学院新10年的开局年，在中外双方共同努力下，孔子学院建设取得长足进展。全面完成了《孔子学院发展规划（2012—2020年）》前三年任务，孔子学院和中小学孔子课堂分别达500所和1000个，学员总数达190万人。各国大学对孔子学院普遍开展了事业和财务审计，详细公布了孔子学院运行情况，加深了当地民众对孔子学院的了解。40多所孔子学院自发成立了校友会和俱乐部。这些都说明中国的精华不仅属于中国，也属于世界，诗歌也属于其中的一个部分。

## 第六节　范例（迟来的花——魔高一尺，道高一丈）

### 以诗绘心

诗乃文学之祖，艺术之根。诗是文学上的一顶桂冠，一颗璀璨的明珠，一朵绽放的花朵。本文以诗歌的隐喻形式将心理学的大概状况做了描绘，以迟来的花隐喻心理学之花。恩格斯说："思维着的精神是地球上的最美的花朵。"心理学之花与文学之花它们之间必然存在某种意义上的联系，本文就在此做了一些沟通。心理学可算得上是一门新兴学科，但它由来已久，正如艾宾浩斯的一句经典名言："我们要将一门极古旧的学科改造成一门极崭新的科学。"他的另一句经典名言是："心理学虽有一个漫长的过去，却只有一个短暂的历史。"他描述了心理学的过去，但没有对其未来进行描述。他对心理学的未来持不确定的观点。虽然如此，我们也只能朝着心理学的特定的研究人的本来面目进行研究，将来到底如何，试看后人驾驭。

### 迟来的花——魔高一尺，道高一丈

序：天生灵物，必伴之妖魔鬼怪，它们相生相克，终归正义战胜邪恶，大道战胜妖魔。以道喻迟来的花，方显大道弥坚，正道沧桑，最终孕育和幻化出天地间最美的迟来的花。恩格斯说："思维着的精神是地球上的最美的花朵。"迟来的花即心理学之花，以道喻心理学之花，如是作：

啊！

迟来的花

## 第一章 引论

你为何是迟来的花

我历经冬夏

我翻覆风沙①

我千年盘扎②

常人无所见,异域出爪牙③

始见发芽

继而开花

乃今意气风发④


哈!

迟来的花

你为何是迟来的花

我孕育古刹⑤

我似水年华⑥

我纵横叱咤⑦

远岸非天方,逐迹亦有涯⑧

---

① 翻覆:反转;倾覆。见清代诗人郑珍的《江边老叟》诗:"北风三日更不休,十室登船九翻覆!"翻覆风沙:就是在极其恶劣的环境下生存。

② 盘扎:也叫磐扎,像厚而大的石头那样深深地扎根在大地上,以此用来比喻坚定不移,千年不渝。

③ 爪牙:党羽;帮凶。在这里是指对心理学有阻碍作用的事物。见唐代诗人刘叉的《冰柱》诗:"始疑玉龙下界来人世,齐向茅檐布爪牙。"这句是说心理学所遭受的阻碍在一般人那里是根本看不到的。

④ 意气风发:形容精神振奋,气概豪迈。见宋代诗人陆游的《秋怀》诗:"形骸岁岁就枯朽,意气时时犹激昂。"

⑤ 古刹:意为年代久远的寺庙,这里是指它的诞生之日距今已经很古老了。见宋代诗人刘厚南的《梅庄春间》:"古刹风传钟磬远,平畴雨过桔槔闲。"

⑥ 似水年华:犹如流水一般,看起来数十年光阴哗哗地流逝掉了,而且一去不复返。

⑦ 纵横叱咤:纵横沙场,叱咤风云,就是说心理学学派林立,也是说心理学领域非常广泛,在每门学科里面都可以找到它的存在。

⑧ 天方:即天方夜谭。这句是说心理学是有源头可追溯的,并非天方夜谭,只要我们沿着它的足迹进行追寻,就可追溯它的源头。

似看朝霞

如聆鸣蛙

真可谓古今横跨①


呵！

迟来的花

为何是迟来的花

雾色苍茫，似披羽纱②

亦爱亦恨，真乃娓婳③

临风赋意，时操风雅④


哇！

迟来的花

为何是迟来的花

一路走来，多么伟大

你的历程，如我心花

乃今绽放，真堪妍画⑤


呀！

---

① 横跨：跨越如距离、时间、空间等，见宋代诗人苏轼的《踏莎行》词："临风慨想斩蛟灵，长桥千载犹横跨。"
② 苍茫：模糊不清的样子。见南朝梁代诗人沈约的《夕行闻夜鹤》诗："海上多云雾，苍茫失洲屿。"羽纱：织物名，疏稀者称"羽纱"，厚密者称"羽缎"。这句的意思是说心理学就像是雾色天气，朦胧模糊，好像一美人披着羽纱那样给人一种朦胧美。
③ 娓婳：读 guǐ huà，指女子体态娴静美好。见清朝诗人景定成的《稚伶刘箴俗哀词》之四："双剑连骑娓婳娘，风流妃子属恒王。"这句是说对待美女有时会有一种又爱又恨的情感纠葛。
④ 这句是说它就好像文人骚客那样，时不时地临风赋诗，聊以寄兴。
⑤ 妍画：美丽的图画。

第一章　引论

迟来的花

为何是迟来的花

怎有瑕疵，还存伤疤

前方风雨更为盛，妖魔鬼怪亦相加①

君今问，可通达②

勿回答

已结瓜

罢

罢

罢

试看后人驭驾③


跋：

认识你是一种偶然

因为你的外表和名字一样

既不迷人，也不性感

爱上你是一种必然

从相识到相知再到相恋

选择你此生无憾！

今天，我想向世界郑重地宣告：

心理学，地球上最美的花朵

---

① 前方风雨更为胜，妖魔鬼怪亦相加：这句是说心理学在今后的发展过程中，会有风风雨雨的阻挡，有各种各样的未知的事情等着它去面对。

② 通达：亨通显达，见元末明初小说家罗贯中的《风云会》第一折："待时运通达，我一笑安天下。"这句的意思是如果你要问我心理学在今后的发展状况是否会亨通显达。

③ 驭驾：又叫驾驭，见南宋诗人辛弃疾的《沁园春·再到期思卜筑》诗："是酒圣诗豪，可能无势，我乃而今驾驭卿。"

心理学，地球上最美的花朵

你生长在人类的大脑之上

吸收着最肥沃的智慧土壤

你像迷一样静静地开放

多少年来

很少有人能够真正走近你

也有人说你冷漠，诋毁你单调

我知道这不是你的错

因为你有一颗恒久高贵的心


你有一个漫长的过去

却只有一个短暂的历史

你冲破黑暗的封锁和挤压

在夹缝里迎来黎明的曙光

顺利地落地、发芽

倔强地成长、开花


你从哲学中走来

又与生理学牵手

人文的你不被科学接受

科学的你不被大众理解

你在挫折中慢慢长大

一路走来，艰辛而伟大


你走过风雨

你历经冬夏

第一章 引论

岁月改变不了你的本色

改变不了你的不可替代性

如今，你迎着太阳微笑

欣欣向荣，枝繁叶茂

相信未来的你会绽放得更加绚丽


心理学

地球上最美的花朵

让我如何赞美你？

请原谅我这些贫瘠苍白的辞藻

也请你接受我最真诚的表白

为了你

我愿意

今生今世

永远陪伴你，细心呵护你

为了你

我发誓

永远格心致物，笃行崇德

  心理学，地球上最美的花朵，如今，已经在漫长的岁月中孕育出了人世间最美的花朵，而且已经结出了诱人的果实，正如诗中所描述的那样，虽结了瓜，但还没有成熟，还没有到收成之际，一切都不要妄加评判，试看后人驭驾，历史将是最后的裁判。

  恩格斯在《自然辩证法》中说："思维着的精神是地球上的最美的花朵。"[1] 这个比喻是非常生动形象的，因为花朵是植物，是生物，是

---

[1] ［德］恩格斯：《自然辩证法》，于光远等译，人民出版社1981年版，第23页。

有生命的，它象征着人世间的美好的东西。花朵是植物的精华，同时思维着的精神是一个人的智慧的精华，花朵与人一样，都会经历一个从孕育、产生、发展、成熟、衰老至死亡又到下一个更高阶段的循环往复的过程。在花之精华与人之精华这一具有共同属性的特点上来说，他的比喻是非常贴切的，而且也是符合辩证法思想的。

在我们的心理学研究中，它的研究对象是心理现象，而心理现象又是世界上最复杂、最奇妙的一种现象，心理现象包括很多内容，其中的思维着的精神即是它的研究对象之一。所以，我们也可以这样说："心理现象是地球上最美丽的花朵。"

莎士比亚在《哈姆雷特》中说道："人是一件多么了不起的杰作！多么高贵的理性！多么伟大的力量！多么优美的仪表！多么文雅的举动！在行动上多么像一个天使！在智慧上多么像一个天神！宇宙的精华！万物的灵长！"[1] 人之所以成为"宇宙的精华，万物的灵长"，就因为人在整个生物进化过程中，在从非生命物质、植物、低等动物、高等动物直至人类的发展过程中，逐步形成了高级心理，即能摆脱生物本能的束缚，最终摆脱了欲望的驱使而成为万物的灵长。从莎士比亚的如此富有诗性的对人进行的描绘中可以看出，人是多么伟大和复杂，而人脑又堪称是世界上最复杂的物质。在陈书香等人的《脑损伤儿童早期感觉统合训练对心理发育的影响》文章中得出这么一个结论："对脑损伤儿童进行早期感觉统合训练，能促进心理行为发育。"[2] 我们可以知道人的大脑的损伤会对心理活动造成影响，同时我们的心理活动的缺陷也会造成大脑功能的不足。由此可见，我们的大脑与心理活动之间的关系是多么紧密，一个出现问题，都会造成另一个也随之出现问题。

---

[1] 《莎士比亚悲剧集》，刘彬译，内蒙古人民出版社2006年版，第94页。
[2] 陈书香、陈书芳、孙丽燕等：《脑损伤儿童早期感觉统合训练对心理发育的影响》，《临床医学》2014年第6期。

# 第一章 引论

人脑在长达上亿年的进化过程中，我们一直在对其进行各种研究，今天依然还是一个谜。我们心理学就是基于此而研究心理现象的一门学科。

心理学为何产生，为何发展成为一门独立学科，它是如何发展的，将来又何去何从？要对这一系列的问题进行回答，这就涉及心理学史的内容。韦尔斯在《世界史纲》中曾经说道："整个人类的历史基本上就是一部思想（思维）的历史。"韦尔斯对整个人类历史的分析基本上是精到的，因为他看到了人在历史中的作用，更看到了人的思想或者思维在人类社会中所起的推动作用。

我们在提到心理学历史的时候，不得不提到一个心理学大师——艾宾浩斯，他在专著《记忆》中说道："我们要将一门极古旧的学科改造成一门极崭新的科学。"[1] 我们都知道心理学作为一门独立学科而存在的时间并不长，但是它却长时间存在于哲学中，即我们所说的哲学心理学思想。从西方古希腊三哲的苏格拉底、柏拉图、亚里士多德开始算起，甚至从更早的时候算起，心理学的历史已经有两千多年，它大致经历了两个时期，第一个是哲学心理学时期，它一直到1879年冯特在德国莱比锡大学创建了世界上第一个正式的心理学实验室，从这一时期开始，心理学就脱离了哲学的怀抱，标志着心理学的诞生，从此心理学走上了独立发展的道路。从这一时期后，心理学史进入了第二个时期，即科学心理学时期。这一时期的科学心理学是在近代哲学思潮和实验生理学的基础上产生的。用一段富有诗意的语言来进行描述，即："你冲破黑暗的封锁和挤压，在夹缝里迎来了黎明的曙光，顺利地落地、发芽；倔强地成长、开花。你从哲学中走来，又与生理学牵手……"从中我们可以看到心理学的产生就是"哲学"与"生理学"的联姻。

---

[1] ［美］波林：《实验心理学史》，高觉敷译，商务印书馆1981年版，第442页。

艾宾浩斯的另一名言出自《心理学纲要》的开卷语，其中说道："心理学虽有一个漫长的过去，却只有一个短暂的历史。"[1] 这基本上已成为心理学中常用的名言。他的这一名言可以说明心理学的历史的特殊性，因为心理学成为一门独立的学科才一百多年，但其所从事的研究基本上是伴随着哲学开始的。

心理学经历了古代、近代、现代、当代这几个历史阶段，特别是从当下的心理学的现状分析来看，有许多人是对心理学这门学科的前景抱着一种不确定的心态。一般有持悲观论的、乐观论的或者是持观望看法的。黎黑有一段经典名言："心理学有一个长期的过去，一个短暂的历史和一个不确定的未来。由于对牛顿的综合理论的幻想，也许它在现时代已经衰退。今天它作为一个流行的和实用的研究领域而繁荣起来。明天我们可以预期它会解体，听任每一部分按照自身的方法自由发展。历史将是最后的裁判。"[2] 从黎黑的这段名言中我们也会面临这样一个无法回避的困境，心理学的将来到底是一个怎样的境况？我们的回答也是这样，试看后人驭驾，历史将是最后的裁判。

从一个新的视角来看待心理学，即以一首隐喻诗来描绘了风云复杂的心理学的发生、发展及对将来心理学的一些思考。心理学本来的学科性质就有人文的一面，其心理现象又被称为地球上最美的花朵。而诗歌又是文学上的一朵奇葩。两朵奇花交汇在一起，会产生什么样的东西呢？这就涉及这两门学科的交叉问题。研究者试图在"心理学"与"诗学"这两门学科之间搭建一个平台，构建"诗学心理学"这一全新领域的学科。由于刚开始起步，还有很多不足的地方，希望有更多的专家、学者对"诗学心理学"这门学科无论是在理论或实践上都有所建

---

[1] ［美］波林：《实验心理学史》，高觉敷译，商务印书馆1981年版，第442页。
[2] ［美］黎黑：《心理学史——心理学思想的主要趋势》，刘恩久等译，上海译文出版社1990年版，第515页。

树，建立一门新兴学科，这也是笔者写下这些文字的一个基本出发点。

下面就以《杂言古诗·迟来之花——魔高一尺，道高一丈》一诗为例，简要谈谈诗创作心理学的五阶段论，我们将诗人的诗创作心理大致分为五阶段，也就是诗人在创作一首具体诗歌时，这个心理流程到底如何，他会经历诗创作心理定向阶段、诗创作心理准备阶段、诗创作心理酝酿阶段、诗创作心理豁朗阶段以及诗创作心理验证阶段等五个阶段。

首先谈一下这首诗的创作背景。那是一个秋天的夜晚（2015年11月15日），大概是22点，舍友吴文意从超市带回来一箱酒，说是太久没喝酒了，人生苦短，即时行乐。当时我还没回来，还在自修室里努力用功哩！今晚任务很重，因为明早还有英语口语考试，这一次比较重要，但由于前几天一直有其他事，于是把这件事给耽搁了（与其说是给耽搁了，还不如说是给忘了），又加之严重的拖延症，导致每次的作业都是前一晚来赶，临时抱佛脚的心态很是严重。晚上十点，自修室的战士都不约而同回去了，独剩我还酣战犹盛，总觉得有事要发生似的，就在这时候，门响了，一阵捣鼓似的敲击声过后，一个兴奋的眼神出现在我的视线里，"今晚老吴请我们喝酒，酒已买好，只缺你了"。我们宿舍就四人，此时来的这个是属性情中人，吕东，东哥是也。还有一个更是玩家，不是说他很喜好网游，而是在喝酒时总能搞得气氛活跃，马嘉琳，人称琳哥。

当时的我二话没说，灯熄门闭，急促脚步声在过道回响，以百码的速度直到农马斋，开门，看到一幅熟悉的画面，小桌上摆满了下酒菜，同时也开了四瓶酒，坐坐坐，喝喝喝，就开始了我们的夜生活之旅。"酒逢知己千杯少"，从晚上十点开始奋战，笙歌的夜晚十二点终于消停下来了，"杯中物已稀"，此时老吴说道："今晚周老师叫我写一首诗，是关于心理学的诗，以'心理学，地球上最美的花朵'为主题，在迎新晚会上朗诵，明天要给他看的，所以今晚就是不睡觉也要把诗作成。"周老师是我们学院的院长，说一不二，他的任务即使千难万难，也得完成。笔者在之前写过几首歪诗，但都是一些旧体诗，对于现代诗说实话，从未写过，更何况是写心理学的诗，唉……其实我们年轻人都有一颗诗的种子，就像著名诗人汪国真所说的那样："诗是属于青年的。如果身为青年而不喜欢诗，这真乃人生一大遗憾。"我们宿舍真可谓高手云集，于是我提议，我们四兄弟来一个集体创作，这就是《迟来的花——魔高一尺，道高一丈》这首诗中跋部分的诗歌的由来。

下面具体谈一下诗创作心理的流程：

第一阶段：诗创作心理定向阶段。这是在具体进入准备的之前阶段，也就是在心中形成一个似是而非的映像，有时甚至连诗人自己也不清楚他自己正在做这件事。大凡在从事一件事之前或者是一件什么事要来临之前，总会有什么征兆提前给你一个暗示。诗人在平时的创作生涯中，一些心理现象，如集体潜意识、个体潜意识、意识、注意等，都在准备着生活中的各种题材，最富于哲理意味的文学样式中诗歌文字的表达、情感的抒发、形象的可感化、具体化的积累等，所谓的："诗来源于生活，又高于生活。"诗来源于生活，把诗与生活相分隔，就无法写诗。一句话，平时的积累。在这之前也没有写过现代诗，也没有写过关于心理学的诗歌，契机也就是导火线，但之前耳濡目染过，现在有了，已经是有了很明确的创作意图，就像涌动的火山，只要你给它一个喷射口，它就立马爆发。所以就有了"一呼百应，听我驱遣"的功效。

第二阶段：诗创作心理准备阶段。这首诗《迟来的花——魔高一尺，道高一丈》的准备阶段就是源于前面所述的这首诗的创作背景。此阶段包括的心理现象有动机、记忆、知觉等，是搜集信息的阶段，主要是明确具体地说明的问题是什么，并且对问题进行初步尝试性解决。虽然此阶段很可能会存在不能解决的问题，但是它也为问题的解决做了很好的铺垫，做了很多准备，明确了问题，收集了相关资料，从而为后续的相关进程奠定了基础。此阶段真可谓一个"路漫漫其修远兮，吾将上下而求索"的过程。此阶段正与王国维先生的第一境界："昨夜西风凋碧树。独上高楼，望尽天涯路"颇为类似。此时诗人认识到了问题的特点，并试图用一些语词表达出来。写这首诗需准备的信息有两个大的类别，其一是心理学这门学科的知识，其二是作诗本身的一些规则。心理学这门学科是自己的专业，自我感觉专业知识还学得可以，对于作诗的一些规则、素养等修炼得也还不错，所以这个阶段对于笔者来说不算什么，于是就急急进入了下个阶段。

第三阶段：诗创作心理酝酿阶段。诗创作心理的酝酿阶段其实是一个不确定阶段，其性质和持续时间都是不太容易把握的，有一些神秘因素在里面，其经历时间也因人而异。可能在外物的启示下立刻就解决了问题，也有可能需要几个小时、几天、几月、几年甚至没有结果。一般对酝酿所做的描述是当我们在对一个问题进行了很多准备性的工作之后，问题还没被解决，此时问题解决者可能去干一些与此问题不太相关的其他事，如看电影、听音乐、运动、旅游或听讲座、看书等，此时问题被搁置了下来，搁置不理后，好像突然某一刻大脑受到了撞击，在之前的基础上猛然地解决了。期间的心理过程主要是思维，每一种思维形式都可能会用到。

对于这首诗，笔者首先想到的是拟定一个什么题目，脑海中闪现的是恩格斯在《自然辩证法》中说的名句："思维着的精神是地球上的最美的花朵。"因为这个比喻是非常生动形象的，因为花朵是植物，是生物，是有生命的，它象征着人世间的美好的东西。花朵是植物的精华，同时思维着的精神是一个人的智慧的精华，花朵与人一样，都会经历一个从孕育、产生、发展、成熟、衰老至死亡又到下一个更高阶段的循环往复的过程。在花之精华与人之精华这一具有共同属性的特点上来说，他的比喻是非常贴切的，而且也是符合辩证法思想的。在我们的心理学研究中，他的研究对象是心理现象，而心理现象又是世界上最复杂、最奇妙的一种现象，心理现象包括很多内容，其中的思维着的精神即是其研究对象之一。所以，我们也可以这样说："心理现象是地球上最美丽的花朵。"这句名言无疑对心理学来说是一种至上的夸奖，是我们心理学人的骄傲。于是就从"花"这个关键词联想开去，生发了很多意象，如花、红粉、小艳、百合花、素馨花、绣球花、玉簪花、鸡冠花、水苔、凤仙花、石榴花、荷花、荷钱花、莲花、并蒂莲花、茉莉花、石竹花、芙蓉花、萱草花、葵花、桂花、菊花、芦荻花、菖蒲花、蜡梅花、梅花、水仙花、月季花、桃花、杏花、李花、人参花、梨花、海棠花、牡丹花、芍药花、杜鹃花、虞美人花、蔷薇花、紫薇花、玉蕊花、玉兰花、茶蘼花、辛夷花、木槿花、瑞香花、凌霄花，等等。这些花中哪一种花最美呢？各人观点不一，各执一说。后来干脆就自创一种花，独一无二、美不胜收、人见人爱的世间最美的花，叫啥花名呢？这倒着实思想了一番，后面定格为"迟来的花"，使之最美。

接下来就是以什么为韵，需要考虑平仄吗？对仗呢？用几言、多少小节……

定下题目之后，笔者最先仔细思考的是用什么韵，因为一首诗只要定下了它的韵律，那一首诗就成功了一半。依然在"迟来的花"上下功夫，很快定格为"花"韵，也就是二十一"麻"韵。由于要写现代诗，没有必要太拘泥于用韵，也就没必要太拘泥于用平声韵，只要是以"a"为韵尾的都可用之。

接下来考虑的是用几言诗，由于是现代诗，而笔者所擅长的又是旧体诗，干脆做一些综合，也就是杂言诗。长短错落有致，不拘一格，一言、二言、三言、四言、五言、六言、七言、八言、九言等皆可以选用。

然后又考虑是否严格按照平仄规律的要求来写，还是由于现代诗无须考虑此，它太束缚内容，所以也无须考虑。

接下来考虑整首诗的长度，对于一首朗诵诗来说，诗的长度不宜太长，也不宜太短。太长，会让人抓不住诗的重点，会觉得诗不紧凑，体会不到完整性，也就是格式塔心理学所说的"格式塔质"。一首诗一定要让人有一种一气呵成的感觉，气贯长虹，勾连听众的审美之心。诗歌之所以唯美，就在于它有让人一气读完的冲动，这种魔力一旦消失，就会功败垂成，这就是以诗的长度取胜的至关重要点。在一个晚会上朗诵的诗歌不要太短，太短，会给人一种刺激不够，也就是还没来得及调动听众的胃口，就结束了。诗的唯美之处还在于它不仅在启迪心智的同时还会让我们体会到震撼（刺激的强烈），让我们觉得它是另一个时空，与我们当前的时空有别，也就是"距离产生美"。虽然这个长度因诗而异，有些诗即使一个字，也会给人无穷的诗意，但这毕竟是大家之作，旁人也无法领会其中旨要。一首诗的长短适宜是与这首诗的内容、所面临的读者群（听众群）、诗人的风格等有关的。出于上述考虑，要达到既不要让听众体会到太长，也不会让诗家词客觉得太弱，定一个适当的长度，拟定在50行左右。

以上所考虑的都是诗的外在形式，下面说一下诗的具体内容的考虑。诗的内容如何，取决于它想达到的目的，也就是它想达到的传达效果。首先，这首诗是传达"心理学本身，心理学的过去、现在、将来。来回反复吟唱心理学本身，反复吟唱心理学的历史，让人知道心理学是一路走来，如何的不容易，将来又会怎么样，都是站在一种唯物史观的角度来俯瞰整个心理学界，因为在一首诗中所传达的信息是有限的，如何在有限的诗句行间里体会到最想表达的意味，那才是最终目标"。全诗的基调就是"来之不易，去之可惜。把握现在，赢得未来"。用词的基调是要给人美，喜剧本身是一种美，悲剧也是一种美。也就是任何一种事物当达到一种极致之后,它就会变为另一种极致,但本质上没有绝对的分界线,如喜极而泣、乐极生悲、怒极而笑、破涕为笑、月盈则亏、物极必反等。那这两种极致都用上。

定下了以上的这些之后,笔者就试图想找一个诗歌的振奋点,用作全诗的基音,是指全诗都带上这种感情色彩,那就是通过一句反反复复的吟唱的诗句,使之回环往复,达到人们心灵的震撼效果。但这个反复吟唱的诗句还要略微不同,但又让人感觉不到它的不同,那就通过它的语气变化,通过语气词来达到此效果。通过诸如"啊""哈""呵""哇""呀"等,这些词虽说在汉语意思上没有太大的区别,但只要经过吟唱诗人之口,那情感色彩、语气褒贬就显而易见了。于是就想到了以如下的诗句来反复吟诵:

×!
迟来的花
为何是迟来的花
……

以此作为开头,反复吟唱。而且这种反复吟唱还不只是一个人在吟唱,而是通过几个人对话的形式将之娓娓道来,增加了叙事性、故事性。有人发问,有人回答,有人作结,很是欢快。而且以此为开头,还有一个引人入胜、吊人胃口的功效,让人想知道不同的人是怎么对这个问题来加以回答的。问题都一样,关键是怎么来回答。

最初在构思的时候是想写三个小节,每一小节分别是心理学的过去、现在、未来。但后面又加入了两个小节,使之更强调心理学的今天。

第四阶段:诗创作心理豁朗阶段。经过了上一个阶段的构思,在经过将所有元素进行排列组合、加工改造,整首诗的全景基本上已经展现在了诗人的眼前。其实这一阶段也是经历的思维过程，只是经历的是思维过程的最后阶段，思维的成熟，标志着诗作的产生。所谓诗创作心理豁朗阶段，又叫诗创作心理启迪阶段、诗创作心理顿悟阶段、诗创作心理灵感阶段。其实灵感只是处于潜意识与意识的中介层，是我们思考问题的结果。由于我们在经历了诗创作心理定向阶段及诗创作心理准备阶段之后，做了大量的准备工作，收集了大量的资料，问题基本上要被我们给解决了，再经过诗创作心理酝酿阶段的酝酿成熟，解决方案随时都有可能呼之欲出。此时就像一个气打得非常足的气球，只要在外界某一刺激作用下，就会立刻爆炸。我们的灵感也是如此，只要有某种内外因素的触发，就会一下子受到启示，灵光一现，问题就被解决了。灵感就在于突然间一条路径就通了，好像是开掘一条路，只有最后关键的一公里路径，就是这一公里是整个任务的心门之所在，此点若是不通，就代表没有结果，没有成功。"排列组合，加工改造"在这里尤为关键和重要。

心理学的过去历经了些什么，真可谓"千锤万凿出深山，烈火焚烧若等闲"。历经千难万险，终于见到了黎明的曙光。于是就有了第一节：

啊！

迟来的花

你为何是迟来的花

我历经冬夏

我翻覆风沙

我千年盘扎

常人无所见，异域出爪牙

始见发芽

继而开花

乃今意气风发

历经了魔鬼的深渊，一路到今天，好像一个过来人在向一群生手讲述他的过去，回忆他的种种。如一幅长卷，卷轴从那一头逐渐卷及这一头。于是又有一个智者发问，就有了第二小节，如下：

哈！

迟来的花

你为何是迟来的花

我孕育古刹

我似水年华

我纵横叱咤

远岸非天方，逐迹亦有涯

似看朝霞

如聆鸣蛙

真可谓古今横跨

今天的心理学是如此的美妙，无法言语，人世间最美者无非美人，又有一个智者发问，于是就有了这一小节：

呵！

迟来的花

为何是迟来的花

雾色苍茫，似披羽纱

亦爱亦恨，真乃娬媚

临风赋意，时操风雅

今天的心理学在科学大家族中扮演着如此重要的角色，如果心理学

# 第一章 引论

是一名神秘之人,那么他一定会吸引许多人,想去揭开他的面纱,一探究竟,为何他如此伟大,又有一个智者发问,于是就有了这一小节:

哇!

迟来的花

为何是迟来的花

一路走来,多么伟大

你的历程,如我心花

乃今绽放,真乃妍画

心理学从过去到现在,一路走来,总会出现两种声音:美而无用,无法独立,终归会被其他学科所蚕食。这种学科恶性分化,许多以前属于心理学范畴的课题也许会被其他新兴的学科所蚕食。就像美国心理学家斯彭斯(Spence)在 *Pursuing Unity in a Fragmented Psychology: Problems and Prospects* 一文中所提到的那样:"在一个我所可怕的梦中,我预见到了心理学这门学科的解体:实验心理学家被分派到新兴的认知科学中去,生理心理学家愉快地去了生物和神经科学系,工业和组织心理学家被商学院挖走,心理病理学家去了医学院工作。"[1] 也就是那句"心理学,地球上最美的花朵",它像咒语似的存在。另一种声音很是高调,认为"未来是心理学的天下"。至于未来如何呢,不得而知。于是就又有一位智者发问,于是就产生了最后一小节:

呀!

迟来的花

为何是迟来的花

---

[1] Spence, J. T., *Pursuing Unity in a Fragmented Psychology: Problems and Prospects*, American Psychologist, No. 2, 1987.

怎有瑕疵，还存伤疤

前方风雨更为盛，妖魔鬼怪亦相加

君今问，可通达？

勿回答

已结瓜

罢

罢

罢

试看后人驭驾

第五阶段：诗创作心理验证阶段。这一阶段主要的心理现象是语言。伴随着诗创作心理豁朗阶段的灵光一现所带来的满心欢喜，诗创作就进入了最后一个阶段——诗创作心理验证阶段。这一阶段也就是验证他们的思维成果是否合理，验证诗人们创作出来的诗篇是否可以传阅。有时诗人自我觉得这篇诗作可能是一部伟大的诗作，可是经过写在纸上反复推敲验证后只是徒劳，空欢喜一场。这一阶段同时也并不代表诗创作过程的终结，只是在这一小循环里代表一首诗作的完成，若创作出来的诗篇不行，可能有要经过下一个循环，直到诗作满意为止。这一阶段所作用的时间可能相当短暂，可能不用验证就是一首很好的诗作了，这可能源于诗人高超的技巧和深厚的诗创作功底。一般而言，一首诗完成了都会修改数次，达到像大诗人所说的"语不惊人死不休"。这个过程不太确定，可能要用一分钟、一天、一月、一年、十年，更有甚者用一生去验证修改。总之，诗创作心理验证阶段是一个外化阶段，是一个将思维的成果应用语言工具转化为实物（诗作）的阶段，即传达阶段。

其实这首诗的最终定稿并非是那一晚上完成的，第二天又重新审视了整首诗作，才将其最终定格。其实最初的稿件是这样的：

# 第一章 引论

啊

迟来的花

你为何是迟来的花

我历经冬夏

我翻履风沙

我千年盘扎

常人无所见，异域有爪牙

始见发芽

继而开花

乃今意气风发


哇

迟来的花

你为何是迟来的花

一路走来，多么伟大

远岸非天方，逐迹亦有涯

你的历程，如我心花

及今绽放，真乃颜画

似看朝霞

如聆鸣蛙

真可谓古今横跨


呀！

迟来的花

你为何是迟来的花

怎不完美，还存伤疤

只应是，我生之地有旱魃

君今问，前途可通达

现是最美之花

且已结瓜

未来何去何从，勿须答

试看后人驭驾

从第一稿件到终稿，其间的心路历程我们可以很明显地看出，其实这五个阶段并不是有一个固定不变的顺序，更不是从一而二，到最后一个阶段，而是不固定的。因为我们的思维往往具有跳跃性，有时好像是没有思考，就下笔千言了，因为存在"顿悟"这个奇妙的心理现象。其实至关重要的一点是，我们的诗创作心理过程并非是这样分开的，它本身是一个整体，即格式塔所讲的"完型"。为何将之加以分析，科学的研究方法就是以"分析思维"作为它的核心研究途径，这是必需的，同时也是很关键的解决问题的突破口。诗创作心理学既然是一门心理学的分支学科，是一门中间学科，它就不得不使用科学的方法来作为它的研究方法。

由于这首诗是一个具有目的性的诗创作行为，又加之时间有限，急于促成，所以此时的心态是异常紧张的。思维的高度运转，各种情绪的生发，各种意象在脑海中高速闪放，理智思维也在不断总览全局，这个过程用语言将其外化出来真可谓"难，难，难，难于上青天"。

以上所分析的是这首诗的主体，至于"前序"和"后跋"部分不是我们这里所讨论的对象，不在这里详谈了，它就如散文似的，一般作文思维。本诗《迟来的花——魔高一尺，道高一丈》的大概创作心理流程就是如此，以此为例，引出下文。

## 附文　时空隧道之思维阶段论[*]

### 格拉姆·华莱士

著者在前面已经讨论了思维艺术的两个问题：其一是人的有机体和意识的何种概念可以最好的象征一般事实，这是艺术必须加以解决的问题；其二是艺术必须尝试改变"自然思维过程"是什么的问题。在本章中，我更需要问及的是在思维过程的何种阶段，思想家应该使用有意努力和无意努力。在这一点上，我们遇到了一个难题，除非我们能识别出这一心理事件，并能将其从其他事件中区分出来，否则我们就不能运用意识的努力来进行；又加之我们的心理活动是连续的相互有联系的心理事件，这些心理事件彼此间相互影响，任何一个心理事件在任何一个时刻都有一个起因、经过和结果，因此，这些心理事件是极难将其区分开来的。

在一定程度上，我们能避免这个难题，如果我们就一种思维上的成功——一种新概念的使用或一项发明，或一个新思想的诗意化表达——研究它是如何产生的。这样，我们就能够粗略地分析一个连续的思维过程，指出其开始、中间和结束。例如，著名的德国物理学家赫尔姆霍茨（H. Von. Helmholtz, 1821—1894）在 1891 年的生日宴会上说到了他最重要的新思维的获取方法。他说：对于一个问题，经过各方面的前期调查之后，一种高兴的想法就会不加努力地不期而至，就像灵感降临一样。就我而言，在我思维感觉疲乏，或当我在桌旁工作时，这种灵感是

---

[*] 此文来自 Graham Wallas, *The Art of Thought*. England：Solis Press, 2014, pp. 41—55. 是为译文。

绝不会来光顾我的。它们常常在风和日丽之日，在我缓步登临树木葱郁的小山之时特别容易到来。① 在这里赫尔姆霍茨给了我们在新思维形成过程中的三个阶段。第一个阶段我称之为准备阶段（Preparation），在这一阶段就是将问题从各方面加以调查；第二阶段是对其不加意识地思考问题，我称之为酝酿阶段（Incubation）；第三阶段是由"高兴的想法"不期而至，并与这些之前和与之同时出现的心理事件一起出现时，我称之为豁朗阶段（Illumination）。

此外，我还得增加一个第四阶段，即验证阶段（Verification），这是赫尔姆霍茨所未提及的阶段。例如，亨利·庞加莱（Henri Poincaré）在《科学与方法》一书中曾详细清晰地描绘了他在数学上的两个伟大的发现。这两个发现都曾经历过酝酿阶段而产生（其中一个是服兵役成为预备役兵时期发现的，另一个是他在旅行中发现的），在这时期他对数学问题所做的思考都不是有意识的，然而，就像庞加莱所认为的那样，所发生的都是无意识的思维活动。在这两种案例中，都是先经过一个准备阶段，然后再进入酝酿阶段，在此阶段有意识的、系统的分析对问题都是无用的。在最后的问题解决阶段是伴随着简洁的、突如其来的和直觉的相似特征。随之还有一个验证阶段，在这一阶段里，需要将观念进行有效的检查，并使之产生一种精确的形式。庞加莱说道：在验证阶段，无意识的工作绝不能提供一个算题的现成答案，因为要求出答案需要应用复杂的规则。……我们从这种无意识的思维成果——灵感中所希望得到的是对于算题的分界点。至于算题本身，它们必须得在意识工作的第二个阶段，也就是伴随着灵感的阶段，在这阶段，灵感被证实，

---

① 参见利亚诺《推理心理学》（1923），pp. 267 - 268。又见柏拉图《研讨会》(210)："到目前为止，他对于爱的东西得到了指导，并且学会了如何有序地观赏美好的事物，当他走到尽头，他将会突然惊奇地感知于自然世界的美。"和雷米·德·龚古尔："我的概念上升到了意识领域，一道闪电或一只飞行的鸟。"（引自 H. A. 布鲁斯《心理学和亲子关系》，1919，p. 89）

结果被推演。这些算题的规则是严格的和复杂的；所以，它们需要有规范、注意、意志和意识。在日常生活中，就像我们在思考不同的问题时，思维过程的这四个不同阶段是彼此有着重叠部分的。经济学家在阅读蓝皮书时，生理学家在观察实验现象时，或者商人在阅读晨间送来的信件时，就也许同时酝酿着几天前他所提出来的一个问题和在为准备阶段的第二个问题所积累知识，并为第三个问题的结论在做验证。即使在思考相同的问题时，它的思想也许在无意识地酝酿着问题的一个方面，同时也在有意识地准备或验证问题的另一方面。并且必须加以记住的是，这种非常重要的思维过程例子颇多，例如可以通过一首诗歌探索一下他人的记忆，或者通过一个人尝试弄明白他人的情感与其国家的关系或与其同伴的关系，这种思维过程也类似于音乐的作曲，因为导致这个阶段获取成功的，并非适宜于问题和问题解决的程序。然而，即使当这种思维过程的成功意味着创造性的、美丽而真实的解决问题，而并非是按规定对问题加以解决，但是这准备阶段、酝酿阶段、豁朗阶段和验证阶段等这四个阶段总体来说是可以彼此加以分开的。

如果我们接受这种分析，那么我们就可以探求在何种程度并通过何种方式能够引起意识努力，并能产生意识努力的习惯，这可以对这四个阶段加以控制。在本章内，著者不想探讨准备阶段，因为它包括了心智教育的整个阶段。人类在几千年的发展中已经知道了有意识的努力以及由它产生的习惯能够改善年轻人的思维过程，并且也形成了一些教育的艺术。因此，一个受过教育的人能够将他的思想放在他选择的主题上，或者将他的思想转移到其他事物上[1]，在这一点上对于一个未受过教育的人是不可能办到的。受过教育的人也能通过观察和记忆获取一些事实和词语，这扩大了他的联想能力，也突破了他联想的习惯取向，这些习

---

[1] 参见 H. 泰勒《我的社会遗产》第二章。

惯取向构成了思维系统，例如"法国政策""经院派哲学"或"生物进化论"等，这些是以在思维过程中作为一个单元而呈现给我们的。

受过教育的人能够在准备阶段自愿或随意地依据有序的规则来完成，在这个有序的规则中，他会将他的注意力放在一系列的问题上。霍布斯（Hobbes）在《圣经》的《海中怪兽篇》中提到了这样一个事实，他描绘了"有序的思维"，并将其与"无序的思维"做了一个比较，这种无序的思维会在思维过程未受教育时发生。他说道："有序的思维是一种追寻。例如，有时一个人会寻求他遗失了的东西。……有时他知道他的东西就遗失在某个地方，他就会在那个地方去寻找；然后他的思维就会在这个范围里仔细地去搜寻，这就好像一个人彻底搜索房间里的一颗珍珠；或者一头猎犬在田野里搜寻猎物；或一个人去搜寻字母，去作一首押韵诗。若一头猎犬有着像受过教育的人一样的头脑，虽不能直接凭借着意志的努力，从很远的地方嗅到一只鹌鹑的所在，但它可以在田野中等待，通过有意的训练，这种无意的嗅觉加工也会发生作用。"

所有的艺术传统都包括我们思维的预先规定的规则，这些精确的形式是以现代实验科学为其逻辑形式的，对这些艺术传统和基于现在的和过去的现象做系统的和持续的考察，这些就是天文学、社会科学以及其他基于观察的科学的基础。与这些自由使用的逻辑方法相联系的还有奥夫盖伯（Aufgabe）的"问题—态度"（problem-attitude）任务。如果我们不能设置一个清晰的问题，那么我们的思想就不可能给我们一个清晰的答案。如果我们对一个已经得到证明或未得到证明的事情形成了一个明确的概念，那么我们就可能会注意到一些新证据。一位非常成功的自然科学家曾告诉我他的成功之道："当他感到他的思想处于混乱之时，他曾经考虑的两种假设是正确的，而现在他就假定其中一种假设是错误的，依此而去研究。"在这一点上赫胥黎（Huxley）曾引用过培根（Bacon）的观点："真理来源于错误，比之于真理来源于迷惑更加的快"，并继续道:"若是你在正确和错误之间往复徘徊,摇摆不定,那你将会一无所获;但若你一直身处绝对完全的错误之中,你终会有出头之日,并且它会纠正你的错误。"①当然,这就是一种结果,通过持续的努力,一种观点和评论的可选择的对话形式的结果,这被瓦伦东克(Varendonck)描述为在不可控的思维过程中发生的结果。确实,它有时被认为是一种自动的对话形式,一种可通过意志的努力将之转变成一种可通过逻辑陈述的过程。在1917年7月18日,我乘公共汽车经过威斯敏斯特(Westminster)的圣玛格丽特(St. Margaret's)教堂。那时英国最富有的女继承人阿什利(Ashley)小姐正在举行隆重的结婚仪式,并且此时公共汽车售票员对他的一个朋友说道:"如此地挥霍金钱,唉!但我确实也得承认,这也实在是解决了很多劳动力问题。"也许我忽视了作为一个公民的职责,因为我并没有对之说:"现在你试图再努力一下,去解决你当前的事情,那么你就可能成为一个经济学家了。"

并且著者认为思想,为了将之更加清晰明白,思想者在准备解决单一问题时,他将经常在他的脑海中存有一些其他的问题(尤其是如果当他研究社会科学上的复杂问题时),在所有这些需要解决的问题当中,无论是已解决了的抑或正处于尚在解决过程中的,所有这些一旦到了豁朗阶段(Illumination stage),都能得到一个解决之道。

第四阶段即验证阶段(Verification),与第一阶段即准备阶段(Preparation)非常相似。正如庞加莱(Poincaré)指出的:它是完全处于意识状态的,并且思想家们在验证阶段通过意识努力制定了相同的数学的和逻辑的规则,并且这与在准备阶段是基本相同的。

现在这里只剩下第二阶段和第三阶段了,即酝酿阶段(Incubation)和豁朗阶段(Illumination)。酝酿阶段包括两种不同的情况,第一种是

---

① 《科学与艺术教育》,赫胥黎《随笔文集》第三卷,第174页。

消极的事实，也就是说在酝酿阶段我们不会自动地或有意识地思考一些特殊问题；第二种是积极的事实，也就是说在酝酿阶段一系列的无意识和非自动化或半意识和半自动化的心理事件也许会发生。对于酝酿阶段的第一个事实我们先进行讨论，对于第二个事实，即在酝酿阶段的无意识思维，与在豁朗阶段的思维关系，将会在豁朗阶段再进行讨论。故意地在特殊问题上回避意识的思维，可以采取两种方式：一种是全神贯注地思考其他问题，一种是完全地进入放松的状态。酝酿阶段的第一种在时间上是非常经济，并且也经常是最好的。对于相同的时间来说，我们首先对一系列问题进行研究，然后我们就此转向其他问题，再后我们会更好地完成之前的工作，这种方式方法要比不进行转向其他问题所获得的结果要更多更好。例如，一位著名的学术心理学家兼及牧师曾告诉我说道：据他的经验，他会在周日传经布道，尽管他在这上面所花费的时间精力是一样的，但如果他在星期一就准备比他在这一周的更迟一些时候准备效果要更好一些。在执业律师界有一种传统习俗，就是将自己的想法搁置起来，直到不得不解决的时候，将其立刻忘却，最后问题就这样被解决了。这一事实也许可以有助于解释在典型的律师出生的政治家的处事的肤浅问题，这是由于他们没有将他们的有意识思维通过潜意识思维来进行完全的扩充和丰富。

  但是一种更具创造性的思维，例如进行科学发现、作一首诗、写一个剧本或者构思一个重要的政治决策等，他需要的不仅是对特别关心的问题要进行潜意识思维，而且这种潜意识的思维必须得进行，也就是说，任何东西都不应该干扰心灵的无意识或部分意识的过程的自由工作。在这种情况下，潜伏阶段就应该包括大量的精神放松。据此，我们去考察许多的具有创造性的思想家和作家的传记，我们会得到许多具有趣味性的发现。例如 A. R. 瓦勒士（A. R. Wallace）因患疟疾而到海上去养病时，偶然在病榻上发现了自然选择进化论；达尔文（Darwin）也有段时期因为健康不佳被迫花费大量的时间以作身心的休息。有时一个思想家能够获得大量的休息是由于闲散的性格，以此抵御徒劳的努力。也许更为经常的是他所认为的闲散是一种迫切的强烈渴望，这也正如安东尼·特罗洛普（Anthony Trollope）所描绘的童年向往一样。

　　这样的比较传记研究的一个结果可能会得到一些新规则，这些新规则是关于原来的智力工作和行业的美德之间的关系。许多闲散的天才都了解到，他们许多人是对此并不了解，在准备阶段（Preparation）和验证阶段（Verification）若没有辛勤努力，没有成就伟大的智力工作，并且对于思想家而言，迁延不前相比于一般事业工作者更具灾难性。然而一个体格健全、思想丰富的思想家必须得知道，也就如特罗洛普（Trollope）在他的晚年时的那样，只知道工作对他而言是恶魔最坏的诱惑。红衣主教曼宁（Manning）是一个身在激烈行业的人，在1847年生病期间停止了他的作为一个圣公会主教的职位，不管这件事是好是坏，它都是在英国宗教史上的重要事件。有些人，像我一样，住在伦敦教区，从我国目前的主教来看，相信我们有理由对智力领导不足感到遗憾。主教本人对他的神职人员表示，在1922年9月的一封信中所提到的不满的原因之一已得到了解决。从人们的观点来看，我到秋天才回来，但这并没有减轻苦痛。从10月1号到12月25号圣诞节这期间，除了每周休息一天以外，我都是从早上10点开始，直到晚上6点才结束一天的事务。然后是一系列的行政的和教会的活动，其中包括"三天访问110名哈罗（Harrow）地区的男孩儿"，"在上议院看一些重要的法案"，"以及在教区除了日常信件和采访之外，还得进行六十场布道和解决一些日常事务"。"这一切，"他说："也许会为世界上一位好心人的评论辩解：主教，为什么你会过着像一条狗一样的生活呢！虽然在一个更大的程度上来说是这样的，但这正是你所过的生活呀。"①很显然，主教认为他和他的神职人员这么花费时间是应该得到欣赏的，这也是很值得的；并且他认为，忙得像狗一样的生活是最有可能使他们在他们办公室的事务中获取成功的。然而，有时候，如果我们的主教保持十个星期躺在床上并保持沉默，由一种既不痛苦，也不危险，也不与充分的心理效率相一致的疾病所折磨，那么这种奇迹会产生什么样的结果呢？

在酝酿阶段（Incubation stage）心态的修养实属必然，并且有时需要大量的身体锻炼。就像我所引用的赫尔姆霍茨（Helmholtz）所谈及的："在风和日丽之日，在我缓步登临树木蓊郁的小山之时。"据说，纽约著名生理学家A. 卡雷尔（A. Carrel）获得他的真正重要的思想是在一个暑假当中，当他在他家乡的布列塔尼（Brittany）这个地方缓步而行时。贾斯特罗（Jastrow）说道："思想家总是需要在林间漫步或者翻山越岭以为寻求灵感。"②著者有一次和剑桥的运动员朋友谈及此事，他认为所有脑力劳动者花费假期的时间去登阿尔卑斯山（Alpine），那将会是一件不胜感激的事情。攀登阿尔卑斯山对于身体和想象力的锻炼毫无疑义地是非常有帮助的，但是歌德（Goethe）骑着骡子通过了吉米山隘道（Gemmi Pass），以及华兹华斯（Wordsworth）攀登了辛普朗关隘（Simplon），比起现代的阿尔卑斯山俱乐部登山队而言，他们手足并用，并且带了绳子和冰斧头攀爬芬斯特尔－阿尔霍尔山（Finster–Aarhorn）是否或多或少对于酝酿阶段（Incubation）有效，这倒是一个有趣的定量问题。然而，在这一阶段，就像和其他方面一样，人的有机体获得更多的可选择的活动方式会比仅仅一致的单一活动形式所获得的益处会更多。在英国，在上学期间，有几所古老的大学的行政管理方法将酝酿阶段的潜在力量毁灭了，我所恐惧的是，相比于那些有长时间假期的新学

---

① 《教会时报》1922年9月22日。
② J. 杰斯特罗：《潜意识》（1906），第94页。

校而言，这种智力优势失去了平衡。在牛津大学（Oxford）和剑桥大学（Cambridge），这些学子们的发明和制造能力为我们国家的未来智力所依靠的，这些学校叫学子们填写无限枯燥的表格并且要提交入学申请表。在他们的潜意识中就建立起了像一个永不停止的时钟一样的职责，在那一刻就像琼斯（Jones）先生的费用必须支付给注册商一样。在比较新的英国大学里，这个相同的职责就交给高速有效的年轻女士来完成，他们通过使用卡片式目录、打印机及工作日程程序记录表等来完成。

但在酝酿阶段（the stage of Incubation）代替身体的和心理的休息最大的危险物既不是激烈的运动，也不是日常的管理，而是无休止的被动阅读的习惯。叔本华（Schopenhauer）曾写道："放弃自己的原始思想去读一本书就如同亵渎圣灵之大罪。"[1]在1760年至1860年这一世纪期间，英国的最聪明的人都去研读古希腊文和拉丁文，从而阻止了他们去从事更为有效的事情。不错，雪莱（Shelley）的想象力是由柏拉图（Plato）和埃斯库罗斯（Æschylus）所感发的，济慈（Keats）从查普曼（Chapman）所翻译的荷马（Homer）史诗中获得了一种对于生命的新理解；但是即使那些在哈罗（Harrow）、伊顿（Eton）、牛津（Oxford）和剑桥（Cambridge）等接受教育的最具能力的人也不可能接受像雪莱（Shelley）和济慈（Keats）那样的古典作家，他们是在灵魂深处对于知识的渴求。他们佶屈聱牙地阅读着贺瑞斯（Horace）、索福克勒斯（Sophocles）、维吉尔（Virgil）和德摩斯梯尼（Demosthenes）等的作品，同时伴随着一种温和的、自觉的以及审美的感觉，并且也会伴随着一种强烈的、不自觉的、社会的、智力上的、道德的以及优越性的感觉；他们认为，任何一个有着阅读古典书籍习惯的人，不仅是一个绅士、一个

---

[1] 叔本华：《思维》，《附录与补遗》（1851）第二卷，第412页。

学者，更是一个善良的人。

卡莱尔（Carlyle）曾对安东尼·特罗洛普（Anthony. Trollope）说道："当一个人旅游的时候，他不应该读书，而应该静坐并整理他的思想。"①然而，麦考利（Macaulay）在1834年去印度担任最高委员会的立法委员之前曾写信给他的妹妹时说："此次海程我准备携带着《理查森集》（*Richardson*）、《伏尔泰集》（*Voltaire*）、《吉本集》（*Gibbon*）、西斯蒙第（Sismondi）的《法国史》《达维拉集》（*Davila*）、印度的《奥兰多集》（*Orlando*）、西班牙作家塞万提斯（Cervantes）所著同名小说及其主人公《堂吉诃德》、希腊的《霍默集》（*Homer*）、古罗马的《贺瑞斯集》（*Horace*）。我也要带一些法理学的著作和一些波斯人和印度人写的新著。"并且在他4个月海程快要结束的时候，他又写道："除了在吃饭时间以外，我几乎没有和任何人说过话。……在全部的海程中，我一直在阅读并且越发体会到其中的乐趣。我对希腊文、古罗马文、西班牙文、印度文、法国文以及英国文的知识如狼似虎似的吮吸着；读的都是二开的、四开的、八开的以及十二开的书本。"② 如果他依照卡莱尔（Carlyle）的建议，那么他将有机会为印度想出更好的法律和教育制度，那就不至于去借鉴英国的模式了。当我们去了解格莱斯顿（Gladstone）夫人的生活时，我们就会了解到格莱斯顿夫人的巨大激情和驱动力是绝不会被足够强大的思想的灵活性及独创性所征服的。并且我们也会了解到格莱斯顿夫人和她的妹妹都是如何嫁给当时的伊顿（Etonians）地区的最优秀的两个人——格莱斯顿和他的朋友利特尔顿（Lyttelton）贵族——之后他们四人一起去了苏格兰（Scotland）度蜜月。她的女儿德鲁（Drew）夫人曾说道："在任何等候的时间里，就像在火车站那样的地方，两位丈夫都在他们的口袋里随身携带着小的经典著作，并且随时

---

① 《特罗洛普自传》（1921），第94页。
② G. O. 特里维廉：《生活麦考利》（1881），第256、262页。

准备着阅读。"在工业、战争和政治的新知识、新思想以及新方法的时代,并且新国家的崛起也正在改变着西方文明的时代。"利特尔顿(Lyttelton)贵族还经常在伊顿(Eton)球场上玩板球比赛,每当球赛休息期间,她就躺在赛场前面阅读,但绝没有错失一个球。"①

　　到目前为止,这一章节里我们讨论了准备阶段(Preparation)、酝酿阶段(Incubation)和验证阶段(Verification),在准备阶段和酝酿阶段也就是对于一个特殊问题不做有意识思维的消极方面,对于这三个阶段,我们需要在多大程度上改善我们的思维方法。现在我们需要讨论的问题是这个更为困难的问题,也就是我们所谓的豁朗阶段(Illumination),这是我们的意志力能够影响到何种程度的一个阶段。这也正如我在上文中所引用的那样,赫尔姆霍茨(Helmholtz)和庞加莱(Poincaré)所说的那样:"一个新思想的出现是瞬间性的,是出人意料的。"关于这一点,如果我们严格地将豁朗阶段定义为刹那瞬时的,即一闪而过的,那就很明显我们是不能通过直接的意志努力去影响它的;因为我们的意志力所能够影响的是能够持续一段时间的心理事件。另一方面,这个最后"一闪"或最后"一击",就像我在第三章("未有艺术先有思维")所指出来的那样,它是一系列成功联想的顶点,它会持续至相当一段时间,并且它可能之前有一系列的尝试性的和不成功的结果。这些未成功的联想结果也许会持续一段时间,从几秒钟到几小时不等。亨利·庞加莱(H. Poincaré)描述了这种尝试性的和不成功的结果,在这种情况下,它几乎是无意识的,他认为:"这占据了酝酿阶段的大部分时间。"他又写道:"我们所谓的意识,例如像准备阶段那样的,被证明是更为有用的,因为它被酝酿阶段所打断,并且这种休息使我们的意识恢复了精神状态。但是这种休息会

---

① 凯瑟琳·格莱斯顿:《玛丽的画》,第32页。

被无意识的工作所占据，并且这些无意识的工作会在后面才会被发现。"① 不同的思想家抑或不同的思想家在不同的时间，关于未成功的联想结果所占据的时间当然是非常不同的；这种变化是存在于联想结果的最后成功的那一刹那间的。有时这成功的结果似乎只包含以此联想的小小一步，或是连续的几小步，它来势汹汹，迅疾无比，几乎是稍纵即逝的。关于霍布斯（Hobbes）的"罗马便士"（Roman penny）的联想结果发生在一场普通谈话的两个评论中，正如我所说的那样，霍布斯（Hobbes）在结束他的谈话时说道："所有这一切都是在片刻的时间里发生的，因为这个思想是瞬间产生的。"［参见"海中怪兽篇"（Leviathan），第三章］霍布斯（Hobbes）本人也是一个异常敏锐的思想家，然而奥布里（Aubrey）引用了霍布斯（Hobbes）的话，说道："当一个思想迅速来临时，他会取出他的笔记本来。"②

但是如果我们想要我们的意志控制一种心理过程，那么这个心理过程不仅要持续相当的时间，而且在这期间我们要让思想家能充分地意识到有些事情会降临到他身上。关于这一点，我们的证据似乎表明，对于成功的联想结果，这个结果可能导致了"闪光"的成功和最后的成功结果是无意识的，或者是发生（当成功快要出现或快要消失的时候，意识时而高涨，时而低落）在意识的边缘，这种意识的边缘包围着我们的

---

① 亨利·庞加莱：《科学与方法》（第54、55页）。另外，其中一个最为聪明的现代数学家告诉我说："作为一项规则，他相信他在酝酿阶段他的部分或者整个大脑都处于精神休息状态，这种状态可能会为随后激烈的成功思想埋下伏笔。他的信仰叫能部分原因是由为他的大脑开始比其他人的大脑拥有更成功的联想能力。"

② 参见格拉姆·华莱士《伟大的社会》（1914），第201页。

意识，就像太阳的光晕围绕着太阳一样。①这种边缘意识也许会持续闪烁，也许会一直伴随在它左右，并且在一些情况下它还会超过它。然而要想观察到太阳的光晕是非常困难的，除非是在日全食之时。所以我们在豁朗阶段（Illumination）要想观察到意识边缘也是难上加难的，或者是在豁朗阶段之后要记住意识边缘也是困难倍增的。就像威廉·詹姆斯（William James）所说的那样："每当这个结果来到时，我们总是会忘掉它到来之前的大部分步骤。"②

很明显的是，赫尔姆霍茨（Helmholtz）和庞加莱（Poincaré）这两人可能对于突然涌现的和突如其来的新观点来临以前，任何的心理事件的意识边缘都可能没有意识到或者已经忘得一干二净了。但其他的思想家，对于豁朗阶段当前和之前的边缘意识经验事后还记得。威廉·詹姆斯在《心理学原理》第九章中的观点说得美丽动人，其说道："虽然有时我们会极度地困惑，但我们可以自我反省。在反省时我们的思想中的每一个具体的意象都在它周围的自由流淌的水中浸润和染色。随之就会发生各种或近或远的关系，这种意象就会发问，即死亡的回声是从哪里来的？新生将我们导向何处？"这种意象的意义和价值在它的光和影中环绕其左右。③

在豁朗阶段（Illumination），当联想结果的边缘意识是处于意识的上升阶段，且这种边缘意识的成功闪烁正在来临时，我发现在此刻使用"暗示"（Intimation）这一术语更为贴切。一个高级英国公务人员曾向

---

① "边缘"这个词我是从威廉·詹姆斯那儿借鉴的，他在《心理学原理》第一卷第258页中说道："让我们使用心灵的颤音、弥漫，或边缘，通过大脑的加工过程来影响我们的思想，它就像意识到了对象与其的关系但并没有理解它们。"我们的"边缘意识"的特点可能是由于人类有机体的有目的的行动，这一点在我们的第一章中有所讨论。钢琴的高低音是由最初敲击的弦的震动引起其他弦的震动所引起的。人类的"边缘意识"有时可能指出了："在人类有机体意识中心的活动是伴随着其他因素的不完美的协调活动。"

② 参见《心理学原理》第一卷，第260页。

③ 同上书，第255页。

我描述了他的暗示经验,其说道:"当我在极力解决一个困难问题时,我经常是知道这个问题的答案即将来临,尽管我不知道这个问题的答案是什么。"还有一个非常聪明的大学生也给了我一个相同的描述,在他的经验中也是与之相似的。确实,许多思想家都会认可瓦伦东克(Varendonck)所描述的经验,瓦伦东克说道:"当我意识到我的思想在与某件事有联系的时候,我就会模糊地感觉到他非常难于描述;它就像一个模糊的心理活动的印象。但当这个联想逐渐浮出表面的时候,它就演变成了一个愉快的印象。"①他所说的"演变成了一个愉快的印象"也就清楚地将成功的灵光一现描绘成为意识的凸显。

正如我所说的那样,大多数内省的观察者都将暗示当成一种感情(feeling),这种字面的模糊造成了诸多的困难。内省的观察者是将心理活动没有看成伴随着感情色彩的呢,抑或是看成伴随着感情色彩的,在这个过程中这种感情要么有助于激发思想,要么是被思想所激发,在这一点上我们是很难知道的。F. M. 麦克默里(F. M. McMurry)在他所著的课本《如何学习》一书的第278页所提到的那样:"许多最好的思想,甚至是绝大多数最好的思想,不会像刹那之间那样就会出现,而是在最开始的时候有微弱的情感,在它们被真正感知到和明确存在之前它是一种微弱的需要加以鼓励和劝说的直觉。"然而杜威(Dewey)明确地描绘了为感情色彩所渲染的意识,他说道:"一个问题或许会或多或少地存在着模糊的感情,它是我们不期望的、疑惑的、陌生的、奇怪的或者是不安的事物。"②冯特(Wundt)所说的话则更加的模糊,他说道(这也许是暗示最早的描述):"感情是知识的先驱,并且新颖的思想出现

---

① 《白日梦心理学》,第282页。
② 《我们如何思考》(1910),第74页。

在意识当中，首先是以感情的形式出现的。"①我的学生将形成新思想之前的暗示描绘成为一种："不舒适的轻微的为感情所渲染的东西，这种东西是由于与个人的习惯相分离的感觉。"有一个学生曾告诉我他第一次认识到："他第一次形成了一种新的政治观点的感情，这种政治观点是来自他对自己述说他自己的政治观点，他在倾听自己述说的过程中所形成的一种感情。"好像我还能记得，在许多年以前，在我快要改变我的政治立场以前，我有一种模糊的感觉，好像是身体上的感觉，似乎是我的衣服于我而言很不搭。如果这种暗示的感情能持续一段时间，并且要么能够充分意识到它，要么通过我们的努力能够充分意识到它，那就很明显了，我们的意志力能够知觉的影响到它了。至少我们能够尝试控制、延长或者改变这种暗示要进行的大脑活动。并且，如果暗示伴随着大脑所进行联想的进行，可以说得上是合理的，但又没有注意的努力，它自动地推动意识的闪烁成为成功，我们就可以设法抓住这一机会，使暗示达到成功。

是否意志的练习能够提高我们的思考能力，这是一个更为困难和更重要的问题。许多人都认为凡是在这一点上尝试控制思维过程，那将总会是坏多益少的。他们会说，一个学生坐下来解决代数的办法，一个公务员在整理了一分钟他的公文，莎士比亚（Shakespeare）为旧的剧本重新写了一个演说稿，这些人都将会通过干扰即将来临的想法而会有所提升，这就像一个小孩在挖掘一粒正发芽的豆子，或是一个饥饿的人在面对丰盛的食物时，通过他的意志力去影响他的胃或他的唾液腺的活动的暗示，所有这些都可以通过意志力去加以改变的。他们会说，一个天生的赛跑运动员将会得到更多的成功，如果他将在身体方面和心理方面进

---

① 冯特（由 E. B. 铁钦纳在其著作《实验心理学》中《思维的过程》一章中的第 103 页）的话是在这个意义上就是感觉领域的权威（《生理心理学原理》第二卷，1893 年，第 521 页）。

行协调，并将他的意志力放在追赶上他前面的那个运动员身上，而不受其他因素的干扰。还有就是一个天生的演说家如果当他在讲说时，他将精力放在他的听众上而不是放在他自己的手势上，那么他的手势会使用得更加的好。这样的理由也许对于思维的整个概念是有害的，如果他忽略了两个事实的话：第一个是我们并不都是天生的短跑运动员、演说家或思想家，世界上的大量工作都必须要通过有技能的人去完成，而要获得的这些技能可不是天生就有的；第二，学习一种艺术的过程，即使是具有最好天赋的人，也更需要有意识地练习。哈利·瓦登（Harry Vardon）在学得一种新技能以后，往往会使他的意识更多地注意在他的意志力和他的手腕之间的关系上，而不是解决在冠军场上如何挥拳御敌上面，这一点是非常明智的。一个最具天分的小提琴家当他在学得一种新的演奏技巧之后，他就不得不专注于他的手指，尽管这种专注会在音乐会厅上会降低到意识的水平之下。并且通过大脑的使用去发现真理这取决于更加先进的设备且不需要进化方面的考虑，需要考虑通过手拿小木棍去敲打物体，或通过大脑的使用引起情感的激动，有意识的艺术也许会被证明是非常重要的，就像与有天赋相比较那样，这在思想方面要比玩高尔夫球和小提琴更为重要。在这里还有一点需要提及，不同的思想家和相同的思想家在不同的时期当他们在从事不同的任务时，他们也是不同的。我的结论是，终生从事思想工作的人如能时刻注视着暗示的感情，并将他的意志力用于他的暗示的感情的大脑加工过程，那么他将会有更多的收获。

  关于这一点，我所知道的最有价值的证据是由诗人所给予的。正如瓦伦东克（Varendonck）所说的那样："诗人比其他的智力工作者更会使用前意识达到意识。"[①]一首诗的写作就是一个心理学实验，它的尝试

---

[①] 《白日梦心理学》，第152页。

和测试都要比在实验室条件下更为苛刻，而且诗歌在实验期间能够用语言描写意识边缘的方面，它也要比大多数的由心理学家操控的实验更为精确和敏感。几位年轻的英国诗人关于暗示曾给予了令人钦佩的描写，他们经常使用隐喻，这些隐喻是从我们的日产生活中产生而来的一种感觉，他们觉得有一些东西我们已把它遗失在了什么地方，并且我们并不能发现它们，这是由于我们已把它们是什么给遗忘了。关于这一点，约翰·德林克沃特（John Drinkwater）说道：

洞彻生活的事理

这就是日常生活的美，去发现美

这是我思想深处所激动的事①

詹姆斯·斯蒂芬斯（James Stephens）也说道：

我将会想到

有些东西我是永远寻觅不到的

有些东西就躺在那里

其实就在我们的脑海里②

J. 米德尔顿·默里（J. Middleton Murry）在其1922年所著的《风格问题》一书中的93页所指出："莎士比亚（Shakespeare）对诗人作品的著名描写也就是心理上的真实。"其中：

……

想象离我们而去

诗人的笔下是无所不知的

---

① J. 德林克沃特：《忠诚》，第50页（《木》）。
② 乔治亚诗（1913—1915）：《山羊之路》，第189页。

不断改变着它们并将其赋意

变成一个我们熟知的地方和熟悉的名字

"是无所不知的"和"将其赋意"都是第一次对暗示进行生动的描写；还有"变成一个我们熟知的地方和熟悉的名字"表明了将逐渐增加动词的思想作为暗示方法的豁朗阶段（Illumination）的最后时刻；这也表明了相比于他的崇拜者而言，莎士比亚（Shakespeare）更是一个非常具有自觉性的艺术家。

一些英国诗人和诗歌研究者不仅对暗示的感情进行了描绘，而且也对诗人可以努力达到的意志力进行了描绘，这种意志力可以影响暗示带来的心理事件，以及在努力达到的过程中所产生的思想危机。在这些描绘中，他们经常使用隐喻来描绘一个小男孩尝试去抓取一条难以触摸的鱼，或者一只飞奔而逃的鸟。罗伯特·格拉夫（Robert Graves）给了我们一首迷人的小诗，叫作《一撮盐》，在这首诗中他给我们展示了隐喻：

一个梦想诞生之时

一阵突袭的疼痛油然而生

当你知道这个梦想是真的之际

它会变得如此可爱，没有瑕疵，也没有污点

此时，要赶紧抓稳，要小心翼翼

否则会伤害你珍视的精致的东西


梦想就像一只受人嘲笑的鸟

不断地挥动它的羽毛

当你抓住了一个盐盒

打开它，将会看到……

老鸟什么都不会看到

所看到的仅仅是苹果树枝和嘲笑

诗人,从不追逐梦想
只会冷嘲热讽,转身离开
掩饰你的渴望
成功只是小事一桩
但最终当它依偎在你的手上
紧紧地抓住你的手指,紧紧地抱住它①

在这方面,思想家所面对的最为明显的危险便是由暗示的感情所引发的联想,要么它会逃离,就像我们的梦和空想一样,最终变成极其不相关以至于被遗忘了,要么会被其他侵入的联想所干涉。所有的思想家都知道这样一个效应:在我们要解决一个实际问题时,每当一个有价值的暗示来临之际,我们可能会被一个电话铃声或者一个不速之客所打断。阿里斯托芬(Aristophanes)在他的著作《云》里面引用了些苏格拉底(Socrates)的故事,如关于他母亲是一名助产士,而且他也是一名擅长隐喻的高手,其中描写道:"苏格拉底(Socrates)抱怨着说:当他的学生在一种有价值的思想来临之际去问他一些问题,从而导致了这些思想的流产。"因此,当一个人在读书时,如果有暗示的感情降临之际,那么他就得暂时从书本上离开一会儿,以免造成暗示的感情会被飞走的危险。瓦伦东克(Varendonck)描述了他的一个白日梦的经验:"这儿有一些东西在我的前意识里面,这与我的题材有莫大的关系,所以我应当暂且从阅读的材料上停止一会儿,并让其逐渐地浮出水面,不然的话,它就会从我的脑海里逃去。"②此外,除了预防消极的联想的侵

---

① 格鲁吉亚诗歌(1916—1917),第107页。
② 《白日梦》,第190页。

入，我们可以通过有意识地积极努力来关注以求得获取成功，这一点是非常有必要的。文森特·D.因蒂（Vincent D. Indy）在谈及他的音乐上的创作之时，曾说道："他必须时常警醒着，因为音乐的灵感往往稍纵即逝，它就像白日做梦一样，需要我们时刻保持高度的注意力以防它的稍纵即逝。"①但是这样的对联想的高度警觉，也许会对它有干涉或者阻止的危险。据费希尔（Vischer）说道："席勒（Schiller）曾说当他充分地意识到自己在想象时，若有人此时在注视着它的肩膀，那他就会感到不自然。"②

然而，对于一个现代思想家而言，他的主要危险是在想象的尝试过程中，即在想象还未完成之前就急于将之表达出来，那只会对之有损害作用。亨利·赫兹利特（Henry Hazlitt）在1916年所著的《科学的思想》一书的第82页中说道："某些思想是如此的不可捉摸，结果若是加以表达那就会将其吓跑，这就像一条鱼很容易就被极其轻微的水波所吓走似的。"当这些想法处在胚胎中时，即使是像说话那样所需的无限小的注意力也不能幸免。作家蒙田（Montaigne）于1924年1月31日在《泰晤士报》文学副刊上说道："我们都陶醉在奇异的、愉悦的被称之为思想的过程当中，但当我们试图想要将其表达出来的时候，它就与我们想象的不一样，它是如此的少呀！"幽灵在我们的思想中呼之欲出，然后又下沉到黑暗之中，这种黑暗能在顷刻之间以一种奇异之光所点燃。在一个诗人的案例中，这种危险还会被增加，因为诗人所选择的表情达意的文字就是暗示所表明的或多或少的自动化思想过程的一部分。有一个具有诗人潜质的小女孩，曾经有人对她说道："在说话之前最好想清楚一点。"后来她对人们说道："在我没有看到我要说的事情之前，

---

① 参见保罗·沙巴内尔《艺术家的潜意识》（引自H. A. 布鲁斯《心理学与亲子关系》，第90页）。
② 引自H. A. 布鲁斯《心理学与亲子关系》（1915），第90页。

# 第一章 引论

我又如何知道我想要说的话呢？"然而，一个现代的思想家必须早晚得在思维的过程中做表情达意的努力，并且不惜甘冒风险的危险。我们的远祖，就像奥里尼雅克期的（Aurignacian）人们那样，生活在安逸的时代，满足于躺在山腰上，并且听着鸟儿的欢唱，也观望着浮云的飘动。这里面夹杂着对自然宇宙的惊奇，把自己浸润在无间断的愉悦的忽高忽低的白日梦中，百般享受千般自得，事后又可以将之忘得一干二净。"但是现代思想家一般得自愿或非自愿地接受这种任务，就是使他自己的思想永久地应用在别人身上，因为这是他的社会地位的唯一凭证，这使得他有时间和机会从事毕生事业。

最终，我们的意志对于思想的干涉会因我们思想的主题不同而有所变化，这不仅是在所发生的时间方面有所变化，而且在我们应当干涉的复杂思维过程的何种成分上有所变化。一个经常在写作过程中使用他的意志力，为了确保一个好的观点或一句好的表达，或者为了完善一个句子，或者为了重新构思一个情节的小说家，最近他刚好完成了一部长篇小说，他告诉我说："他为了按照他预设的情节，去干涉他小说的自然发展以及主要的人物性格，最终毁掉了他的整部小说。"戏剧家和诗人们亦经常需要将他们的设定的角色为她们说话；一个创造性的艺术家为了达到成熟，只有当他真正学会了使用在他的思想的表达方面的自觉的技能以后，这样才不至于湮没他的人格所给予的促进。确实，正处在具有暗示边缘的豁朗阶段（the stage of Illumination）思想家如果不经常应用他的艺术的敏锐的理解力，那么他的艺术法则也不会产生效用。

# 第二章　诗创作心理定向阶段论

基于心理学理论，行为主义学派的刺激—反应模式理论，也即S—R模型，其中S是刺激（stimulus），R是反应（response）。该理论认为个体在一种刺激情景面前产生各种反应，有些反应由于得到了结果且被强化之后被保留了下来，而其他的反应由于没有产生好的结果而被消退。后来格式塔学派的苛勒基于对黑猩猩做了一系列实验而提出了"顿悟"理论。所谓"顿悟"就是我们经常谈及的"领悟"一词，即问题解决者领会了问题情境的结构，再加之利用过去解决这类似问题的方式方法的经验，从而问题解决了。经格式塔学派理论的影响，托尔曼在刺激与反应中间加入了一个中介变量（刺激—机体内部的变化—反应），他认为，从刺激到反应，这之间需要通过一些中介变量。也就是说，托尔曼将认知因素引入了S—R模型中，变成了S—O—R模型，其中O（organism）是中介变量，代表有机体内部的变化。

其实诗创作心理也就是这个过程，首先是外界的一个刺激作用于诗人的感官和大脑，也就是一定的刺激作用于相应的感受器（视觉、听觉、嗅觉、味觉……），使感受器产生兴奋，兴奋产生神经冲动，将神经冲动经传入神经再到神经系统的中枢部位，大脑中枢对其分析、加工，然后沿着传出神经到达效应器，也就是最后做出反应。这个最后做出反应类似于诗人准备好笔墨纸砚将其构思好了的诗篇用手写出来或用嘴说出来，让别人进行记录的动作。但是创作心理与这个生理反应还不一样的一点是，它不是由生理自动进行反应的，它必须在诗人的思维过程中来实现，这其中涉及外界刺激的转化过程，即将外界信息进行转化为诗人的心理信息，然后以此心理信息为原材料，在此基础上，进行排列组合、加工改造，变成具有诗人气质的新的心理信息，最后借助语言工具变成诗作。将这个过程加以简化，就是物感的过程，根据认知建构理论，感物的过程是一个由物理场进入心理场，再由心理场到审美场的建构过程。

诗创作心理过程是诗创作的程序和轨道，是创作时间的承载者，诗创作也只有经过创作的过程，才会成为一首完整的诗。诗创作本来是无所谓程序可言的，甚至也没有所谓的时间先后之分，因为心理的东西很难去量化，正如心理学中将心理过程分成认知过程、情绪情感过程和意志过程，其中认知过程又包括感觉、知觉、记忆、思维、想象、语言、注意和意识那样，其实从它的本质上来讲，我们的心理就是一个完形，任何一刻的心理及行为都带动了所有的心理过程，但是为了研究的方便，我们只能如此。因为科学研究是以分析方法为主的，所以我们在研究心理学问题时，也是采用分析的方法来进行研究。诗创作心理也是如此，也是为了研究的方便。我们将诗创作心理分为五个层次的内容，也就是诗创作心理过程分为五个阶段：第一阶段是诗创作心理定向阶段；第二阶段是诗创作心理准备阶段；第三阶段是诗创作心理酝酿阶段；第四阶段是诗创作心理豁朗阶段；第五阶段是诗创作心理验证阶段。

在文学史上，诗乃文学之祖，艺术之根。诗是文学上的一顶桂冠，一颗璀璨的明珠，一朵绽放的最美的文艺之花。恩格斯曾在《自然辩证法》中说："思维着的精神是地球上的最美的花朵。"[1] 这个比喻是非常

---

[1] ［德］恩格斯：《自然辩证法》，于光远等译，人民出版社1981年版，第23页。

生动形象的，因为花朵是植物，是生物，是有生命的，它象征着人世间的美好的东西。花朵是植物的精华，同时思维着的精神是一个人的智慧的精华，花朵与人一样，都会经历一个从孕育、产生、发展、成熟、衰老至死亡又到下一个更高阶段的循环往复的过程。在花之精华与人之精华这一具有共同属性的特点上来说，恩格斯的比喻是非常贴切的。

在我们的心理学研究中，它的研究对象是心理现象，而心理现象又是世界上最复杂、最奇妙的一种现象，心理现象包括很多内容，其中的思维着的精神即是它的研究对象之一。所以，我们也可以这样说："心理现象是地球上最美丽的花朵。"心理学本来的学科性质就有人文的一面，心理现象又被称为地球上最美的花朵。而诗歌又是文学上的最美之花。两朵最美之花交汇在一起，会产生什么样的东西呢？这就涉及这两门学科的交叉问题。研究者试图在"心理学"与"诗学"这两门学科之间搭建一个平台，构建"诗学心理学"这一全新领域的学科。由于刚开始起步，还有很多不足的地方，希望有更多的专家、学者对"诗学心理学"这门学科无论是在理论或实践上有所建树，建立一门新兴学科，这也是作者的一个基本出发点。而且中国自古就是一个诗的国度，所以建立一门"诗学心理学"不仅具有历史意义，同时也是中国心理学本土化的一个内在需求。

唐代大诗人高适在《别董大二首》（其一）中提到："莫愁前路无知己，天下谁人不识君？"[①] 这两句虽是对朋友董大的劝勉，但他说得如此铿锵，如此有力、震撼，真有"气蒸云梦泽，波撼岳阳城"[②] 之感。于劝勉中充满着信心和斗志，激励董大，同时也是激励自己，以非常豪迈的笔力向世人发出了雷鸣之吼，振聋发聩，以寄后生，不要因一些东西的得失而从此一蹶不振。战国大诗人屈原在不朽名作《离骚》

---

① 谢楚发译注：《高适岑参诗选译》，巴蜀书社1991年版，第47页。
② 《唐诗鉴赏大全集》，中国华侨出版社2010年版，第47页。

## 第二章 诗创作心理定向阶段论

中发出了"吾令羲和弭节兮,望崦嵫而勿迫。路曼曼其修远兮,吾将上下而求索"①。这是屈原对人生的高度概括,同时也是对其真理,对其诗创作的高度概括。大凡诗人,凡是对什么东西过于执着,想要去追求甚至转而愿意为之付诸终生的事业,都有这样的体会,上下求索,既简单而复杂,又痛苦而快乐。

诗创作心理过程也是如此,它凝结了诗人的苦心,精血劳作。其实这个过程正如朱光潜在《文艺心理学》里所谈到的那样:"在聚精会神地观赏一个孤立绝缘的意象时,我们常由物我两忘走到物我同一,由物我同一走到物我交注,于无意之中以我的情趣移注于物,以物的姿态移注于我。但是这种移情作用虽常伴随着美感经验,而却非美感经验的必要条件。有些艺术趣味很高的人常愈冷静愈见出形象的美。"②

现在探讨诗创作心理过程,也应当采取这种审美的心态,把诗创作活动作为人生的一部分,让之成为生活习惯,那才能贯注激情,全身心投入,不至于烦忧、心焦,虽然这个过程是艰辛的,但同时也乐在其中。既然《诗学心理学》是两朵最美之花的交汇,那么诗创作心理活动就应该是一个充满好奇,充满生机情趣的,所以它是相当值得我们去涉猎领略的。

在诗创作心理学中,华莱士提及了四个阶段:准备阶段、酝酿阶段和豁朗阶段和验证阶段。笔者还不得不再加一个阶段,那就是诗创作心理定向阶段,在诗创作心理准备阶段之前的一个阶段,这个阶段并非是一个若有若无的阶段,这个阶段就决定了你是否成为一个诗人抑或是伟大诗人的前提,也就是说,此阶段它会在诗人心中形成一个似是而非的映像,有时甚至连诗人自己也不清楚他自己正在做这件事。这也就是精神分析学派中弗洛伊德和荣格所提的潜意识问题,它的力量很强大,用

---

① 古敏主编:《中国古代经典集萃·楚辞》,北京燕山出版社2001年版,第20页。
② 朱光潜:《谈美·文艺心理学》,中华书局2012年版,第177页。

中国的一个词来说更为贴切,那就是"征兆"抑或"暗示",通过这些字眼可能会觉得很玄乎,而且是无关紧要的,实则这些是很有渊源的心理学机制,这在后面还会详细系统地论及。

## 第一节　潜意识

现代心理学的一大贡献就是发现了无意识,这一贡献无异于人类发现了新大陆一样,鼓舞着心理学向前发展。虽然无意识自古有之,但真正使之进入科学殿堂的还当数弗洛伊德。在弗洛伊德之前也有人对无意识进行过探讨,但都只是浅尝辄止,没有系统地对之加以论述,如从古希腊三哲到歌德到谢林等都有涉猎。在前面也提到柏拉图在《伊安篇》的对话就对之详细地说明了。苏格拉底认为,诗人是:"有一种神力在驱遣你,像欧里庇得斯所说的磁石,就是一般人所谓'赫拉克勒斯石'。磁石不仅能吸引铁环本身,而且把吸引力传给那些铁环,使它们像磁石一样,能吸引其他铁环。有时你看到许多个铁环互相吸引着,挂成一条长锁链,这些全从一块磁石得到悬在一起的力量。诗神就像这块磁石,她首先给人灵感,得到这灵感的人们又把它递传给旁人,让旁人接上他们,悬成一条锁链。凡是高明的诗人,无论在史诗或抒情诗方面,都不是凭技艺来做成他们的优美的诗歌,而是因为他们得到灵感,有神力凭附着。"[①]

现代大多数学者都认为柏拉图的对诗人与无意识的探讨当属最早的探讨了无意识的内容,虽说有些玄乎,但也给后人极大的启示。后来在莱布尼茨、歌德、叔本华、谢林以及哈特曼等人都有论及。经过精神分

---

[①] 《朱光潜全集》第12卷,安徽教育出版社1991年版,第8—9页。

析学派的系统研究，最终使得无意识得到了科学的认可，进入了科学的殿堂。

## 一 集体潜意识

这是在具体进入准备的之前阶段，也就是在心中形成一个似是而非的映像，有时甚至连诗人自己也不清楚他自己正在做这件事。大凡在从事一件事之前或者是一件什么事要来临之前，总会有什么征兆会提前给你一个暗示。那何为征兆呢？即预感到的或即将出现的迹象。这个词在中国可谓颇有渊源。这源于古代的"天人感应"学说，也即中国古代儒教神学术语，它是属于古代的一种唯心主义思想，具体指天意与人事之间的交互作用。它认为上天能预示灾祥，如"蚂蚁迁窝，洪水必到""蚂蚁成千，大雨涟涟""蚂蚁满地跑，当天天气好""某伟人死之前也许会出现奇异现象"或"你晚上做了一个梦，第二天这梦居然成真了"等等。

还有很多类似的现象是在我们正常情况下不知道的，在我们心理学上称之为无意识（unconsciousness），它是相对于意识来说的，是个体不曾觉察的一种心理活动。弗洛伊德将意识分为前意识、潜意识和意识。他曾形象地将它们三者的关系比喻为大海里的一座冰山，意识是冰山的表层部分；潜意识是人的心理状态的最高机制，即如人的整个主宰，人类在意识状态下所做的事都受它的控制，但只占到冰山的很少一部分。大部分在水下的冰山被比喻为潜意识，它是人类精神活动的最原始部分，在潜意识里存在弗洛伊德所说的本我部分，是最原始的与生俱来的部分，其中蕴含人性中兽性的一面，具有强大的非理智的心理欲望，它时时刻刻都想冲破牢笼得到发泄，以使自己得到满足。在意识层面和潜意识层面之间的部分叫作前意识，也即冰山的快要露出水面的部分，也是在潜意识中可以回到意识中的成分。例如人们在某一时刻想起童年的一些事情，或是一些自认为忘记了的事。它起到了一个连接意识和潜意识的作用，相当于一个守门员，时刻高度警惕，不能随意让潜意识之球进入意识之门。但在失去意识，如睡觉、药物或生理功能异常时它可能会通过伪装的形式而进入意识层。

因此，我们可以总结，潜意识是整个人的能量储蓄库，经常处于压抑状态，虽然我们意识不到它，但它在冥冥之中对我们的行为或潜行为发生着影响，无时不在，无处不有地影响着我们。

荣格在弗洛伊德的理论基础上对潜意识又进行了研究，并在弗洛伊德的意识分类上面，他又将潜意识分为集体潜意识与个体潜意识。所谓集体潜意识，荣格对它下的定义是："它是精神的一部分，它与个人无意识截然不同，因为它的存在不像后者那样可以将其归纳为个人的经验，因此不能为个人所获得。构成个人无意识的主要是一些曾经意识到的，但以后由于遗忘或压抑而从意识中消失了的内容。集体无意识的内容从来就没有出现在意识之中，因此就从未为个人所获得，它们的存在完全得自遗传。个人无意识主要是由各种情结构成的，集体无意识的内容主要是'原型'。原型概念对集体无意识的观点是不可或缺的，它指出了精神中的各种确定形式的存在，这种确定形式不论在何时何地都普遍存在着。在深化研究中，它们被称作'母题'，在原始人类心理学中，它们与列维-布留尔的'集体表现'的概念相契合；在比较宗教学的领域里，休伯特与毛斯又将它们称为'想象范畴'，阿道夫·巴斯蒂安在很早以前则称它们为'原素'或'原始思维'。这些都清楚地表明，我的原型观点并不是孤立的和毫无凭据的，其他学科已经认识了它，并给它起了名字。"①

## 二　个体潜意识

说到个体潜意识，我们一般只会想到荣格。荣格所说的"个体潜意

---

① ［瑞士］荣格：《心理学与文学》，冯川、苏克译，译林出版社2014年版，第61页。

识"与弗洛伊德所说的"潜意识"大致相当。在汪新建主编的《西方心理学史》中提到:"荣格认为,个体潜意识的主要内容是情结。情结现象的发现得益于与荣格的词语联想实验,实验者拿一张词表,每念出一个词,就要求被试用出现在头脑中的第一个词对实验者所念的词语做出反应。结果,荣格发现,实验中总有些被试在某些时候需要花费很长时间才能做出反应。被试也不能对自己出现的这种现象做出合理的解释。荣格认为,产生这种反应拖延现象的原因大概是由于个体潜意识中存在与情感、记忆等相关的各种情结,只要触及这些情结的相关内容就会让个体产生比较缓慢的反应,情结在一定程度上控制着个体的情感和行为。人们在日常生活中也经常使用'情结'的概念,用来指称那些使个体沉溺于其中而不能自拔与开脱的一系列观念或思想,具有某些情结的个体容易花费很多时间和精力去做那些与情结相关的活动。"① 至于情结产生的原因,荣格提出了两种观点。第一种是与弗洛伊德一样,即由童年的创伤经验所引起,第二种来源于上文所说的集体潜意识。

个体潜意识与记忆、情绪等都带有明显的个体色彩,与个体的经历和体验有着不可分割的关系。同时,由于个体潜意识一般是由过去经历经过压抑后转化所得,正如弗洛伊德所说的,是现实生活中不被伦理所接受的是人类本性的一些东西,是被意识压制在潜意识中,所以这些潜意识的心理能量往往导致个人极度紧张不安,但又不得不去寻找什么东西去释放。

可能人们对唐朝伟大诗人白居易的一首《长恨歌》非常熟悉。这首诗是基于唐明皇李隆基与杨贵妃杨玉环的悲剧爱情故事而创作的。但写这首诗的潜在因素早就植根于白居易早年的与"湘灵"的爱情故事中。在白居易写这首《长恨歌》之前早也写过许多关于类似的和湘灵

---

① 汪新建主编:《西方心理学史》,南开大学出版社2011年版,第145页。

的爱情诗。白居易年少时曾住在符离的一个地方，和邻居湘灵从相遇、相知到相爱、相守，感情逐渐升温，异常弥坚，但由于当时中国的三纲五常、封建礼教等的束缚，他俩也不敢将他们的爱情公之于众，只能暗相往来，随着时间的流逝、爱情的弥坚，至后来白居易因生活所迫，不得不离开符离，于是双方又纷纷定下山盟海誓，誓要成双成对，相守到老。

与白居易有着相似情感经历的有宋朝大诗人陆游。本来陆游和唐婉是青梅竹马、两小无猜，也门当户对，两个人都是书香世家，而且他们也是表兄妹的关系。弹指一挥间，就到了花季，陆游成了青年才俊，唐婉成了妙龄少女，两个心心相印的人开始尝到了爱情的喜悦，于是他们在双方家长的欣然许可下结为连理，这一年里陆游参加了殿试，由于秦桧作怪，没有及第，这时婆婆也喜欢儿媳妇。"船前一壶酒，船尾一卷书。钓得紫鳜鱼，旋洗白莲藕。"这是婚后陆游与唐婉的初期生活的生动写照。然而似乎过于顺利的生活总暗含某种不幸，接下来的三件事让婆婆一改往日对唐婉的客气态度，也扰乱了陆游和唐婉的平静生活。第一件事是陆游第二次和第三次殿试都名落孙山。第二件事是唐婉肚子不争气，一直没有为陆家生下一个儿子。第三件事是婆婆为他们卜卦，卦上说陆游与唐婉八字不合，唐婉有克夫的命，会影响陆游的仕途。于是婆婆百般刁难唐婉，最终逼得唐婉改嫁。十年后，命运的捉弄，使他们再次相遇。原以为真的可以彼此忘却，没想到他们的爱更加深挚，有如陈年老酒，越酿越浓。何以消遣此时此刻，唯以作诗词，于是，一首饱含泪水与情思的词《钗头凤》一挥而就：

红酥手。黄滕酒。满城春色宫墙柳。东风恶。欢情薄。一怀愁绪，几年离索。错！错！错！

春如旧。人空瘦。泪痕红浥鲛绡透。桃花落。闲池阁。山盟虽在，锦书难托。莫！莫！莫！

就在沈园相会的第二年，无法摆脱相思之苦的唐婉再一次来到沈园，她期待着能够与陆游再一次相遇，但是，望穿秋水，也不见陆游的身影。泪水涟涟中，在绝望与悲痛中，唐婉在墙上也题了一首词《钗头凤》，用来回应一年前陆游为她题写的《钗头凤》：

世情薄，人情恶，雨送黄昏花易落。晓风干，泪痕残，欲笺心事，独语斜栏。难！难！难！

人成各，今非昨，病魂常似秋千索。角声寒，夜阑珊，怕人寻问，咽泪装欢。瞒！瞒！瞒！

陆游也是迫于封建礼教，不得反抗母命，在陆游年老75岁之时，又重游沈园，而此时心爱之人唐婉已故，物是人非，又写下了两首著名的哀伤诗《沈园》。[①]

从白居易和陆游的相似爱情经历来看，为何他们能写下如此动人心弦、感天动地之诗，全是由于他们内心有一股强大的被压抑的能量，时时处处受封建礼教的束缚，不得释放，又不得向父母、君王所反抗，只得借助于诗词的方式表达出来。即使过了一千多年，历经岁月的洗礼，今天之人依然为他们的诗词所打动。

### 三　潜意识对诗创作心理的影响

既然潜意识占据人类思想的大部分，而且时时处处会以一种不以人觉察的方式影响着人类自身。诗人在诗创作过程中，也会在冥冥之中受此影响，那么它是如何影响诗人创作诗歌的呢？

正如俄国作家康·巴乌斯托夫斯基（1892—1968）在《金蔷薇》

---

[①] 参见纳兰秋《读史读到伤心处：才子佳人的非正常死亡》，中国国际广播出版社2007年版，第282—290页。

中所说:"很明显,写作,像一种精神状态,早在他还没有写满几页纸以前,就在他身上产生了。可以产生在少年时代,也可能产生在童年时代。……对生活,对我们周围一切诗意的理解,是童年时代给我们的最伟大的馈赠。如果一个人在悠久而严肃的岁月中没有失去这个馈赠,那他就是诗人或作家。"①

作为一个诗人,是需要比常人更敏锐的眼光,更浓烈的情感,更丰富的体验。特别是情感信息。吴思敬对这个问题有独到的见解,他谈道:"情感信息指的是主体体验过的情感内容。诗人所存贮的情感信息是最丰富的,这是因为很敏感,一般人尚未觉察的轻微的外部刺激,可能会因此而唤起他的强烈的情感波澜。他比一般人既更能承受沉重的苦难和享受强烈的欢乐。诗人的独特气质使他的情感很容易燃烧起来,并对情感生活有着极为敏感和细腻的体验。诗人们不仅容易动情,而且由于职业性的要求,还高度重视自己的情感生活。许多人可能轻易放过的情感体验,诗人们却视如瑰宝,小心完整地保留在自己的内心深处。"②诗人可能平时就注意对情感信息的存贮,即景生情,情景很容易交融。

正如我们大家所知晓的,现在的飞机、汽车都已经研发出了自动驾驶,自动驾驶即无人驾驶,是一种事先设定程序而实现的自动驾驶,是一种依靠人工智能、雷达、定位系统、视觉计算、监控装置等设备自动安全的运行的。其实这种自动驾驶是靠提前设计了程序来驱动的。但这种自动驾驶能否适用于人呢?正如上文论及潜意识的功能那样,它是人类心理结构中的最深沉性的部分,它一旦形成,就会产生一个记忆路径。我们在执行这个任务的过程中它也会像飞机、汽车那样进入一个自动驾驶的状态。一般能进入这种状态的必须是具有高素质的而且能驾驭

---

① [俄] 康·巴乌斯托夫斯基:《金蔷薇》,李时译,上海译文出版社1980年版,第22页。

② 吴思敬:《心理诗学》,首都师范大学出版社1996年版,第141页。

这项工作的人。其实这种自动驾驶在心理学上有一个专业术语叫"心理定式",又叫反应定式、定式及心向等概念,它是一种预先的心理准备状态,也就是先前的心理操作会影响随后的反应。它的影响也是有积极和消极之分。

陆钦斯在1942年的一个著名实验中,他让被试用大小不同容量的杯子进行量水,然后要求计算。整个实验要求分为两组:实验组和控制组。实验组由于在最初几次都是用了一个相同的固定的方式,所以在接下来的几次试验中也用了这个固定的公式计算,而控制组则不然,他们一开始就不受这个公式的影响,而且直接进行了计算,所以效率更高,更快地完成了实验。

而心理定式效应对诗人作诗恰好是大为有利的,一旦形成了心理定式,通常来说,它就大大简化了思维程序,就会有一种轻车熟路之感,就不必时时处处都进行分析。而且潜意识还会使诗人在作这首诗之前,这首诗的大概轮廓已经带有暗示性的存在于诗人心中了。正如马克思所说:"劳动过程结束时所得到的结果,在这个过程开始时就在劳动者的表象中存在着,即已经观念地存在着。"[①] 一旦形成了心理定势,而且具备了诗创作的自然状态,作诗过程就会在潜意识中自动驾驶,能真正实现写作自由。但这个过程是在潜意识中进行的,连诗人自己也无法觉知,但事后清楚是这么回事。它能减少诗人在常态下的心理负荷直到作品的大致完成。自由创作的例子比比皆是,例如歌德的《浮士德》,李白的许多醉酒诗,还有杜甫写的《醉中八仙歌》里面的人物,等等。

---

① 《马克思恩格斯全集》第23卷,人民出版社1965年版,第202页。

## 第二节 意识

诗人作诗从总体上来说是一种有意识、有目的地的活动，诗创作中它是诗人自觉有意而为之的活动，也就是说，它是在意识监控条件下进行的。意识自古就是心理学研究的中心问题，从科学心理学产生之前到科学心理学产生之后，无论是心理学家抑或哲学家都在对这个问题进行研究。迄今为止，人们对意识的定义还众说纷纭，真可谓一个古老常青、貌似明了而又难以真正解开之奇谜。这一点上我们可以通过"心理学"定义的历史演变中来看，最初对心理学所下的定义是：对心灵（mind）的研究。"psychology"是由"psyche"加上"logos"组成的，也就是心理学是"灵魂"加上"研究"构成。从最初的心理学研究意识（consciousness）的科学到心理学是研究行为（behavior）的科学到最后心理学研究心理和行为的科学这个演变过程以及它们分别提出此观点的流派演变史中可窥测，意识在心理学中是多么的重要。当今对意识的通常定义是对自己身心状态及事物的觉知状态，它是一种觉知；一种行为水平；一种意识状态；同时也是我们的一种高级心理官能。

诗人作诗时的心理既有在意识层面进行的，也有在潜意识层面进行的，但大部分诗人的主要作品还是在意识层面进行的，如心理过程中的感觉、知觉、记忆、思维、想象、语言等认知过程、情绪情感过程、意志过程等。在意识层面也可分为感性形式的意识和理性形式的意识。一般诗人作诗主要是在感性意识层面上进行创作的，因为作诗过程本来就是一个需要将你的情绪情感贯注到你需要表现的事物身上，然后观照事物，让事物为你代言，这个过程就是一个感性的过程。但也有一些诗人为了追求诗作的完美而反复推敲，这个过程也就是在理性思维的加入情况下来作诗的。例如唐代大诗人杜甫就是一个在作诗上一丝不苟、严肃认真、勇于创作、反复加工的。如他的《江上值水如海势聊短述》写道:"为人性僻耽佳句,语不惊人死不休。老去诗篇浑漫与,春来花鸟莫深愁。新添水槛供垂钓,故着浮槎替入舟。焉得思如陶谢手,令渠述作与同游。"① 意思就是我的为人就是性情孤僻喜欢佳句,若语言不惊人那我宁肯死了也不会善罢甘休。如今年老了,不再像过去那样刻意雕琢了,现在只是很随意的写诗了,春天来了,花鸟不要愁苦,我现在都释然了。江边现在新添了一些栏杆,正好可以供我悠闲垂钓,再编织一个木筏以供我泛舟湖上。如何才有机会与陶渊明、谢灵运那样著名诗人一起游览,他们作诗,而我只是在一旁陪游也是愿意的。从中我们可知杜甫生平创作之艰,但他炉火纯青的诗艺,及认真严肃的诗创作态度,可谓影响深远!

宋朝大诗人苏轼在《祭柳子玉文》中提到:"元轻白俗,郊寒岛瘦。"② 其中的"郊寒岛瘦"就是分别指的孟郊和贾岛的诗艺术风格。我们大家都曾学过唐代大诗人孟郊的一首《游子吟》,写道:"慈母手中线,游子身上衣。临行密密缝,意恐迟迟归。谁言寸草心,报得三春晖。"③ 其诗人题下自注:"迎母溧上作。"其意为,游子身上的衣衫是慈母用一针一线亲手缝制的。临行前的密密缝制,怕的是儿子回来得晚以至于衣服有破损。对于春天阳光般的母爱,区区像小草那样微弱孝心的子女又如何能报答千万之一呢?这是一首关于母爱的颂歌,在诗人宦途失意、饱尝辛酸时节,此时的诗人犹觉亲情的可贵,感情真挚,如此脉脉深情的诗篇毕竟属于少数,正如金代著名诗人元好问的《论诗三十

---

① 萧涤非选注:《杜甫诗选注》,人民文学出版社1998年版,第159页。
② 王玉龙编著:《苏诗文集》(4),中国戏剧出版社2009年版,第196页。
③ 萧涤非编:《唐诗鉴赏辞典》,上海辞书出版社1983年版,第725—726页。

首》(其十八)中写道:"东野穷愁死不休,高天厚地一诗囚。"① 元好问的诗论评价也不无道理,正如他的大部分诗都是以穷困潦倒,惆怅失意,境遇冷清,凄苦冰凉著称,而且也属于那种在诗词上反复玩味之人。例如他的那首《夜感自遣》写道:"夜学晓未休,苦吟神鬼愁。如何不自闲?心与身为仇。死辱片时痛,生辱长年羞。清桂无直枝,碧江思旧游。"②其意为,夜里苦思冥想作诗,反复吟咏直令鬼神发愁。为什么就不能让自己悠闲一下呢?心里所想与身体力行不一致呀!死辱只在片痛时,生辱即是长年的羞辱。想到了清桂无直枝,深思游到了对"游碧江"幸福往事的怀念上。为了一首诗将自己折磨得死去活来的,真堪爱诗如命。

与孟郊齐名的唐代大诗人贾岛,我们也学过他的那首名作《寻隐者不遇》:"松下问童子,言师采药去。只在此山中,云深不知处。"③ 其意为,在山松下我询问学童,他说师傅已经去山中采药了。他说师傅就在这座大山里,可山中云雾缭绕,只是不知道他在哪里。这首诗写出了贾岛的超脱闲逸的一面,但他的诗一般都以感情清冷,表现孤寂,内容不丰富,想象不开阔,境界也偏狭窄而著称。但他有一个最大的诗癖就是喜欢在字句上下功夫,就是所谓的"炼字"。在他的《题李凝故居》这首诗的创作过程中,当他在作"鸟宿池边树,僧敲月下门"④ 这两句诗时,由于对"敲"和"推"这两个字反复斟酌,一时拿不定主意,当时他正骑着驴在大街上漫走,边走边吟,一边吟还一边用双手在模仿着"敲"和"推"这两个字的动作,最后由于没有意识到胯下之驴还在往前走,甚至还冲撞了韩愈的巡视的仪仗队,幸好韩愈在了解了个中

---

① (金)元好问著,狄宝心校注:《元好问诗编年校注》第一册,中华书局 2011 年版,第61页。
② (清)彭定求等编:《全唐诗》,中华书局1960年版,第4032页。
③ (清)彭定求等编:《全唐诗》(下),上海古籍出版社1986年版,第1472页。
④ (唐)贾岛著,李嘉言新校:《长江集新校》,河南大学出版社2008年版,第47页。

缘由之后，非但没有责怪贾岛，反而由于兴趣相投，最后结识为好朋友，这也是诗坛上的佳话典故。

类似的诗坛佳话还有很多，如唐代大诗人卢延让的《苦吟》写道："莫话诗中事，诗中难更无。吟安一个字，捻断数茎须。险觅天应闷，狂搜海亦枯。不同文赋易，为著者之乎。"① 其意为，不要谈论诗中事了吧，诗中可能更是没有的。为了吟成一个字，常常捻断了数根胡须。在作诗过程中，险觅时天也应该烦闷吧，狂搜时海也应该是枯干吧。不同诗文辞赋是不同的，但都是些之乎者也。

特别是"吟安一个字，捻断数茎须"一联极言一首好诗是经千锤百炼才最终确立下来的。千百年来最为人们所称道的还数宋朝大诗人王安石的《泊船瓜洲》句"春风又绿江南岸，明月何时照我还"② 中的"绿"字，尤为人们所盛赞，诗人最初是用"到"字，反复吟咏，觉得不好。洪迈在《容斋随笔》中说道：王荆公绝句云："京口瓜洲一水间，钟山只隔数重山。春风又绿江南岸，明月何时照我还。"吴中士人家藏其草，初云"又到江南岸"，圈去"到"字，注曰："不好"，改为"过"，复圈去而改为"入"，旋改为"满"，凡十许字，始定为"绿"。③ 不管诗人使用了多少更替字，但最终用的这个"绿"字，真的是起到了画龙点睛的作用，足以说明这首诗用字的精妙之处。

---

① （清）彭定求等编：《全唐诗》，中华书局1960年版，第8212页。
② 缪钺、霍松林、周振甫等：《宋诗鉴赏辞典》，上海辞书出版社1987年版，第207页。
③ 古敏主编：《中国传统文化选编·容斋随笔》，北京燕山出版社2001年版，第102—103页。

## 第三节　梦与诗创作

### 一　梦的定义

其实对于梦来说，我们每个人都并不陌生，而且每个人都在做梦。有些人认为自己不做梦，现代的脑电图研究表明，人在睡眠中会有一个快速眼动睡眠（rapid eye movement sleep）阶段，这一阶段通常伴随着栩栩如生的梦境，眼球开始快速运动，而且经脑电测试，与个体在清醒状态时脑电活动类似。若在此阶段叫醒这个人，他就会相信他其实也会做梦的。

古往今来，从西到中，人们都会对这一生动有趣、神奇似谜的梦境进行解释。霍布森和麦卡利认为，梦的本质是对脑神经随机活动的主观体验，也就是说，当我们在睡眠的过程中，神经系统会产生一些随机活动，并且我们的认知系统会试图对其进行解释说明，这个解释主要是从生理的层面解释我们的大脑必须要有一定的刺激才能使之正常运行。福克斯认为梦的功能主要是将个体的所经历的一些事件、经验等进行重新整合，使之转化为一种心理资源，从而存贮在我们的大脑中。从这个层面上来讲，梦是更有利于我们人类的生存进化的，它能弥补我们在意识状态下由于记忆、精力等的不足。

弗洛伊德主要是从自己及病人的临床分析着手，他从潜意识的层面研究梦境。它认为梦是潜意识的显现，是通往潜意识的途径。一般在梦境中出现的大都是与世俗相违背，与社会伦理道德所不齿之事。它是一种被压抑的潜意识冲动或愿望只有在梦中才能肆无忌惮、无所顾虑地表现。从1897年卅始，他专心研究这个问题，收集了大量的临床数据，后经整理加工，于1900年出版了伟大的著作《释梦》，这本书主要是立足于医学实践，又加之对文学、人类学、宗教学等学科的大量研究之后形成的。《释梦》已成为弗洛伊德精神分析学说的重要组成部分和三大理论之一。目前有的西方学者将《释梦》一书誉为"揭开人类心灵的奥秘"，从书中我们可以看到一套非常系统的关于梦的理论解释。

弗洛伊德认为，通过分析梦境，可以得到一些重要线索，即梦还是有一些规律可循的，或是有一些解析手段的，我们可以通过这些手段的帮助来发现病人的问题。他认为梦是一种象征，一种隐喻，其实是一种泛性论的主张。正如他在《梦的释义》这本书中所说："所有长形的物体，棍子，树干，雨伞（因张开竖直形状可比作勃起），所有尖利长形的武器，刀子，匕首，长矛，均代表着男性。……小箱子，柜子，厨子，炉灶代表着女性器官，洞，船，各类器官等也有同种意义。……陡峭的斜面，梯子，阶梯和上面的上下走动都代表性行为的符号。"[①] 他将梦中的一切都解释成了性行为，这是被很多人所不齿的。特别是在中国这个国度里，中国历来就受到封建礼教的束缚，凡是与性相关的话题都避而不谈，所谓的谈性色变，认为那是伤风败俗。所以我们到目前为止对弗洛伊德的研究并不多。

弗洛伊德的观点是颇具吸引力的，但缺乏可靠的科学依据。在他以后，由于科技的创新，一些高科技大脑仪器的研发，对我们研究睡眠及梦都是极有裨益的。根据脑电图的研究我们可将睡眠分为四个阶段：第一阶段主要为混合的、频率和波幅都较低的脑电波。在这个阶段个体处于浅睡眠状态，身体放松，呼吸变慢，但很容易被外部刺激所惊醒。其持续时间约10分钟。在第二阶段，偶尔会出现一种短暂爆发的、频率高、波幅大的脑电波，称为睡眠锭（sleep spindle）。在这一阶段，个体较难被唤醒，其持续时间约20分钟。第三阶段大约持续40分钟。当大

---

① ［奥］西格蒙德·弗洛伊德：《梦的释义》，张燕云译，辽宁人民出版社1987年版，第332—333页。

多数脑电波开始呈现为 Δ 波时，表明已进入睡眠的第四阶段，即为深度睡眠阶段。在这个阶段，个体的肌肉进一步放松，身体功能的各项指标变慢，有时发生梦游、梦呓、尿床等。第三、四阶段的睡眠通常被称为"慢波睡眠"（slow wave sleep，SWS）。几乎所有人的睡眠都会经历这四个阶段。如果睡眠模式异常，就预示着身体或心理功能的失调。前四个阶段的睡眠要经过 1 个小时到 90 分钟，之后睡眠者通常会有翻身的动作，并很容易惊醒。接着似乎有进入第一阶段的睡眠，但这并不是重复上面的过程，而是进入了一个新阶段，被称为快速眼动睡眠阶段。[①]

其实以上所说的四阶段加上一个快速眼动睡眠阶段是睡眠的一个周期。每个周期一般持续 90 分钟。我们的梦境就是发生在快速眼动睡眠阶段。一般正常人入睡时间经历三至六个周期，在这个周期内，深度睡眠所经历的时间在前几个周期长于之后，而快速眼动睡眠随着临醒之前而逐渐加长，最后能长达一个小时的时间。

既然我们人生的三分之一都是在睡眠中度过的，那么睡眠到底有些什么功能呢？从古至今，众说纷纭。比较一致的观点有：第一种观点认为睡眠能修复大脑与身体，能使一天的疲劳一扫而空，第二天起床倍觉清爽，活力无限。这种观点初听非常吸引人，但没有实验研究支持。第二种观点认为我们的大脑有一个周期性的节律，在此节律期间，大脑有一个自我抑制调节。这个观点颇合我们的生理规律，因为我们的大脑不可能一直工作，它也需要得到休息和补充。第三种观点认为睡眠能减少个体的能量消耗和避免伤害。因为从生物进化的角度来看，在远古社会，我们的祖先由于生产工具的不先进，不适宜在黑暗中行动但现代社会由于有了电灯没有了白天和黑夜的区别，甚至有些人是在夜间上班，而在白天休息，所以这个理论也还有待商讨。

---

① 参见彭聃龄主编《普通心理学》（修订版），北京师范大学出版社 2004 年版，第 180 页。

## 第二章 诗创作心理定向阶段论

### 二 梦对诗创作的作用

弗洛伊德说："梦基本上就是我们的思考的一种特殊形式,睡眠状态的状况使这成为可能。"① 梦作为潜意识愿望的一种表达,它生动有趣、妙不可言同时也是转瞬即逝、失之不返的幻象,就因为这种幻象,自古及今引来了无数人的青睐,这无论是对科学抑或是对文艺都是有着无比的吸引力。诗人更是情有独钟,诗人由于自身的独特使命和气质、情感等原因,对梦中的一些幻想能引发诗人的诗意。例如1923年爱尔兰诺贝尔文学奖得主威廉·巴特勒·叶芝在谈及诗创作时讲过他的一次创作经历:"有一次我正在写一首富于象征性的高度抽象的诗,笔落到了地上,当我俯身去把它拾起来时,我想起了一次离奇但看起来又不离奇的经历,接着又想起了一次类似的奇遇,当我问自己这些事在什么时候发生过,我才发现我想起的是夜晚经常做的梦。"②

弗洛伊德认为,白昼梦和想象在诗歌创作中有着十分重要的作用。这个想法是非常有见地的。但他认为诗歌创作就是将想象撕裂为意识的形式,这就显得有失公允了。诗歌创作中想象与一般的想象是有明显的区别的,这也同做梦的过程有着明显的区别。诗人同其他所有人一样,会做白日梦,其中包括类似夜间做梦的认识过程。但是在创作过程中发生的思维与梦境中的思维根本不是一回事,前者是梦的倒影(即在梦中是没有思维逻辑可言的,处处与逻辑相反,即与生活现实相反)。但从心理力量和认识两方面来看,创作过程是与梦截然相反的。创造者在从事创造性想象、遐想时,主要使用思维中抽象的修改手段,他们的思维翅膀可能会尽情地遨游天际,但实际上,创造者一直是清醒的,他时刻

---

① [奥]西格蒙德·弗洛伊德:《梦的释义》,张燕云译,辽宁人民出版社1987年版,第473页。
② [爱]威廉·巴特勒·叶芝:《诗歌的象征主义》,戴维·洛奇编《二十世纪文学评论》上册,上海译文出版社1987年版,第56—57页。

准备把自己的思维与创造课题联系起来。创造者完全倾心于发现新事物，虽然他没有遵循现实规定好的策略和计划，但他将自己开阔的思路同研究对象如意象、韵律、节奏等结合起来。所以，诗歌创作在一定程度上来说是有意识的思维过程，其间处处张扬着思想的光辉。①

诗人们非常青睐梦中得诗，而且梦中得诗一般都会离奇古怪，妙不可言。正如《红楼梦》中第四十八回"滥情人情误思游艺，慕雅女雅集苦吟诗"和第四十九回"琉璃世界白雪红梅，脂粉香娃割腥啖膻"这两回中写香菱跟黛玉学写诗，黛玉命她写十四寒韵的咏月诗。当她写好第一首时，黛玉笑道："意思却有，只是措辞不雅。皆因你看的诗少，被他束缚了。把这首丢开，再作一首，只管放开胆子去作。"香菱又回去写了第二首，黛玉道："自然算为难她了，只是还不好。这一首过于穿凿了，还得另作。"原来香菱苦志学诗，精血诚聚，日间作不出，忽于梦中得了八句："精华欲掩料应难，影自娟娟魄自寒。一片砧敲千里白，半轮鸡唱五更残。绿蓑江上秋闻笛，红袖楼头夜倚栏。博得嫦娥应借问，何缘不使永团圆？"当这首诗递与黛玉及众人看时，众人看了笑道："这首不但好，而且新巧有意趣。"② 这虽是小说家之言，但这也充分反映了作诗的常据，同时也印证了曹雪芹作诗时的心得体会，无疑是现实生活的反映。

像香菱在梦中所作之诗能在醒后全部记起来的在现实生活中还真不多见，因为在梦中的幻象毕竟是在梦中，一旦醒来，原先之景象会瞬间丧失一部分甚至丧失殆尽。为了能尽最大量地捕捉住梦中所得诗句，诗人们真是绞尽脑汁，如我国现代著名诗人艾青在睡觉时总爱准备一支笔

---

① 参见［德］拉尔夫·朗格纳编著《文学心理学——理论·方法·成果》，周建明译，黄河文艺出版社1990年版，第96—97页。

② （清）曹雪芹、高鹗：《红楼梦全四册》第二册，三秦出版社2008年版，第243—244页。

和一页纸，放在枕边，以备诗兴来时能火急追亡逋。他说："在我创作狂热的时候，常常在梦里也在写诗的；而最普遍的时候，是我常常和诗的感觉一起醒来，这时候，我就躺在床上写，在黑暗里写，字很潦草，很大，到天亮一看，常常把两句叠在一起了。"①

中国古代至今一直都有一种"梦幻文学"，其体现在诗歌创作中的主要有我国第一部诗歌总集《诗经》，如《诗经·小雅·无羊》中写道："牧人乃梦，众维鱼矣，旐维旟矣。大人占之，众维鱼矣，实维丰年。旐维旟矣，室家溱溱。"② 意思是说，牧人做了一个梦，梦见蝗虫变成了鱼，梦见了龟旗变成了鸟旗。占卜人说道，梦见蝗虫变成了鱼说明今年有大丰收。梦见了龟旗变成了鸟旗，说明人丁兴旺，多子多孙。在诗中加入一些梦境，会使全诗带上一种朦胧美，而且这首诗本来就是写牛羊，牛羊本身也代表了多子多孙之意，最后又以梦见蝗虫变成了鱼，梦见了龟旗变成了鸟旗作结，真可谓深得作诗之法，达到了情趣与意向的完美结合，臻于艺术的完美，不得不夸。在我们最熟悉的《诗经·国风·关雎》里也谈到了做梦："参差荇菜，左右流之。窈窕淑女，寤寐求之。求之不得，寤寐思服。优哉游哉，辗转反侧。"③ 这首诗是说追求淑女不得，就连在梦中也在追求。它反映了日有所思，夜有所梦，但这个思绝对是撕心裂肺的，那种欲望已经深入潜意识中了，只有到这种程度的思才能在梦中很清晰地显现。这一点也给我们诗人一些启示，如果你对某一东西的渴求达到了那种超过了域限值的程度，那很有可能在夜里会梦见它，若你在日间苦心作一首诗而不得，那很可能在夜里梦会帮助你完成此诗。

唐朝也有不少关于写梦的诗，如唐代大诗人李白的《梦游天姥吟留

---

① 艾青：《我怎样写诗的?》，《艾青论诗创作》，上海文艺出版社1985年版，第11页。
② 古敏主编：《中国古典文学荟萃·诗经》，北京燕山出版社2001年版，第92页。
③ 同上书，第91页。

别》，杜甫的《梦李白二首》，李贺的《梦天》，李商隐堪称写梦之能手，有很多都是写梦的。宋代大诗人苏轼的《江城子·乙卯正月二十一日记梦》，陆游写的记梦诗多达99首。近现代作家诗人鲁迅的散文诗《野草》共23篇，其中有9篇是记梦的。

诗人如此热衷于写梦，那么梦之于诗人到底意味着什么呢？

首先，梦能展示内心的真实。正如弗洛伊德所指出的那样："梦中所体验的一种感情绝不低于在清醒生活中体验到的同等强度的感情，梦通过它的感情的而非概念的内容要求成为我们真正的精神体验的一部分。"[1] 人在现实生活中往往是为了各种原因而不愿意真实承认自己内心的想法，正如社会赞许性（social desirability），它指的是某一种行为是社会一般人所希望、期待、接受的，大多数人越喜欢的行为，其社会赞许性也会越高。人们一般都有这样的想法，都不想成为众人心目中的离异者，因为不符合社会期待的模式往往会导致众叛亲离、孤家寡人。但诗人们却不一样，他们是极有表达自己内心需要的欲望，即使赤裸裸地面对自己，诗人也是愿意的。

正如唐代大诗人白居易的一首《花非花》中言道："花非花雾非雾，夜半来天明去。来如春梦几多时？去似朝云无觅处。"[2] 我们都知道白居易的诗是以通俗著称于世的，但这首也太过俗气了，实属白居易的盖羞之作，即将自己的青春发育期的梦遗之态也描入了诗，真堪开了中国文人史上关于性文学的门户。

其次，梦具有预示未来的作用。在这一点上，无论是古代中国，还是西方，无疑都有这种记录。例如《诗经·小雅·斯干》中有："下莞上簟，乃安斯寝。乃寝乃兴，乃占我梦。吉梦维何？维熊维罴，维虺维

---

[1] [奥]西格蒙德·弗洛伊德：《梦的释义》，张燕云译，辽宁人民出版社1987年版，第429页。

[2] （清）彭定求等编：《全唐诗》（下），上海古籍出版社1986年版，第1076页。

蛇。大人占之：维熊维罴，男子之祥；维虺维蛇，女子之祥。"① 意思是说把草垫铺在竹席上，然后睡觉，梦中醒来，去占卜梦中为何？在梦中梦到了各种熊和各种蛇。占卜的人说，梦见熊会生儿子，梦见蛇会生女儿。这集中反映了古代人对梦的各种解释，特别在这里体现的是梦的预言作用，虽当时不能通过其他方式对梦进行解释，但当时的人们也对梦有一些经验的总结，如《周公解梦》等书籍。

对于梦具有预示未来的功能，我国诗人艾青对此也有谈及，他的一首诗《梦》写道：

　　醒着的时候

　　只能幻想

　　而梦却在睡着的时候来访

　　或许是童年的青梅竹马

　　或许是有朋友来自远方

　　钢丝床上有痛苦

　　稻草堆上有欢晤

　　匮乏时的赠予

　　富足时的失窃

　　不是一场虚惊

　　就是若有所失

艾青夫妇有一次在接待来宾时，艾青说道："说起来，也很有趣。我的一些诗，有时刚写完，或没过多久，诗中所表现的就变成了现实。"他夫人也补充说道："艾青有一首诗叫《梦》，写成不久，梦中的事就实现了。"② 对于梦具有预示作用，弗洛伊德认为主要取决于童年经验。

---

　① 古敏主编：《中国古典文学荟萃·诗经》，北京燕山出版社 2001 年版，第 90—91 页。
　② 《就〈黎明的通知〉一诗访艾青》，《中学语文教学》1981 年第 3 期。

荣格也认为有些梦具有预示作用，但这些梦很少。在笔者看来，梦的预示作用是存在一定概率的，因为一个人每天都会做无数的梦，那么一年又会做多少梦？十年，二十年？从数理概率学来讲，总有我们记得的梦会发生，因为我们的潜意识也能记住许多事情，它也会根据它的逻辑体系做出预测，正像我们根据统计学，当我们收集了许多资料以后，再根据统计方法就可以根据已知推测未知一样，潜意识是一个和意识层不一样的系统，它也会做出推测，只是我们不知道它怎么运行而已。当它酝酿成熟之后，它就会通过例如梦境的形式告诉我们。

再次，梦是以形象画面的形式展现的，非常生动逼真，而且这种画面感能让人产生记忆，正如弗洛伊德所说的："梦思想必须全部地或主要地以视觉或听觉的记忆痕迹来再现。"① 就像宋朝大诗人苏东坡的那首《江城子·乙卯正月二十一日记梦》中写道："十年生死两茫茫，不思量，自难忘。千里孤坟，无处话凄凉。纵使相逢应不识，尘满面，鬓如霜。夜来幽梦忽还乡，小轩窗，正梳妆。相顾无言，惟有泪千行。料得年年肠断处，明月夜，短松冈。"② 这首诗正是诗人凭借着梦中的妻子王弗的音容笑貌、动作神态而描写的。从这首诗中我们可以明显地感到虽然妻子已逝去了十年，但是他对妻子那种挚爱依然不减，反而愈深厚，让人为之感动。

最后，根据梦中所绘情景经诗人偶得之后，就会变成一种天然之诗。因为诗人会以诗人独特的气质、生花的妙笔重新绘出一幅令世人惊奇的画面出来。这就有点像南宋大诗人陆游《文章》③ 诗中所写到

---

① ［奥］西格蒙德·弗洛伊德：《梦的释义》，张燕云译，辽宁人民出版社 1987 年版，第 203 页。
② 周汝昌等：《唐宋词鉴赏辞典（唐·五代·北宋）》，上海辞书出版社 1988 年版，第 693—694 页。
③ 广西壮族自治区课程教材发展中心：《初中语文阅读》第四册，教育科学出版社 2003 年版，第 172—173 页。

的那样：

> 文章本天成，妙手偶得之。
> 粹然无疵瑕，岂复须人为。
> 君看古彝器，巧拙两无施。
> 汉最近先秦，固已殊淳漓。
> 胡部何为者，豪竹杂哀丝。
> 后夔不复作，千载谁与期？

意思是说，文章本是天然而成的，无须刻意去精雕细琢，只是文章大家在偶然间所得到的罢了。完美无瑕疵，并非人力所能及。你看古代的青铜制造的礼器，无论是精巧、笨拙都是不能加以改变的。汉代离先秦最近，但文章的深厚浅薄已然是不同的。胡人的音乐是怎样形成的？无非是一些竹制的乐器和弦乐器所奏出的。后夔已然离我们而去了，千百年来，谁又能与之相提并论呢？其实我们所做的梦不是无中生有，虚无渺茫的，而是基于长期积累起来的感性印象和深入的思考，只是我们在无比放松的潜意识里由于偶然触发而捕捉到的灵感，在梦的世界里是与现实的世界完全不同的两个世界，它与现实的世界有距离，距离产生美，所以一般我们在梦中捕捉到的诗歌感觉都会很完美，堪称"天然之诗"。

### 三 梦的设计

心理学认为，梦是一种潜意识过程。在梦中我们的大脑暂时处于不受意识监视的状态。我们的认知可以在这个阶段进行自由的排列与组合。正像对梦的功能的认知解释那样，梦担负着一定的认知功能。在梦中，我们的认知系统依然对存贮系统的各种知识进行排列、加工、组合等，这些活动的一部分会进入意识中成为梦境。梦的主要功能就是将个体之前所经历的一些事件、经验等进行重新整合，使之能转化为一种心理资源，从而存贮在我们的大脑中。在梦中出现的情景，都是以形象为主的非言语性体验。梦境中的形象组合生动逼真，活灵活现，使人如临其境。这种形象有很大部分是属于荒谬绝伦的，但也有一部分是带有独创性的打破常规逻辑程序的形象组合。因此，在这一点上来说，无疑会给诗人以重大的难能可贵的启示。

第一，培养自己作为一个诗人所应具有的独特气质。因为一个想要在梦中得诗的诗人，必须要具备诗人所具备的一切品质。例如，关于诗词格律的一些基本概念：韵、四声、平仄、对仗等要烂熟于心，而且还要对中国文化要有一个大致的了解，经、史、子、集也要有所猎览，心胸的开阔，见识的远大，感觉的敏锐，想象的丰富，语言的敏感，情感的丰富以及严肃认真的写作态度，总之一句话，要想达到动人心弦的审美效果，必须要具备炉火纯青的诗艺。

例如，唐代大诗人李白在《梦游天姥吟留别》① 一诗所作的那样，在这首梦游诗中，分三个部分来加以表述，第一部分是写梦游的起因，如"海客谈瀛洲，烟涛微茫信难求。越人语天姥，云霞明灭或可睹。天姥连天向天横，势拔五岳掩赤城。天台四万八千丈，对此欲倒东南倾"。意思是说，海上来的客人所谈及的瀛洲，虚无缥缈实在是难以寻求。越人所讲到的天姥山，云霞或明或暗，许多人见过。天姥山高耸入云端，它的气势已超出五岳胜过赤城。天台山高达四万八千丈，我对它真是顶礼膜拜呀！像谜一样的天姥山把诗人带入了梦境。

第二部分就是写梦游的过程，如"我欲因之梦吴越，一夜飞度镜湖月。湖月照我影，送我至剡溪。谢公宿处今尚在，渌水荡漾清猿啼。脚著谢公屐，身登青云梯。半壁见海日，空中闻天鸡。千岩万转路不定，迷花倚石忽已暝。熊咆龙吟殷岩泉，栗深林兮惊层巅。云青青兮欲雨，

---

① 张国举：《唐诗精华注译评》，长春出版社 2010 年版，第 163—164 页。

水澹澹兮生烟。列缺霹雳，丘峦崩摧。洞天石扉，訇然中开。青冥浩荡不见底，日月照耀金银台。霓为衣兮风为马，云之君兮纷纷而来下。虎鼓瑟兮鸾回车，仙之人兮列如麻。忽魂悸以魄动，怳惊起而长嗟。惟觉时之枕席，失向来之烟霞"。意思是说，我想因此而梦游吴越，连夜飞到明月如昼的镜湖上去。湖光月色照着我的身影，把我送到了剡溪。看到了谢灵运的住处依然就在，清澈的水在荡漾，猿正在叫。我穿上谢灵运所着样式的木屐，登上高峻的山岭。道路漫长不着边际，倚石赏花不觉天色已暗。熊的咆哮声和龙的吟啸声已经响彻山林了，山林颤抖，惊悚之势蔓延山巅。云雾卷来快要下雨了，水波流动似生了烟。闪电雷鸣来了，山峦崩溃了。仙人的石门瞬间打开了。洞中别有一番天地，漫无边际，日月照耀着金银做的宫阙。把彩云当作衣裳，把长风当作骏马，神仙们都下来了。叫老虎鼓瑟、鸾凤驾车，仙人们可真是热闹非凡呀！忽然从梦中醒来，恍恍惚惚不由几番长叹。举目四望只剩下睡觉用的枕席，其他的都已不见。经历了一番心驰神往的梦境之后，诗人醒来了，一切皆是虚幻，不由神伤。

  第三部分是写梦游之后的感慨，如"世间行乐亦如此，古来万事东流水。别君去兮何时还，且放白鹿青崖间，须行即骑访名山。安能摧眉折腰事权贵，使我不得开心颜"。诗人感慨道，世间享乐之事都是如此，一切都将会随着水流向东流去。与你们分别之后什么时候还能相见？那就暂时把我的白鹿放在青崖之间，当我要走的时候就骑着它遍访名山大川。怎么能够低头弯腰侍奉权贵呢？这会使得我不高兴。第三部分是以梦境的幻灭象征着诗人的理想的破灭，也象征着诗人政治上的失败。

  为何诗人能写出如此超凡拔俗的名诗佳作，就在于诗人的个性使然，若是叫杜甫来写这种类型的诗作，他是无论如何也达不到的。而且杜甫与李白两人诗风迥异，他们都可能在梦中作一些诗歌，但还是各有特色的。

  第二，全身心地投入诗创作中来，能形成诗创作的心理定式。一个人只有身心都专注于此事，头脑中关于这件事的思考达到了一个足以令兴奋的临界点之后，也就是说要达到一个域限值，我们才会形成在这件事情上的心理定式，才会在夜间进入梦境。所谓的"日有所思，夜有所梦"。作诗其实也是要有一个从量变到质变的过程，没有长时间的精血劳作，就不会有精血诚聚；没有相关的信息在大脑中存贮，也就无论如何也不会有所说的"妙笔生花"。这就像前面提到的香菱学诗的例子一样，她挖空心思地写了两首，但众人都觉得不好，还得重作。白天想，夜里也想，像发了疯似的，于不知不觉中睡着了，一觉醒来，居然诗做好了。这是由于诗人长时间在心中构思，所谓"日有所思，夜有所梦"。

其实我们不只是在清醒状态下思维，还能在意识模糊状态下思维，梦就是这样一种思维形式。这个过程其实就有些类似于暗适应过程。所谓的暗适应（dark adaptation）就是指照明停止或由亮处转入暗处时视觉感受性提高（感觉域限降低）的过程。由明处来到暗处，例如，从室外来到没光线的室内，开始时什么都看不清楚，等过一段时间逐渐地就看清事物的轮廓了。在暗适应的过程中，棒体细胞和锥体细胞都参与了这个过程，但随着时间的进行，会出现一个棒锥裂（rod - cone break），此时之后，锥体细胞就完成了暗适应过程，它就休息了，此时就只剩棒体细胞继续作用，直到能适应了才结束。这里也说明在正常情况下，其实我们的意识和潜意识两种思维形式都在起作用。在清醒时，两种思维都在运转着，只是我们没意识到潜意识罢了！当我们意识思维疲劳了，在睡觉过程中，我们的潜意识依然还在进行着思维，此刻就只有这一种思维形式，它安安静静地进行着在白天考虑的一些事件上，虽然不像意识思维那样可以进行分析、综合、比较、对比、抽象和概括，但它以自己的方式来进行，正像弗洛伊德所说的："它比清醒思想更粗心大意、更不正确、更易遗忘、更不完整，它是与清醒思想在性质上完全不同的东西，因而与之不能比拟。它根本不用思考、计算、判断，而只局限在进行变形的工作上。"①

第三，人的梦境是可以人为加以控制，也就是说，梦境是有理性因素存在的。在一篇来自 2002 年 7 月 10 日的 *NEWS WEEK*（新闻周刊）杂志，原文标题为"*Taking control of dream*"，其中说道：在所有高质量的睡眠因素中，梦似乎是最无法控制的一个因素。在梦中，窗户通向的世界里，逻辑暂时失去了效用，死人开口说话。一个世纪前，弗洛伊德阐述了革命性的理论，即梦是人们潜意识中欲望和恐惧经伪装后的预示；到了 20 世纪 70 年代末期，神经病学家们转而认为梦是"精神噪声"，即在睡眠时进行的一种神经修复活动的杂乱的副产品。目前，研究人员猜想梦是大脑情感的自动调节系统中的组成部分，当大脑处于"掉线"状态时对情绪进行整合。一名主要的权威人士说："梦这种异常强烈的精神活动不仅能被驾驭，而且事实上还可以有意识地加以控制，它可以帮助我们更好地睡眠和使我们感觉更好。"芝加哥医疗中心心理学主任 Rosalind Cartwright 说道："梦是你自己的，如果不喜欢，你就改变它吧！"

作为医生的 Cartwright 认为可以通过改变梦境，来让你有一个好的心情，他进而认为："人们可以有意识地练习控制噩梦的重演，一觉醒来就立即回忆梦中有什么在困扰你，设想一下你所希望的梦的结局，等下次再梦到同样的事情时，试图及时醒来对其加以控制，并通过反复练习，人们是完全可以办到的。"

第四，一个人晚上是会做很多梦的，因为人的睡眠周期一般是 3—6 个，我们通常能记住的梦是临醒的那一个，所以我们要培养当有创造性的梦境来临之时要及时醒来，而且在这个时刻周围的环境要保持正常。就像我国宋代大诗人苏轼也有一首《腊日游孤山访惠勤惠思二僧》云：

---

① ［奥］西格蒙德·弗洛伊德：《梦的释义》，张燕云译，辽宁人民出版社 1987 年版，第 473 页。

"兹游淡薄欢有余,到家恍如梦遽遽。作诗火急追亡逋,清景一失后难摹。"① 意思是说,这次出游虽很平淡,但我心中还是很欢乐。一回到家便神情恍惚,好像从梦中惊醒似的。我及时作下此诗,就像追捕逃亡的犯人那样着急,恐怕清丽的景色一旦失去了就很难再摹写出来。

在"梦中得诗"这一点上,有很多诗人都有谈及,如郭沫若、艾青、柯勒律治、歌德等。正如歌德在他的《歌德自传——诗与真》中写道:"练惯在黑暗中起床把我的蓦然涌起的诗意写下。我惯常冲口吟出一小诗,而马上就不能把它照原样子再凑起来,因此有几回我一个劲儿直跑到一张斜面的书桌上,连斜置之纸也无暇放好,身体动也不动地打斜把诗从头到尾写下来。正因为同一的缘故,我觉得铅笔远比羽毛笔更为便利,用铅笔写字较听使唤。有几回羽毛的嘶嘶作声和溅墨水,使我从作诗的梦游状态中醒过来,分了我的心,那小小的作品便流产了。"②

第五,一般一首诗总是在醒了之后据诗人的回忆与修改的基础上方能完成。一般很少有天然的一字不改出自梦中的佳作。正所谓"诗由梦授,梦自心成。"何其芳曾在《一个平常的故事》③ 中谈道:大学时代我经常有写诗的冲动的……有时一天之中,清早也写,晚上也写。过去作旧诗的人,常常有梦中得句的经验。我那时也就入迷到那样的程度,有一次就梦见在梦里作成了一首诗,而且其中有一些奇特的句子。醒来只记得几行,但我把它补写成了。这首诗后来还收入了我的第一个诗集,题目叫作《爱情》。里面有"南方爱情的沉沉地睡着的,它醒来的扑翅声也催人入睡","北方的爱情是警醒着的,而且有轻跻的残忍的脚步"那样一些近乎怪话的句子,好像就是醒来还记得的几

---

① 陈迩冬:《苏东坡诗词选》,人民文学出版社1982年版,第15—16页。
② [德]歌德:《歌德自传——诗与真》,刘思慕译,人民文学出版社1983年版,第721—722页。
③ 何其芳:《一个平常的故事》,百花文艺出版社1982年版,第81—92页。

行。……后来何其芳就根据这仅有的几行诗加以构思，最终绘出一幅色彩画出来：

晨光在带露的石榴花上开放。
正午的日影是迟迟的脚步
在垂柳和菩提树间游戏。
当南风从睡莲的湖水
把夜吹来，原野上
更流溢着郁热的香气，
因为常春藤遍地牵延着，
而菟丝子从草根缠上树尖。
南方的爱情是沉沉地睡着的，
它醒来的扑翅声也催人入睡。

霜隼在无云的秋空掠过。
猎骑驰骋在荒郊。
夕阳从古代的城阙落下。
风与月色抚摩着摇落的树。
或者凝着忍耐的驼铃声
留滞在长长的泛水的道路上，
一粒大的白色的陨星
如一滴冷泪流向辽远的夜。
北方的爱情是醒着的，
而且有轻躅的残忍的脚步。

爱情是很老很老了，但不厌倦，

而且会做婴孩脸涡里的微笑。

它是传说里的王子的金冠。

它是田野间的少女的蓝布衫。

你呵,你有了爱情

而你又为它的寒冷哭泣!

燃起落叶与断枝的火来,

让我们坐在火光里,爆炸声里,

让树林惊醒了而且微颤地

来窃听我们静静地谈说爱情。

这首就是根据梦诗的模糊记忆,然后经诗人的补足,从而又为不朽爱情话题增添了一页。

## 第四节 注意

在诗创作的定向阶段,无疑注意是一个关键的核心因素,因为注意同时也是伴随着所有心理过程展开的。那么注意的定义是什么呢?指一种心理活动,是心理活动或注意对一定对象的指向和集中,具有指向性和集中性的特点。注意的指向性是指在某一时刻心理活动或注意指向了某一对象而忽视了其他对象。正如一个诗人在面对一株梅花要作一首咏梅诗时,他的心理活动或注意会选择与梅花这个主题相关的东西上,如梅花生长在何时何地,花开的状况如何,是否有雪,前人是如何评价梅花的,古人写过哪些关于梅花的诗等,而与梅花不相关的其他东西可以完全不考虑,甚至是"视而不见,充耳不闻"。在他注意范围内的东西,他是非常清晰的,其他简直是不值一提。因此,注意的指向性也存在一个方向性的问题。

而注意的集中性，主要是指在指向性的基础上他们会在注意的事物上全神贯注，一心一意。正如上例，诗人在作梅花诗时，在选定的意象上精力高度集中，在头脑中进行高度的排列组合。注意的指向性和集中性是相互依存密不可分的，因为只有先选定对象，然后才能在选定的对象上面用功，一旦在某一对象上专心致志，注意的指向范围就定了下来，不再关注其他事物了。

其实在这里提到的注意与前面说到的意识并不是一回事。意识主要是一种心理内容或体验，而注意是一种心理活动或系列动作。与意识相比，注意更为主动和易于控制，注意提供了什么东西可以成为意识的内容。

注意在现实生活中有着非常重要的作用。人是生活在现实生活中的，每天面对着大量的输入信息，注意能帮助我们选择重要的信息而排除其他无涉的信息。一旦我们选择了某些信息，就可以维持在这个消息上面，并对这个信息进行调节和监督。作诗是一项要求极为苛刻的神圣事，它不仅要有严格的韵律要求，而且对文字语言的要求也是极为严厉的，笔者将语言分为日常语言、科学语言与文学语言三大类，文学语言是在日常语言和科学语言的基础上加工转化而成的。而诗的语言是在文学语言的基础上再浓缩和再精华的语言形式，所以诗人在面对作诗这项任务时，必须要有专一的注意力。如果没有注意的严格把关，各种漫天飞的信息扑面而来，可想而知，那对诗创作是完全不利的。

注意也有不同的类型，它分为随意注意，指事先没有目的，也不需要意志努力的注意，这是一种人和动物都具有的注意；不随意注意是指有预定目的、需要一定的意志努力的注意，它只有人才具有；随意后注意是指自觉有目的的但又无须特别的意志努力的注意，它既有随意注意的特征，又具有不随意注意的性质。它通常是有效复杂的智力活动或动作技能的必要条件。培养随意后注意的关键是直接兴趣，这三种注意形式是人类注意的从低级到高级的转变，一旦注意形式达到了随意后注意，那你做什么事基本上就达到了自动化程度，那是多么惬意的一件事。其实诗人的最高目标就是将作诗达到自动化水平，古今中外，到目前为止，还无人能企及这个水平，直待后人吧！

现代科学技术突飞猛进，有些持乐观主义的人认为，现如今没有什么电脑解决不了的事。诚然，21世纪之所以社会各领域发展得如此之快，如此之好，在很大程度上要归功于计算机革命，互联网飞速发展。有些极端诗人甚至认为电脑也会作诗了，只要给电脑编制一个作诗程序，那就达到了所谓的作诗"自动化"。现在我们在网上依然能够找到这样的一些作诗软件，但没有一首诗称得上佳作，最主要的因素就是计算机没有人类的感情，它只有干瘪的词汇，诗若是没有感情的寄托，根本就算不上诗了。

笔者也试图解决这个作诗自动化的问题，多年来也有一些心得体会。这个自动化还是要求助于我们的多功能的计算机，我们可以这样来设计程序：

第一步是将所有诗词（无论是古代还是近现代，抑或是当代的诗篇）收集在一起。这一步要根据具体要求而定，因为从古至今，从西方到中国，诗篇千千万万，要想穷尽所有世界上的诗篇只有在理论上可行，要想真正办到那还是真不简单。针对这个问题，我们也有解决之策，那就是根据心理统计学和心理测量学知识，在抽样上下一番功夫，既做到全面，又不失偏颇，也就是坚持两点论与重点论相统一的原则，从而做到不失统计原则。

第二步是首先将这些收集来的所有诗篇佳作进行归类，将同类诗篇放在一起，然后划分大部类，如天文大部类、地理大部类、人体大部类、伦类大部类、人物大部类、动物大部类、植物大部类、武备大部类、器物大部类、九流大部类、文明大部类、政事大部类、人事大部类、其他大部类等 14 大部类。其次在这些大部类上再分为小部类，如天文大部类又可分为天体小部类、时令小部类、气象小部类等 3 个小部类。再次对这些小部类进一步划分为大类别，例如，时令小部类可划分为时日大类别、节令大类别、光阴大类别等 3 个大类别。最后在大类别的基础上再划分成具体的小意象，如光阴大类别可分为晨露、叹蜡、一寸金、弹指间、秋月春花、兔走乌飞等具体的小意象。

所谓意象就是诗歌上的一个术语，同时也是组成意境的单位，即诗人对外界的某一事物心有所感，使之具有了诗人独特的气质、情感，对之进行创作造成一个具有审美价值的形象，诗读者在阅读诗歌时也能根据这个审美价值形象进行二次创作，将自己的一些人生经历投射到这个意象上面，借此使得自己的感情得到抒发，得到美的享受。例如，我国元代著名大戏剧家、散曲家马致远的一首名作《天净沙·秋思》有云："枯藤老树昏鸦，小桥流水人家，古道西风瘦马。夕阳西下，断肠人在天涯。"其中的意象有"枯藤""老树""昏鸦""小桥""流水""人家""古道""西风""瘦马""夕阳""断肠人""天涯"等共十二个鲜明的意象组成了一幅伤感、冷落、幽静、闲致、萧瑟、惨淡、昏暗、愁肠绞断、怀才不遇、悲凉思乡的意境，真可谓达到了寓情于景，情景交融的境界。

第三步是对划分好了的意象进行在音韵、平仄、对仗等方面的整理，如毛泽东写的诗《七律·吊罗荣桓同志》（1963 年 12 月）：

记得当年草上飞，红军队里每相违。

长征不是难堪日，战锦方为大问题。

斥鹦每闻欺大鸟，昆鸡长笑老鹰非。

君今不幸离人世，国有疑难可问谁。

分析步骤大概为：

（1）这是一首标准的七律诗，首先在音韵上、平仄上是完全合拍的，遵循（〇代表可平可仄）：

⊘仄平平仄仄平，⊘平⊘仄仄平平

平平⊘仄平平仄，⊘仄平平仄仄平

⊘仄⊘平平仄仄，⊘平⊘仄仄平平

⊘平⊘仄平平仄，⊘仄平平仄仄平

（2）一般标准的七律诗，在对仗上一般是要求第二联与第三联对仗的，分别分析如下：第二联中的长征—战锦，不是—方为，难堪日—大问题；第三联中的斥鹦—昆鸡，每闻—长笑，欺大鸟—老鹰非对仗得非常工整。

（3）一般标准的七律诗，还有粘对、孤平的忌讳、拗救、首联对仗、尾联对仗、少于两联的对仗等属于特殊的范畴，暂且不论。

（4）将以上步骤做好之后编进程序。

（5）给程序输入要求进行程序作诗。其实这个软件对于大众来说也基本上能满足，但利用这个程序要想作出名篇佳作还不行。在上面我们讨论了作诗"自动化"，所作诗没有诗人的那种情绪情感，没有个性可言，这个程序还不能恰如其分地表达具体的此情此景的诗意。根据这个问题，我们若想写出优秀大作，除了借助这个程序外，还得有诗人的介入才行。

## 附文 时空隧道之诗人同白昼梦的关系[*]

### 弗洛伊德

**按语**

这是弗洛伊德关于文学作品创作的目的、实质和心理来源的一篇极为重要的论文。他在对创作与白日梦的关系做出对比分析的基础上，提出了一种特殊的幻想活动，其目的是在幻想中实现其未能满足的愿望；这种幻想实现于作家的观念作用的三个阶段（过去、现在和未来）的联络上，作家的写作技巧只在于通过转化及其伪装来掩盖自己的自我中心倾向，并提出形式的乐趣。此文对研究弗洛伊德的美学观和文学观具有重要价值。

我们这些门外汉总是急切想了解——正如那位向阿里奥斯托[①]提出类似问题的红衣主教一样——不可思议的作家们是从什么源头发掘了创作素材，又是如何加工组织这些素材，以至于使我们产生如此深刻的印象，在我们的心中激起连我们自己都不曾料想到的情感。假如我们向作家讨教，他本人也难以说清，即使解释了也不会令我们满意。正因为如此，便使我们对此产生了更加浓厚的兴趣。即使我们都彻底了解了作家是怎样选取素材的，了解创造想象形式的艺术的真谛，也不可能帮助我

---

[*] 此文来自［奥］弗洛伊德《达·芬奇的童年回忆》，车文博主编，九州出版社 2014 年版，第 84—94 页。

[①] 原注：红衣主教伊波里托·德埃斯特（Ippoliro Deste）是阿里奥斯托（Ariosto）的第一个保护人，阿里奥斯托的《疯狂的奥兰多》就是献给他的。诗人得到的唯一报答是提出的问题："罗多维柯，你从哪儿找到这么多故事？"

们把自己修炼成为作家。

如果我们能够至少在我们自己身上，或在与我们相似的其他人身上，发现一种与文学创作在某种程度上相似的能动性，那该多么令人欣慰。检视这种能动性将使我们有希望对作家的创作做出解释。的确，这种情况的可能性是有的。作家自己毕竟也喜欢缩短他们与常人之间的距离，因此，他们一再鼓励我们相信，每一个人在内心深处都是一位诗人。只要有人，就有诗人。

我们是否该到童年时代去寻觅富于想象力的能动性的最初轨迹呢？孩子最喜欢和最投入的活动是游戏及玩耍（games）。难道我们不可以说孩子在游戏时的行为表现俨然像一位作家吗？他在游戏中创造着一个属于自己的世界，或者说，他是在用自己喜欢的新的方式重新组合他那个世界里的事物。如果认为他对待他的那个世界的态度不够严肃，那就错了，恰恰相反，他在游戏时非常认真，而是实实在在。尽管他全神贯注于游戏世界，却仍能很好地将游戏世界和现实世界区分开来；他喜欢把想象中的物体和情境与现实世界中有形的、看得见的事物联系起来。这种联系是区别孩子的"游戏"与"幻想"（phantasying）的根本依据。

作家与玩耍中的孩子做着同样的事情。他创造了一个他很当真的幻想世界——也就是说，这是一个他以极大的热情创造的世界——同时他又严格地将其与现实世界区分开来。语言保留了孩子们做的游戏和诗歌创作之间的这种关系。（在德语中）这种富有想象力的创作形式被称之为"Spiel"（游戏），这种创作形式与现实世界里的事物相联系，并具备表现能力。其作品称作"Lustpiel"或"Trauerspied"（"喜剧"或者"悲剧"，也可称作"快乐游戏"或"伤感游戏"），那些从事表演的人称作"Schauspieler"（"演员"也可称作"做游戏的人"）。无论如何，作家幻想世界的非真实性对他的艺术效果就有举足轻重的作用。因为事情往往是这样，如果他们是真实的，就不能给人带来娱乐，虚构的剧作

第二章 诗创作心理定向阶段论

却能够带来娱乐。许多感人的事情,他们本身实际上是令人悲伤的,但在作家的作品上演之际,却能变成听众和观众的快乐源泉。

我们在现实性与游戏间的对比上还要多花些时间,这是出于另一种考虑。当孩子长大成人不再做游戏时,在经过几十年的劳作之后,当他以严肃的态度面对现实生活时,他或许在某一天会发现,自己再次处于消除了戏剧与现实之间的差别的心理情境(mental situation)之中。

作为成年人,他能够回想起童年时代游戏时所怀有的那种认真严肃的态度;如果把今天显然严肃的工作当成童年时代的游戏,他便可以抛却现实生活强加给的过于沉重的负担,从而通过幽默的方式得到大量的快乐。①

由此可见,人们长大后便停止了游戏,同时似乎也放弃了从游戏中所获得的快乐的受益。但是不管是谁,只要他了解人类的心理,他就会知道,对一个人说,让他放弃自己曾体验过的快乐,那几乎比登天还难。事实上,我们从不放弃任何东西,我们只是用这一样东西去交换另一样东西。看上去是被抛弃的东西,实际上成了替代物或代用品。同样,孩子长大后停止游戏时,除去和真实事物的联系之外,他什么也没抛弃。替代游戏的是幻想。他在空中建造楼阁,去创造所谓的"白日梦"。我相信大多数人都在他们生活中的某时某刻构造过幻想。这是一个长期以来被忽视的事实,因而,它的重要性也就未被充分地认识到。

观察人们的幻想比观察儿童的游戏困难得多。的确,要么独自游戏,要么为做游戏而与其他孩子一起构成一个封闭的精神系统。尽管在大人面前他们可能不做游戏,但另一方面,他们却从不在大人面前掩饰自己的游戏。与孩子相反,成年人羞于变现自己的幻想,并且对其他人隐瞒自己的幻想。他珍爱自己的幻想恰如对待自己的私有财产那样。通

---

① 参阅弗洛伊德的《诙谐及其与潜意识的关系》(1905c)第七章第七节。

常,他宁愿承认自己的不轨行为和过失,也不愿把自己的幻想向任何人透露。造成这种情况的原因,可能是他以为只有他才会创造这样的幻想,岂不知在别人那里这种创造也相当普遍。做游戏的人和创作幻想的人表现在行为上的这种差异,是由于两种活动动机的不同所造成的。然而这两种动机却是互相依附的。孩子的游戏由其愿望所决定:事实上也是他唯一的愿望——这个愿望在他成长过程中起了很大的促进作用——就是希望长大成人。他总是做"已经长大"的游戏,并在游戏中模仿他所知道的成年人的生活方式。他不必掩饰这个愿望。而在成年人那里,情况就不同了。一方面,他知道他不能再继续游戏,不能再继续幻想了,而应该在真实世界中扮演他的角色;另一方面,他意识到把会引起他幻想的那些愿望隐藏起来至关重要。如此一来,他就为那些孩子气的、不被允许的幻想感到羞愧了。

然而,他们或许会问,既然人们把他们的幻想搞得如此神秘,那么,对于这个问题我们又怎么会知道得如此之多呢?事情是这样的,人类中有这样一类人,他们的灵魂里有一位严厉的女神——必然性——让他们讲述他们经受的苦难,讲述给他们带来幸福①的东西。他们这些神经性疾病(nervous illness)的受害者,他们不得不把自己的幻想讲出来,告诉医生,希望医生采用心理疗法(mental treatment)治愈他们的疾病。这是我们的最好的信息来源,我们据此找到理由的假设。如果病人对我们守口如瓶,那么,我们从健康人的口中是不可能有所听闻的。

现在,让我们来认识一下幻想的几个特征。我们可以断言,一个幸福的人从来不会去幻想,只有那些愿望难以满足的人才去幻想。幻想的动力是尚未满足的愿望,每一个幻想都是一个愿望的满足,都是对令人不满足的现实的补偿。这些充当动力的愿望因幻想者的性别、性格和环

---

① 这是指歌德的剧本《托夸多·诺索》最后一场中主角兼诗人所吟诵的著名诗句:当人类在痛苦中沉默,神让我们讲述我的痛苦。

## 第二章 诗创作心理定向阶段论

境的不同而各异；但它们又很自然地分成两大主要类别：要么是野心的愿望，这类愿望可抬高幻想者的地位；要么是性的愿望。在年轻的女子身上，性的愿望几乎是占据主要地位的，因为她们的野心通常被性欲倾向所同化。在年轻的男子身上，自私的、野心的愿望和性的愿望非常明显地并驾齐驱。但是，我们不准备强调两种倾向之间的对立，我们更愿强调这样一个事实：它们经常结合在一块。正像许多教堂祭坛后壁的饰画中，捐献者的形象可在画面的某个角落里看到，在大多数野心幻想中，他们也会在这儿或那儿的角落里发现一位女子，为了她，幻想的创造者表演了他的全部英雄行为，并把所有的胜利果实堆放在她的脚下。大家看得出，在这样的幻想中，的确存在着想掩饰幻想的非常强烈的动机；有良好教养的女子只允许有最低限度的性欲需要，青年男子必须学会压抑对自身利益的过分关注——这种过分关注是他在童年时代受宠爱的日子里养成的——以便在其他人也有着同样强烈要求的人际社会中找到可以适应的自己的位置。

我们不能认为这类幻想活动的产物——各式各样的幻想、空中楼阁和白日梦——是已经定型或不可改变的东西。恰恰相反，它们随着幻想者对生活理解的变换而变换，随着幻想者处境的每一次变化而变化，从每一个新鲜活泼的印象中去接受被称为"日戳"（date–make）的印象。一般来说，幻想和时间之间的关系是至关重要的。我们可以说幻想似乎徘徊在三种时间之间——我们的想象经历的三种时刻。心理活动与某些现时的印象相关联，与某些现时的诱发心理活动的事件有关，这些事件可以引起主体的一个重大愿望。心理活动由此而退回到对早年经历的记忆（通常是童年时代的经历），在这个时期该重大愿望曾得到过满足，于是在幻想中便创造了一个与未来相联系的场景来表现愿望满足的情况。心理活动如此创造出来的东西叫作白日梦或者幻想，是根据在于刺激其产生的事件和某段经历的记忆。这样，过去、现在和未来就串联在

· 153 ·

一起了,愿望这根轴线贯穿其中。

举一个非常普通的例子就可以把我所说的这些问题解释得很清楚。我们以一个贫穷孤儿为例,你已经给了他某个雇主的地址,他也许在那里找到一份工作。在去看雇主的路上,他可能沉湎于与产生当时的情况相适应的白日梦之中。他幻想的事情或许是这类事情:他找到了工作,并且得到雇主对他的器重,自己成为企业里面举足轻重不可缺少的人物,进而被雇主的家庭所接受,与这家年轻而又妩媚迷人的女儿结了婚。随后又成为企业的董事,起初是作为雇主的合股人,再后就成了他的继承人。在这种幻想中,白日梦者重新获得他在幸福的童年时曾拥有的东西——庇护他的家庭,疼爱他的双亲以及他最初一见钟情的妙龄佳人。从这个例子中你可以看到,愿望利用一个现实的场合,在过去经历的基础上描绘出一幅未来的画面。

关于幻想还有许多方面值得研究,但我将尽可能扼要地说明其中的几点。如果幻想变得过于丰富多彩、强烈无比的话,那么神经症和精神病就处于待发作状态。另外,幻想是我们的病人经常抱怨的苦恼病状的直接心理预兆。它像一条宽敞的岔道伸向病理学范畴。

在此我不能略而不谈幻想与梦之间的关系。其实我们在夜里所做的梦就属于上述幻想,这一点我们可以通过梦之诠释来证实。[①] 语言早就以其无与伦比的智慧对梦的本质问题下了定论,把漫无边际的幻想创造命名为"白日梦"。如果我们对我们的梦的意义总觉得模糊不清的话,那是因为夜间的环境使我们产生了一些令自己感到羞愧的愿望,而这些愿望我们又必须对自己隐瞒,所以它们受到压抑,被压入潜意识之中。这种受压抑的愿望及其派生物,只得以一种极其歪曲的形式表现出来。当科学工作以能成功地解释造成梦变形的因素时,就不能看出夜间的梦

---

① 参阅弗洛伊德《释梦》(1900a)。

## 第二章 诗创作心理定向阶段论

与白日梦——即我们非常了解的幻想一样,都是愿望的满足。

关于幻想的问题就谈这些。现在来谈一下作家。我们真可以将富有想象力的作家和"光天化日之下的梦幻者"① 做一比较,将他的创作与白日梦做一比较吗?这里,我们必须先弄清楚一个问题。我们必须区分两类作家:像古代的史诗作家和悲剧作家那样接受现成题材的作家以及似乎是由自己选择题材的作家。我们在进行比较时,将主要针对后一类作家。不去选择那些批评家最为推崇的作家,而选择那些名气虽不十分大,但却拥有最广大、最热衷的男女读者的长篇小说、传奇文学和短篇小说的作者。在所有这些作者的小说作品中,有一个特点我们肯定能看得出:每一部作品都有一个主角,这个主角是读者兴趣的中心,作家试图用一切可能的表现手法来使该主角赢得我们的同情。作者似乎将他置于一个特殊的神祇的庇护下,假如在小说的某一章的结尾,主角遭到遗弃,并受伤流血,神志昏迷,那么可以肯定,在下一章的开头我们就会读到他正得到精心的治疗护理,逐渐恢复健康;如果第一卷以他乘的船在海上遇到暴风雨而下沉为结尾,那么我还可以肯定,在第二卷的开头就会读到他奇迹般的获救——没有获救这个情节,小说将无法写下去。读者带着安全感跟随主角走过他那危险的历程,这正是在现实生活中一位英雄跳进水中去拯救一个落水者的感觉,或者是他为了对敌群进行猛烈攻击而使自己的身躯暴露在敌人的炮火之下时的感觉。这种感觉是真正英雄的感觉,我们一位最优秀的作家曾用一句无比精彩的话表达过:"我不会出事!"② 而正是通过这种刀枪不入、英雄不死的启示性特征,我们似乎可以立即认出每场白日梦和每篇小说里的主角如出一辙③,都

---

① Der träumer am hellichten Tag.
② "Es Kann dir nix g'schehen!"这句话出自弗洛伊德喜爱的维也纳剧作家安泽鲁波(Anzengruber)之口。参阅《对目前战争与死亡的看法》(1915b)标准版第14卷,第296页。
③ 参阅《论自恋》(1914c)标准版,第14页;第14卷,第91页。

是一个"至高无上的自我"。

这些自我中心小说在其他方面也表现出其类似性。小说中的所有女人总是爱上了男主角，这一点，很难说是对现实的描写。但是，作为白日梦必要的构成因素却很容易被理解。同样，作者根本无视现实生活中所见到的人物性格的多样性，而将小说中的其他人物整齐地分成好人或坏人。"好人"是自我的助手，而"坏人"则成为自我的敌人和对手，这个自我就是故事的主角。

我们十分清楚，许多富于想象的作品和天真的白日梦模式相距甚远，但我仍不能放弃这种推测：即使偏离白日梦模式最远的作品也可以通过不间断的、一系列的过渡事件与白日梦相联系。我注意到，被人们称为"心理小说"的作品中只有一个人——就是那个作者对其进行内心描写的主角。作者好像坐在主人公的脑袋里，从外部来观察其他人物。毋庸置疑，一般来说心理小说之所以具有特殊性，是因为现代作家凭借自我观察，将他的主人公分裂成许多部分自我，结果是作家将自己心理生活中相冲突的几个倾向在几个主角身上体现出来。另外某些小说，或许可称之为"怪诞"（eccentric）小说，似乎与白日梦的类型形成非常特殊的对比。在这些小说里，被作为主角介绍给读者的人物仅仅扮演着一个很小的角色，它犹如一位旁观者静观其他人的活动以及遭受的痛苦。左拉的许多后期作品都属于这一类。但是我必须指出，通过对创造性的作家和在某些方面背离所谓规范的作家做个人精神分析，我们发现白日梦具有与"怪诞"小说类似的特点，即"自我"满足于充当旁观者的角色。

如果我们想让富于想象力的作家与白日梦者、诗歌创作与白日梦之间的比较有某些价值的话，就必须先以某种方式表现出其有效性。譬如，我们应试着对这些作者作品运用我们在前面论及的关于幻想、三个时间和贯穿三个时间的愿望之间的关系命题，借助于此我们还可以试着

## 第二章 诗创作心理定向阶段论

研究一下作者的生活与其作品之间的联系。一般来说，无人知晓在研究这个问题时应设想什么样的预期成果，而且人们常常把这种联系看得过于简单。借助于我们对幻想研究的结果，我们应该预料以下的事态：现时的一个强烈经验唤起作家对早年某个经历（通常是童年时代）的记忆，在此记忆中产生一个在其作品中可以得到满足的愿望。其作品本身能够显示出近期的诱发事件和旧时的记忆这些因素。① 不要被这个程式的复杂性吓倒。我猜想事实会证明这是一种极为罕见的方式，然而，它或许包含弄清事实真相的第一步。根据我所做的一些实验，我相信对作品进行研究不会是劳而无功的。你将不会忘记，对于作家生活中童年时代的记忆强调——这种强调或许令人不明所以，归根到底来自于这种假设：一篇具有创见性的作品像一场白日梦一样，是童年时代曾经做过的游戏的继续，也是这类游戏的替代物。

然而我们不能忘记回落到我们应该认识的那类富有想象力的作品，这类作品并非是独创性的写作，而是现成的和熟悉的素材的改造加工。即使在这类作品中，作家也拥有相当的自主权，这种自主权表现在素材的遴选以及素材的变化上，这种变化的范围相当广泛。不过就现存的素材来说，它来自流行的神话、传说及童话故事的宝库。对诸如此类民间心理构造的研究还远远不够完善，但极有可能的是，诸如神话故事的这类传说，是所有民族充满愿望的幻想，也是人类早期的尚未宗教化的梦幻歪曲后的残疾。

你或许会说，虽然在这篇论文题目中我把作家放在首位，但我对作家的论述比对幻想的论述少得多。我意识到了这一点，但我这么做是有理由的，因为我推导出了我们现在所拥有的认识。我所能够做到的一切，就是提出一些鼓励和建议，从对于幻想的研究着手，导向对作家选

---

① 弗洛伊德在1898年7月7日致弗利斯的信中讨论（C. F. Meyer）创作的短篇小说的主题时，已经提出过类似的观点（弗洛伊德，1950，信92）。

择文学素材问题的研究。至于另外的问题——作家采用什么手段来激发我们内心的感情效应——截至目前我们还根本没有涉及这个问题。但我至少乐于向你指明一条从我们对幻想的讨论一直通向诗的效应问题的道路。

你会记得我曾论述过，白日梦幻者由于他感到有理由对自己创造的幻想而害羞，从而小心翼翼地向别人隐瞒自己的幻想。现在我应该补充说明，即使他打算把这些幻想告诉我们，这种倾向也不会给我们带来任何快乐。我们听到这些幻想告诉我们，这种倾向也不会给我们带来任何快乐。我们听到这些幻想时会产生反感或者献上我们习惯于当作他个人的白日梦的故事时，我们就会体验到极大的快乐，这种快乐极有可能由许多来源汇集产生。作家如何达到这一目的，那是他内心深处的秘密。诗歌艺术的精华在于克服使我们心中感到厌恶的效果的那种技巧，这种厌恶感毫无疑问地与一个"自我"和其他"自我"之间产生的隔阂相联系。我们可以猜测到这种技巧的两个方法：作家通过改变和掩饰利己主义的白日梦以软化他们的利己性质，他以纯形式的——即美学的——快感来俘虏我们这些读者。我们给这类快乐命名为"额外刺激"或"前期快乐"。作者向我们提供这种快乐是为了有可能从更深的精神源泉中释放出更大的快乐。[①] 在我看来，作家提供给我们的所有美学快乐都具有这种"前期快乐"的性质，我们对一部富有想象力的作品的欣赏，实际来自我们精神上紧张状态的消除。甚至有可能，这种效果的相当一部分归因于作家能够使我们享受到自己的白日梦，而又不必去自责或害羞。这个认识成果就把我们引向新的、有刺激的、复杂难懂的调查研究工作的门槛儿边；但同时，至少是目前，他也把我们带到我们讨论的终点。

---

① 弗洛伊德把"前期快乐"和"额外快乐"的理论应用在《诙谐及其与潜意识的关系》（1905c）第四章最后一段中。在《性学三论》中，弗洛伊德又讨论了"前期快乐"的本质。

# 第三章  诗创作心理准备阶段论

著名的德国物理学家赫尔姆霍茨（H. Von. Helmholtz，1821—1894）在1891年的生日宴会上说到了他最重要的新思维的获取方法。他说："对于一个问题，经过各方面的前期调查之后，一种高兴的想法就会不加努力地不期而至，就像灵感来临一样。就我而言，在我思维感觉疲乏，或当我在桌旁工作时，这种灵感是绝不会来光顾我的。它们常常在风和日丽之日，在我缓步登临树木葱郁的小山之时特别容易到来。"在这里赫尔姆霍茨给了我们在新思维形成过程中的三个阶段。第一个阶段为准备阶段（Preparation），在这一阶段就是将问题从各个方面加以调查；第二阶段是对其不加意识地思考问题，为酝酿阶段（Incubation）；第三阶段是由"高兴的想法"不期而至，并与这些之前和与之同时出现的心理事件一起出现时，称之为豁朗阶段（Illumination）。此外，还得增加一个第四阶段，即验证阶段（Verification），这是赫尔姆霍茨所未提及的阶段。①

华莱士（Wallas）在这里提出了创造性思维的四阶段论：第一阶段是准备阶段；第二阶段是酝酿阶段；第三阶段是豁朗阶段；第四阶段是验证阶段。在这里加以引用来说明诗创作心理的发展阶段。因为诗创作过程与创造性思维过程在本质上有某些相似之处，诗创作心理

---

① Graham Wallas, *The Art of Thought*, England：Solis Press, 2014, pp. 41–42.

本来也属于创造性思维的一部分，它们的关系是一般与特殊、整体与部分、抽象与具体的关系。

近代著名的国学大师、诗人王国维在他的名作《人间词话》中提出："古今之成大事业、大学问者，必经过三种之境界：'昨夜西风凋碧树。独上高楼，望尽天涯路。'此第一境也。'衣带渐宽终不悔，为伊消得人憔悴。'此第二境也。'众里寻他千百度，蓦然回首，那人却在，灯火阑珊处。'此第三境也。此等语皆非大词人不能道。然遽以此意解释诸词，恐为晏、欧诸公所不许也。"[①] 这就是王国维著名的三境界说，在三境界不仅适用于"古今之成大事业、大学问者"，也适用于我们的诗创作心理过程。

诗创作心理准备阶段是诗创作心理学的第二阶段，在有了第一阶段的定向之后，就开始正式进入了诗创作阶段。诗创作心理准备阶段是搜集信息的阶段，主要是明确而具体地说明问题是什么，并且初步对问题进行尝试性解决。虽然此阶段很可能会存在不能解决的问题，但是它也为问题的解决做了很好的铺垫，做了很多准备，明确了问题，收集了相关资料，从而为后续的相关进程奠定了基础。

这一阶段也堪称是悲壮的阶段，你可能从此选择了一条荆棘丛生，无路自开之路，可能会面对很多异样的眼神，会经历一些失落与低回。因为诗创作需要长期积累文学的修养，也是一个锻炼的过程，就像林俊杰的那首《修炼爱情》那样，没有种，哪有收。特别是诗歌又高居文学金字塔顶尖，真可谓一个"路漫漫其修远兮，吾将上下而求索"的过程。此阶段正与王国维先生的第一境界："昨夜西风凋碧树。独上高楼，望尽天涯路"颇为类似。此时诗人认识到了问题的特点，并试图用一些语词来表达。

---

① 王东编著：《人间词话》，北京燕山出版社2010年版，第29—30页。

## 第一节　诗创作心理冲动的引发

### 一　诗创作心理动机的来源

世间任何事物的产生都有一个由来，也就是事物产生的原因，正如一个婴儿降临于人世，最初的原因也是如此，男女双方出于繁殖后代的考虑，异性结合，十月怀胎，胎儿落地。从中我们可以知道动机是如何产生的。所谓动机是由目标或对象所引导、激发和维持个体活动的一种内在过程或内部动力。产生动机分别由内外两个条件组成，内部条件是需要；外部条件是诱因。动机的产生是一定要有一个外部条件驱使。而诗创作动机主要是出于诗人为满足自身的某种精神需要而激发出来的，同时也是形诸文字的一种需要。诗创作动机的来临即意味着诗人受到了外界的某种信号的刺激，将之前在定向阶段就已经积累的信息——映现出来，将一些过去认为遗忘在潜意识中的记忆复活，银瓶乍破，灵感降临。此时的大脑是处于浮想联翩、异常活跃的状态。同时也产生了一种极其让作品降临于人世的强烈欲望，从而完成诗作。

每一首诗篇的完成，也都是一个统一完整的诗创作过程，也都有其诗创作心理动机的激发，这都是与诗人有着密切的精神需要相联的。需要是有机体内部的一种不平衡状态，是其动机产生的内部基础。这一点正和中国所说的不平则鸣是相依映的。正如"哪里有压迫，哪里就有反抗"一样，因为人生来是追逐自由的。在这一点上正符合清末小说家刘鹗（1857—1909）在其名著《老残游记》[①] 的自叙

---

[①] 骆秉全主编：《老残游记，宦海，商界现形记》，中国文史出版社 2001 年版，第 3—4 页。

里的一段话，从中可以看出历代文人墨客的一些规律，摘录如下：

婴儿坠地，其泣也呱呱；及其老死，家人环绕，其哭也号啕。然则哭泣也者，固人之所以成始成终也。其间人品之高下，以其哭泣之多寡为衡。盖哭泣者，灵性之现象也，有一分灵性即有一分哭泣，而际遇之顺逆不与焉。

马与牛，终岁勤苦，食不过刍秣，与鞭策相终始，可谓辛苦矣；然不知哭泣，灵性缺也。猿猴之为物，跳掷于深林，厌饱乎梨栗，至逸乐也，而善啼；啼者，猿猴之哭泣也。故博物家云：猿猴，动物中性最近人者，以其有灵性也。古诗云："巴东三峡巫峡长，猿鸣三声泪沾裳。"其感情为何如矣！

灵性生感情，感情生哭泣。哭泣计有两类：一为有力类，一为无力类。痴儿呆女，失果即啼，遗簪亦泣，此为无力类之哭泣；城崩杞妇之哭，竹染湘妃之泪，此为有力类之哭泣也。而有力类之哭泣又分两种：以哭泣为哭泣者，其力尚弱；不以哭泣为哭泣者，其力甚劲，其行乃弥远也。

《离骚》为屈大夫之哭泣，《庄子》为蒙叟之哭泣，《史记》为太史公之哭泣，《草堂诗集》为杜工部之哭泣；李后主以词哭，八大山人以画哭；王实甫寄哭泣于《西厢》，曹雪芹寄哭泣于《红楼梦》。王之言曰："别恨离愁，满肺腑难陶泄。除纸笔代喉舌，我千种相思向谁说？"曹之言曰："满纸荒唐言，一把辛酸泪；都云作者痴，谁解其中味？"名其茶曰"千芳一窟"，名其酒曰"万艳同杯"者：千芳一哭，万艳同悲也。

吾人生今之时，有身世之感情，有家国之感情，有社会之感情，有种教之感情。其感情愈深者，其哭泣愈痛：此鸿都百炼生所以有《老残游记》之作也。

棋局已残，吾人将老，欲不哭泣也得乎？吾知海内千芳，人间万艳，必有与吾同哭同悲者焉！

刘鹗以哭泣来说明中国文学史上伟大作品之所以诞生的内在动机，他曾说"《史记》为太史公之哭泣"，太史公早在他的《史记·太史公自序》里就提到了中国文学史上的"发愤著书说"，他写道："……于是论次其文。七年而太史公遭李陵之祸，幽于缧绁。乃喟然而叹曰：'是余之罪也夫。是余之罪也夫！身毁不用矣！'退而深惟曰：'夫诗书隐约者，欲遂其志之思也。昔西伯拘羑里，演《周易》；孔子厄陈蔡，作《春秋》；屈原放逐，乃著《离骚》；左丘失明，厥有《国语》；孙子膑脚，而论兵法；不韦迁蜀，世传《吕览》；韩非囚秦，《说难》《孤愤》；《诗》三百篇，大抵贤圣发愤之所为作也。此人皆意有所郁结，不得通其道也，故述往事，思来者。'于是卒述陶唐以来，至于麟止，自黄帝始。"① 正如太史公所说："夫诗书隐约者，欲遂其志之思也。""此人皆意有所郁结，不得通其道也，故述往事，思来者。"也正如鲁迅先生所说的："长歌当哭，是必须在痛定之后的。"用长声歌咏或写文来替代痛苦，借以抒发心中的悲愤。在这个层面上来说，作诗歌也算得上是一种发泄，一种心理治疗，不平则鸣嘛。

## 二 诗创作心理冲动的激发

诗创作心理冲动的引发是一个极为复杂的事情，从实际上来说，一切外物及我们自身的一切都有可能成为刺激的对象。正如毛正天在《中国古代心理诗学探索》中提到一段话："人的心理结构是在人生不断积淀建构的立体系统，具有一定的恒常特征，如一个人经验中老是经受坎坷蹉跎，其积极建构的心理系统便具有明显的相应的属性，在遇合外物

---

① 《史记》卷一百三十，中华书局1959年版，第3300页。

时，便能做出符合这一属性的'运算程序'。但因其实立体的开放的系统，人在生活中毕竟不是在一条封闭的生活胡同里行走，而是感应着'八面来风'，因此在主导线下，还有丰富的'七彩结构线'，可以全方位感应生活。在具体感物中到底哪一条结构线主导心理运动，这就靠'优势原则'决定了。"[1]

其实他在这里说到的"优势原则"在我们心理学的记忆过程中有讲到。心理学家在研究影响遗忘进程的因素的时候，提出了识记材料的系列位置效应会影响遗忘的进程。所谓的系列位置效应就是我们识记完一张系列词表的单词之后，对其进行自由回忆。在回忆的正确率上，最后呈现的系列词回忆率最好；其次是最先呈现的系列词；最不好的是中间的系列词。我们将最先呈现的系列词对我们回忆产生的效果称为首因效应；将最后呈现的系列词对我们回忆产生的效果称为近因效应。与之相关的还有两个概念，一个是前摄抑制，即之前的学习对随后的学习在识记和回忆方面有干扰作用。另一个概念是倒摄抑制，即后来的学习对先前的学习在识记和回忆方面有干扰作用。前面提到的系列位置效应之所以是这种效应，之所以是这种情况，我们也可以用前摄抑制和倒摄抑制加以解释说明。中间部分的系列位置之所以在回忆的正确率上如此之低，主要是因为中间的系列词既受到前抑制的干扰，又同时受到倒抑制的干扰。而前面和后面的系列词之所以会这么好，那是因为它们只受到了其中一个抑制的干扰。

诗创作动机的激发正是在某一时刻，在生活中受到了某一信息（或外在或内在）的触发或是基于长时间的思考某一无法解决的难题，并在大脑中形成了对这个问题的酵化，然后在上述的首因效应、近因效应、前摄抑制与后摄抑制的综合作用下，好像是突然有电光触发了心弦，诗

---

[1] 毛正天：《中国古代心理诗学探索》，民族出版社1995年版，第77—78页。

兴就这样产生了。这个动机的触发可能就是一瞬间，如在此刻引不起诗人的注意或诗人忙于他事，可能这个动机就不会有结果，也就不会产生诗作了。

## 第二节　诗创作记忆心理

西汉辞赋家枚乘（？—前140年）在《上书谏吴王》中说道："欲人勿闻，莫若勿言；欲人勿知，莫若勿为。"也就是我们今天所说的"要想人不知，除非己莫为"。为什么会这样呢？在自然界中"会留下蛛丝马迹""天下没有不透风的墙""鸟儿飞过也会留下痕迹"等，似乎世界上所有的东西在受到外界作用后都会留下印记。其实这也是我们即将要谈的记忆。虽然有些东西我们记下了，但往往有时我们不能回忆，似乎这和自然界里的状况有些不一样。

心理学家（Nickerson, R. S., Adams, M. J., 1979）曾用实验研究过人们对日常生活中经常使用的纸币，看人们是否能记得住其上面的图案，因为钱对于人们来说是再平常不过了。这两个心理学家以美国大学生为被试，以再认法测他们对一分硬币的记忆。实验材料是15个硬币图案，其中只有一个是正确的，也就是辨别测试。实验时是以随机的方式将图案全部呈现给被试，被试的任务就是辨认哪一个硬币是正确的。研究结果出乎意料，显示被试几乎都以猜测的方式做出反应，猜中率大概在1/15。研究者分析认为，这样的结果是因为人们一般觉得没有必要去注意细节。[1]

那什么叫记忆呢？认知心理学所下的定义，即人脑积累和保持个体

---

[1] 参见张春兴《现代心理学》，上海人民出版社2005年版，第200—201页。

经验的心理过程，即人脑对外界输入的信息进行编码、存贮和提取的过程。其中编码过程、存贮过程和提取过程就是记忆过程的三种基本形式。

## 一　记忆概述

在古希腊神话中，记忆（Mnemosyne）女神是掌管科学与艺术的九位缪斯女神的母亲，九位缪斯女神分别是史诗、历史、抒情诗、音乐、舞蹈和歌曲、悲剧、戏剧、圣诗和天文学，她们是文明的象征，从一定程度上来说记忆女神就是一切。有了她，才有了今天。古希腊三哲之一的柏拉图将记忆与"心"联系在一起，认为记忆是心的官能；他的学生也是古希腊三哲之一的亚里士多德进一步指出："记忆总是在心灵中被发现。"他们提出了一个记忆的蜡板说，即将记忆比作一块蜡板，不同的个体关于蜡板的尺寸和硬度都是不同的，我们的记忆就像是把一个印象印在了蜡板上一样。

在中国，关于记忆的论述也不乏见，早在《左传》的"襄公二十四年"中有记载：

> 二十四年春，穆叔如晋。范宣子逆之，问焉，曰："古人有言曰，'死而不朽'。何谓也？"穆叔未对。宣子曰："昔匄之祖，自虞以上为陶唐氏，在夏为御龙氏，在商为豕韦氏，在周为唐杜氏，晋主夏盟为范氏，其是之谓乎！"穆叔曰："以豹所闻，此之谓世禄，非不朽也。鲁有先大夫曰臧文仲，既没，其言立。其是之谓乎！豹闻之：'大上有立德，其次有立功，其次有立言。'虽久不废，此之谓三不朽。若夫保姓受氏以守宗祊，世不绝祀，无国无之。禄之大者，不可谓不朽。"[1]

---

[1] 刘凯主编：《儒家经典》（全6册），线装书局2014年版，第1694页。

意思是说，鲁襄公二十四年春，穆叔出使晋国。范宣子迎接并问道："古人说'死而不朽'是什么意思呢？"穆叔没有对其回答。范宣子又说道："从前匄的先祖，从虞以上为陶唐氏，在夏为御龙氏，在商为豕韦氏，在周为唐杜氏，晋国主导的中原盟会为范氏，这就是说的不朽吧！"穆叔答道："以我所听到的，这叫作世禄，不叫不朽。鲁有先大夫叫臧文仲，死了之后，他的言论没有被废弃。这就是说的不朽吧！我有听说：'最高不朽的标准是树立德行，其次是树立功业；最后是树立言论。'虽然人死了很久之后也不会被废弃，这就叫作三不朽。像那种保持姓、接受氏用来守住宗庙，世世代代祭祀不断，哪个国家又不是这样呢？爵禄中最大的也不能称之为不朽。"

上文说的不朽，其实讲的就是记忆，在古代什么东西死了很久还能被别人记住呢？有三个指标：最高不朽的标准树立德行；其次是树立功业；最后是树立言论。只有这样，即使人死了很久但他的这些德行、功业、言论也不会被废弃，也就是被后世之人所记住了。

关于记忆的论述，在诗词中更是受到诗家词客的青睐，如北宋政治家、史学家、文学家诗人欧阳修（1007—1072）的《生查子·元夕》写道："去年元夜时，花市灯如昼。月上柳梢头，人约黄昏后。今年元夜时，月与灯依旧。不见去年人，泪湿春衫袖。"① 意思是说，去年元宵夜，花市上灯光如同白天一样明亮。在黄昏时分月上柳梢头之时与佳人相约。今年元宵夜，还是去年的灯光，还是去年的月亮。此情此景，相思成疾，泪染春衫。

北宋婉约派代表人物晏几道（1038—1110）的《临江仙》写道："梦后楼台高锁，酒醒帘幕低垂。去年春恨却来时，落花人独立，微雨燕双飞。记得小苹初见，两重心字罗衣。琵琶弦上说相思，当时明月

---

① 飞白：《世界诗库·第10卷：中国》，花城出版社1994年版，第280页。

在，曾照彩云归。"① 意思是说，从醉梦中醒来，惺忪的双眼只见紧锁的楼台和虚掩的帘幕。去年春天的离愁别恨突然间又涌上心头。我独立庭中，看纷纷落花以及细雨中成双成对的飞燕。记得当年第一次见到小苹，她身上穿着心字罗衣。独自弹着琵琶诉说相思之情。当年相见时的明月如今犹在，它曾照着像彩云一样的小苹归去。可如今我思念的佳人又在哪里呢？

北宋著名书法家、画家、文学家、豪放派代表人物苏轼（1037—1101）的《念奴娇·赤壁怀古》写道："大江东去，浪淘尽，千古风流人物。故垒西边，人道是：三国周郎赤壁。乱石穿空，惊涛拍岸，卷起千堆雪。江山如画，一时多少豪杰。遥想公瑾当年，小乔初嫁了，雄姿英发。羽扇纶巾，谈笑间、樯橹灰飞烟灭。故国神游，多情应笑我，早生华发。人间如梦，一樽还酹江月。"② 意思是说，浩荡的长江水向东流去，淘尽了千古的风流人物。那旧营垒的西边，人们说那就是当年三国周瑜赤壁战场。陡峭的石壁直耸云天，如雷的惊涛拍击着江岸，好像卷起了千万堆白雪。如画的江山，一时间涌现出了多少豪杰。遥想周瑜当年，绝代佳人小乔刚嫁给他之时，英姿奋发豪气满怀，他手摇羽扇头戴纶巾，谈笑间曹操的战船被烧得灰飞烟灭。当年的战场"我"今日一游，"我"的多情是多么的可笑呀，如此早地生出了斑白的头发。人世间如梦一场，且杯酒一祭江边的明月吧。

人类关于记忆的探索已经历了两千多年的历史，其相关论述也不少，但关于记忆的科学的研究则是近100年前后才出现的，而直到20世纪50年代，都把关于记忆的研究看成单独的系统，直到当代认知心理学的出现，记忆才有了一些实质的进展，并提出了多系统说。

---

① 周汝昌、缪钺、叶嘉莹等：《唐宋词鉴赏辞典（唐·五代·北宋）》，上海辞书出版社1988年版，第533页。

② 同上书，第620页。

## 第三章 诗创作心理准备阶段论

记忆研究最早是从赫尔曼·艾宾浩斯（Herman Ebbinhaus）开始的，他在1885年写下了记忆实验的第一部科学论述《论记忆》。在研究中，采用了无意义音节作为他的记忆材料（中间一个元音，两边各一个辅音构成），如 AOC、XEB 等。他把自己作为被试，以机械重复的记忆方法对词表进行学习。艾宾浩斯不能预见到，他的工作对学习和记忆研究的整个历史所产生的影响。考虑一下他所研究的课题吧，虽然每个人都"知道"记忆是什么，哲学家们还就他的目的思辨了多年，但没有研究过记忆结构的系统论述，没有精细的分析仪器，没有过去试验的资料。他对未知记忆属性进行探索时，几乎没有多少信息作为指导。他倒有一个预想："某时曾被意识到的感觉、情感和观念。仍暗藏在记忆中的某个地方。"他也谈道："虽然转向内部去寻找，可能再也找不到它们了，然而它们还没有被完全摧毁和废除，而是以一定的方式继续存在，存贮下来，可以说是存贮在记忆之中。当然，我们在能直接观察到它们目前的存在，它对我们的知识的影响揭示了它的存在，其可靠性就像推测地平线下面就有星星一样……"[①]

虽然艾宾浩斯对暗藏的记忆之星的探索并不是完全成功的，但这并没有妨碍哈佛的威廉·詹姆士（William James）继续对记忆结构进行探索。詹姆士在1890年发表了他的两卷本名著《心理学原理》，他注意到艾宾浩斯敢冒风险连续每天阅读无意义音节，并称赞他对记忆的精确测量。他就此指出：

> 摆在我们面前的（作业），可以说是研究的一种方法，我们运用这一方法将模糊的往事按其原状画在记忆的油画上，我们还往往想象我们能直接看到它的深处。思想流继续在流动，但大部分思想流都坠

---

[①] [美] 罗伯特·L.索尔索：《认知心理学》，黄希庭、李文权、张庆林译，教育科学出版社1990年版，第152—153页。

入遗忘的深渊。其中一部分在流过的瞬间,记忆未予注意。另一些只存在片刻、几小时或者几天。还有另外一些则留下不可磨灭的痕迹,只要生命还存在,就可以根据这些痕迹将它们回忆出来。①

詹姆士认为,从记忆中做出回忆,需要花费精力,他把即刻记忆(他称之为初级记忆)与间接记忆(他称之为次级记忆)相区别。他对记忆结构的大多数预测是基于内省。由于他提出的这个二元结构基本上没有什么科学证据,经过发展,在1965年沃和诺曼(Waugh & Norman)提出了初级记忆系统和次级记忆系统,他们认为当外在刺激进入初级记忆系统,然后可通过复述而记住,否则就会遗忘。再经过复述,可能会进入次级记忆系统,从而就成为永久记忆的内容。

从记忆结构看,当代认知心理学主要还是从时间和内容方面来对记忆进行区分,从时间维度的角度来看,记忆通常有三种:(1)感觉记忆或图像记忆和声像记忆(iconic and echoic memory);(2)短时记忆或工作记忆;(3)长时记忆。②

感觉记忆是客观刺激物停止后感觉信息在极短暂时间内保存下来的记忆,这种记忆叫感觉记忆,也叫瞬时记忆。信息加工方式以图像记忆为主,还有声像记忆。波林使用了部分报告法,③ 证明了图像记忆的容

---

① [美]罗伯特·L. 索尔索:《认知心理学》,黄希庭、李文权、张庆林译,教育科学出版社1990年版,第154页。
② 陈烜之:《认知心理学》,广东高等教育出版社2006年版,第155页。
③ 斯珀林(Sperling, G.)用部分报告法证明了瞬时记忆的容量是较大的。起初,他用上、中、下三行字母(每行四个,共十二个字母)作为实验材料,用很短的时间呈现给被试看。呈现终止后,要被试回忆这十二个字母。结果大多数被试只能回忆四五个。后来,他以1/20秒的极其短暂的时间闪现三排字母,当闪现终止时,给被试发出声音信号,这种声音信号分为高音、中音、低音三种,分别代表闪现的上、中、下三行字母。发出高音时,要求被试回忆上行字母,发出中音时,要求被试回忆中行字母,发出低音时,要求被试回忆下行字母。实验结果表明:被试能够回忆出任何指定行中的字母的75%,也就是12×75%=9个字母。参见阴国恩、梁福成、白学军《普通心理学》,南开大学出版社1998年版,第135—136页。

量大约为 9 个，保存时间为 0.25—1 秒之间；莫里也根据波林的部分报告法证明声像记忆的容量大约为 5 个，保存时间为 2 秒。感觉记忆保持时间一般在 0.25~2 秒之间，此期间若不对信息加以注意，信息就会消失得无影无踪，但它保存的容量极其大，好像只要是形象鲜明之物它都能感觉到似的，能不能进入短时记忆还得取决于对信息的注意程度。

短时记忆是指人对信息的短暂保持和容量有限的记忆，是一个中间环节，处于感觉记忆和长时记忆的中间。信息加工方式以听觉编码为主，还有视觉编码和语义编码。在编码过程中个体觉醒状态、组块水平①、加工深度、材料的性质和数量、材料的系列位置等都会对其加以影响。它的主要加工存贮方式是组块和复述，在斯滕伯格的加法反应时实验②中证明了信息提取是一个完全系列的扫描过程。

米勒指出短时记忆的容量一般为 7±2 个组块，也就是说它一般能存贮 5—9 个信息，保持时间也很有限，一般不超过 1 分钟，大概就是当一个人打电话时，他在电话簿上记下电话号码，然后根据记忆拨出这

---

① 组块（chunking）是将若干单个单元编码为更大的单元。米勒（Miller，1956）就项目如何在短时记忆中编码提出了一种解释。他假设了一个能够保持七个信息单元的记忆模型。每个字母表示一个信息，照这样每个字母填充一个槽。然而，组成一个单词的字母都组块为一个（单词）单元，这样每个单词单元在短时记忆中也只占一个槽，将单词序列按单词单元编码，增加了短时记忆的容量（按照字母数）。即使我们的即刻记忆容量大约限制在七个信息单元以内，组块（或将若干单元编码为更大单元）也会极大地扩大我们的容量。参见［美］罗伯特·L. 索尔索《认知心理学》，黄希庭、李文权、张庆林译，教育科学出版社 1990 年版，第 187 页。

② Sternberg 于 1969 年运用反应时法进行的实验是一个经典的记忆提取的研究范式。实验中他向被试呈现在短时记忆容量以内的，一系列不同长度的刺激项目，称作记忆集（memory set）；接着呈现一个检索项目，让被试报告这个检索项目是否包含在记忆集中，以反应时作为指标分析短时记忆提取的特点。Sternberg 推测，如果被试要对短时记忆中所有短时记忆项目中所有识记项目进行全部扫描后才能对测试项目进行"是"或"否"判断，那么，被试进行正确判断所需的反应时不应随记忆集的大小而变化；如果被试按平行方式扫描，那么，记忆集的大小不会对反应时产生什么影响。实验结果显示，反应随识记项目的增加而增加，成一条加速线，即反应时是记忆集大小的函数。因此，Sternberg 认为，短时记忆信息提取是系列扫描。丁锦红、张钦、郭春彦编著：《认知心理学》，中国人民大学出版社 2010 年版，第 134 页。

个号码,但打过电话之后就忘了的这么一个记忆。短时记忆的信息不像感觉记忆的信息那样,它是有意识可以对其加以控制的,信息要想保存更长时间还得对其加以复述,复述是有效的保持学习的方式。Craik 和 Lockhart 在 1972 年提出了编码加工水平理论,其中他们指出在复述学习材料时有两种方法,一种为保持复述(maintenance rehearsal),即只是机械的复述,所以只是在工作记忆中短暂地保存信息。另一种是精加工复述(elaborative rehearsal),即通过与其他记住了的东西建立起联系。[1] 短时记忆若不及时加以复述,也会遗忘,其中沃和诺曼的实验证明了短时记忆的遗忘主要是由于受到了其他信息的干扰。[2]

工作记忆,它与短时记忆很难将其区分开,短时记忆有时又称之为工作记忆,它是指人在进行某项工作或活动时正在进行的连续流动的记忆。Baddeley 和 Hitch 认为工作记忆同时存贮和加工信息,它包括三个成分,分别是处于核心成分的中枢执行系统、语音环和视空图像处理器等三个成分。其中视空图像处理器主要负责视觉信息的保存和控制;语

---

[1] Esgate A, Groome D, Baker K, Heathcote D, Kemp R, Maguire M, Reed C, A Introduction to Applied Cognitive Psychology, London: Psychology Press, 2005, pp. 90—93.

[2] 沃和诺曼使用十六个数字,以探索初级记忆中项目的命运。这些字表以每秒一个数字或每秒四个数字的速率读给被试听。第十六个或探测数字是一个重复的数字(在 3、5、7、9、11、12、13 或 14 位置上已出现过)。探测数字(由一个音调伴随)是给被试的记忆线索,让他回忆在探测数字第一次出现时,紧跟其后的项目。一个典型的数列可能是:7951293804637602(音调)。在这一情况下,正确的回忆是 9(在 2 的第一次呈现之后的数字)。在本例中有十个项目介于首次出现和探测数字之间。被试不知道哪一个数字将是回忆线索,他不可能将注意力集中在任何一个数字上并复述它。每秒或每四分之一秒呈现数字的目的,是要确定在初级记忆中遗忘是衰退(据推测是由于时间)还是干扰的函数。如果遗忘是衰退的函数,那么,一个人就会期待在较慢的速率(每秒一个数字)下的回忆较少;如果遗忘是干扰的函数,就不同的呈现速率而言,他应期待记忆没有差异。以两种速率呈现的信息量相同,或者按照沃和诺曼的逻辑,衰退出现的时间会相同。可以说,即使每秒给出一个项目,被试也会让额外的实验信息进入他的初级记忆,但后来进行的实验(Norman,1966)(实验中呈现速率在一个特定的时间内从 1 变到 10 个数字),所获得的资料与从原来模型中获得的遗忘速率相一致,即两种呈现速率的遗忘率相似。在初级记忆的遗忘中,干扰和衰退相比,前者是较重要的因素。[美] 罗伯特·L. 索尔索:《认知心理学》,黄希庭、李文权、张庆林译,教育科学出版社 1990 年版,第 164—165 页。

音环主要负责以语音为基础的听觉信息；处于核心成分的中枢执行系统主要负责协调各子系统之间的活动，并与长时记忆保持联系，就像人的大脑一样，纵观全身，统筹全局。

长时记忆是指存贮时间很长的记忆。它的信息加工方式以语义类别为主要编码方式，也就是以语言本身的特点为中介来进行编码，还有在主观组织、形象化、利用表象等的编码方式。它的影响编码的方式有在编码时的意识状态和加工的深度。长时记忆的存贮条件与方法主要有组织有效的复习，正所谓"学而时习之，不亦说乎"；还可以利用外部记忆手段，如西方最早的记忆术，叫作"Dialexis"①，还要特别注意健康用脑，保持身体的卫生。

在长时记忆中，信息的提取主要有再认和回忆两种形式，再认有压缩式的感知形式和开放式的思维形式两种。影响再认提取的影响因素主要有间隔时间、材料的性质和数量、原有经验的巩固程度、原有事物与重新出现时的相似程度、思维活动的积极性以及个性特征等。而回忆是在完全不给提示线索，不像再认那样（例如选择题），让其回忆出原来的信息，其影响它的因素有联想、定式和功能固着、兴趣和爱好、利用双重编码中的表象与词语概念共同搜索等。长时记忆的保持时间极长，可能终生都会记住，其记忆容量也是无限制的，它能记住如此多的内容以及长时间都处在记忆中，那么它的存贮内容就会发生一些变化，如次要的信息会消退，会出现更加概括化、完整化和具体化的内容，这样主要是出于信息对于人的合理性考虑的。

从记忆的内容来看，记忆系统可分为陈述性记忆和程序性记忆。其

---

① 据记载，早在文艺复兴之前大约公元前10世纪在一篇名为"*Dialexis*"的文章中就谈到了注意和复述，它可以帮助提高学习效率，一般讲到"记忆术"，我们指的都是方法或手段（例如一个押韵或一个表象），其作用是增强记忆信息的存贮和回忆。Small P J, *Wax Tablets of the Mind: Cognitive Studies of Memory and Literacy in Classical Antiquity*, London: Routledge, 1997, p. 82.

中陈述性记忆（declarative memory）是指有关事实和事件的记忆，例如上课时老师要求我们背诵的古诗词及一些其他文章等。程序性记忆（procedural memory）是指如何做事情的记忆，包括对认知技能和动作技能的记忆，例如骑自行车、游泳、织毛衣等技能的记忆，这些记忆可能在最初学习阶段会用到陈述性记忆，等学会了之后就变成了程序性记忆。Tulving将陈述性记忆又分为语义记忆和情节记忆，两者都包含事实方面的记忆，但情节记忆一般包括偏向个人的事实方面的记忆；而语义记忆一般包括偏向一般的事实方面的记忆。情节记忆（episodic memory）是指人们根据时空关系对某个事件的记忆，与个人亲身经历分不开，如与恋人在天阶下的邂逅等。语义记忆（semantic memory）是指人们对一般知识和规律的记忆，它一般与特定时空无甚关系。

不同的记忆系统有不同的神经生理基础，当不需要有意识记住的任务被记住了，也就是说个体在无意识的情况下，过去经历对当前作业产生的无意识的影响，这就涉及内隐记忆（implicit memory），与之相对应的即为外显记忆（explicit memory），它涉及对有意识的过去经验做出回忆。对于内隐记忆来说，在我们的日常生活中它是一种偶然的、不加注意的记忆，例如人们有时会认为某人似曾相识，但又想不起在什么地方见到过，或是看到一首诗里所描述的情景非常熟悉但就是意识不到在什么时候经历过。

与记忆相伴而生的是遗忘，哈佛大学心理学家丹尼尔·夏克特在其名著《记忆之七宗罪：记忆是如何记住和遗忘的》一书中论述了记忆的七宗罪：第一宗罪是短暂之罪（the sin of transience）指随时间的流逝而导致的遗忘，这是最为普遍的特征；第二宗罪是心不在焉之罪（the sin of absent-mindedness）指因注意力不集中而导致忘了要做的事情；第三宗罪是阻滞之罪（the sin of blocking）指信息并没有从记忆中消失，而是被阻滞而无法获取；第四宗罪是错误归因之罪（the sin of misattribution)指我们记得某事曾发生,但把记忆归因于其他来源上去了;第五宗罪是暗示之罪(the sin of suggestibity)指我们的记忆由引导的问题或者因暗示而产生的;第六宗罪是偏见之罪(the sin of bias)指我们当前的知识和信念影响了我们的记忆;第七宗罪是持续之罪(the sin of persistence)指我们不能忘记不希望拥有的记忆。夏克特认为,记忆之七宗罪是记忆的适应性特征的副产品,是我们必须付出的代价。①

## 二 诗与记忆的关系

从已有文献中可以明显看出,在先秦时期我国第一部诗歌总集为《诗经》。最早称之为《诗》,后被儒家奉为经典之一,方称为《诗经》。《诗经》最早由生活在中华大地上的远古祖先口头创作,口耳相传来传播,那时还没有产生书面文字,最后于公元前11世纪前后入选称为"风、雅、颂、赋、比、兴"的"六诗",直到这时采用文字的形式将其记录固定下来。在文字诞生之前,诗歌完全靠人类的记忆保存,能够跨越无文字的障碍,无须历史和书面文字的记载依然可以稳定传播。这些诗歌发源于书面文字尚未发明之前的口头文化,后经历了书面文字的出现、发展和成熟的尧、舜、禹、夏、商时代,直到西周时期"六诗"这一最早的诗歌总集《诗经》将它们给固定下来。这期间,经历了数千年甚至上万年的历史。正如有些研究者所说,《诗经》产生于距今大约2500年的西周初叶至春秋中叶这五百年间的"周诗说",那都是站不住脚的。

中国是一个讲究传承的国度,《诗经》最早应延伸至神话传说时代的记忆萌芽,之后为包含人类最早的狩猎和采集知识的"原始部落知识"的原始记忆。《弹歌》和《苤苢》为原始记忆与文化记忆之间

---

① Schacter L D, *The Seven Sins of Memory: How the Mind and Remembers*, Boston: Houghton Mifflin Books, 2002, pp. 1—30.

的过渡。从《诗经》开始，我们就进入了文化记忆时代，它们同样采用诗歌的形式，但内容已不是原始部落的知识，而且表达普通人的情感和日常生活的真实记忆。诗歌形式经历了从完全复述只变化字到完全不复述的变迁。①

在《尚书·尧典》中说道："诗言志，歌永言，声依永，律和声。"在《礼记·乐记》中说道："诗，言其志也。"卜商在《诗序》（即《毛诗序》）中说道："诗者，志之所之也。在心为志，发言为诗。"庄子在《庄子·天下》中说道："诗以道志。"等。在如此浩瀚的古籍当中，诗的定义如此不同，那我们如何来理解诗的定义呢？闻一多在《伏羲考》中指出："《三百篇》有两个源头，一是歌，二是诗；志与诗原来是一个字。志有三个意义：一、记忆；二、记录；三、怀抱。"② 从闻一多的考察中我们可以看出诗最初有记忆和记录的意思，这也就说明了《诗经》是中国最早的口语传统，也即通过口头创作、口耳相传来进行传播，是中国诗歌的最早起源，这类诗歌之所以产生，是因为这类诗歌形式非常符合人类的记忆功能。它的产生就是为了对抗遗忘的，使祖祖辈辈都共享一些经验。

《诗经》中绝大多数诗歌都是重复诗行且只变化一些字，如《诗经·周南·芣苢》：③

  采采芣苢，薄言采之。

  采采芣苢，薄言有之。

  采采芣苢，薄言掇之。

  采采芣苢，薄言捋之。

---

① 张敏：《〈诗经〉的认知诗学与心理分析研究》，博士学位论文，华南师范大学，2007年，第4页。
② 闻一多：《伏羲考》，《人文科学报》1942年第11期。
③ 朱熹：《诗经集传》，上海古籍出版社1987年版，第4页。

采采芣苢，薄言袺之。

采采芣苢，薄言襭之。

在这首诗中，短短6行诗，但每行诗仅变化了一个字，其余诗行都是反复重复，这个变化的 1 个字 包含了"采—有—掇—捋—袺—襭"这一采集的行动脚本。所谓的脚本就是以特定的顺序发生的动作序列。从准备去"采"到发现"有"到"一根一根地拾起来"再到"一把一把地捋起来"到再用"牵起衣角装起来"最后到"翻过衣襟兜起来"这一系列采集动作。通过这种口头传统，后辈对它们加以记住，为以后采集打基础。同时这首诗还有押韵的现象，"掇—捋"，"袺—襭"，也就是充分运用了我们今天称之为语音回路中语音存贮的语音相似性，利用语音相似性的音素具有相似性编码这一特点，从而达到吸引听众注意和加强音响效果，以让听众体验到美学感受等目的，这类诗歌的存在主要还是为了对抗工作记忆的保持短暂性和容量有限性造成的遗忘而形成的。若是书面语诗歌的时代，可能没有哪个诗人会无聊到去作反反复复重复的诗歌，因为人都有追求新颖和变化的天性。这一创作模式（充分利用短时记忆规律），虽然我们祖先没有意识到这一点，但他们充分利用了人类大脑记忆功能的资源，达到了最佳记忆的效果。

诗经的后期从书面语创作诗歌开始，诗歌在创作形式上出现了不断创新，前面也提到了我们人类短时记忆容量在 $7\pm2$ 个组块，也就是5—9个信息量。《诗经》的句型颇多，从一字句、二字句、三字句、四字句、五字句、六字句、七字句到八字句等句型，夏传才在 1998 年曾对《诗经》做了系统的研究，最后对《诗经》中的句型做了一个统计分析①（见表2-1）。

---

① 夏传才：《诗经语言艺术新编》，语文出版社 1998 年版，第28页。

表 2-1　　　　　　　　　《诗经》句型统计分析

| 类型 | 总句数 | 一字句 | 二字句 | 三字句 | 四字句 | 五字句 | 六字句 | 七字句 | 八字句 |
|------|--------|--------|--------|--------|--------|--------|--------|--------|--------|
| 颂 | 734 | 0 | 0 | 14 | 686 | 32 | 2 | 0 | 0 |
| 大雅 | 1536 | 1 | 0 | 8 | 1414 | 97 | 15 | 1 | 0 |
| 小雅 | 2316 | 0 | 6 | 12 | 2211 | 68 | 16 | 2 | 1 |
| 国风 | 2662 | 6 | 8 | 124 | 2280 | 172 | 52 | 16 | 4 |
| 合计 | 7428 | 7 | 14 | 158 | 6591 | 369 | 85 | 19 | 5 |

在《诗经》的创作句型中，多为四言句型，占《诗经》数据中所有句型的91%，字数最多的为八言句型，在《诗经》数据中只占了5例。由此可见，我们的先民早期的诗歌创作传统主要就是为了方便记忆而创作的。中国古代诗歌的历史源远流长，亦可这么说，中国就是一个诗的国度。从我们最早的诗歌总集《诗经》开始，到三百年之后的中国诗歌的第二次大繁荣时期的楚辞，再到汉乐府诗、"建安风骨"、《古诗十九首》、唐诗、宋词、元曲，最后再到明清时期的诗词歌赋、近现代的一些变革等，真可谓一路走来，堪称伟大。中国的诗歌创作模式大概遵从四言、五言、六言，直到后来的七言，到七言基本上就达到了一个恒定的模式，它非常复合人类的记忆规律（人类的记忆常数7±2），是最符合人类大脑记忆规律的模式。

### 三　诗文本信息的存贮

信息的存贮（story）是认知心理学的术语，从记忆的定义来看，人脑积累和保持个体经验的心理过程，即人脑对外界输入的信息进行编码、存贮和提取的过程。其中编码过程、存贮过程和提取过程就是记忆

第三章 诗创作心理准备阶段论

过程的三种基本形式。存贮是指感知过的事物（对应形象记忆）、思考过的问题（对应语词记忆）、体验过的情感（对应情绪记忆）以及做过的动作（对应动作记忆）等曾经经历过的一切以一定的形式保存在人们的头脑中。存贮的过程在记忆的环节中非常重要，我们从记忆的三个基本过程中可以看出来，没有信息存贮就没有信息提取，没有信息存贮更没有记忆可言。

在我们的诗文本中，它是以什么形式来进行信息存贮的呢？首先来看一下记忆的内容。根据记忆内容的不同，可以把记忆分为形象记忆、语词记忆、情绪记忆和动作记忆四种形式。第一种是形象记忆，它是以感知过的事物形象为内容的记忆。这种记忆所保存的是事物的具体形象，它既可以是视觉形象，也可以是听觉的、触觉的或味觉的形象等。但一般以视觉形象和听觉形象为主。第二种是语词记忆，它是以概念、判断、推理等为形式，以事物本身的性质和意义以及事物的关系等为内容的记忆。语词记忆是人类特有的记忆，也是个体保存经验的最简便、最经济的形式。第四种是情绪记忆，它是以个体经验过的某种情绪、情感为内容的记忆。纯粹的情绪记忆就是别的什么都忘记了，只是因为某一情景（如黑暗）与某种情绪（如害怕）之间形成了联系，以后一遇到这种情境就能产生这种情绪，但什么原因却说不出来。第四种是以过去经历过的动作为内容的记忆，它以过去的运动或操作动作所形成的动觉表象为前提，动作表象来源于人对自己的运动动作的知觉。[①]

实际上，上述四种记忆是相互联系的，并且往往是共生的，在任何一种活动中，要记住某一种材料往往需要两种或多种记忆的参与。与四种记忆相对应，在诗作中，也存在形象信息的存贮、语词信息的存贮、

---

[①] 参见沈德立、阴国恩主编《基础心理学》（第二版），华东师范大学出版社 2010 年版，第 73—74 页。

情绪信息的存贮和动作信息的存贮等这四种信息的存贮，下面就分别以这四种信息的存贮来加以讨论。

（一）形象信息的存贮

与形象记忆相似，形象信息的存贮即以感知过的事物的形象为内容的存贮，这种信息一般是具体形象，它既可以是视觉形象，也可以是听觉的、触觉的或味觉的形象等。但一般以视觉形象和听觉形象为主。诗人存贮的形象可通过再编码成诗歌的语言形式就可直接进入诗篇中。例如，前面引用过的北宋婉约派代表人物晏几道（1038—1110）的《临江仙》，其中的"记得小苹初见，两重心字罗衣"是视觉形象；"琵琶弦上说相思"[1]是听觉形象，这首词既有画面又有声音，犹如看电影般的视听享受，正如诗人在向我们述说他的故事，引人入胜，达以共情。

唐代大诗人、诗仙李白（701—762）大约在开元末客游兰陵时写下的《客中作》一诗："兰陵美酒郁金香，玉碗盛来琥珀光。但使主人能醉客，不知何处是他乡。"[2]这首诗中"兰陵美酒郁金香"，郁金香是一种香草，古人用以浸酒，浸后酒带金黄色，此句用了味觉、嗅觉、视觉等等形象信息的存贮；"玉碗盛来琥珀光"用了视觉形象；"但使主人能醉客"，这里似乎听到了诗人在主人家豪饮的场面，把酒言欢，高歌几曲等场景似乎也显现了出来，这首诗可谓用笔出神入化，基本上强调了味觉、嗅觉、视觉、听觉、触觉等感觉信息的存贮，让人有如在现场与诗人共醉之感。

虽然每位诗人所使用的形象信息的存贮是属于混合型的，但每位诗人所强调的形象信息都是不尽相同的，歌德一向重视视觉形象，他在《诗与真》一书中提道："眼睛特别是他用来把握世界的感官。"如他的

---

[1] 周汝昌、缪钺、叶嘉莹等：《唐宋词鉴赏辞典（唐·五代·北宋）》，上海辞书出版社1988年版，第533页。

[2] 张瑞君解评：《李白集》，三晋出版社2008年版，第118页。

第三章　诗创作心理准备阶段论

那首《守望者之歌》①：

生来为观看，

矢志在守望，

受命居高阁，

宇宙真可乐。

我眺望远方，

我谛视近景，

月亮与星光，

小鹿与幽林，

纷纭万象中，

皆见永恒美。

物既畅我衷，

我亦悦己意。

眼啊你何幸，

凡你所瞻视，

不论逆与顺。

无往而不美！

艾略特则更偏重听觉，他在《观点》一文中说道："我所称的'听觉想象'，指的是音节和节奏的感觉，他们远远深入思想和感情的意识层下，给每一个辞赋以生命，下沉到那最为原始的和久已忘记的，回到它的源头，又带着一些新的东西而归，寻找那开始和终结。"② 被西方

---

① ［德］歌德：《歌德诗歌精选》，梁宗岱译，钱春绮编，北岳文艺出版社2010年版，第304页。译者注：《浮士德》第二部第五幕第三场守塔人林叩斯所唱之歌。作于1831年5月。

② 艾略特：《观点》，《诗探索》1981年第2期。

评论家称为现代诗歌的里程碑式的杰作《荒原》，是20世纪西方文学中划时代的作品。艾略特在《荒原》中揭示了西方社会中人们的精神世界已干涸得像一片"荒原"。《荒原》共五章，分别为"死者的葬礼""弈棋""火戒""死于水""雷霆的话"，其中"雷霆的话"[①] 节选如下：

> 当火炬映红了一张张汗涔涔的脸
> 当花园里只留下一片寒霜般的寂寥
> 当受尽了人间冷酷无情的极度痛苦
> 尖利的喊声和哭号
> 牢狱和官殿以及春天的雷霆
> 在遥远的群山之上回响之后
> 他过去活着的现在已经死亡
> 我们过去活着的现在怀着一丝忍耐
> 正濒临死亡
>
> 这里没有水只有岩石
> 岩石、无水和砂砾的路
> 路在山岭间盘旋而上
> 山岭乱世嶙峋而无水
> 假若有水我们就会停下来痛饮
> 在山岩丛中你既不能停步也不能思索
> 汗是干的而脚又陷在沙里
> 假若山岩丛中哪怕只有一点水

---

① [英]艾略特：《荒原：艾略特文集·诗歌》，汤永宽、裘小龙等译，上海译文出版社2012年版，第98—99页。

然而死山龋齿累累的嘴吐不出水

这里你不能站不能躺也不能坐

在山岭里甚至没有寂静

但听得无雨的干雷徒然的轰鸣

山岭里甚至没有远离人寰的幽寂

只有那发红的愠怒的脸庞

从一间间泥土剥落的茅屋门口向你咆哮和嘲笑

……

我国伟大爱国主义诗人屈原对嗅觉有明显的偏好，如我国心理学家张耀翔曾对《离骚》中的想象种类的不同予以分类考察，统计结果①见表2-2。

表2-2　　　　　　　　《离骚》想象种类统计

| 想象的种类 | 次　数 | 百分比（％） |
| --- | --- | --- |
| 嗅 | 41 | 47 |
| 视 | 30 | 34 |
| 听 | 9 | 10 |
| 味 | 4 | 4 |
| 触 | 3 | 3 |
| 气候 | 1 | 1 |

---

① 参见张耀翔《感觉、情绪及其他——心理学文集续编》，上海人民文学出版社1986年版，第220—221页。

其中，视觉意向有 30 处，占全体意向的 34%；听觉意向有 9 处，占全体意向的 10%；味觉意向有 4 处，占全体意向的 4%；触觉意向有 3 处，占全体意向的 3%；气候意向有 1 处，占全体意向的 1%；而嗅觉意向多达 41 处，占全体意向的 47%；综合来看，他对嗅觉意向更加偏爱。如《离骚》① 节选：

何所独无芳草兮，
尔何怀乎故宇？
世幽昧以眩曜兮，
孰云察余之善恶？

民好恶其不同兮，
惟此党人其独异；
户服艾以盈要兮，
谓幽兰其不可佩。

览察草木其犹未得兮，
岂珵美之能当？
苏粪壤以充帏兮，
谓申椒其不芳。

欲从灵氛之吉占兮，
心犹豫而狐疑。
巫咸将夕降兮，
怀椒糈而要之。

---

① 古敏主编：《中国古代经典集萃·楚辞》，北京燕山出版社 2001 年版，第 27—28 页。

意思是说，天涯何处无芳草，你为何总是留恋这个地方呢？现在这个世道太昏暗，人生活在其中也会被弄得眼花缭乱的，谁又能分得清是非善恶呢？人们的是非善恶固然是各有不同，但这帮党人却尤为古怪；他们个个把臭气冲天的艾草插满腰间，反倒说香气袭人的幽兰不可佩戴。观察草木都好坏不分，鉴赏美玉又怎能恰当？拾取恶臭的粪土装在自己的香袋里面，反倒说花椒没有香气。"我"想听从灵氛的吉卦，但心中又犹豫不决。巫咸将在夜里请神降临，而"我"就准备着美味十足的佳肴恭候神灵。

我国现代诗人江河尤喜触觉，他认为："可以通过触觉去接触世界，它可以排除主观意念的干扰。不是有意识地去看什么、听什么，而是自然而然地触摸到什么。"他写了一组题为《触摸》的组诗，其中《造访》节选如下：

> 我每年都要去看看海
> 东海或是南海
> 找个风平浪静的日子
> 脱了鞋，拿着
> 泡沫嗞嗞地浸过趾甲
> 比喝啤酒的味儿舒服
> 细沙从指缝溢出
> 一滑一滑走过大圆石头
> 海在平缓的地方总想亲近你
> 摸你蹭你

我们退一万步来说，甚至退到动物的视角来说，其实我们最初主要是靠感知觉来认识这个世界的，若是人能完全领悟到其中的精髓，那么写出的诗篇自然是会引起共鸣的，因为感知觉是全人类所共有的。

## (二) 语词信息的存贮

语词信息的存贮是以概念、判断、推理等为形式，以事物本身的性质和意义以及事物的关系等为内容的信息存贮。语词记忆是人类特有的记忆，也是个体保持经验最简单、最有效和最经济的形式。人类的大脑天然具有语词思维能力和进行概念活动的能力。这是因为人之所以为人、之所以为万物灵长，乃是人类在发展成为最高等动物的漫长过程中获得的，因而成为人类作为最高等动物的一个重要心理标志。还有一个重要原因是人类在实践过程中，随着实践的深入、工具的制造、语言的交流，形成了一些思想观念，即便有人想主观排斥观念，都是不允许的。列宁在《黑格尔〈逻辑学〉一书摘要》中指出："从生动的直观到抽象的思维，并从抽象的思维到实践，这就是认识真理、认识观察现实的辩证的途径。"[①] 唯有我们具备了这种语词能力，才能客观、全面、本质地去观察、思考分析各种问题，使之既有深刻的内涵，又有辩证的味道。

不要认为诗都是以形象信息、情感信息和动作信息为主的，其实语词信息依然重要，若是没有语词信息的帮助，那诗篇无论如何也是不能成形的。一首诗作首先要经过诗创作心理定向阶段、诗创作心理准备阶段、诗创作心理酝酿阶段、诗创作心理豁朗阶段到诗创作心理验证阶段，这五个阶段的每个阶段都要有语词信息的加入。语言是思维与外化须臾不可离的。语词信息的存贮量的多少也可反映诗人语言丰富的程度，语词信息也反映诗人思想的深度，诗不仅是言情，它还要说理，即便言情，若没有一些思想的加入，那也不会成为一首好诗。

一首诗作中无论如何都要有思想的参与，但更多的诗歌是通过将抽象的思想转化成为形象生动的画面表达出来，其实它只是掩盖了思想的

---

① 列宁：《哲学笔记》，人民出版社1962年版，第181页。

外衣，其本质没有变化。素以语言平易通俗著称，有"诗魔"和"诗王"之称号的唐代伟大现实主义诗人白居易（772—846）在《卖炭翁》①中写道：

　　卖炭翁，伐薪烧炭南山中。
　　满面尘灰烟火色，两鬓苍苍十指黑。
　　卖炭得钱何所营？身上衣裳口中食。
　　可怜身上衣正单，心忧炭贱愿天寒。
　　夜来城外一尺雪，晓驾炭车辗冰辙。
　　牛困人饥日已高，市南门外泥中歇。
　　翩翩两骑来是谁？黄衣使者白衫儿。
　　手把文书口称敕，回车叱牛牵向北。
　　一车炭，千余斤，宫使驱将惜不得。
　　半匹红绡一丈绫，系向牛头充炭直。

　　题注云："苦宫市也。"宫市，指唐代皇宫里需要物品就向市场上去取，随便给点钱，实际上是公开掠夺。唐德宗时用太监专管其事。意思是说，有位卖炭的老翁整年在南山里砍柴以烧炭。他满脸尘灰看上去像是被烟熏火燎的颜色，两鬓发白，十个手指都变成了黑色。卖炭所得钱用来干什么呢？用来买身上穿的衣裳和嘴里吃的粮食。可怜他身上穿着单薄的衣服，心中却担心炭卖不出去，还希望天气更加严寒一些。夜里下了一尺厚的大雪，老翁清晨驾着炭车沿着被碾轧过的冰冻的车轮印往集市方向赶去。由于路程太远，赶到人困牛乏日上三竿都还没到，于是他们就在集市南门外的泥泞中歇了一下脚。骑马飞奔而来的那两个人是谁？是皇宫内的太监和太监的爪牙。太监手里拿着文书称是皇上下的命

---

① （清）彭定求等编：《全唐诗》（下），上海古籍出版社1986年版，第1048页。

令，调转着牛车朝皇宫方向牵去。一车的炭差不多有一千多斤，太监们硬是要赶着快走，老翁也没办法。那些人把半匹红纱和一丈绫强行挂在牛头上就走了。

这首诗以卖炭翁卖炭一事生动形象地来表现普遍状况，犹如一个导游沿路在叙说一个关于卖炭翁老人的故事，描写了卖炭翁谋生的困苦，通过对卖炭翁的形象描写，深刻地揭露了"宫市"的残酷，特别是对贫困老百姓来说是深重灾难的，同时也对统治者掠夺人民的罪行给予了有力的鞭挞与抨击，讽刺了当时腐败的社会现实，表达了作者对下层劳动人民的深切同情，有很强的社会典型意义。即使再生动形象的画面描写，若是没有一个核心的思想贯穿，那也算不得什么好诗。

但也有一些语词信息存贮的诗篇基本上很抽象，很少有形象生动的信息在里面，一些哲理诗之类的诗篇就是如此，例如我国伟大诗人屈原的《天问》一诗，这首诗以气势磅礴恢宏，内容广博深邃，构思瑰丽雄奇见长，全篇三百七十余句，一千五百多字，通过不断发问，使我们感到了诗人的思想感情和独到的见解。如第一节：[①]

曰：遂古之初，
谁传道之？
上下未形，
何由考之？
冥昭瞢暗，
谁能极之？
冯翼惟像，
何以识之？
明明暗暗，

---

[①] 古敏主编：《中国古代经典集萃·楚辞》，北京燕山出版社2001年版，第67—68页。

## 第三章 诗创作心理准备阶段论

惟时何为？

阴阳三合，

何本何化？

意思是说，请问在远古时期的情境是谁传给我们后代子孙的呢？在天地都还没有形成的时候是从哪里开始着手考察的呢？当白天黑夜都还很模糊的时候谁还能揭开了其中的秘密呢？在大气弥漫景象还不清楚的时候是用什么识别物体的呢？为何会安排白天和黑夜呢？阴阳一体衍生万物，哪里是源哪里是流呢？从诗中我们感受到了其所蕴含的凝重的历史沧桑感和深邃的哲理复杂感。

自古以来，诗就有双重功能：政治化和个人化。就表现目的内容而言，一部诗史走过了"重言教、风教、社会功能——重个人情感、审美沉醉（愉悦）——重言教、风教、社会功能"这样的否定之否定的反复循环的道路。冯国荣在《当代中国诗歌发展走向窥探》一书中总结道：

> 这样的道路有着深刻的艺术原因和社会历史原因。从艺术上来说是由诗人的物质决定的，诗的特质具有反映社会生活给人认识、教育与寄托个人情思、给人审美愉悦两个方面。这两个方面任何时候都不会消失。而如果把它看作一对矛盾，则任何时候必有一方居于主要方面（完全平等、半斤八两，就违背了辩证法）。就时代而言，作品总数的主流会有所侧重，就一个作家而言，他的某一具体作品会有所侧重。他的有代表性的作品的总和也会有所侧重。我们永远也不会找到一个完全没有侧重的时代、作家、作品。另一方面，很重要的是社会历史的根源：一个时代，一个作家侧重于哪一方面，受到这个时代的政治经济、这位作家的身世遭遇的制约。有的政治统治需要诗人为它服务，有的政治统治希望诗人莫谈国事

(如王士禛），有的政治统治荒淫无耻，一味把诗当作精神享乐的工具（如齐梁），有的政治则根本不需要诗，认为诗"玩物丧志"（如商鞅韩非、宋道学家），有的政治统治则比较开明、昌盛，希望诗万紫千红（如盛唐）。有的诗人比较激昂入世，要抒愤懑，论时政，有的诗人则比较消极出世，一味沉醉于个人艺术小天地。[①]

除了政治化和个人化之外，中国自古是一个非常讲究德行的国家，几千年下来，围绕中国每个人心中的一个字是"孝"，同时也可以用一个"孝"字概括中国传统文化，"孝"字连接着中国每个家庭，"孝道"文化是中国特有的，它有着悠久的历史。据考证，甲骨文中就已经出现"孝"字。"孝"是一个会意字，它的意思是小子搀扶着长着长长胡须的老人。《尔雅·释训》云："善父母为孝。"《说文解字·老部》说："孝，善事父母。"《新华字典》说："旧指对父母无条件的顺从，现指尊敬、奉养父母。"所谓"百善孝为先""百行孝为先"等。素有"神童"之佳称的北宋诗人汪洙在他的《神童诗》一书里面就写了一组关于《劝孝》的诗，其一为"怀抱想当年，辛勤阅万千。此时非父母，哪得自安便"。其二为"心血为儿尽，亲年不再来。及时勤孝养，岁月苦相摧"。其三为"长大学为人，庭帏教训真。千言并万语，往复费精神"。其四为"堂上具甘旨，承欢色笑陪。有生须竭力，莫漫惜钱财"。其五为"岂有他人厚，恩情似我亲？缘何重妻子，父母厚他人"。其六为"父母无不是，非亲子道乖。圣人还负罪，孝敬自和谐"。其七为"婉容更愉色，下气复怡声。深爱常如此，亲心喜悦生"。其八为"就养晨昏事，何能顷刻离。为言好儿媳，老病要扶持"。其九为"孝行详

---

[①] 冯国荣：《当代中国诗歌发展走向窥探》，山东文艺出版社1986年版，第32—33页。

书史，从来感格神。性真方寸具，莫作负亲人"。①

其一是说，怀抱着自己的孩子，想到父母含辛茹苦的当年。如果不是父母当年的辛勤养育，又哪有现在舒适的我呢？其二是说，为了养育儿女心血耗尽，双亲的年华已经不会再回来了。应及时孝养父母，不要等父母不在了那时就后悔莫及了。其三是说，父母从小就教导孩子长大学做人的道理，千言万语，真是不容易呀！其四是说，侍奉父母吃饭要和颜悦色，在他们有生之年尽心孝养，也不要怕费一些钱财。其五是说，哪有对待别人像对待自己的亲生子女一样的人呢？为什么如此疼爱儿媳呢？因为父母从来都如此，同等对待。其六是说，父母做错了事别动辄指责，这样有违孝道。人非圣贤孰能无过，只要孝敬父母，家庭就会美满幸福。其七是说，对待父母应和颜悦色，轻声细语，长此以往，父母自然就会活得开心。其八是说，儿媳要早晚殷勤地侍奉公婆，在公婆年老患病的时候要倾心照顾，这样才算得上好儿媳。其九是说，史书上都记载着孝子们感天动地的孝行，孝子们时刻心存孝敬父母之心，切不要辜负了父母的养育深恩。

其实诗歌本来就有重言教、风教、社会功能的一面，在这方面语词信息是非常得利的，在诗歌中语词信息的使用可能有些枯燥成分，但它在说理性成分上较之形象信息、情绪信息和动作信息要强，虽说诗歌要注重美感的享受，但在美感享受的同时也达到了说理的作用，那何乐而不为呢？

（三）情绪信息的存贮

情绪信息的存贮是以个体经验过的情绪情感为内容的信息存贮。它是某一情景与某种情绪之间建立起了一种联系，而且非常深刻。诗人一

---

① 何国栋注译：《神童诗·二十四孝》，甘肃少年儿童出版社1998年版，第65—81页。

般都是情感生活非常丰富的，同时对情绪情感也是极为敏感的，它的情绪情感就像火山接近了火山口，随时都会喷薄欲出，随时都有可能受到外界刺激的激发而释放。我们也不能说诗人多情，因为情绪情感是诗创作的动力，同时也是诗人的身份使然。

在诗创作和欣赏活动中，情绪情感起着特殊的作用。刘勰在《文心雕龙·情采》篇中也谈道："情者文之经，辞者理之纬；经正而后纬成，理定而后辞畅；此立文之本源也。"[①] 也就是说，情绪情感好比作诗行文的经线，文辞正如内容的纬线，需先有经线而后才能织上纬线，所以行文也要首先确定内容然后才能文辞通畅，这就是作诗行文的根本原则。

情绪情感信息是在认知的基础上产生的，它可以关涉诗人自己，也可以是亲人，也可以是社会国家。一般诗人在诗作中存贮的情绪情感信息无一不是能深深打动诗人的信息，进而打动诗读者。鲁迅的"寄意寒星荃不察，我以我血荐轩辕"[②] 为何会产生如此深刻的情绪情感体验，因为他认识到了国家兴亡，匹夫有责，同时也让我们体验到了那种爱国主义的伟大精神。也正如鲁迅的"无情未必真豪杰，怜子如何不丈夫"，[③] 此刻体验到的是作为父亲对儿女的疼爱，如此亲情也让我们与诗人的距离更加接近。

继郭沫若、闻一多等人之后又一位推动一代诗风并产生过重要影响的诗人，在世界上享有盛誉的中国现代诗的代表人物艾青（1910—1996），原名蒋海澄，本该成为一名画家，却因为历史的原因，搁下了调色板，拿起了芦笛成为一名诗人。艾青1928年中学毕业后考入国立杭州西湖艺术院。1928年在林风眠校长的鼓励下到巴黎勤工俭学，学

---

① 周振甫：《文心雕龙选译》，中华书局1980年版，第169页。
② 吴海发：《鲁迅诗歌编年译释》，中国社会科学出版社2010年版，第17页。
③ 同上书，第183页。

习绘画，而且水平也很高，他也曾与几个革命的青年美术家成立了一个进步画会，后来由于巡捕在他的房间里搜出了关于列宁的书和一些其他的进步书籍，于是被法国巡捕房抓进了监狱。从此开始了铁窗、高墙、囚徒的生活。对于一个画家，没有了颜料和画笔何以能绘画呢？进步的思想是无所抗拒的，只要有欲望有需要，思想终究会逃出牢笼，自由飞翔。追梦的少年一条路径不行，还有其他路径可以追梦，只要给他一支笔，一张纸，心灵的思想就会汩汩而出。①

艾青于1910年阴历二月十七生于浙江金华的一个地主家庭。母亲生他时难产，生了三天三夜，一个算命先生说他是克星，后被家里人送给了一个名为"大叶荷"的农妇家中寄养（后来艾青写诗时却误记为"大堰河"）。大堰河是个童养媳，农家生活一般是粗茶淡饭，早出晚归，面朝黄土背朝天，虽然如此辛苦，但她对于小艾青来说还是爱护有加，经常拥抱他，给他喂奶，算是给了他一切的爱。但他享受不到父母的爱，还经常遭到打骂，他父亲从来都没有好好对待过他，甚至不许他叫父母为"爸爸""妈妈"，只能叫"叔叔""婶婶"。长年的痛苦日渐累积，伴随着他的成长。在艾青的《艾青谈他的两首旧作》中回忆道："有一年冬天，我的妹妹烘火，不小心把火篮打翻了，火烫伤了脖子，痛得哇哇直哭。这件事和我根本没关系，而父亲却打我。那时，我都15岁了，他一直打我，简直使我忍无可忍。我决心反抗，叫他对我有所让步。有一次，他打了我之后，我写了一张字条：'父贼打我'，他看到了，后来就不再打我了。可见，有反抗他就害怕。"②

面对如此的生活上的深深的情感体验，有大堰河的爱之深，也有父亲的痛之切，一切都幻化为了灵动的精灵，在纸上跃动。面对大堰河，

---

① 参见胡少安《从调色板的梦到芦笛的诗——记诗人艾青》，《人才》1982年第6期。
② 艾青：《艾青谈他的两首旧作》，《艾青专集》，江苏人民出版社1982年版，第68页。

他写了著名的《大堰河——我的保姆》① 一诗,节选如下:

大堰河,是我的保姆。
她的名字就是生她的村庄的名字,
她是童养媳,
大堰河,是我的保姆。

我是地主的儿子;
也是吃了大堰河的奶而长大了的
大堰河的儿子。
大堰河以养育我而养育她的家,
而我,是吃了你的奶而被养育了的,
大堰河啊,我的保姆。

大堰河,今天我看到雪使我想起了你:
你的被雪压着的草盖的坟墓,
你的关闭了的故居檐头的枯死的瓦菲,
你的被典押了的一丈平方的园地,
你的门前的长了青苔的石椅,
大堰河,今天我看到雪使我想起了你。

你用你厚大的手掌把我抱在怀里,抚摸我;
在你搭好了灶火之后,
在你拍去了围裙上的炭灰之后,
在你尝到饭已煮熟了之后,

---

① 艾青:《艾青诗选》,人民文学出版社2000年版,第11—12页。

在你把乌黑的酱碗放到乌黑的桌子上之后，

在你补好了儿子们的为山腰的荆棘扯破的衣服之后，

在你把小儿被柴刀砍伤了的手包好之后，

在你把夫儿们的衬衣上的虱子一颗颗地掐死之后，

在你拿起了今天的第一颗鸡蛋之后，

你用你厚大的手掌把我抱在怀里，抚摸我。

……

面对他的父亲，他写了《我的父亲》① 一诗，节选如下：

我的父亲已死了，

他是犯了鼓胀病而死的；

从此他再也不会怨我，

我还能说什么呢？


他是一个最平庸的人；

因为胆怯而能安分守己，

在最动荡的时代里，

度过了最平静的一生，

像无数的中国地主一样：

中庸，保守，吝啬，自满，

把那穷僻的小村庄，

当作永世不变的王国；

从他的祖先接受遗产，

又把这遗产留给他的子孙，

---

① 艾青：《艾青》，人民文学出版社 2006 年版，第 190—192 页。

不曾减少，也不增加！

就是这样——

这就是为什么我要可怜他的地方。

如今我的父亲，

已安静地躺在泥土里

在他出殡的时候，

我没有为他举过魂幡

也没有为他穿过粗麻布的衣裳；

我正带着嘶哑的歌声，

奔走在解放战争和烟火里

……


母亲来信嘱咐我去，

要我为家庭处理善后，

我不愿意埋葬我自己，

残忍地违背了她的愿望，

感激战争给我的鼓舞，

我走上和家乡相反的方向——

因为我，自从我知道了

在这世界上有更好的理想，

我要效忠的不是我自己的家，

而是那属于千万人的

一个神圣的信仰。

其情绪信息并不是孤立存在的，它一般会和另外三种信息并存并交织在一起。首先它与形象信息往往是不分彼此、相互依映的。如唐代大诗人崔护的《题都城南庄》中写道:"去年今日此门中,人面桃花相映红。人面不知何处去,桃花依旧笑春风。"① 在诗的前两句"去年今日此门中,人面桃花相映红"。诗人在回忆去年寻春遇艳一事,不仅表现少女的美丽,可比桃花,同时也含蓄地表现诗人的向往追求。后两句"人面不知何处去,桃花依旧笑春风",场景没变,依然是去年桃花盛开的季节,然而少女不在,徒留桃花让诗人引动对往事的美好回忆,同时诗人也无限惆怅,感慨好景不长的痛惜之情。

其次是它与语词信息的结合更是水乳交融,处处可见。如毛泽东的《七律·读〈封建论〉呈郭老》中写道:"劝君少骂秦始皇,焚坑事件要商量。祖龙魂死业犹在,孔学名高实秕糠。百代都行秦政法,十批不是好文章。熟读唐人封建论,莫从子厚返文王。"② 在这首诗里,基本上没有形象信息的存在,但这首诗感情色彩是非常丰富的,毛泽东是政治家,是强调厚今薄古、创造新事物的改革者。他的思想深处,会更加偏向法家一些。但他也不完全否认儒家思想,而且他也曾是一个儒家学子。他的这些想法也与他所处的环境有关。

最后在情绪信息与动作信息的结合上也可看出情绪信息的感动之处。大诗人李白在天宝年间,唐王朝西北战事频仍的背景下写下了《关山月》一诗:"明月出天山,苍茫云海间。长风几万里,吹度玉门关。汉下白登道,胡窥青海湾。由来征战地,不见有人还。戍客望边色,思归多苦颜。高楼当此夜,叹息未应闲。"③ 在诗中,诗人大量运用了动作信息,如"出—吹—下—窥—战—还—望—归—叹",由一连串的动作信息带出了一系列情感信息的出现,此诗反映了诗人谴责战争给人民

---

① 萧涤非、程千帆、马茂元等:《唐诗鉴赏辞典》,上海辞书出版社1983年版,第746页。
② 张友平、张静思:《毛泽东诗词全新对照译文》,红旗出版社2013年版,第493页。
③ 张瑞君解评:《李白集》,三晋出版社2008年版,第28页。

带来的深重灾难，同时也反映了戍守边疆的战士们思念家乡、妻子的相思和悲剧心理，达到了情绪和动作的相得益彰。

情感何以动人，关键是要真。真正感动人的诗篇只能来源于真实的情绪情感体验。一般诗人写诗往往都是以景寄情，也就是常说的"移情作用"，就是把自己的情绪情感移到外物上去，仿佛觉得外物也有同诗人一样的情绪情感，所谓有了灵性。其实诗人之情与客体之景是互生的，在诗歌中尤甚，它们是一种互相寄托，是一种互为赠答的关系，在这种关系中，人充分自然化了，自然也充分人性化了。在一个有感情的诗人眼中，一切皆着诗人情感色彩，大地山河也扬眉带笑，风云花鸟亦叹气凝愁。

例如，刘勰在《文心雕龙·物色》一篇中谈道："春秋代序，阴阳惨舒，物色之动，心亦摇焉。盖阳气萌而玄驹步，阴律凝而丹鸟羞，微虫犹或入感，四时之动物深矣。若夫珪璋挺其惠心，英华秀其清气，物色相召，人谁获安？是以献岁发春，悦豫之情畅；滔滔孟夏，郁陶之心凝；天高气清，阴沉之志远；霰雪无垠，矜肃之虑深。岁有其物，物有其容；情以物迁，辞以情发。一叶且或迎意，虫声有足引心。况清风与明月同夜，白日与春林共朝哉！"①

刘勰在这里的意思是，春夏秋冬四季互相更替，阴沉的天气使人心情不畅，阳和的天气使人心情芳舒。自然之物在变动，人们的心情也会跟着变动。待气候温和的时候蚂蚁也开始走动，天气寒冷时节螳螂也加紧准备食物过冬。就是这些微笑的虫子也感到气候之变化，可见四季对动物的影响是多么的深远呀！至于人的美好心灵比美玉更洁白，清秀的气质比美丽的花朵更清秀。各种外物会对人产生感应，那又有谁不对之产生感应呢？所以，每当春天心情会欢乐而舒畅；进入初夏，心情变得郁闷而不畅快；进入秋天，阴郁沉重的心情更甚；进入冬季，萧萧之感

---

① 周振甫：《文心雕龙注释》，人民文学出版社1981年版，第493页。

就更深了。一年四季各有其景物，不同的景物又有不同的外貌，感情由于景物而变化，文辞由于感情而产生。一叶下落尚能触动情怀，几声虫鸣足可牵动心灵，何况是清风明月的夜晚、日丽丛林的早晨呢？

钟嵘在《诗品》的序文中也谈道："若乃春风春鸟，秋月秋蝉，夏云暑雨，冬月祁寒，斯四候之感诸诗者也。嘉会寄诗以亲，离群托诗以怨。至于楚臣去境，汉妾辞宫；或骨横朔野，或魂逐飞蓬；或负戈外戍，杀气雄边；塞客衣单，孀闺泪尽；或士有解佩出朝，一去忘反；女有扬眉入宠，再盼倾国。凡斯种种，感荡心灵，非陈诗何以展其义；非长歌何以骋其情，故曰'《诗》可以群可以怨'。"[①]

也就是说，至于那春风、春鸟、秋月、秋蝉、夏云、暑雨、冬月、冬寒，这正是四季的节令气候给人的感触表现在诗歌里面。群英汇聚是可以作诗来寄托亲情，离群索居时也可以作诗来表达怨恨。至于那楚臣离国，汉妾别宫；有的尸骨横在北荒，有的魂魄追逐着飞蓬；有的横戈守卫，杀气腾腾；有的边关客子衣裳单薄，闺中寡妇眼泪哭尽；有的士人解印离朝，一去不再返；有的女子入宫扬眉受宠，天姿倾国倾城。所有这些情景，感动心灵，这些非得通过作诗才能舒展它的情义；非得通过长篇的歌咏才能畅抒它的情怀。所以孔子说："诗可以使人合群，可以抒发怨恨。"

（四）动作信息的存贮

动作信息的存贮是以过去经历过的动作为内容的信息存贮，它以过去的运动或操作动作所形成的动觉信息表象为前提。动觉表象来源于人对自己的运动动作的知觉。这种信息的存贮具有永久性，它类似于程序性记忆的那种特点，只要是曾经经历过的动作以后都会记得，即便多年不用生疏了，但始终与没有类似经历的人是完全不同的，他可能很快就找回了当初的熟练。在诗歌中，可能你一时不知道要如何去表述，可当

---

[①] 何文焕：《历代诗话》，中华书局1981年版，第3页。

你试着去模仿一下想表述意境的动作，可能妙语就迸出了。在诗作中的动作信息能使人产生一种轻快感，让人不觉沉闷。

如我国现代诗人徐志摩在他的名作《再别康桥》[①] 中写道：

轻轻的我走了，
正如我轻轻的来；
我轻轻的招手，
作别西天的云彩。

那河畔的金柳，
是夕阳中的新娘；
波光里的艳影，
在我的心头荡漾。

软泥上的青荇，
油油的在水底招摇；
在康河的柔波里，
我甘心做一条水草！

那榆荫下的一潭，
不是清泉，是天上虹；
揉碎在浮藻间，
沉淀着彩虹似的梦。

寻梦？撑一支长篙，

---

① 李骞、陈斌主编：《大学语文》，北京师范大学出版社2011年版，第156—157页。

向青草更青处漫溯；

满载一船星辉，

在星辉斑斓里放歌。


但我不能放歌，

悄悄是别离的笙箫；

夏虫也为我沉默，

沉默是今晚的康桥！


悄悄的我走了，

正如我悄悄的来；

我挥一挥衣袖，

不带走一片云彩。

其实动作信息在本质上也属于形象信息，它也完全具备形象信息的特性。也正如雷抒雁为悼念张志新而写的那首名作《小草在歌唱——悼女共产党员张志新烈士》，通篇都是用的拟人手法将物以人态化的方式述说出来，通篇都是系列动作的描写，犹如让我们跟着诗人的笔触进入了另一个世界——诗的世界遨游，这便是动作信息的引人之处，其第一节如下[①]：

风说：忘记她吧！

我已用尘土，

把罪恶埋葬！

雨说：忘记她吧！

我已用泪水，

---

① 雷抒雁：《小草在歌唱——悼女共产党员张志新烈士》，《诗刊》2008年第9期。

把耻辱洗光！

是的，多少年了，

谁还记得

这里曾是刑场？

行人的脚步，来来往往，

谁还想起，

他们的脚踩在

一个女儿、

一个母亲、

一个为光明献身的战士的心上？

只有小草不会忘记。

因为那殷红的血，

已经渗进土壤；

因为那殷红的血，

已经在花朵里放出清香！

在没有星光的夜里，

唱得那样凄凉；

在烈日暴晒的正午，

唱得那样悲壮！

象要砸碎焦石的潮水，

象要冲决堤岸的大江。

  这种动态性信息的使用在诗篇中，让人不觉枯燥乏味，感觉自己也跟同诗人一起舞动起来，这样的诗篇也是极易产生共鸣的。即使在这篇诗歌中我们感受到的是一种沉重、悲凉、压抑、愤恨，但悲剧的力量通过诗歌来加以表现也会让人产生美感，因为诗歌毕竟与现实有一定的差距,距离产生美,再加之诗人的诗性表现,跳动的文字,让人从中体会到诗歌的"真""善""美"。

前面也说到,诗文本信息的存贮是形象信息的存贮、语词信息的存贮、情绪信息的存贮和动作信息的存贮相互联系相互共存的,在任何一首诗作中往往都可以看到两种或多种信息的参与。只有一种的往往却少见甚至是不见的。而每一首诗歌都是一种完形,一种有机整体。诗作既是诗人信息传递的重要过程,同时也是由诸种要素结构而成的完整系统。以上谈及的这四种信息存贮可算作诗篇中存贮的内在信息,其中情感信息是诗的血液;形象信息和动作信息是诗的细胞;语词信息是诗的神经中枢。它们通过内在的结构有机地组合在一起,从而一首诗就有了生命。而一首诗的外化信息是什么呢?也就是我们能看得见的实实在在的一首具体的诗作,它主要是通过语言符号来传达的。外化信息通过内在信息的投射而形成,也由诗人内心的思想感情的外化而形成,同时也是这几种内在信息的物质化。

吴思敬在谈到诗歌的内在信息与外化信息的关系时,他认为这与一般实用文体有所不同,他说:"一般的实用文体,内在信息与外化信息是一对一的,接受了外化信息,内在的信息也就完全理解了。诗的外化信息以激起读者的悟性、情感的震动和审美的巨大快感为目的。诗人对外化信息即语言符号的使用,一方面极为'吝啬'——在一首诗歌的外化信息的背后,诗人往往寄托着若干倍的内在信息,而且越是优秀的诗歌,这种内在信息与外化信息的比率就越高;另一方面诗人往往有意识地在内在信息与外化信息之间造成一定的间隔,不是用外化信息去'直说',而是用外化信息去象征、暗示内在信息。这就造成了诗歌的暗示性、象征性、多义性和变形性。"[①]

---

① 吴思敬:《诗歌基本原理》,工人出版社1986年版,第41—42页。

## 四　记忆在诗创作中的意义

没有记忆，一切将是虚妄！在文字诞生以前，先民都是口语传统，需要记忆的事物都通过口头表述，口诵相传来传播。通过文学史，我们知道诗歌是诞生最早的文学式样，最初期的口语传统的诗歌创作是极其简单的，全靠复述，且只变化几个字，目的是为了方便记忆，方便对抗工作记忆的保持短暂性和容量有限性造成的遗忘。这种创作模式是充分考虑到了人类的记忆特点（可能当时的先民还没有意识到这点），但他们却充分利用了大脑的记忆功能的资源，充分发挥了记忆的特性，代代相传，延习不断。

从现代记忆的编码加工理论来看，他们充分利用了对历代相传的诗歌创作模式进行了注意、复述从而保持在它们的长时记忆中，也就是加工深度决定了记忆的牢固程度。从工作记忆的语音回路中语音存贮的相似性效应来看，他们充分利用了语音相似性，分别从押韵、叠字、双声、平仄、节奏等诗歌形式，达到了音韵和谐，有音乐感、节奏感，从而吸引读者，从而也具备了最初的美学特性。从短时记忆的双重编码理论来看，在诗歌创作中所使用的语词已经形成了特定的意象、生动的形象，通过让人既记住语词又记住意象的画面从而达到双重记忆的效果。从避免因为具体人名造成的记忆阻滞这一规律来看，他们在诗歌创作过程中极少用具体人名，因为具体人名所包含的信息量太少，也不太容易引起联想，从而他们使用一些与人名相似的故事性较强的一些描述性词语，只要属于这一类人名都可以用之代替。

毋庸赘言，诗歌本身就是一种记忆，记忆是一切的基础。在古希腊神话中，记忆女神是文明之母，她的九个女儿分别代表了九种文明。她的女儿分别有史诗、抒情诗与情诗、圣诗、音乐、歌曲、舞蹈、戏剧、历史和天文学九类。记忆女神同时也是发明创造之母，每位诗人之所以写下诗篇，没有诗人的人生阅历、没有诗人的情绪情感、没有诗人的语言文字，那又何谈作诗呢？每一首诗都是一种创造物，因为每位诗人的记忆都是不同的。

西班牙哲学家、作家、诗人乌纳穆诺曾说过："我们生活在记忆当中，并且也因为记忆才得以活下去；我们的精神生活，基本上是记忆坚持并且将它自己转化为希望的结果，是我们的过去将它自己转化为未来的结果。"不错，诗歌的确是一种精神生活，它是记忆坚持并且将它自己转化为希望的结果，是我们的过去将它自己转化为未来的结果。在这一点上，它非常符合叙事心理学的观点，叙事心理学也是说故事，因为故事本身就反映了个体的心理发展与变化的过程，人的心理过程（认知过程、情绪情感过程及意志过程）、个性心理（心理动力及心理特征）和社会心理等都是在述说人生故事的过程中得以存在的。因为人的孕育、产生、发展、成熟、衰老至死亡又到下一个更高阶段的循环往复的过程，也即遵循着叙事结构（时间结构，即由重构的过去、感知的现在和期待的未来组成）发展的。一旦中间某个环节断了，就会出现问题。叙事心理学就是通过语言重构自己的人生故事。向别人说自己的故事叫述说故事，听别人说故事时叫倾听故事。人生就是在多姿多彩、曲折离奇的故事中展开的，一切都可以从中找到你想要的东西。

德国著名哲学家、思想家、教育家海德格尔也说道："诗歌往往是一种向着自身源流的回溯之流，向着思并且作为思返回，一种追忆。"记忆，即信息的存贮，它不仅是个人心理的过程，也是诗歌得以创作的前提。诗人从物理世界中感知信息，通过加工编码，排列组合，转换成具有诗人气质的心理信息。从物理世界和心理世界这两个世界中获得的信息只有存贮起来，唯有记住了方可在诗创作过程中为其提供可驱遣的材料。如果没有记忆，可以想见，诗创作是不可能的。

## 第三节　即景会心

### 一　物感过程

诗的生成过程是极为复杂的，它是物与心的相互交织的结果，这个过程我们称之为"物感"过程，即诗的生成是因物所感。那何为"感"呢？"感"在我们的心理学中有相应的术语，感觉、感知、感受、感情等。不管是对应哪个词，它都是作为主体的人对作为客体的物的一种心物交融，是融合了主体诸心理因素与客体诸刺激因素的发酵过程。正如清代诗论家吴乔在《答万季野诗问》中所提到的那样，又问："诗与文之辩？"答曰："二者意岂有异，唯是体裁词语不同耳。意喻之米，文喻之炊而为饭，诗喻之酿而为酒饭不变米形，酒形质尽变"，他提到诗即"诗喻之酿而为酒……酒形质尽变"，说得多么到位，诗的精髓尽在其中。

若没有这一发酵过程，依然是物心两异，没有交织，那么诗就无从而生了。能恰如其分地道破此中真谛的当数宋代大诗人苏轼的那首《琴诗》道："若言琴上有琴声，放在匣中何不鸣？若言声在指头上，何不于君指上听？"[①] 若能产生天籁之音，必是用手指拨弄琴弦而发，也就是人们常说的用心在弹琴，达到了"物感"的状态。关于"物感"是诗的本源问题，中国历代都有论及，这个思想源于中国文化思想体系源头的《周易》，即"天人合一"的思想。南朝梁代诗文论家刘勰在《文心雕龙·明诗》中指出："人禀七情，应物斯感，感物吟志，莫非自

---

[①] 毛德富等：《苏东坡全集》，北京燕山出版社2009年版，第1030页。

然。"① 人有各种各样的情感，相对于外界各种各样的事物就会产生各种各样的感应，有感应而引发为吟咏，这是很自然的一件事。同时，他又在《文心雕龙·物色》篇中提到："是以诗人感物，联类无穷。流连万象之际，沉吟视听之区；写气图貌，既随物以宛转；属采附声，亦与心而徘徊。"② 这里提到的"随物以宛转，亦与心而徘徊"，形象生动地道尽了"物感"的本质。与刘勰同时代的诗论家钟嵘在《诗品》序言中提到："气之动物，物之感人，故动摇性情，形诸舞咏。"③ 与刘勰的思想观点无异。

唐代诗人梁肃在《周公瑾墓下诗序》中提到："诗人之作，感于物，动于中，发于咏歌，形于事业。"④ 其中的"感于物，动于中"也是无出其右。宋代大诗人杨万里在《答建康大军库监门徐达书》一文中写道："我初无意于作是诗，而是物是事适然触乎我，我之意亦适然感乎是物是事，触先焉，感随焉，而诗出焉。我何与哉？"⑤ 因物触感，由感生诗，真堪一语破的。清代诗人叶燮在《原诗·内篇》中云："原夫作诗之肇端而有事乎此也，必先有所触以兴其意，而后措诸辞，属为句，敷之而成章。当其有所触而兴起也，其意、其辞、其句，劈空而起，皆自无而有，随在取之于心，出而为情、为景、为事。"⑥ 叶燮所论更是大众化，因物触感兴其意，然后措辞成句完成诗篇。

---

① 古敏主编：《中国传统文化选编·文心雕龙》，北京燕山出版社2011年版，第25页。
② （南朝梁）刘勰著，陈志平译注：《文心雕龙译注》，北京联合出版公司2015年版，第302页。
③ （南朝梁）钟嵘著，直古笺，曹旭导读，曹旭整理集评：《诗品》，上海古籍出版社2007年版，第1页。
④ （唐）梁肃著，胡大浚，张春雯整理校点：《梁肃文集》，甘肃人民出版社2000年版，第49页。
⑤ （宋）杨万里著，王琦珍整理：《杨万里诗文集》，江西人民出版社2006年版，第1069页。
⑥ （清）叶燮著，蒋寅笺注：《原诗笺注》，上海古籍出版社2014年版，第38—39页。

当代诗论家王元化在《文心雕龙创作论》上也有论及"物感"这一诗之本源:"以物我对峙为起点,以物我交融为结束。"① 当代诗论家吴调公在论及"物感"时强调主客观相结合的情境的流动过程,特别是源于诗人心灵观照而物化的过程,将这个过程当作作诗的本源,其说道:

> 没有心灵观照,诗人便不可能根据一定的精神需要从客观现实中选取那烙印着自己心灵中意蕴最深的东西。没有心灵观照,诗人便不可能从个性心理特征出发,发现最能适应作为主导意识的审美对象的精神内涵和恰如其分的审美意识的语言载体。没有心灵观照,诗人便不可能利用作为审美感受主体的心灵整体,把我对象中表现为浑然无间的艺术结构的多种功能,掌握我们古代文论中的所谓气象。没有心灵观照,诗人便不可能从虚静走向自己内心世界的深处,重新浮现"某些长期被遗忘的曾经引起震惊的事件",使那些被长期保留在灵魂中,长期"潜伏着"的意识脱离睡眠状态,让那些潜在的或半潜在的意识由于诗人的深思、流连和眷恋,从而有可能以更强烈的,烙印着主体意识的感情色彩渗透于客体之中,进而使客体化为主体,再由主体化为客体。一主一客循环往复。②

从他的诗论中我们可以看出一个逐层递进、逐步上升的进程,而且语言的优美也达到了无以复加的地步,同时对于我们更加理解"物感"乃诗之本源无疑是非常有帮助的。

西方诸哲人在论及诗之本源问题和中国相比也是无出其右的,如英国著名思想家培根(1561—1626)的名言:"艺术(诗歌)是人与自然相乘"。他的论述非常切合诗之本源,"相乘"即与刘勰所说的"随物

---

① 王元化:《文心雕龙创作论》,上海古籍出版社1979年版,第75页。
② 吴调公:《诗歌神韵论与审美心态》,《中国社会科学》1988年第2期。

以宛转，亦与心而徘徊"如出一辙。德国著名思想家、诗人歌德（1947—1832）也强调"物感"过程是一个"灌注"的过程，即心化物而成诗的过程，是一种主观精神，融入客观事物的一种表现。

我们所说的"物感"也是分层次的，如清代诗人郑板桥在他的《板桥题画·竹》中谈创作时提到"三竹境界"，他论道："江馆清秋，晨起看竹，烟光、日影、露气皆浮动于疏枝密叶之间。胸中勃勃，遂有画意。其实胸中有竹，并不是眼中之竹也。因而磨墨展纸，落笔倏作变相，手中之竹又不是胸中之竹也。总之，意在笔先者，定则也；趣在法外者，化机也。独画云乎哉！"① 虽是谈画，理是一样的。郑板桥在这里分别说了三个层次，"眼中之竹""胸中之竹""手中之竹"。"眼中之竹"即实际存在之竹，是对主体的感动之竹；"胸中之竹"即实际存在之竹与主体印象之竹合二为一之竹；而"手中之竹"是将实际存在之竹已经染上了主体心灵、感情、气质、个性之竹。三者也正是逐次递进的，由浅入深的。

"物感"过程也有三个过程之分，第一层为"即景会心"，第二次为"心源为炉"，第三层为"相为融洽"。即景会心为"物感"的第一层次，景即客观事物，心即主体感受，类似于信息加工的低层次——感知觉。科学心理学的创始人之一的德国心理学家冯特（1832—1920）曾提出了"物理场"的概念，后经过他的弟子英国心理学家铁钦纳（1867—1927）进行了引申。铁钦纳认为，对于主体来说，存在两个不同的世界，而且是两个本质不同的世界。一个是物理世界，一个是心理世界。物理世界即我们现实生活的这个客观世界，而心理世界则存在于我们的精神生活的主观世界。诗人在作诗过程中，就会游走于这两个世界之中，即"随物以宛转，亦与心而徘徊"。铁钦纳同时也谈道："热

---

① 《郑板桥集》，上海古籍出版社1979年版，第154页。

是分子的跳跃;光是以太的波动;声是空气的波动。物理世界的这些经验形式被认为是不依赖于经验着的人的,它们既不温暖也不寒冷,既不暗也不亮,既不静也不闹。只有在这些经验被认为是依赖于某个人的时候,才有冷热、黑白、彩色、灰色、乐声,嘶嘶声和呼呼声。"[1] 也就是说,"物感"的初级阶段也是需要主体与"物理场"这两者的接触的,只是不深而已,仅仅停留在表层。

"即景会心"这一层还主要是依赖于物理世界,主要还是基于客观事物,对客观事物做一些加工。这就好像信息加工整体论中的第一层次,即要对作用于主体的刺激物进行编码,对不同信息进行归类,以便完全掌握信息。这一阶段看似不重要,其中它是一个打基础的阶段,没有这一阶段的积累、铺垫,后面的阶段也就无从生发,没有诗人前期的"读万卷书,行万里路",激荡心胸,就没有后面的"藏之名山,传之其人,通邑大都"。

正如清初诗论家王夫之在《姜斋诗话》中提到:"身之所历,目之所到,是铁门限。即极写大景,如'隐情众窦殊''乾坤日夜浮',亦必不逾此限。"[2] 王国维在《人间词话》中也说:"客观之诗人,不可不多阅世。阅世愈深,则材料愈丰富,愈变化,《水浒传》《红楼梦》之作者是也。"[3] 也就是说不经历世事,那就不会有丰富的人生阅历,那就不能写出流芳千古,脍炙人口的诗作。同时他还提到:"诗人必有轻视外物之意,故能以奴仆命风月。又必有重视外物之意,故能与花鸟共忧乐。"[4] 诗人必须有敢于驾驭自然之物的胆气,充分发挥将自然之物

---

[1] 参见〔美〕舒尔茨《现代心理学史》,沈德灿等译,人民教育出版社1981年版,第94页。
[2] (清)王夫之著,戴鸿森笺注:《姜斋诗话笺注》,上海古籍出版社2012年版,第56页。
[3] 王国维:《人间词话》,北京燕山出版社2010年版,第18页。
[4] 同上书,第74页。

转化为心理之物，以自然为依托，感受自然，这样才能为后续之事做足准备。

## 二 两种世界的转化

### （一）信息的获取方式

我们在前面提到，我们每个人都生活在两个世界中，一个是物理世界，一个是心理世界。这两个世界都是因为有了主体人才变得有意义。那么主体是如何将物理世界的信息转化为人的心理世界的信息呢？我们人类都有五官（眼、耳、鼻、舌、身），与之相应的有五种感觉。我们的眼睛对可见光的感觉叫视觉；我们的耳朵对声波的感觉叫听觉；我们的鼻子对有气味的气体物质（具有挥发性的化学物质）的感觉叫嗅觉；我们的舌头对溶于液体的化学物质的感觉叫味觉；我们的身体对由非均匀分布的压力在皮肤上引起的感觉叫触觉。除了常见的五官所感觉到的感觉之外，我们还有动觉（即运动感觉），它反映着我们身体各部分的位置、运动以及肌肉紧张程度；还有内脏感觉（也叫机体感觉），它是由内脏的运动而引起的，例如我们会有饥渴、饱胀、便意、恶心、心疼、心乱等感觉。还有温度感觉，即皮肤表面温度的变化。平衡觉（即静觉），它是由于身体运动而引起的感觉，例如有人会产生恶心、呕吐、晕车、晕船、晕飞机等。

我们一般将感觉分为内部感觉和外部感觉，与之相应的刺激分为内部刺激和外部刺激。正如上面提到的动觉、平衡觉、机体觉等成为内部感觉，它主要接受机体内部的刺激；而视觉、听觉、嗅觉、味觉、触觉、温度感觉等属于外部感觉，它主要接受机体以外的刺激。远刺激是物理世界的刺激，如声、光、磁场等，一般不怎么变化；近刺激是作用于我们的感受器的刺激，即我们所感受到的刺激。

感觉对人类而言异常重要，它提供了机体内外环境的信息，通过感觉，我们可以了解外界，也可以了解我们自身；它可以保证机体与环境信息平衡，因为对于信息的需要来说，太多抑或太少都会破坏信息平衡，影响我们生活；它也是一种较高级较复杂心理现象的基础，没有感觉所提供的信息，那么我们就无法产生认知活动，人的知觉、记忆、思维、语言、情绪、情感、意志等心理过程都有赖于感觉这个最基础的心理现象。

其实我们每个人生活的两个世界都在不断地向我们提供信息，这也包括诗人在内，有人视为神人、天才，那么诗人的信息如何而来呢？是来自天人的神授，还是天生就有了呢？其实都不是，他依然和我们每个人一样，脱离正常的外部刺激，丧失一些感官都是不利于人身心发展的。由叶奕乾、杨治良等主编的《图解心理学》上引用了一则材料：

> 9岁的金晨是个聪明可爱的小姑娘，她是足月出生，身体和智力发育均正常。表面看来，金晨与其他孩子没有两样，可是在金晨刚刚六个多月时，其父母发现她从不怕痛。打针的时候，别的孩子总是痛得大哭大叫，可是金晨从来不哭，也不像别的孩子那样激烈反抗；她常常咬破手指和舌头，弄得鲜血淋漓，但毫无痛苦；有时候，她会将滚烫的热水喝下，舌头上烫起了皮，别人吓一大跳，而她自己却若无其事地把皮撕下。有一次，姐姐正端着一碗热稀饭，她突然去抢夺，结果稀饭洒在她的脸上，她顺手一抹连皮也抹下来了。她能爬树，也敢从高处往下跳，因而常常皮破血流。给她在伤口上擦碘酒，她也不觉得药水的刺激痛，只是有"凉凉的感受"。《祝你健康》杂志记者曾采访过她，当记者用针刺她的"合谷"等敏感部位时，她笑嘻嘻地看着记者下针，丝毫也不害怕。记者在她不注意的时候掐她脊背的皮肤，她大概由于正在专心与记者聊天，似乎没有感觉到。记者又使劲掐她的手臂，她才笑着说："你在掐

我。"记者问:"掐得痛吗?"……金晨的父母时时防止她发生意外,但意外总是难以避免。有一次,他们发现金晨的右脚畸形,拍片后才知道,原来她的脚曾经骨折过,已经自然愈合了。①

从金晨的案例中我们可以知道痛觉对我们是何等重要。痛觉是我们应对外界危险信号的警报器,我们可以想见,没有了痛觉,我们哪天丢了胳膊,少了腿也没感觉,甚至丢了生命也是自身感知不到的。

正因为我们的感觉能力如此重要,国内外因此涌现了无数的专家学者对其进行研究。美国心理学家曾做了一个关于刺激对白鼠的影响的实验:"一群小鼠或者饲养在丰裕环境中,或者饲养在标准实验室条件下,直到80天。在丰裕环境中的白鼠,住在大笼中,有各种刺激物或'玩具',如小梯、轮子、小箱和平台。饲养期结束后,对这些小白鼠进行脑解剖,发现饲养在丰裕环境中的白鼠比饲养在标准的实验室中的白鼠,脑皮质更重一些,含的蛋白质也比较多一些,其视觉皮质神经元的横剖面较大,轴突的分支也比在标准实验室条件下的要多。"② 诗人的一切诗作,包括诗人的思想都是从物理世界和心理世界这两个世界中获取得的,物理世界是心理世界得以发展的充分条件,心理世界并非上天神授,天生就有的,而是诗人在不断与物理世界的循环往复中的交互作用下转化而得的。

(二) 两种世界的转化

从本质上来说,诗也是一种信息,诗创作过程即诗人在两个世界里交流的过程。诗人无论多么有才华,想象力多么丰富,写出的诗篇无论有多么动人,都不是基于诗人主观想象的,而是基于物理世界所给予

---

① 叶奕乾、杨治良等主编:《图解心理学》,江西人民出版社1982年版,第165—166页。
② [美]托马斯·L.贝纳特:《感觉世界》,旦明译,科学出版社1983年版,第204页。

的。正如鲁迅先生所说："描神画鬼，毫无对证，本可以专靠神思，所谓'天马行空'地挥写了。然而他们写出来的，也不过是三只眼、长颈子，就是在常见的人体身上，增加了眼睛一只，增长颈子二三尺而已。"① 正如里克尔在《布列阁随笔》里谈道："诗并不像大众想象，徒是情感（这里我们很早就有了的），得要感到鸟儿是怎样飞翔和知道小花清晨舒展底姿势。得要能够回忆许多远路和僻境，意外的邂逅，眼光望着它接近的分离，神秘还未启明的童年，和容易生气的父母，当他给你一件礼物而你不明白的时候（因为那原是为别一人而设的欢喜），和离奇变异的小孩子底病，和在一间静穆而禁闭的房里度过的日子，海冰的清晨和海底自身，和那与星斗齐飞的高声呼叫的夜间的旅行——而单是这些犹未足，还要享受过许多夜夜不同的狂欢，听过妇人产时的呻吟，和坠地便瞑目的婴儿轻微的哭声，还要曾经坐在临终的人底床头，和死者的身边，在那打开的，外边底声音一阵阵涌进来的房里。"②

物理世界虽是诗人作诗的信息来源，但物理世界的信息不能直接为诗人所用，还必须经诗人编码、转化、存贮、提取等。在心理发展的众多理论中，皮亚杰的认知发展理论提道："认知发展是一种建构的过程，是个体在与环境不断的相互作用中实现的。"他在发展的结构组成中，认为发展的结构包括图式、同化、顺应、平衡。其中同化是把物理世界纳入主体已有的认知结构中，以加强和丰富主体的认知结构。同化只是改变物理世界的刺激，而不改变主体的认知结构，所以说它是数量上的变化，属于量变。顺应是改变主体以适应变化，最终目的是适应变化的环境，达到一个新的平衡。顺应是要改变主体的认知结构的，所以说它会引起质量上的变化，属于质变。而平衡是指一个变化过程，即主体与环境在相容时，必须对其中一个或两个加以改变，最终达到一个主体的

---

① 《鲁迅全集》第 6 卷，人民文学出版社 1981 年版，第 219 页。
② 参见梁岱宗《诗与真·诗与真二集》，外国文学出版社 1984 年版，第 29 页。

身心平衡，同化与顺应就是建立平衡的两种手段。

图式即一套结构或组织，也就是主体的认知结构，这就可以解释为什么人在面对物理世界时会做出不同的反应，这是因为每个人的图式是不同的。图式最初是天生的，之后随着人们生活经验的丰富、阅历见识的不同，图式也就不断改变。其中同化、顺应及平衡这三者就是影响图式的三个变量。

诗人只有将物理世界的信息经过同化、顺应，转化为诗人的图式（认知结构）所能识别的心理信息时，才能作为诗创作的材料。因此，诗人的任务就是随时随地都准备着迎接信息，丰富心灵。古今中外的诗人墨客无疑都有这个阶段的经历，诗人毛泽东也曾在湖南第一师范读书时写的《讲堂录》中有所提及："司马迁览潇湘，登会稽，历昆仑，周览名山大川，而其襟怀乃益广……游者岂徒观览山水而已哉！"[①] 司马迁的如此一部巨著，没有年少时的致力于学和历览名山大川，何以有千古《史记》的传世，而且他的这部巨著也被称为"史界太祖"。

英国大诗人雪莱从童年时代就喜欢与大自然为友，他的诗歌也很大程度上来源于对自然和社会生活的灵感，他曾说："我从童年就喜欢山林、湖泊、海洋和寂静的森林。我与'危险'结成游伴，看见它在悬崖峭壁的边缘上嬉戏。我曾踏过冰封的阿尔卑斯山，曾在白朗峰之麓居住。我曾在遥远的原野里漂泊。我曾泛舟于波澜壮阔的江山，夜以继日地驶过山间的急湍，看日出，日落，看满天繁星闪现。我见过不少人烟稠密的城市，处处看到群众的情操如何昂扬，磅礴，低沉，递变。我见过暴政和战争的明目张胆、暴戾恣睢的场景，多少城市或乡村变成了零零落落的断壁废墟，赤身裸裸的居民们在荒凉的门前坐以待毙。我曾与当代不少的天才人物交谈。古希腊、罗马的诗歌，现代意大利诗歌，以

---

[①] 张贻玫：《毛泽东批注历史人物》，鹭江出版社1993年版，第68页。

及我们本国的诗歌,一如外在的自然风光,对于我始终是一种热爱、一种享受。我就是从这些源泉中吸取了我的诗歌形象的养料。"① 我们从雪莱的诗论中不难发现,他的经历是如此之丰富,见识是如此远大,他将这些作为他诗歌创作的养料,继而成就了如此之伟大的诗人。

### 三 审美知觉的培养

#### (一) 审美知觉

前面我们谈到了感觉,感觉是客观事物直接作用于感觉器官,在头脑中产生的对事物的个别属性的反应。感觉尽管很简单,但却很重要。尽管它在人类的生活和工作中有重要意义,但它由于只能起到对信息进行接受和传递事物个别属性的作用,而不能进行整体性的反应,所以,感觉层面必须要上升为知觉层面才能对信息进行一些高级认知的加工。而知觉是客观事物直接作用于感觉器官,在头脑中产生的对事物的整体反应。知觉与感觉一样,都是客观事物直接作用于感觉器官,都是在头脑中产生的对事物的反应。而且他们都属于感性认识。感觉是知觉的基础,但并不是所有的感觉相加即为知觉。例如,唐代大诗人李白写的一首《静夜思》:"床前明月光,疑是地上霜。举头望明月,低头思故乡。"② 这首诗由 20 个字组成,但若把这 20 个字的感觉意思相加在一起,并不能知觉到一首《静夜思》。知觉是按照特定的方式来组合个别属性的感觉信息的,并形成一定的完形,并加上个体的先前经验对此加以解释的。

知道了什么是知觉的概念,那什么又叫作审美知觉呢?审美知觉是审美主体将物理世界的信息转化为人的心理世界信息的中介。由于诗人

---

① [英]雪莱:《伊斯兰的起义·原序》,王科一译,上海译文出版社 1962 年版,第 228 页。
② (清) 蘅塘退士:《唐诗三百首》,山西古籍出版社 2003 年版,第 268 页。

不同于科学家和一般人,他观察世界的方式是以审美的眼光来进行观察的。在诗创作的每一个阶段都是以审美的态度来审视,所以说诗人的知觉就自然成了审美知觉了。诗人由于在过去的生活中形成了一定的审美经验,具备了一定的认知结构,我们把诗人所具备的认知结构叫审美认知结构。审美认知结构是诗人在诗创作实践过程中不断建构的,是将新输入的信息与以往的经验相联系,此时的新消息在与诗人已有的审美经验融合的过程中,已具有了诗人气质的意象,这中间也存在一些编码、加工、选择、排列、组合及变形的过程。

这个过程好像诗人是处于聚精会神地观赏一个客观意象时,由物我两忘到了一个物我融合的过程。在无意之间以诗人的主观意趣转移到了客观意象上,这个过程看似简单,实则不然,非诗趣高者所不能。

(二) 几种心理现象的运用

1. 联觉

心理学上的联觉概念是各种感觉之间产生相互作用的心理现象,即对一种感官的刺激作用会触发另一种感觉的现象。常见的联觉有"色—听联觉""听—肤联觉""视—温联觉""听—痛联觉"等,联觉能力对诗人来说是一种恩赐,因为联觉能力可以沟通不同感觉通道的感觉,能大大增加诗人的跨感觉通道的能力,将不同感觉意象或审美意象写进诗篇里面,使之形象生动,从而反映人的内心的真实感受。有人认为人生下来就有联觉能力,但科学界还没有明确的实验对其解释,但可以肯定的是,某些人具有惊人的连觉能力,曾有一个关于心理学的例子是俄罗斯心理学家亚历山大让所罗门·舍列舍夫斯基背诵各种不同的方程式、各种不同语言的诗歌和各种名单,经过了多年后对其进行测试,惊人的发现是舍列舍夫斯基能够在五种感觉之间互相切换,如听觉、视觉、味觉、嗅觉和温度感觉等,这样就大大增加了他的记忆能力。这在常人中是少见的，一般人只有一种或两种感官敏感。

古今中外的诗人很早就发现了这个神奇的现象，所以在诗篇中频频看到，其中最著名的当数早期象征主义诗歌的代表人物，超现实主义诗歌的鼻祖让·尼古拉·阿蒂尔·兰波（1854—1891）的一首《元音》，①他写道：

  A 黑，E 白，I 红，U 绿，O 蓝：元音
  终有一天我要道破你们隐秘的身世；
  A，苍蝇身上的黑绒背心，围绕着腐臭嗡嗡不已；

  阴暗的海湾；E，汽船和乌篷的天真，
  巍巍冰山的尖顶，白袍皇帝，伞形花的颤动；
  I，殷红，咳出的鲜血，美人嗔怒
  或频饮罚酒时朱唇上的笑容；

  U，圆圈，青绿海水神圣的激荡，
  散步牛羊的牧场的宁静，炼金术士
  宽阔的额头上的智者的皱纹。

  O，奇异而尖锐的末日号角，
  穿越星球与天使的寂寥：
  ——哦，奥米茄眼里那紫色的柔光！

这首诗就严格巧妙地利用了联觉现象，他应用了母音、色彩、形状、颜色、气味、音响和运动等交互在一首诗里面，调动了人的全身心

---

① ［法］兰波：《兰波作品全集》，王以培译，作家出版社 2011 年版，第 102 页。

的感觉，让人体会了生活中常见的黑、白、红、绿、蓝五种常见之色，让人如沐春风，全身感官享受。正如朱光潜在《近代实验美学》中说的："象征派文学家常觉得每个字音都有颜色，便是类似联想的好例。例如 U 的声音常令人联想到深蓝的颜色。声音由听觉得来，颜色由视觉得来，两种经验的内容绝不相同。但是见蓝色和 U 高音时，两种经验在形式上却有几分类似；它们对于自我所生的影响都是很平静的，严肃的，深长的，所以他们能产生联想。"①

我国古代诗人也很早就认识到了联觉现象的妙处，如北宋文学家、诗人宋祁（998—1061）的一首《玉楼春·春景》写道："东城渐觉风光好，縠皱波纹迎客棹。绿杨烟外晓寒轻，红杏枝头春意闹。浮生长恨欢娱少。肯爱千金轻一笑。为君持酒劝斜阳，且向花间留晚照。"② 这首诗就很好地抓住了春景的自然风光，正像"绿杨烟外晓寒轻"这句如"绿""寒""轻"三字就是在视觉、温度感觉与轻重觉等感觉现象的联合，带动了人的感官，不禁使之得到了感官的享受，更是一种心灵的美不胜收。"红杏枝头春意闹"这句更是传唱千古，其中一"闹"字更使诗之境界全出，妙趣横生，诗人更是因这句而获世称"红杏尚书"的雅号。这句中的"红""闹"二字将视觉与动觉等感觉联合在了一起，达到了一种奇妙的组合，从中凸显联觉之妙处。

此外，还有有着"文章巨公"和"百代文宗"之名，被后人尊为"唐宋八大家"之首的唐朝韩愈（768—824）的《听颖师弹琴》，写道："昵昵儿女语，恩怨相尔汝。划然变轩昂，勇士赴敌场。浮云柳絮无根蒂，天地阔远随飞扬。喧啾百鸟群，忽见孤凤凰。跻攀分寸不可上，失势一落千丈强。嗟余有两耳，未省听丝篁。自闻颖师弹，起坐在一旁。

---

① 《朱光潜美学文集》第一卷，上海文艺出版社 1982 年版，第 292—293 页。
② 周汝昌等：《唐宋词鉴赏辞典（唐·五代·北宋)》，上海辞书出版社 1988 年版，第 447 页。

推手遽止之,湿衣泪滂滂。颖乎尔诚能,无以冰炭置我肠!"① 此外还有我国朦胧诗派的重要代表诗人顾城(1956—1993)的《别加糖》《在早晨的篱笆上》等。

2. 错觉

错觉是一种特殊的知觉现象,即在某种特定条件下对客观事物必须产生的、有某种固定倾向的、不符合事物本身特征的、已经歪曲了的一种知觉。早在两千多年前的战国末期赵国思想家、文学家荀子(公元前313—前238)就提出了错觉现象。同时,荀子也是中国古代历史上最早研究错觉心理学的思想家之一,他在《解蔽》篇中说:

> 凡观物有疑,中心不定,则外物不清;吾虑不清,则未可定然否也。冥冥而行者,见寝石以为伏虎也,见植林以为后人也,冥冥蔽其明也。醉者越百步之沟,以为跬步之浍也;俯而出城门,以为小之闺也,酒乱其神也。厌目而视者,视一以为两;掩耳而听者,听漠漠而以为咷咷,势乱其官也。故从山上望牛者若羊,而求羊者不下牵也,远蔽其大也;从山下望木者,十仞之木若箸,而求箸者不上折也,高蔽其长也。水动而景摇,人不以定美恶,水势玄也。瞽者仰视而不见星,人不以定有无,用精惑也。有人焉,以此时定物,则世之愚者也。彼愚者之定物,以疑决疑,决必不当。夫苟不当,安能无过乎?②

荀子真不愧为研究错觉大师,他不仅较全面地区分了错觉的种类,也分析了错觉的原因。第一,他说:"在黑夜中行走的人,看见横着的石头就以为是伏着的老虎,看见树林就以为是有人跟着他,原因是黑夜

---

① (清)彭定求等:《全唐诗》(上),上海古籍出版社1986年版,第842页。
② (战国)荀况著,王威威译注:《荀子译注》,北京联合出版公司2015年版,第263—264页。

蒙蔽了他的眼睛。"这是夜晚光线太暗而产生的错觉。第二，他说："醉汉穿过百步宽的水沟，以为是过一两步宽的小水沟；低着头出城门，以为是出小房门，其原因是喝酒使其乱了神志。这是因酒（药物）的影响而产生的错觉。"第三，他说："按住眼睛去看一件东西就会以为是两件。这是由于外物的干扰而产生的错觉。"其中荀子的"厌目而视者，视一以为两"非常暗合古希腊哲人亚里士多德的亚里士多德错觉，亚里士多德错觉认为："把食指和中指交叉，中间夹个圆珠，就有两个圆珠的错觉。"为了与亚里士多德错觉遥相呼应，我们可将荀子的这个错觉现象称之为"荀子错觉"。可见荀子观察事物之细，研究事物之深。第四，他说："捂住耳朵去听声音的人，会由于很小的声音而被认为是很大的声音，原因是外力扰乱了他的感官，即是声音错觉。"第五，他说："从山上望牛就好像羊，但想要羊的人是不会下山去牵羊的，原因是距离太远遮蔽了牛的高大。从山下远望树林，十仞高的树木就像一根筷子那么高，但求筷子的人是不会上山去取筷子的，原因是高远而遮蔽了树木的高大。这是由于距离的错觉。"第六，他说："水因为流动而影子好像也在晃动，人不会以此来区分美丑，原因是水的流动使人的眼光缭乱了。这是因为人眼受干扰而产生的错觉。"

在中国古代除了荀子外，对错觉有系统研究的还有西汉思想家、文学家淮南王刘安（公元前179—前122），还有东汉的唯物主义哲学家、思想家、文学批评家王充（公元27—约97）。例如刘安在《淮南子》一书中就对其有深刻的探讨，如他在《淮南子·齐俗训》中提道："窥面于盘水则圆，于杯则隋。面形不变其故，有所圆有所隋者，所自窥之异也。"[1] 这句话说明了外物的变化会引起错觉，人窥面于盘水和杯水之所以不同，就在于客观参照物变化了。它属于一种视错觉。

---

[1] 马庆洲注释：《淮南子今注》，凤凰出版社2013年版，第215页。

王充也提出了一个视错觉，其实他提出的太阳错觉是对中国古代心理学思想研究的一大贡献，毕竟一两千年前的时候，他居然用了一些非常朴素的实验方法，真是不容易。他在《论衡·说日》中道："儒者或以旦暮日出入为近，日中为远；或以日中为近，日出入为远。其以日出入为近、日中为远者，见日出入时大，日中时小也。察物近则大，远则小，故日出入为近，日中为远也。其以日出入为远、日中时为近者，见日中时温，日出入时寒也。夫火光近人则温，远人则寒，故以日中为近，日出入为远也。二论各有所见，故是非曲直未有所定。如实论之，日中近而日出入远。何以验之？以值竿于屋下。夫屋高三丈，竿于屋栋之下，正而树之，上扣栋，下抵地，是以屋栋去地三丈。如旁邪倚之，则竿末旁跌，不得扣栋，是为去地过三丈也。日中时，日正在天上，犹竿之正树去地三丈也。日出入，邪在人旁，犹竿之旁跌去地过三丈也。夫如是，日中为近，出入为远，可知明矣。试复以屋中堂而坐一人，一人行于屋上，其行中屋之时，正在坐人之上，是为屋上之人与屋下坐人相去三丈矣。如屋上人在东危若西危上，其与屋下坐人相去过三丈矣。日中时，犹人正在屋上矣；其始出与入，犹人在东危与西危也。日中去人近，故温；日出入远，故寒。然则日中时日小，其出入时大者，日中光明，故小；其出入时光暗，故大。犹昼日察火，光小；夜察之，火光大也。既以火为效，又以星为验。昼日星不见者，光耀天之也，夜无光耀，星乃见。夫日月，星之类也。平旦、日入光销，故视大也。"①

这个实验过程是这样的，王充首先根据儒者提出的两种观点，其一是太阳在早晨和傍晚的时候离人近些，还是太阳在中午时离人远些；其二是太阳在早晨和傍晚的时候离人远些，还是太阳在中午时离人近些。

为了验证这两个观点哪个对，他使用了一个类似于今天的实验方

---

① 黄晖撰：《论衡校注》，中华书局1990年版，第492—496页。

法，首先，他对其做了一个假设检验，他的假设是："太阳在早晨和傍晚的时候离人远些，太阳在中午时离人近些。"其次，他为了验证他提出的假设，他做了两个实验。

第一个实验是他拿了一根三丈长的竿子来证明。房屋高是三丈（大概十米），首先，他找到了一根竿子，如果此竿子正好直立在上抵屋梁下抵地，那说明屋梁正好三丈；若此根竿子不能正好直立在上抵屋梁下抵地，必须要倾斜向一边，那说明屋梁大于三丈。太阳在中午的时候，由于太阳在天的正中间，就好像竿子正好直立在上抵屋梁下抵地，那和说明屋梁正好三丈一样。在早晨和傍晚的时候，太阳就好像要倾斜向天的一边，那和说明屋梁大于三丈一样。像这样，太阳在中午时离人近些，太阳在早晨和傍晚的时候离人远些，就可以清楚理解了这个现象。

第二个实验是他让一个人坐于堂屋的正中，另一个人在屋顶上行走，当他走到屋顶正中的时候，正好在下面坐着的人上面，这是因为屋顶的行人与屋内坐着的人正好相差三丈的原因。如果屋顶的人是在东边屋脊或西边屋脊上行走，那他与屋内坐于正中的人就会相差大于三丈。太阳在中午的时候，就像人在屋顶的正中；在早晨和傍晚的时候，就像人在东边屋脊与西边屋脊上。

最后，他完成了这两个实验之后，所得结果与他的假设一致，于是他为此做了很好的讨论：

太阳在中午的时候离人比较近，所以就会暖和；太阳在早晨和傍晚的时候离人远，所以就会寒冷。但是在中午的时候太阳小，在早晨和傍晚的时候太阳大，这是由于太阳在中午的时候阳光比较明亮，所以看起来就比较小；在早晨和傍晚的时候阳光比较暗淡，所以看起来就比较大。就像白天看火光时，火光很小；晚上看火光时，火光比较大一样。既然用火光做了验证，那么不妨再用星星来验证。白天我们是看不见星星的，就是因为星星被阳光的照射淹没了，夜晚由于没有阳光的照射，星星才能看得见。太阳和月亮，跟星星是同一个类别。在早晨和傍晚的时候阳光微弱，所以看起来太阳就特别大。

根据今天的天文观测，王充的太阳错觉实验的结果是正确的，但由于他那个时候对天文方面的知识非常欠缺，也没这方面的具体实践，仅仅是凭借感性经验和逻辑推理来认识此错觉，所以，这使得他的实验与他的结论缺乏一定的说服力，而且他的实验设计简直就是太缺乏说服力了，但在他那个年代，就敢于追求真理，破除经验之辩，是尤为难能可贵的。也正如高觉敷对其所评价的："王充在一千八百年前就对这种错觉进行了研究，这确实是难能可贵的，是值得我们自豪的，尽管他的这些实验结论没有达到科学实验的水平。"[1]

到这里，人们就会不禁问，何以产生错觉呢？千百年来，人们一直在对其加以解释，但由于这个错觉太特殊了，至今也没有一个万能的理论来全面地解释此现象。较著名的观点主要有：第一是眼动理论，认为我们在观察外界物体时我们的眼睛总是沿着物体的轮廓做有规律的运动，眼睛在运动过程中，看有些部分较容易，看有些部分较困难，这一矛盾就构成了错觉，其实它就是将物体本来的样子给歪曲了。第二是神经抑制理论，它认为我们在看物体轮廓时，由于周围物体的影响而导致我们的神经兴奋发生变化，从而导致物体在原来的基础上发生了变化。第三种是误用常识理论，它认为人们在知觉物体时，自觉不自觉地把距离考虑了进去，从而导致了物体的变形。以上理论都能解释一些错觉，但没有一个理论能解释错觉的全部现象。我们在这里不用深究错觉的原因（主观原因和客观原因），但它对我们的意义，特别是对诗人作诗来说，简直就是有如神助。因为错觉是人在对外界物理世界进行加工的过程中，会在诗人的个性、气质、情绪

---

[1] 潘菽、高觉敷主编：《中国古代心理学思想研究》，江西人民出版社1983年版，第204页。

等心理作用下发生很大的变形，以至于产生一种与物理世界中原来的事物相关较大的改变。它存在一定的主观性、创造性，而且特别适用于表达一些寻常在意识作用下很难表达的手段，偶尔诗人内心"刹那即永恒"式的强烈感情，可能就在错觉发生的那一刻及时加以捕捉，就能给人以耳目一新、石破天惊之感。

例如，我国南宋诗人辛弃疾的一首《西江月·遣兴》词就是诗人醉酒后在产生错觉的前提下写出来的，"醉里且贪欢笑，要愁那得工夫。近来始觉古人书，信著全无是处。昨夜松边醉倒，问松我醉何如。只疑松动要来扶，以手推松曰去"[1]。利用醉酒而大发愁怨，表达自己对自身处境的愤懑悲情，抒发诗人怀才不遇、报国无门之伤感，从而呈现了诗人那种爱国、忠诚、达观之品性，特别是加上了错觉"只疑松动要来扶，以手推松曰去"这两句，真堪生动传神、妙趣横生，寻常表现手法是远不能达到的。

明朝小说家罗贯中在《风云会》第二折中说："须不是欢娱嫌夜短，早难道寂寞恨更长。"这一点就非常适宜地道出了时间错觉，人在欢乐中感觉时间过得飞快，在寂寞时感觉度日如年，备受煎熬。台湾最著名的现代诗人、诺贝尔文学奖提名者洛夫（1928— ），他在一首《边界望乡——赠余光中》[2] 诗的后记中写道："1979年3月中旬应邀访港，十六日上午余光中兄亲自开车陪我参观落马洲之边界，当时轻雾氤氲，望远镜中的故国山河隐约可见，而耳边正响起数十年来的鹧鸪啼叫，声声扣人心弦，所谓'近乡情怯'，大概就是我当时的心境吧。"特别是"当时轻雾氤氲，望远镜中的故国山河隐约可见"就是利用错觉的一个经典诗例，他的原诗如下：

---

[1] 俞平伯：《唐宋词选释》，人民文学出版社1979年版，第196页。
[2] 洛夫：《边界望乡》，《诗潮》2009年第2期。

说着说着

我们就到了落马洲

雾正升起，我们在茫然中勒马四顾

手掌开始生汗

望远镜中扩大数十倍的乡愁

乱如风中的散发

当距离调整到令人心跳的程度

一座远山迎面飞来

把我撞成了

严重的内伤

病了病了

病得像山坡上那丛凋残的杜鹃

只剩下唯一的一朵

蹲在那块"禁止越界"的告示牌后面

咯血。而这时

一只白鹭从水田中惊起

飞越深圳

又猛然折了回来

而这时，鹧鸪以火发音

那冒烟的啼声

一句句

穿透异地三月的春寒

我被烧得双目尽赤，血脉贲张

你却竖起外衣的领子，回头问我

冷，还是

不冷？

惊蛰之后是春分

清明时节该不远了

我居然也听懂了广东的乡音

当雨水把莽莽大地

译成青色的语言

喏！你说，福田村再过去就是水围

故国的泥土，伸手可及

但我抓回来的仍是一掌冷雾

这是一首情感色彩极其浓郁的乡愁诗，通篇的环境基调是处于冷雾中，再加之诗人在雾中用望远镜瞭望四境，叠中的错觉让诗人诗兴大发，最终成就了这一伟大诗篇。情感借助于错觉的瞬间将其表达得淋漓尽致，令人称奇。

有人认为错觉是不真实，是歪曲了的知觉，而且还可以神秘化，借助于它可以恣情肆意，胡编乱造；也有人认为错觉是我们每个人都会经历的，如似动现象，它并非是真正运动的知觉，而是指在一定时间和空间条件下，人们在事物没有运动的情况下看到了运动。也就是说，它是一种被歪曲了的真，是真实存在着的，不能人为改变，从这个层面上来说，我们的诗人更应该抓住常人易于忽视的错觉现象，做一个有心人，把那些光怪陆离的现象捕捉下来，进入诗篇，可能这美好的幻象就是人们心灵深处真正的真实。

3. 幻觉

和错觉一样，也属于知觉的一种，是指没有相应的客观刺激时所出现的知觉体验。这是一种相当严重的知觉障碍。幻觉与错觉不一样的一点是错觉是将已有的事物歪曲，而幻觉是本来没有的事物而幻想出有，它无论是在精神病患者抑或是正常人身上都会出现。它的最大特点是患者坚定认为这不是虚幻的。

幻觉作为一种知觉障碍，在精神病人身上表现得最为明显，一般表现为幻听、幻视、幻嗅、幻味、幻触以及疼痛幻觉、冷热幻觉等。但这些幻觉在正常人身上也有表现，特别是在情感丰富，耽于幻想的、专心致志的人身上很容易出现这种状态，如诗人。这其实并非精神病患者那样的病理性幻觉。

和研究错觉现象一样，早在两千多年前荀子在他的《解蔽》篇中就有，他说："夏首之南有人焉，曰涓蜀梁，其为人也，愚而善畏。明月而宵行，俯见其影，以为伏鬼也；卬视其发，以为立魅也；背而走，比至其家，失气而死。岂不哀哉！凡人之有鬼也，必以其感忽之间、疑玄之时正之。此人之所以无有而有无之时也，而己以正事，故伤于湿而击鼓鼓痹，则必有敝鼓丧豚之费矣，而未有俞疾之福也。故虽不在夏首之南，则无以异矣。"荀子认为，人处于精神恍惚、神志不定的情况下，就会以无为有，以有为无，产生幻觉。他举例说："夏首的南边有个人叫涓蜀梁，其为人愚蠢而胆小怕事，在月光下行走，低头看见自己的影子，以为是趴在地上的鬼；抬头看见自己的头发以为是站着的妖魔鬼怪；于是转头就跑，等气喘吁吁地跑到家里时，一口气上不来就死掉了，这也太悲哀了！一般人认为有鬼，一定是在他精神恍惚或疑惑迷乱的时候。这也正是人们易把有当作无，把无当作有的时候，而他们自己却在这时去做出判断事情的决定。"

很难想到，在两千多年前，居然荀子提出了在今人看来依然有参考价值的幻觉学说，而且是站在鬼神盛行的先秦百家时代，真不愧是不畏世俗、大义凛然，为了真理敢于向尘世宣战，作为今人的我们也要有荀子那份气魄，敢于向迷信、常规思维提出质疑，特别是对于我们这些搞学术的研究者来说，这种科学批判精神显得尤为重要。

东汉的王充和荀子一样，也提出了基于论证"见鬼"这一常见现象的幻觉学说，他认为幻觉或是因为忧惧的情绪引起的，或是因为"气倦精尽"引起的。他在《论衡·订鬼》篇中说：

> 凡天地之间有鬼，非人死精神为之也，皆人思念存想之所致也。致之何由？由于疾病。人病则忧惧，忧惧见鬼出。凡人不病则不畏惧。故得病寝衽，畏惧鬼至；畏惧则存想，存想则目虚见。何以效之？传曰："伯乐学相马，顾玩所见无非马者。宋之庖丁学解牛，三年不见生牛，所见皆死牛也。"二者用精至矣，思念存想，目见异物也。人病见鬼，犹伯乐之见马，庖丁之见牛也。伯乐，庖丁所见非马与牛，则亦知夫病者所见非鬼也。①

其意为，凡天地之间的鬼，并非是人死后的精神变成的，皆是人思念存想所造成的。为何会造成这样呢？是由于疾病所造成的。人病就会忧惧，忧惧就会见鬼出。凡人不病就不会感到畏惧。故得病躺在席子上时，就畏惧鬼的到来；畏惧就会胡思乱想，胡思乱想就虚幻地见到鬼了。何以证实呢？相传："伯乐学相马，仔细耐心考察他所看见的东西，眼里全是马。宋之庖丁学解牛，三年不见活牛，所看见的都是死牛。"这二人都是专心致志到了极点，时刻脑里所想，那么自然所见的都是些异常的东西了。人病了看见鬼，就像伯乐看见马，庖丁看见牛那样。伯乐、庖丁所见并非是马与牛，

---

① 黄中业、陈恩林译注：《论衡选译》，凤凰出版社2011年版，第228页。

同样可以推知病人所看见的也并非是鬼了。

他进而又说：

> 人之见鬼，目光与卧乱也。人之昼也，气倦精尽，夜则欲卧，卧而目光反，反而精神见人物之象矣。人病亦气倦精尽，目虽不卧，光已乱于卧也，故亦见人物象。病者之见也，若卧若否，与梦相似。当其见也，其人不自知觉与梦，故其见物不能知其鬼与人，精尽气倦之效也。何以验之？以狂者见鬼也。狂痴独语，不与善人相得者，病困精乱也。夫病且死之时，亦与狂等。卧、病及狂，三者皆精衰倦，目光返照，故皆独见人物之象焉。①

人之所以会看见鬼，是因为人的目光会由于睡觉而混乱所致。人在白天，累得精疲力竭，到了夜里就想睡觉，睡觉时人的目光就会向体内返照。向体内返照时就会看见人物景象的虚像。人病后也会精疲力竭，眼睛虽然没有闭上睡觉，但其目光却远比正常人睡觉时还要昏乱，所以也会看见人物景象的虚像。病者所看见的东西，就像卧着与没有卧着是一样的，都与做梦相似。当其看到人物景象的虚像后，他还不知道他是清醒着的还是在做梦呢，所以，他所看见的人物景象的虚像就不知其是人是鬼了，这都是人精疲力竭的表现呀！用什么来进行证明呢？以疯狂的人见到的鬼的情况来加以说明。疯子与傻子自言自语，与正常的人相比，是由于疾病的困扰与精神的错乱所导致的原因呀！病之将死的时候，也和疯子与傻子相似。睡觉的人、病人与疯子这三者一致，都是由于精疲力竭呀，皆是出于目光返照时，所看见的都是人物景象的虚像呀！

---

① 黄中业、陈恩林译注：《论衡选译》，凤凰出版社2011年版，第229页。

王充在这里论述得非常详尽，认为导致"见鬼"幻觉的原因无外乎有两种，第一种是由于人生病而产生的忧惧情绪，正是这种情绪而导致了人产生"见鬼"的幻觉；第二种是由于"气倦精尽"而导致看见"人物之象焉"的"见鬼"幻觉。王充的这篇文章正是基于当时社会上流行的对鬼神的一些观点所做的订正，揭示了鬼之幻觉产生的原因，不管是对当时还是今天都有一定的意义。

幻觉现象在诗人眼中是一种有着和错觉现象相似的功能，它也是在一般情况下并不会出现的情境中出现的，若能将此现象捕捉进诗人的诗篇中，那就会让人眼前一亮，达到一种意想不到的效果，而且极富渲染力，它会将某些"刹那即永恒"式的情感以及其异态的形式表达出来，因为它打破了现实生活中的常规模态，它也属于一种幻想出来的"真"，是一种艺术的"真"。

正如诗人郭沫若的一首新诗《天上的都市》[①] 就充分体现了幻觉现象，我们读此诗之后也并没有因为虚幻不真实而认为这首诗是不真实的，就是因为诗人将幻想的意象巧妙地捕捉加工成诗，他写道：

远远的街灯明了，
好像闪着无数的明星。
天上的明星现了，
好像点着无数的街灯。
我想那缥缈的空中，
定然有美丽的街市。
街市上陈列的一些物品，
定然是世上没有的珍奇。
你看，那浅浅的天河，

---

① 《郭沫若全集》第1卷，人民文学出版社1982年版，第194页。

定然是不甚宽广。

那隔着河的牛郎织女,

定能够骑着牛儿来往。

我想他们此刻,

定然在天街闲游。

不信,请看那朵流星,

那怕是他们提着灯笼在走。

读之有一种"忽闻海上有仙山,山在虚无缥缈间"[①] 之感。在诗人的巧妙构思下,幻觉比常见客观事物更具感染力,其实这就是一种现实生活与文艺生活的"真"的一个区别。

这样的例子还有我们大家都非常熟悉的一首歌曲《火柴天堂》,[②] 由熊天平、赵俊杰作词,熊天平作曲,齐秦演唱的,收录在齐秦1996年发行的专辑《丝路》中。1997年5月,熊天平凭借歌曲《火柴天堂》获得了第八届金曲奖最佳作词人奖,其中写道:

走在寒冷下雪的夜空

卖着火柴温饱我的梦

一步步冰冻 一步步寂寞

人情寒冷冰冻我的手

一包火柴燃烧我的心

寒冷夜里挡不住前行

风刺我的脸 雪割我的口

---

① (唐) 白居易著, 孙安邦, 孙翰钺解评:《白居易集》, 三晋出版社2008年版, 第98页。

② 熊天平、赵俊杰:《火柴天堂》, http://baike.baidu.com/link? url = zpExngtn—jqj700Wrusq_ lTPMOskYUKgEUxmvtsGsV6qo0ELOfVZBLADCw49jRYyrPNZHP _ MR—6AxnpZI4Y6dYYnt0CgAeC0eBdfbQqyc2e。

拖着脚步还能走多久

有谁来买我的火柴

有谁将一根根希望全部点燃

有谁来买我的孤单

有谁来实现我想家的呼唤

每次 点燃火柴 微微光芒

看到希望 看到梦想

看见天上的妈妈说话

她说 你要勇敢 你要坚强

不要害怕 不要慌张

让你从此不必再流浪

妈妈牵着你的手回家

睡在温暖花开的天堂

这首词写的是在寒的雪夜基本的生理需要（温饱问题）得不到满足的情况下，就会出现幻觉现象。人们在这里就明显感觉到了加入了幻觉现象并非给人以一种不真实之感，其实它也是我们现实生活中人人都可能会经历的，从而使读者在读这首歌词或是听者在听这首歌曲的时候能引起共鸣，由衷感动，潸然泪下。

在古代文人墨客那里也不乏关于幻觉的诗篇，南宋大诗人辛弃疾在《山鬼谣·问何年》中写道："问何年、此山来此？西风落日无语。看君似是羲皇上，直作太初名汝。溪上路，算只有、红尘不到今犹古。一杯谁举？举我醉呼君，崔嵬未起，山鸟覆杯去。须记取：昨夜龙湫风雨，门前石浪掀舞。四更山鬼吹灯啸，惊倒世间儿女。依约处，还问我：清游杖履公良苦。神交心许。待万里携君，鞭笞鸾凤，诵我《远游》赋。"① 意思是说，问怪石什么时候飞到这里来的？西风落日中的怪石竟默然不语。看来就像是伏羲呀！直接就把你称作"太初"吧！一路沿溪而上，空无一人，地处偏僻，红尘不到，所以自古就没有变化过。这一杯酒我向谁而举呢？我举起杯叫君痛饮，怪石没有动，山鸟却打翻了杯子离去了。记得昨晚潭边风雨大作，门前巨大的怪石却御浪起舞。四更时分山鬼吹灭了灯在嚎着，使人心惊胆战，惶恐不安。恍惚间，我听到："你拄着手杖和穿着麻鞋登山真的是太辛苦了。"我两精神相交，心意相通，我将带着你乘鸾驾凤去万里远游，高声诵出我的《远游》赋，以表明志向。

诗人作诗时写了一个序："雨岩有石，状怪甚，取《离骚》《九歌》，名曰'山鬼'，因赋《摸鱼儿》改今名。"我们从中可以看出其中的玄妙，这首名词是诗人在饮酒的情况下产生了幻觉，诗人还带着醉态蒙眬中特有的神态和举止，笑着去喊那巨人与他同饮，出现幻觉："看君似是羲皇上，直作太初名汝。溪上路，算只有、红尘不到今犹古。一杯谁举？举我醉呼君，崔嵬未起，山鸟覆杯去"。更是出现幻听，"四更山鬼吹灯啸，惊倒世间儿女。依约处，还问我：清游杖履公良苦。神交心许。待万里携君，鞭笞鸾凤，诵我《远游》赋。"词中虽名山鬼，即山石，但在诗人的神来之笔下，变成了有血有肉、通情达理、善解人意的良人，与诗人神交心许，让人不觉得这是一种真切的幻觉。从中我们也可以知晓诗人艺术的再造力。

酒能致幻，一些药物亦然。能引起幻觉的烈性药如墨斯卡林（一种仙人掌碱）、麦角酸二乙胺（LSD）等，会引起某些类似精神病的现象，如视力衰退、现实被扭曲的复杂感觉、幻觉、情绪剧烈波动

---

① 周汝昌、缪钺、叶嘉莹等：《唐宋词鉴赏辞典（南宋·辽·金卷）》，上海辞书出版社1988年版，第1520页。

等。不同的人回忆曾在幻觉中看见过波形线条、蜘蛛网、棋盘上的图案、门窗隔扇、地毯、花卉图案、风车、陵墓、佛像等，这在诗创作中所造成的影响是：滥造新词、思路紊乱、混杂，"好像"一词的丢失、形象堆砌等。药物所引起的幻觉，是由于致幻药以某种方式改变了神经元之间的突触传递，从而破坏了与感觉信息处理有关的脑区域。首先说明这种药物作用的是英国作家、诗人阿道司·赫胥黎（Aldous Huxley）（1894—1963），他介绍了用墨斯卡在自己身上做试验的情况，并写了一篇题为《感觉的门户》的报道，介绍了这个经验主义的研究成果，它清楚地表明，某些药物很容易使人回归到第一性思维[①]中去。从这个意义上来讲，药物对具体的创作过程有积极的作用，但长期服药是不能从根本上提高创造力的，正常人，包括诗人在内，则是不能随便服用这类药的，因为连续地服用致幻药有损身心健康，甚至会导致严重的精神崩溃。人们只要想一想，创作一部文学作品必须有一个完成阶段。而这个阶段是不能靠服药提高的。在药物的直接影响下是不能写作的，这无论是在整体上还是具体的创作实践过程中都是如此。"意识扩展"到了一定的程度可以构成一部文学作品，但是，这对语言也相应地提出了更高的要求。总而言之，药物影响最多只能促进人们去进一步开发自己的体会（只能是在第一性思维中），而不能从整体上提高创造力。[②]

---

① 第一性思维是指"具体的、不合理的、荒诞的、沉思冥想的思维"，这是"一种梦幻和梦魇的思维"。与第一性思维相对应的是第二性思维，它是"抽象的、有逻辑的、符合现实的思维"。一般来说，第一性思维要先于第二性思维。所谓向第一性思维回归，就是从清醒、理智的状态出发去思考一些荒诞、不合理的东西，进行梦幻般的思考。

② 参见［德］拉尔夫·朗格纳编著：《文学心理学——理论·方法·成果》，周建明译，黄河文艺出版社1990年版，第116页。

# 附文　时空隧道之文学家的想象[*]

## 张耀翔

想象是感觉经验活的表现。它和感觉不同之处，在于无须外界直接的刺激，而神经中枢能自相激起，故想象亦称作"神经中枢激起的感觉"。

有多少种类感觉，就有多少种类想象。形形色色的万物，表现在我们"心眼"中，叫作"视觉的想象"。有定律的和无定律的万种声浪，表现在我们"心眼"中的，叫作"听觉的想象"。其余嗅、味、触、痛、温、凉、肌肉诸感，都各有它的活的表现。

主张"想象偏属说"的，认为一般人多半只富于一种想象：有富于视觉想象的，有富于听觉想象的，有富于他种想象的。还有富于各种想象的，或者一种也不富的，这种现象是特别的情形。

测验人们富于哪种想象的方法之一，即分析某人生平的著作。如果在某人著作中，多关于视觉的字样，如光线、红、黄、浓、淡、方、圆、雪、天……据"想象偏属说"，这人必富于视觉想象。如果在某人著作中，多关于听觉字样，如静、闹、清、浊、雷、霆、琴、瑟……这人必富于听觉想象。其余由此类推。此为独一无二测验古人想象法。威尔弗里德·莱伊（Wilfrid Lay）曾以丁尼生（Tennyson）所著之《杰雷恩特的婚姻》（The marriage of Geraint）的开始一千行，又勃朗宁（Browning）所著之《环与书》（The Ring and the Book）的开始一千行，

---

[*]此文来自张耀翔《感觉、情绪及其他——心理学文集续编》，上海人民文学出版社1986年版，第199—221页。原载于《心理》1922年1卷3号。

研究两大文学家的想象状况。根据阅者诵读该文时，所唤起的想象种类的次数标准。兹采其结果如下。

表1　　　　　《杰雷恩特的婚姻》和《环与书》　　　单位：次

| 想象种类 | 丁尼生 | 勃朗宁 |
| --- | --- | --- |
| 视觉想象 | 83① | 107 |
| 听觉想象 | 48 | 40 |
| 嗅觉想象 | 0 | 2 |
| 运动想象 | 1 | 10 |
| 气候想象 | 1 | 3 |
| 触觉想象 | 7 | 11 |
| 味觉想象 | 0 | 4 |

其法过于主观。各人有各人所富于的想象，富于视觉想象的人，接触外物都容易引起视觉想象，富于他种想象的也是如此。阅者所得的想象，未必就是著者所得的想象。换句话说，著者所用代表某种想象的字样，未必能唤起阅者的同样想象。例如某人写一"冰"字，在写者前后所得的想象，分别是一大堆冰块，多数阅者或不免唤起一种气候的想象。那是不够正确的。

---

① 原文注：83，是指阅者读丁尼生的一千行时，视觉想象共被唤起83次。余仿此读法。

本文所拟定的研究方法，只问诗文的本体代表哪种想象，不问阅者所得到哪种想象。这种方法比较客观，但也有其缺点：

1. 著者的想象，不完全流露在文字里。

2. 文字或者著者的口头常语，落笔时并没有任何想象的发生。例如写"红、黄、蓝、白、黑"，不见得发生五色的想象。写"酸、甜、苦、辣、咸"，不见得发生五味的想象。写"宫、商、角、徵、羽"，不见得发生五音的想象。

3. 一字往往代表两种想象，例如"风"代表听觉，又可代表触觉。"月"，代表视觉，又可代表凉觉。很难分类。

本文所欲研究的，原不在文学家各种想象绝对的分量，而在各种想象比较的分量。文学家的想象虽不完全流露于文字之间，但已流露在文字上的，难道不能作比较的根据吗？

本文不根据小说、尺牍、讲演和白话体的散文。诗词歌赋多是文学家精心之作，一字不苟，不可能不发生想象，故能免去第二种缺点。

本文所拟订的研究方法，不以单字为单位，而以意思为单位。某字代表何种想象，考察它的上下文便可了解。例如"月"为"明月"，就定它是视觉的想象；"月"字的邻近句中有"冰""寒""侵"，就定它是气候的想象。如果"风"加"萧萧"，就定它为听觉的想象；加"飘飘"，就定它为触觉的想象。

现先录我所分析的李华《吊古战场文》一篇：

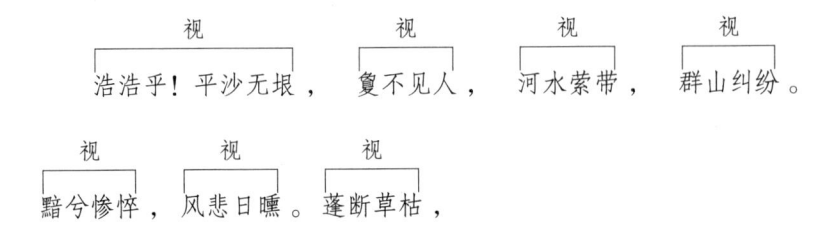

　　　　　　　视　　　　　视　　　　　视　　　　　视
　　　　浩浩乎！平沙无垠，夐不见人，河水萦带，群山纠纷。

　　　视　　　视　　　视
　　黯兮惨悴，风悲日曛。蓬断草枯，

## 第三章 诗创作心理准备阶段论

凛若霜晨[气候]。鸟飞不下[视]，兽挺亡群[视]。亭长告余曰[听]："此古战场也[视?听]。常覆三军。往往鬼哭[视]，天阴则闻[听]。"伤心哉[痛]！秦欤汉欤！将近代欤？吾闻[听]夫齐魏徭戍[???]，荆韩召募，万里奔走，连年暴露[视]。沙草晨牧[气候]，河冰夜渡[气候]。地阔[视]天长[视]，不知归路。寄身锋刃，腷臆谁诉[听]？秦汉而还，多事四夷。中州耗斁，无世无之。古称戎夏，不抗王师。文教失宣，武臣用奇。奇兵有异于仁义，王道迂阔而莫为。呜呼！噫嘻！吾想夫北风[气候]振漠[听]，胡兵伺便[?]。主将骄敌，期门受战。野竖旄旗[视]，川回组练[视]。法重心骇，威尊命贱。利镞穿骨[骨]，惊沙入面[触]。主客相搏，山川震[肌肉]眩[视]，声析江河[听]，势崩雷电。至若穷阴凝闭[气候]，凛冽海隅[气候]，积雪没胫[气候]，坚冰在须[气候]，鸷鸟休巢[气候]，征马踟蹰[气候]，缯纩无温[气候]。堕指裂肤[气候]。当此苦[痛]寒[气候]，天假强胡，凭陵杀气[??]，以相剪屠[????]。径截辎重[视]，横攻士卒。都尉新降，将军复没。尸填巨港之岸，血满长城之窟。无贵无

贱，同为枯骨。可胜言哉！鼓衰兮力尽，矢竭兮弦绝，白刃交兮
　　　　　　　　　　　　　　　　视　　　　　听　　　　　听　　　　视
宝刀折，两军蹙兮生死决。降矣哉？终身夷狄！战矣哉？

　　　视　　　　　　听　　　　　　　听　　　　　　　　视
暴骨沙砾！鸟无声兮山寂寂，夜正长兮风淅淅。魂魄结兮天沈沈，

　　视　　　　　气候　　　视　　　痛　　　视　　痛
鬼神聚兮云幂幂。日光寒兮 草短， 月色苦兮 霜白。 伤心
痛　　　　　　听　　　　　　　　　　　??
惨目，有如是耶！吾闻 之：牧用赵卒，大破林胡，开地千里，

痛　　　　　　　　　　　视
遁逃匈奴。汉倾天下，财殚 力痛。任人而已，岂在多乎?

?味
周逐猃狁，北至太原。既城朔方，全师而还。饮至策勋，和乐且
闲。穆穆棣棣，君臣之间。秦起长城，竟海为关。荼毒生灵，
　　　　　　　　　　　　　　　　　　视
万里朱殷。汉击匈奴，虽得阴山，枕骸遍野，功不补患。

　　视　　　　　　　　　　　　　　　　　　　　　视
苍苍蒸民，谁无父母? 提携捧负，畏其不寿。谁无兄弟，如足
视
如手? 谁无夫妇，如宾如友? 生也何恩? 杀之何咎? 其存其没，

听　　　　听　　　　　　　　　　　　　　　　视
家莫闻知。人或有言，将信将疑。悁悁心目，寤寐见之。

味　　视　　　　　　　　气候　　听
布奠倾觞，哭望天涯。天地为愁，草 木 凄 悲 。吊祭不至，

精魂何依？必有凶年，人其流离。呜呼噫嘻！时耶命耶？从古如斯。为之奈何？守在四夷。

此片以视觉想象为最多，听觉次之，与莱伊之结果类似。各种想象次数分配如下。

表2　　　　　　　　　　《吊古战场文》

| 想象种类 | 次　数 | 百分比（%） |
| --- | --- | --- |
| 视 | 34 | 43 |
| 听 | 17 | 22 |
| 气　候 | 16 | 20 |
| 痛 | 6 | 7 |
| 味 | 3 | 4 |
| 触 | 1 | 1 |
| 骨 | 1 | 1 |
| 肌　肉 | 1 | 1 |

我曾经告诉旅京的心理学会会员多人，拟作此种研究；并征求他们意见，参加这一研究，响应的有很多人。现录孙祥偈女士所分析的杜甫近体五律《咏月》十八首：

　　　　　　　视
今夜鄜州月，闺中只独看。遥怜小儿女，未解忆长安。
　嗅　触与气候　　视　气候　　　　　视触与气候
香雾　云鬟湿，清辉　玉臂寒。何时倚虚幌，双照泪痕干。

　　　　　　视　　　　　　　　　视
　　　　　┌─┐　　　　　　　　┌─┐
无家对寒食，有泪如金波。斫却月中桂，清光应更多。

　　　视　　　　视
　　┌──┐　┌──┐
仳离放红蕊，想象嚬青蛾。牛女漫愁思，秋期犹渡河。

　　　　　视　　　　视
　　　　┌──┐　┌──┐
天上秋期近，人间月影清。入河蟾不没，捣药兔长生。

　　视　味　　　视　　　　　　　视
　┌─┐─┐┌──┐　　　　　┌──┐
只益丹心苦，能添白发明。干戈知满地，休照国西营。

　　视　　　视　　　视　　　视
　┌──┐┌──┐┌──┐┌──┐
光细弦欲上，影斜轮未安。微升古塞外，已隐暮云端。

　　视　　　气候　　　视　　　视
　┌──┐┌──┐┌──┐┌──┐
河汉不改色，关山空自寒。庭前有白露，暗满菊花团。

　　视　　　　视
　┌──┐　┌──┐
夜深露气清，江月满江城。浮客转危坐，归舟应独行。

　　视　　　视　　　　触视
　┌──┐┌──┐　　┌──┐
关山同一照，乌鹊自多惊。欲得淮王术，风吹晕已生。

　　视　　　气候　　　　　　视
　┌──┐┌──┐　　　　┌──┐
孤月当楼满，寒江动夜扉。委波金不定，照席绮逾依。

　视　听　　视　　　　　　视
┌─┐─┐┌──┐　　　　┌──┐
未缺空山静，高悬列宿稀。故园松桂发，万里共清辉。

　　　视
　　┌──┐
江月光于水，高楼思杀人。天边长作客，老去一沾巾。

　　视　　　视　　　　　　触
　┌──┐┌──┐　　　　┌─┐
玉露团清影，银河没半轮。谁家挑锦字，烛灭翠眉嚬。

　　　　　　视　　　　　视
断续巫山雨，天河此夜新。若无青嶂月，愁杀白头人。

　　视　　　　视　　　　　　视
魍魉移深树，虾蟆动半轮。故园当北斗，直指照西秦。

　　视　　　　视　　　　　视
并照巫山出，新窥楚水清。羁栖愁里见，二十四回明。

　　视　　　　　　　视
必验升沉体，如知进退情。不违银汉落，亦伴玉绳横。

　　视　　　　视　　　视　　　视
万里瞿唐月，春来六上弦。时时开暗室，故故满青天。

　　视　　　　　　　　视
爽合风襟静，高当泪脸悬。南飞有乌鹊，夜久落江边。

　　视　　　　　　　视　　　视
满月飞明镜，归心折大刀。转蓬行地远，攀桂仰天高。

　　视　　　　视　　　视　　　视
水路疑霜雪，林栖见羽毛。此时瞻白兔，直欲数秋毫。

　　视　　　　视　　　视　　　视
稍下巫山峡，犹衔白帝城。气沈全浦暗，轮仄半楼明。

　　视　　　　视　　　　　视
刁斗皆催晓，蟾蜍且自倾。张弓倚残魄，不独汉家营。

　　视　　　　视　　　视　　　视
旧挹金波爽，皆传玉露秋。关山随地阔，河汉近人流。

　　听　　　　听　　　　　听
谷口樵归唱，孤城笛起愁。巴童浑不寝，半夜有行舟。

　　　　视　　　　　视　　　　　　视
秋月仍圆夜，江村独老身。卷帘还照客，倚杖更随人。

　　　视　　　　　视　　　　　　　视
光射潜虬动，明翻宿鸟频。茅斋依橘柚，清切露华新。

　　　视
四更山吐月，残夜水明楼。尘匣元开镜，风帘自上钩。

　　　　　　　　　　　　　　　气候
兔应疑鹤发，蟾亦恋貂裘。斟酌姮娥寡，天寒奈九秋。

　　　视　　　　　视　　　　视　　　　视
骤雨清秋夜，金波耿玉绳。天河元自白，江浦向来澄。

　　　视　　　　　视　　　　　视
映物连珠断，缘空一镜升。余光隐更漏，况乃露华凝。

　　　视　　　　　视　　　听　　视
江月辞风缆，江星别雾船。鸡鸣还曙色，鹭浴自清川。

　　　视　　　　　视
历历竟谁种，悠悠何处圆。客愁殊未已，他夕始相鲜。

　　　视　　　　　视　　　　　　视
更深不假烛，月朗自明舡。金刹青枫外，朱楼白水边。

　　听　　　　　视　　　　　　　视
城乌啼眇眇，野鹭宿娟娟。皓首江湖客，钩帘独未眠。

表3　　　　　　　　　杜甫《吟月》十八首

| 想象种类 | 次　数 | 百分比（%） |
| --- | --- | --- |
| 视 | 87 | 80 |
| 听 | 9 | 8 |
| 气　候 | 7 | 6 |
| 触 | 4 | 4 |
| 嗅 | 1 | 1 |
| 味 | 1 | 1 |

　　这表以视觉想象为最多。是否文学家特别富于视觉想象？或者是关于视觉的客观事实（或文字）特别多，所以被选为创作资料的机会也特别大？这种看法是不对的。再看张人瑞女士所分析的白居易《琵琶行》：

　　　　　　　　　　　听
　　　　　　　　　┌─┐
浔阳江头夜送客，枫叶荻花秋瑟瑟。
　　　　　　　味　　听
　　　　　　┌─┐┌─┐
主人下马客在船，举酒欲饮无管弦。
　味　　　　　　　气候
┌─┐　　　　　　┌─┐
醉不成欢惨将别，别时茫茫江浸月。
　听
┌─┐
忽闻水上琵琶声，主人忘归客不发。
　听　　　　听
┌─┐　　　┌─┐
寻声暗问弹者谁，琵琶声停欲语迟。

　　　　视　　　　　　　味
移船相近邀相见，添酒回灯重开宴。

　　　　听　　　　　　　视
千呼万唤始出来，犹抱琵琶半遮面。

　　　　听　　　　　听
转轴拨弦三两声，未成曲调先有情。

　　　　听　　　　　听
弦弦掩抑声声思，似诉平生不得志。

　　视　　听　　　　听
低眉信手续续弹，说尽心中无限事。

　　　　触　　　　　听
轻拢慢捻抹复挑，初为霓裳后六幺。

　　　　听　　　　　听
大弦嘈嘈如急雨，小弦切切如私语。

　　　　听　　　　　听
嘈嘈切切错杂弹，大珠小珠落玉盘。

　　　　听　　　　　听
间关莺语花底滑，幽咽泉流冰下难。

　　　气候　　　　　听
水泉冷涩弦凝绝，凝绝不通声渐歇。

　　　　　　　　　　听
别有幽愁暗恨生，此时无声胜有声。

　　　　听　　　　　听
银瓶乍破水浆迸，铁骑突出刀枪鸣。

## 第三章 诗创作心理准备阶段论

　　　　　听　　　　　　　听
曲终收拨当心画，四弦一声如裂帛。

　　　　　听　　　　　　　视
东船西舫悄无言，唯见江心秋月白。

　　　　　听　　　　　　　视
沉吟放拨插弦中，整顿衣裳起敛容。

自言本是京城女，家在虾蟆陵下住。

　　　　　听
十三学得琵琶成，名属教坊第一部。

　　　　　听　　　　　　　视
曲罢常教善才服，妆成每被秋娘妒。

　　　　　　　　　　听
五陵年少争缠头，一曲红消不知数。

　　　　　听　　　　　　　视
钿头银篦击节碎，血色罗裙翻酒污。

　　　　　　　　视　　触
今年欢笑复明年，秋月 春风 等闲度。

　　　　　　　　　　　视
弟走从军阿姨死，暮去朝来颜色故。

　　　　　　视
门前冷落车马稀，老大嫁作商人妇。

商人重利轻别离，前月浮梁买茶去。

　　　　　　　　　视　　气候
去来江口守空船，绕船明月 江水寒。

· 247 ·

　　　　　　　　　　听　　　　视
夜深忽梦少年事，梦啼 妆泪 红阑干。

　　　听　　　　　　听
我闻琵琶已叹息，又闻此语重唧唧。

同是天涯沦落人，相逢何必曾相识。

我从去年辞帝京，谪居卧病浔阳城。

　　　　　听　　　　　听
浔阳地僻 无音乐，终岁不闻丝竹声。

　　触与气候　　　视　味
住近湓江地低湿，黄芦 苦竹 绕宅生。

　　　　听　　　　听　　听
其间旦暮闻何物，杜鹃啼血 猿哀鸣。

　　　视　　　味
春江花朝 秋月夜，往往取酒还独倾。

　　听　听
岂无山歌 与姑笛，呕呕嘲哳难为听。

　　　　听　　　　　听
今夜闻君琵琶语，如听仙乐耳暂明。

　　　　听　　　　　听
莫辞更坐弹一曲，为君翻作琵琶行。

　　　　　　　　听
感我此言良久立，却坐促弦弦转急。

　　　听　　　　听
凄凄不似向前声，满座重闻皆掩泣。

· 248 ·

　　　　　　　　　　　　视　　触与气候
座中泣下谁最多，江州司马青衫　　湿　　。

表4　　　　　　　　　白居易《琵琶行》

| 想象种类 | 次　数 | 百分比（%） |
| --- | --- | --- |
| 听 | 51 | 65 |
| 视 | 15 | 19 |
| 味 | 5 | 6 |
| 气候 | 3 | 4 |
| 触 | 2 | 3 |
| 触与气候 | 2 | 3 |

　　此则以听觉想象为最多。可见大文豪的想象个人有偏属。有人说：想象的偏属，恐怕不在人而在于题旨的不同。假使杜甫不吟月，而吟其他境遇，那么，杜诗中的视觉想象，未必多余其他想象。假使张女士不分析《琵琶行》而分析其他各首，那么，白诗中的听觉想象就未必多余他种想象。我认为这种看法是不对的，如何证明，现录刘作炎女士所分析的杜甫《秦州杂诗》二十首：

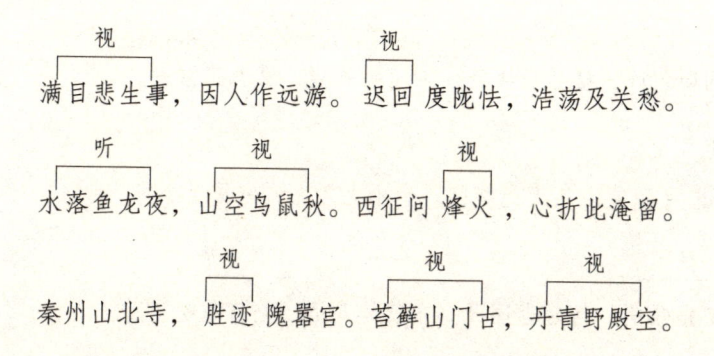

　　　　视　　　　　　视
满目悲生事，因人作远游。迟回度陇怯，浩荡及关愁。
　　听　　　　视　　　　　视
水落鱼龙夜，山空鸟鼠秋。西征问 烽火，心折此淹留。
　　　　视　　　视　　　　视
秦州山北寺，胜迹 隗嚣宫。苔藓山门古，丹青野殿空。

  　视　　　　视　　　触　　　　　　　　　视
  月明垂叶露，云逐　渡溪风 。清渭无情极，愁时独 向东。

  　　　　　　　　　　　　　视　　　　　　视
  州图领同谷，驿道出流沙。降肤兼千帐，居人有万家。
  马骄珠汗落，胡舞白蹄斜。年少临洮子，西来亦自夸。

  　听　　　　　　　　　　　听　　　　　　视
  鼓角缘边郡，川原欲夜时。秋听殷地发，风散入云悲。

  　听　　　　　视
  抱叶寒蝉静，归来独鸟迟。万方声一概，吾道竟何之。

  　　　　　　　　　　　　　视　　　　　　视
  南使宜天马，由来万匹强。浮云连阵没，秋草遍山长。
  　听
  闻说 真龙种，仍残老骕骦。哀鸣思战斗，迥立向苍苍。

  　听　　　　　　视
  城上胡笳奏，山边汉节归。防河赴沧海，奉诏发金微。

  　视　　　　　视
  士苦形骸黑，林疏鸟兽稀。那堪往来戍，恨解邺城围。

  视　　　　　视　　　　　视　　　　　视
  莽莽万重山，孤城山谷间。无风云出塞，不夜月临关。

  　　　　　　　　　　　　　视　　　触
  属国归何晚，楼兰斩未还。烟尘一长望，衰飒正摧颜。

  　听
  闻道 寻源使，从天此路回。牵牛去几许，宛马至今来。

  　视　　　　　　　　　　　　　　听
  一望幽燕隔，何时郡国开。东征健儿尽，羌笛暮吹哀。

## 第三章 诗创作心理准备阶段论

　　视　　　　视　　　　　视　　　　视
　┌─┐　　　┌─┐　　　┌──┐　　┌──┐
今日明人眼，临池好驿亭。丛篁低地碧，高柳半天青。

　　视　　　听
　┌──┐　┌─┐
稠叠　多幽事，喧呼　阅使星。老夫如有此，不异在郊坰。

　　视　　　　?　　　　视
　┌──┐　　┌──┐　　┌──┐
云气接昆仑，涔涔塞雨繁。羌童看渭水，使客向河源。

　　视　　　　视　　　　听　　　　视
　┌──┐　　┌──┐　　┌──┐　　┌──┐
烟火军中幕，牛羊岭上村。所居秋草净，正闭小蓬门。

　　听　　　　视　　　　视　　　　视
　┌──┐　　┌──┐　　┌─┐　　　┌─┐
萧萧古塞冷，漠漠秋云低。黄鹄　翅垂雨，苍鹰　饥啄泥。

　　　　　　　　　　　　　　听　　　　听
　　　　　　　　　　　　　┌─┐　　　┌──┐
蓟门谁自北，汉将独征西。不意书生　耳　，临衰厌鼓鼙。

　　　　　　　　　　　　　　　　视　　　　视
　　　　　　　　　　　　　　　┌──┐　　┌──┐
山头南郭寺，水号北流泉。老树空庭得，清渠一邑传。

　　视　　　视　　　?
　┌──┐　┌─┐　┌─┐
秋花危石底，晚景　卧钟边。

　　　　　　　　　　　触
　　　　　　　　　　┌─┐
俛仰悲身世，溪风为飒然。传道东柯谷，深藏数十家。

　　视　　　视
　┌──┐　┌──┐
对门藤盖瓦，映竹水穿沙。

　　?　　　?
　┌──┐　┌──┐
瘦地翻宜粟，阳坡可种瓜。船人近相报，但恐失桃花。

　　　　　　　　　　　　　　视
　　　　　　　　　　　　　┌─┐
万古仇池穴，潜通小有天。神鱼人不见，福地语真传。

· 251 ·

诗创作心理学

　　　　　　　　　　　　　　　视
近接西南境，长怀十九泉。何时一茅屋，送老 白云 边。

　　　　　　　　　　　听　　　　视
未暇泛沧海，悠悠兵马间。塞门风落木，客舍雨连山。

　　　　　　　视
阮籍行多兴，庞公 隐 不还。东柯遂疏懒，休镊鬓毛斑。

　　　　　　　　　视　　　视　　　视
东柯好崖谷，不与 众峰 群。落日邀双鸟，晴天养片云。
野人矜险绝，水竹会平分。采药吾将老，儿童未遣闻。

　　视　　　视　　　？　　　视
边秋阴易夕，不复辨晨光。簷雨乱淋幔，山云低度墙。

　　视　　　视　　　听　　　视
鸤鹠窥浅井，蚯蚓上深堂。车马何萧索，门前百草长。

　　　　　　　视　　　视　　　视
地僻秋将尽， 山高 客未归。塞云多断续，边日少光辉。

　　视　　　听
警急烽常报，传闻檄屡飞。西戎外甥国，何得迕天威。

　　　　　　　　　　　视
凤林戈未息，鱼海路常难。候火云烽峻，悬军幕井干。

　　？　　？　　气候
风连西极动， 月过 北庭寒。故老思飞将，何时议筑坛。

　　　　　　　　　气候　　　听
唐尧真自圣，野老复何知。晒药 能无妇， 应门 幸有儿。

　　听
藏书 闻 禹穴，读记忆仇池。为报鸳行旧，鹪鹩在一枝。

表5　　　　　　　　《秦州杂诗》二十首

| 想象种类 | 次　数 | 百分比（%） |
| --- | --- | --- |
| 视 | 63 | 76 |
| 听 | 21 | 23 |
| 触 | 3 | 3 |
| 气　候 | 2 | 2 |
| 饥　饿 | 1 | 1 |

以上二十首既非专吟某种境遇，而分析结果仍是视觉想象为最多，足够证明想象的偏属，多半在人而不在题旨。但是视觉想象次数在第三表内，占全体的百分之八十；在第五表里，仅约占百分之七十。对于这种差距，我们又不能不承认题旨和想象偏属的分量是有几分（在本研究内有百分之十）的关系。

白居易是否偏属于听觉想象，分析他的诗太少不能断定。但白氏听觉想象之强，有过人之处。据叶家璧女士调查白居易吟声题目，除《琵琶行》外，尚有五十三条，苟非富于听觉想象者，何至吟如许次数？

白居易吟声诗题（据《白香山诗集》）

慈乌夜啼。听弹古渌水。闻哭者。闻早莺。夜琴。秋虫。江上笛。闻虫。赋得听边鸿。听崔七妓人筝。早春闻提壶鸟因题邻家。听夜筝有感。听弹香妃怨。闻歌伎唱严郎中诗因以绝句寄之。好听琴。船夜援琴。冬夜闻虫。闻新蝉赠刘二十八。听田顺儿歌。听曹刚琵琶兼示重莲。夜调琴忆崔少卿。弹秋思。雨中听琴者弹别鹤操。尝酒听歌招客。醉后听唱桂华曲。听歌。夜闻筝中弹潇湘送神曲。滩声。清调吟。夜闻歌者。江楼闻砧。早蝉。禁中闻蛩。听李士良琵琶。闻龟儿咏诗。春听琵琶兼简长孙司户。听竹枝赠李侍御。闻雷。闻夜砧。郡中夜听李山人弹三乐。换笙歌。六月三日夜闻蝉。听琵琶弹略略。松下琴赠客。乌夜啼。听幽兰。卧听法曲霓裳。闻乐感邻。筝。闻歌者唱微之诗。秋夜听高调凉州。听芦管。松声。

最后录我分析的《离骚》的结果，更足以证明文学家的想法的不一致，想象偏属和题旨没有关系。

表6　　　　　　　　　屈原《离骚》

| 想象种类 | 次　数 | 百分比（%） |
|---|---|---|
| 嗅 | 41 | 42 |
| 视 | 30 | 40 |
| 听 | 9 | 9 |
| 味 | 4 | 4 |
| 触 | 3 | 3 |
| 气　候 | 1 | 1 |

观表6，可见屈原最富于嗅觉，而最泛于听觉。上项诸研究，除杜甫《吟月》十八首中有一次嗅觉外，其余绝无，可知嗅觉想象最难得。可是《离骚》中的嗅觉竟占百分之四十二，《离骚》本题，没有丝毫嗅觉。据表，听觉有占百分之六十五的，有占百分之二十二的，杜诗两表平均占百分之十五点五，可见听觉想象极平常。可是《离骚》仅含百分之九，证明作者乏于听觉想象。

根据上项一切研究，得下列几个结论：

1. 一般学者欢迎的创作、诗文中都遍满想象的字句。

2. 想象是文学家同具的写作能力。

3. 文学家的想象，有偏属于一种的，有兼富两种的，各种程度，很不一致。

4. 想象偏属于一种的，以视觉为最多，听觉次之。兼富两种想象的，其一必定的视觉。

5. 偏属想象和题旨没有密切联系的关系。不过，长于视觉想象的，发挥视觉的诗题，所长特别鲜明，其他亦然。

想象是文学的要素之一，也是心理学问题之一。读者如有兴趣，可选择任何名家的诗词，加以分析，其结论可能和上述者相同。

# 第四章　诗创作心理的酝酿阶段论

　　诗创作心理的酝酿阶段其实是一个不确定阶段，其性质和持续时间都是不太容易把握的，有一些神秘因素在里面，其经历时间也因人而异。可能在外物的启示下立刻就解决了问题，也有可能需要几个小时、几天、几月、几年甚至没有结果。一般对酝酿所做的描述是当我们在对一个问题进行了很多准备性的工作之后，问题还没被解决，此时问题解决者可能去干一些与此问题不太相关的其他事，如看电影、听音乐、做运动、旅游或听讲座、看书等，此时问题被搁置了下来，搁置不理后，好像突然的某一刻大脑受到了撞击，在之前的基础上猛然地解决了问题。这问题在解决之前的那一刻一般是伴随着一些异常的心理状态，貌似征兆来临之前，又好似心理学家马斯洛所说的高峰体验，反正是一种说不清道不明的神奇体验。

　　关于酝酿对问题的解释，一直以来众说纷纭，其中心理学家波斯纳就曾提出了关于酝酿期的三种假说：第一种是酝酿期使我们从之前的问题解决的疲劳中恢复过来，正所谓"当局者迷，旁观者清"，可能从一个当局者的位置走到旁观者的位置，问题突然被一些固定思维给束缚住了。当我们跳出来之后，我们的大脑又高速重新对这个问题加以排列组合，以至于解决。第二种是在我们的意识层面可能没有了思考，但在我们的强大的潜意识领域，还在默默地进行着关于此问题的思考、加工，这是因为我们的潜意识在之前的意识准备过程中它也在默默地准备着，但它一般不会启示你，只有当你极度放松时或在一种特定状态下（如在梦中或不经意间）它才会给你以启迪，以便问题昭然若揭。第三种是当问题解决者把问题搁置下来之后，重新思考此问题，这个过程就像是打铁工匠在高温锻造一个器件时还不能在高温的刹那及时使之成型，还必须加上一个冷处理过程，这样更有利于器件的成型及优势的发挥。

其实酝酿期与功能固着和心理定式的解决非常相似，但诗创作过程并非仅仅要求诗人写完一首诗，草草了结了就行，他还必须有所创造，将平凡的物象以诗意的方式转化为新颖的意象，然后将多个意象经过排列加工组合为一种意境，这个意境自成一个系统，自成一个世界。由此可见诗创作并非一般问题那样只求解决，它是一个极其个性化的事情，整个过程都贯注了诗人的人格、气质、情感等心理。

由于在诗创作心理的酝酿阶段还没有具体形成的诗篇，对于具体写什么和怎么写都还未定型，百般思索，真可谓睡不安寝，食不甘味，坐卧不宁。随之的一些精神状态也是不佳的，失眠等一些具体心理问题也随之而来，苦闷难解，所以这个过程也叫苦闷期或沉思期。这个过程也如王国维先生所说的第二重境界："衣带渐宽终不悔，为伊消得人憔悴。"这百思不得其解的过程最练人意志，此一时期真可谓"山重水复疑无路"，迷茫感、困惑感不期而至，如恶魔缠身，噬心裂痛，欲罢不能。这种极其紧张之感，可能有人在此刻会望山止步，遇水停舟，知难而退了。

其实诗创作心理的酝酿阶段是诗创作的一个小阶段，它的解决也蕴含一个必然性的过程，所以，凡是进入此阶段的人，都要有此坚定之心。正如马克思曾说："劳动过程结束时所得到的结果，在这个过程开始时就已经在劳动者的表象中存在着，即已经观念地存在着。"①

西晋著名书法家、文学家陆机（261—303）称这个过程为"耽思"，在他的名著《文赋》中提道："其始也，皆收视反听，耽思傍讯，精骛八极，心游万仞。其致也，情瞳昽而弥鲜，物昭晰而互进，倾群言之沥液，漱六艺之芳润。浮天渊以安流，濯下泉而潜浸。于是沈辞怫悦，若游鱼衔钩，而出重渊之深；浮藻联翩，若翰鸟缨缴，而坠曾云之峻。收百世之阙文，采千载之遗韵。谢朝华于已披，启夕秀于未振。观古今于须臾，抚四海于一瞬。"②

他说的这个诗创作耽思的过程就是诗创作开始的时候，都是精心的反复构思的。对其进行潜心的思索，旁搜杂引。好像神思飞到了八极之外，心灵游到了万仞的高空上面。文思袭来时，就像初升太阳，开始时还很朦胧，其次就逐渐地鲜明起来。此时的景象像初醒的万物生机盎然。此时真可谓出口成章，奔腾如流。集六艺之精华如流笔端。想象往来于天地之间。忽然到了天池之上，顷刻又到了地泉之中。有时文辞不畅，好像衔钩之鱼从深渊中钓出；有时文辞畅达，好像中箭之鸟从高空坠下。广收百世未述之文意，广采千年不用之文辞。前人已用文意，就好像早晨绽开的花朵榭之而去；前人未用之文辞，像傍晚含苞的蓓蕾直待花开。整个诗创作构思的过程，想象是贯穿其始终的。想象顷刻之间贯通古今，眨眼之时四海全览。

---

① 《马克思恩格斯全集》第 23 卷，人民出版社 1965 年版，第 202 页。
② 郭绍虞主编：《中国历代文论选》第 1 卷，上海古籍出版社 1979 年版，第 663 页。

# 第四章 诗创作心理的酝酿阶段论

## 第一节 诗创作心理酝酿阶段的两个过程

诗创作的酝酿到底是诗人的主观思维呢，还是诗人以客观材料为思维工具呢？历代诗家词客对此见解纷纷。因为诗歌本来就属于超物质的产物，关于这一点可能就要涉及哲学里面的两个核心问题，即是物质决定意识还是意识决定物质，也就是涉及是唯物主义还是唯心主义之争。关于这个问题，马克思主义给了我们以科学的论证，正如有了大山并不会有矿，有了矿但并不一定能炼出金子。所以这里得谈到诗创作心理的酝酿的两种过程：诗创作心理的酝酿的外部发现过程和诗创作心理的酝酿的内部发现过程。

诗创作的发现能力即在诗人的大量前期的准备条件下，通过一些思维工具的运用，将意象、情感、文字等加以融化，在重新锻造，从而达到一个创造的飞升。这个过程是极耗心神的，是生活与诗歌的一个契机，一旦心弦被触动，美乐就会从心吐诉，陶醉众生。到那时就会迎来"柳暗花明又一村"的重生之感，其实一切的一切都是为了这一刻的到来。

所说的诗创作心理的酝酿的外部发现的阶段就是外部物理世界的一种重新认识能力，它属于认识环节的一个深化阶段。诗人在诗创作心理的前期阶段如诗创作心理的定向阶段和诗创作心理的准备阶段，主要是素材的准备、资料的收集，但只算得上是零星的认识，毕竟是片面的、不成体系的，此时也不知道该用何种能力，如分析能力、综合能力、比较能力、抽象能力、概括能力等，之前的都只是一个量的积累过程，只有到了诗创作心理的酝酿阶段，才能发生质的飞跃。而诗创作心理的酝酿的内部发现就是当诗创作动机被激发启动之后，这个过程的动机肯定是越来越加强的，诗创作心理的酝酿的成熟，就会有一种火山欲寻找喷射口亟待挣脱束缚，蠢蠢欲动，随时都可能被解放出来，其实这个阶段也是一种从模糊到豁朗的阶段。诗创作心理的酝酿的外部发现能力是诗创作心理的酝酿的内部发现能力的基础，没有内部发现的能力，外部发现的能力也无从表现出来。这两种能力其实是无所谓有严苛的时间先后之分的，它们是交替作用、互相支撑的。

其实诗创作心理的酝酿的外部发现过程与诗创作心理的酝酿的内部发现过程都是诗创作心理的酝酿过程将考虑的如何将材料（物理的或心理的）转变为诗创作过程中所需要的材料的过程。在其中，主体起着决定性的作用，这也是不同的诗人在面对同一内容之所以产生不同诗作的原因所在。在公元752年秋季的一个黄昏时分，唐朝大诗人杜甫会同高适、岑参、薛据、储光羲同游长安的慈恩寺。此时的杜甫第二次落第，正在长安闲居。慈恩寺里有大雁塔，共六级，是唐高宗在做太子时为其母文德皇后所建，故名此寺为"慈恩"。五位诗人同时登上高塔，所见景色皆同，然而他们写出来的诗作却大为不同。

当时高适、薛据、岑参、储光羲均登大雁塔，每人赋诗一首，今薛据诗已失传。杜甫的这首诗是同题诸诗中的压卷之作。杜甫的这首诗为《同诸公登慈恩寺塔》，他写道："高标跨苍天，烈风无时休。自非旷士怀，登兹翻百忧。方知象教力，足可追冥搜。仰穿龙蛇窟，始出枝撑幽。七星在北户，河汉声西流。羲和鞭白日，少昊行清秋。秦山忽破碎，泾渭不可求。俯视但一气，焉能辨皇州？回首叫虞舜，苍梧云正愁。惜哉瑶池饮，日晏昆仑邱。黄鹄去不息，哀鸣何所投？君看随阳雁，各有稻粱谋。"[①]

现同时分别附上高适、岑参、储光羲之诗作。高适的《同诸公登慈

---

① 萧涤非、程千帆、马茂元等编：《唐诗鉴赏辞典》，上海辞书出版社1983年版，第428—430页。

恩寺浮图》诗云："香界泯群有，浮图岂诸相。登临骇孤高，披拂欣大壮。言是羽翼生，迥出虚空上。顿疑身世别，乃觉形神王。宫阙皆户前，山河尽檐向。秋风昨夜至，秦塞多清旷。千里何苍苍，五陵郁相望。盛时惭阮步，末宦知周防。输效独无因，斯焉可游放。"①

岑参的《与高适、薛据登慈恩寺浮图》诗云："塔势如涌出，孤高耸天宫。登临出世界，磴道盘虚空。突兀压神州，峥嵘如鬼工。四角碍白日，七层摩苍穹。下窥指高鸟，俯呼闻惊风。连山若波涛，奔凑似朝东。青槐夹驰道，宫观何玲珑。秋色从西来，苍然满关中。五陵北原上，万古青濛濛。净理了可悟，胜因夙所宗。誓将挂冠去，觉道资无穷。"②

储光羲的《同诸公登慈恩寺塔》诗云："金祠起真宇，直上青云垂。地静我亦闲，登之秋清时。苍芜宜春苑，片碧昆明池。谁道天汉高，逍遥方在兹。虚形宾太极，携手行翠微。雷雨傍杳冥，鬼神中蹁跹。灵变在倏忽，莫能穷天涯。冠上闻阊阖开，履下鸿雁飞。宫室低逦迤，群山小参差。俯仰宇宙空，庶随了义归。崱屶非大厦，久居亦以危。"③

由于诗人的人生故事、生活经历的不同，这四首诗所传达的内容和意境都有明显的区别。高适，著名的边塞诗人。其诗主要雄浑悲壮，浑厚古朴。主要由于高适少年环境使之极能反映社会的深层问题，加之其性格使然，一般以直抒胸臆为主。岑参与高适一样，是著名的边塞诗人，其诗以英雄气概诗风雄浑且豪放，有不畏艰难的乐观精神气派，想象新奇，造语不凡，这主要和常年边塞的生活有关，储光羲的诗以描写田园山水著名。其诗风格质朴，既细致缜密，又浑厚大气，有农村的那

---

① 高文、王刘纯编：《高适岑参选集》，河南大学出版社 2008 年版，第 135—136 页。
② 吴相洲选注：《高适岑参诗选》，中华书局 2005 年版，第 163—164 页。
③ 高文、王刘纯编：《高适岑参选集》，河南大学出版社 2008 年版，第 137 页。

种古朴自然的韵味，给人以真切实在之感，又兼有陶渊明之色。而杜甫的诗则一般都以沉郁的方式抒发对时局的感慨，其诗风格多样，语言精练。一般以影射的方式大胆揭露时局矛盾，对穷苦人寄予深切关怀，内容深刻，有爱国爱民之风范。

也正如《红楼梦》里面的贾宝玉、林黛玉、贾探春、薛宝钗、李纨、史湘云等结海棠社，每人作了一首咏白海棠的诗，限"门、盆、魂、痕、昏"韵。

探春的诗为："斜阳寒草带重门，苔翠盈铺雨后盆。玉是精神难比洁，雪为肌骨易销魂。芳心一点娇无力，倩影三更月有痕。莫谓缟仙能羽化，多情伴我咏黄昏。"[1] 其意为，傍晚的太阳照着秋天的枯草，一路顺手带上重重院门，白海棠枝繁叶茂盖住了整个的花盆。它的精神好像白玉一样无与伦比，又如白雪似的冰肌玉骨让人感情陶醉。它的花蕊娇弱无力，三更月下的倩影斑驳如同月亮的泪痕。不要说它好似穿着白色缟衣的仙子羽化飞升，它是如此的多情正伴着我在黄昏时节无尽的浅唱。

宝钗的诗为："珍重芳姿昼掩门，自携手瓮灌苔盆。胭脂洗出秋阶影，冰雪招来露砌魂。淡极始知花更艳，愁多焉得玉无痕？欲偿白帝宜清洁，不语婷婷日又昏。"[2] 其意为，因珍惜重视白海棠的秀美姿态在白天也关闭院门，自己独自带着浇花壶给已长满青苔的花盆浇水。秋日的阶前残留有红色的花影，石阶上的露珠招来了白如冰雪的花魂。淡雅到了极致才知道此花更为艳丽，白海棠的露水就如人的泪痕，多愁善感那怎么还能说似白露的白玉没有斑痕呢？欲偿还白帝使白海棠这样冰清玉洁的恩惠，因此默默不语地站在那里直等到黄昏。

宝玉的诗为："秋容浅淡映重门，七节攒成雪满盆。出浴太真冰作

---

[1] 刘亮编著：《红楼梦诗词赏析》，三秦出版社2008年版，第65页。
[2] 同上书，第66页。

影,捧心西子玉为魂。晓风不散愁千点,宿雨还添泪一痕。独倚画栏如有意,清砧怨笛送黄昏。"① 其意为,白海棠淡雅的秋容映照着重重的院门,其花枝繁叶茂玉如雪盛满花盆。犹如刚出浴的杨贵妃似带冰气的倩影,又似捧心的西施以白玉为其芳魂。晨风吹不散万千的哀愁,夜雨又增添了一抹泪痕。伴着清冷的捣衣声和哀怨的笛声,独自倚靠在画栏旁若有所思,又送走了一个黄昏。

黛玉的诗为:"半卷湘帘半掩门,碾冰为土玉为盆。偷来梨蕊三分白,借得梅花一缕魂。月窟仙人缝缟袂,秋闺怨女拭啼痕。娇羞默默同谁诉?倦倚西风夜已昏。"② 其意为,半卷起湘帘半掩着门,碾碎冰块做花土,以白玉作为花盆。偷来梨花的三分洁白,借得梅花的一缕芳魂。好像月宫嫦娥仙子缝制的衣裳,又好似秋闺怨女在擦拭啼痕。娇羞默默在同谁倾诉?无人倾诉,无限心事,只有在无尽的西风中目送着一个又一个的黄昏。

史湘云作了两首,其一为:"神仙昨日降都门,种得蓝田玉一盆。自是霜娥偏爱冷,非关倩女欲离魂。秋阴捧出何方雪?雨渍添来隔宿痕。却喜诗人吟不倦,肯令寂寞度朝昏?"其二为:"蘅芷阶通萝薜门,也宜墙角也宜盆。花因喜洁难寻偶,人为悲秋易断魂。玉烛滴干风里泪,晶帘隔破月中痕。幽情欲向嫦娥诉,无奈虚廊月色昏。"③ 其一意为,定是神仙昨日降临京城,在这里种得蓝田玉一盆。只是因为霜娥偏爱寒冷,非关倩女离魂那样优美多情动人。秋阴时节从何处捧来一团白雪,原来是昨夜的雨水留存的泪痕。令人高兴的是诗人们吟咏不倦,岂肯令寂寞度过这样的朝昏呢?其二意为,长满蘅芷的台阶通向萝薜围绕的门,白海棠也宜墙角栽种也宜盆中栽种。花因喜洁难以寻觅到友朋,

---

① 刘亮编著:《红楼梦诗词赏析》,三秦出版社2008年版,第67页。
② 同上书,第65页。
③ 同上书,第69页。

人为悲秋容易肝肠寸断。像白玉的蜡烛在风中吹干了，月光下的花影透过水晶帘映出斑斑驳驳的影痕。白海棠含情脉脉想要对嫦娥仙子一吐心事，无奈空旷的长廊里月色越发的昏暗。

诗题是咏白海棠，而且是用相同的韵，且不说他们能力诗风如何，仅就作诗的个性来说，各有千秋，有风流别致的、有含蓄浑厚的，主旨、情趣、人物、语言风格都代表了诗人自己，虽小说家之言，但这毕竟是曹雪芹纵观各类人物、各种诗风的基础上对其所做的解释，所以，诗创作心理的酝酿过程是因人而异的。

## 第二节　诗创作心理的酝酿阶段的思维探索

### 一　诗创作的思维概说

所谓思维，即借助于语言、表象或动作实现对客观事物的概括和间接的认识，它是属于认识的高级形式。一般我们在解决问题中，要借助思维先思考，再行动。正如马克思所说的："劳动过程结束时所得到的结果，在这个过程开始时就在劳动者的表象中存在着，即已经观念地存在着。"[①] 马克思在这里已经很明显地谈道思维是先于行动的。思维过程与心理的其他过程有着密切的关系。首先是从感觉到知觉直接接受刺激，并对信息进行一些初级的编码、转化、加工和存贮，进而形成记忆，并且还会借助于语言表达、表象操作和动作思维等工具进行高级加工，在这个过程中注意与意识始终是以一个伴随物的形式一直在起着作用，最终达到解决人们所面临的实际问题。

思维是一切科技、艺术及其他一切领域的成果，一切的成果都可以

---

① 《马克思恩格斯全集》第23卷，人民出版社1965年版，第202页。

在人类思维史上得到印证,韦尔斯在他的《世界史纲》中也曾说道:"整个人类的历史基本上就是一部思想(思维)的历史。"思维在诗创作中是属于核心地位的,正是有了思维,诗人才能借助思维将外部信息凝为具有诗意的珍珠,诗人的心灵之花才会盎然盛放。

正如恩格斯在《自然辩证法》中所说的:"思维着的精神是地球上最美的花朵。"因为世上若无思维,人是无从制造出改变人类三次科技史的工具的。思维它具有概括性,也就是它会在大量的信息材料的基础上将其进行归纳总结,从中提取出一个具有概括性质的东西。从这一点来说,我们人类的进步在一定意义上就是对规律发展的了解与掌握。思维还具有间接性,即借助于一定的手段而达到对未知事物的认识,例如想对唐朝大诗人李白其人进行研究,但李白距今已有一千多年的历史了,我们今人不可能穿越到他生活的那个时代,但可以借助于史书、历代文人墨客对他的研究记录及他流传下来的作品进行间接的认识,最终也能达到目的。同时思维也是对经验的改组,因为人们的认识过程是一个不断深化的过程,任何的真理也有其相对性,所以我们要不断实践,不断更新我们的经验,使之不断接近真理到最终掌握真理。诗人作诗的过程也是一个思维过程,是一种思维艺术。在诗创作的过程中,我们要通过对一切外来信息(人、事、物等)进行分析、综合、比较、抽象和概括,使外物从表象到意象,再通过一些排列组合,从而达到诗篇的意境。这就是我们常说的大脑到外在事物的"由此及彼、由表及里、去粗取精、去伪存真"的加工处理过程,最终得到诗之精灵缪斯的青睐。

随着科技的进步,特别是电脑技术的应用,人工智能已然出现。正如美国心理学家迈尔斯在《心理学》[①]一书中介绍了人工智能,他认为人工智能(artificial intelligence,AI)是通过设计计算机系统来模拟人

---

① [美]戴维·迈尔斯:《心理学》(第七版),黄希庭等译,人民邮电出版社2006年版,第340—341页。

类思维进行"智能"活动的一门科学。AI 系统需要依靠大量的信息和信息检查的规则。作为认知科学和计算机科学的交叉产生的新兴学科,人工智能的学科意义包括两个层面:一是实践;二是理论。

AI 在实践方面主要包括我们研制出的能"感知"环境的工业机器人,能进行化学分析,提供税收方案、天气预报和诊断疾病的"专家系统",能挑战并击败世界级大师的国际象棋程序。……AI 理论的先驱是心理学家赫伯特·西蒙。该理论研究的内容就是通过对能够模仿或匹敌于人类思维过程的计算机系统的设计,在理论上弄清楚人是如何进行思维的,其目的就是建立一套能够处理信息、解决问题、学习经验和存贮记忆的"认知的统一理论"。

计算机能模拟人的思维吗?在人类最感棘手的方面——处理大量的数据、在记忆中搜寻详细的信息、运用特定的规则做出决策——计算机却干得十分出色。的确,计算机在处理这些问题时所表现出的得心应手使得它在图书馆和科研实验室中变得不可或缺。然而,在辨认人的面孔、区分猫和狗、运用常识、体验情感、分辨单词(如,"line"是指"一根绳索"还是"一行诗"或是"一种勾引异性的言行")等诸方面。即使最精密复杂的计算机,与最一般的普通人的心智能力相比,也会相形见绌,令人啼笑皆非。

就像一首关于机器人写的诗作《昆虫》:

  所有的孩子都是小的、脏的,
  铁器能起开所有的龙锯开,
  一切淡色的、模糊的、顺从的水都被澄清。
  无声息的,被炎热烤焦的昆虫,
  是从幼虫变来的。
  昆虫是怎样落入这暗箱里的?

这首"诗"基本上还是能理解,但是有些句子非常奇怪,如"铁器能将所有的龙锯开",而且极度的有翻译痕迹,没有人性化,而且也不符合作诗的原则,语言过于通俗等。所以在面对高居文学金字塔顶端的诗来说,在常人眼里都是难以企及之事,更别说是机器了。

有人说,思维就是一个"黑箱",而诗创作更是黑暗中的"黑箱"。虽说人工智能很难写出像样的诗篇,但它毕竟是一个对诗创作思维来说非常好的工具,它可以模仿诗人创作的一些基本的心理历程,对于揭示诗人诗创作也是大有裨益的。现在的科学技术日新月异,真是达到了若不多接触一些先进的技术设备,一个人就会跟不上时代的步伐,特别是自己所从事的行业,一定要与时俱进才行。笔者在2015年10月9日的一首《五言律绝·学习近红外观感成像原理有感》中写道:"黑箱大脑奇,科技迄今知。勿要藏颜色,应须显本之。"近红外仪器能测出好多人的身心反应,真可谓在近红外仪器面前你即会暴露无遗,"勿要藏颜色,应须显本之"。

## 二 诗创作的形象思维

根据思维任务之性质、内容和解决问题之方法进行分类,可将思维分为直观动作思维、形象思维和逻辑思维。直观动作思维是运用实际的动作进行思考,解决问题,例如修理工,小孩子也主要是运用直观动作思维的形式,一般直观动作思维是动作停止思维即停止。逻辑思维是运用概念、理论等形式来作为解决问题的思维形式,它是人类进步的一种表现。形象思维是人们利用头脑中存贮的形象(表象)来思考、解决问题的思维形式,它具有生动、活泼、鲜明等特点。例如,希尔加德等的《心理学导论》中提到了一个修道士爬山问题的例子:"一天清晨日出时,一个修道士开始沿着盘旋的山路爬山,到山顶的一个寺庙。山路狭窄,只有一两尺宽。这个修道士爬山时,时快时慢,一路上歇了好几次。他在太阳落山的时候才到达寺庙。在寺庙停留了几天后,他开始沿原途下山,也是日出时启程,以变化的速度行走,同样在路上休息多次。当然,他下山的平均速度要比上山时快。你能运用想象,证明路上有一地点,在白天的同一时刻,修道士上下两次都正好走到那儿吗?读者可以想见为:在清晨日出时,有一个修道士开始上山,而同时有另一个修道士开始下山。虽然他们爬山的速度不同,但肯定会在白天的某一时刻相遇。"① 通过这个例子我们就可以知道形象思维在我们生活中是多么的重要。

形象思维是人们认识事物的基本思维方式,从它的产生来看,在原始人那里开始,由于生产力及脑力的不发达,人们接收外界信息也主要是靠我们的感官,获得一个形象(表象)作为思维的凭借、想象的依托。从原始人开始我们就一直使用形象思维,经过了几千年甚至几万年的进化过程,我们的形象思维是很发达的。但在诗创作过程中所要求的形象思维和一般生活中所需要的形象思维还不一样,要复杂得多,为了更好地研究形象思维,我们可以先看一下关于表象的问题。

(一) 表象

表象(image)是事物不在面前,人们头脑中回忆出关于事物的形象。它与语象、意象其实指的都是同一回事。所谓语象,即语言学术语,指运用语言符号所传达的诗作的基本成分。而意象呢?一般它的形成过程是外界客观事物经过诗人的感知觉而形成的一个关于事物的映像,然后经过诗人的内化,转化为诗人可操纵的意象的心理过程。其实它们都是指诗创作过程的基本单元。

表象既然可以脱离客观事物而单独出现在头脑中,那么表象有哪些特征呢?表象主要有三个特征,第一是表象的直观性,即表象是以生动

---

① [美] E. R. 希尔加德、R. L. 阿特金森:《心理学导论》,周先庚等译,林方校,北京大学出版社1987年版,第447—448页。

直观的具体形象出现在大脑里的。表象还与前面讲到的知觉不一样，它是在知觉的基础上通过我们的感官生发的，它最重要的特点是形象鲜明生动。一般诗人作诗并非都是在外物的直接作用下才开始的，他需要将外界刺激物在映射下形成如在眼前的意象，然后在头脑中进行排列组合，加工改造。例如中国现代派象征主义诗人，"雨巷诗人"戴望舒（1905—1950）的《我用残损的手掌》[1] 是在日寇的铁窗下向苦难祖国的抒怀之作，他写道：

> 我用残损的手掌
> 摸索这广大的土地：
> 这一角已变成灰烬，
> 那一角只是血和泥；
> 这一片湖该是我的家乡，
> （春天，堤上繁花如锦幛，
> 嫩柳枝折断有奇异的芬芳。）
> 我触到荇藻和水的微凉；
> 这长白山的雪峰冷到彻骨，
> 这黄河的水夹泥沙在指间滑出；
> 江南的水田，你当年新生的禾草
> 是那么细，那么软……现在只有蓬蒿；
> 岭南的荔枝花寂寞地憔悴，
> 尽那边，我蘸着南海没有渔船的苦水……
> 无形的手掌掠过无限的江山，
> 手指沾了血和灰，手掌沾了阴暗，
> 只有那辽远的一角依然完整，

---

[1] 戴望舒：《望舒草》，江苏文艺出版社2009年版，第140—141页。

温暖，明朗，坚固而蓬勃生春。

在那上面，我用残损的手掌轻抚，

像恋人的柔发，婴孩手中乳。

我把全部的力量运在手掌

贴在上面，寄予爱和一切希望，

因为只有那里是太阳，是春，

将驱逐阴暗，带来苏生，

因为只有那里我们不像牲口一样活，

蝼蚁一样死……

那里，永恒的中国！

这首诗的起因是随着日军对中国的步步紧逼，在1939年戴望舒携家赴香港，后任编辑，因在报纸上宣传抗战的诗歌而被捕入狱，在狱中可谓受尽煎熬，由于他对祖国明天的光明前途充满信心，宁死不屈并以诗抒发赞美，表明心志。这首爱国诗无疑就是诗人在脑海中浮现的"春天，堤上繁花如锦幛，嫩柳枝折断有奇异的芬芳""江南的水田，你当年新生的禾草"等的意象，在如此生动的意象下经诗人捕捉才成此伟大的诗篇。

表象的第二个特征是概括性。表象的概括性是人们多次知觉的结果，它不是对事物个别特征的反映，而是事物的主要特征和一些带概括性的特征，它是对一类事物多次的知觉，已经形成了类反应。正如我国现代文学家、诗人艾青（1910—1996）写的《大堰河——我的保姆》，全诗解释他对乳母的歌颂，因为艾青从小就不受父母的疼爱，而乳母大堰河如他的亲生母亲一样，给了他如家的温暖，以至于多年后他的乳母去世还依然对她情深意切，生时的种种画面依然在诗人脑海中回荡。

这首诗是诗人在对大堰河的多次反映，综合了多次知觉活动的结果。正因为表象具有概括性，所以大堰河的形象比起大堰河本人来说更具内涵，从而给人一种见微知著之感。

表象的第三个特征是可操作性，表象的可操作性即人们在头脑中对其客观事物的形象进行操作，就和在现实生活中操纵实物一样，这一点得到了心理学实验的证明，通过"心理旋转"实验可知，人们在完成某种任务时倾向于借助表象进行思维，而且形象思维的支柱即是借助于各种依然存在的表象。正是基于表象的可操作性，它不是客观事物的模仿，而是可以根据诗人的主观意志来改变的。从这一点来说，它正是创造性的基础，任何一首诗也是一个创造物。基于这一点，我们可以将表象分为记忆表象和想象表象。

所谓记忆表象就是在诗人的记忆中保持客观事物的形象，即以前经历过的表象又在一定条件下再现出来，它是需要有一定的条件的。正如美国认知心理学家布鲁纳在他的《儿童期再现表象的成长》中认为表象的再现有三种方式，分别是动作表象、图像表象和语言符号表象。与之相应的表象系统也有三种，他认为："在人的智慧成长期间起作用的表现系统有三种：动作性再现表象、图像性再现表象和符号性再现表象，即对事物的认识是通过做来认识的。通过该事物的图片或映象来认识该事物的，或通过诸如语言这类符号工具而认识的。"①

虽然记忆表象不像想象表象那样进行加工改造，但它也并非是表象的完全映象，也往往是有选择的再现，这其中涉及诗人的文化教育、性格气质、情感经历等诸因素。例如同样是写咏梅，但陆游与毛泽东所写的有如此之大的差别，陆游的《卜算子·咏梅》词为："驿外断桥边，寂寞开无主。已是黄昏独自愁，更著风和雨。无意苦争春，一任群芳妒。零落成泥碾作尘，只有香如故。"② 而毛泽东的《卜算子·咏梅》

---

① 《西方心理学家文选》，张述祖等审校，人民教育出版社1983年版，第446页。
② 公木：《毛泽东诗词鉴赏》（纪念版），长春出版社2013年版，第184页。

词为:"风雨送春归,飞雪迎春到。已是悬崖百丈冰,犹有花枝俏。俏也不争春,只把春来报。待到山花烂漫时,她在丛中笑。"① 这两位大诗人的诗作如此的不同,就在于融注于诗人自己的情感,他们所使用的意象差不多,都有"风雨""春"等,其实他们的词已经融入了一些想象表象的成分了。

(二) 想象

要想很好地知晓想象表象,我们必须要先了解什么叫想象。什么是想象呢?天马行空、无所依托的吗?不是。在心理学中,想象(imagination)是对头脑中已有表象进行排列组合、加工改造而形成的一种全新的形象的思维过程。它是一种特殊的心理现象,以表象为基础,它贯穿于诗创作的几个过程。它对于诗创作心理豁朗阶段、诗创作心理验证阶段起着不可或缺的作用。想象是以形象性和新颖性作为它的特点。关于想象,刘勰在《文心雕龙》中有很详尽的阐释,他说:"是以诗人感物,联类无穷。流连万象之际,沉吟视听之区;写气图貌,既随物以宛转;属采附声,亦与心而徘徊。"② 也就是说,诗人对外界事物有所感触时,它能引起的相关想象是无穷无尽的;在世间万象中流连忘返,在视觉听觉范围内沉思吟咏。描写天气状绘景貌,要跟着事物的变化而变化;连缀辞藻去附和声音,也要与自己的心声相应。这是对诗创作中关于想象的表述,也是我们在诗创作实践过程中应该这样做的。

一名诗人可以感受到某一种语言表达法的所有感情色彩,感到这个表达法与他所表达的事物之间的关系。德国学者阿尔伯特·罗腾堡曾采访过的一个人在创作一首诗时,认真琢磨了对一匹马的想象、神话、当今的信仰、他自己的生活这四个方面的问题所交织而成的关系。同时他也研究了

---

① 李小琳、唐明刚主编:《毛泽东诗词鉴赏》,吉林文史出版社2005年版,第268页。
② 周振甫:《文心雕龙选译》,中华书局1980年版,第181页。

某些与马有关的字的意思层次以及它们之间的交错关系。比如在下面的诗句里："Sein Gang eroffnete ergreifende Einbliche in das Absolnte."（它的步履使人对极权有了强烈的认识）这里的步履"Gang"一词译成英语是"gait"，它既指马的步履，也指大门［美语中，"gait"（步履）一词与"gatec"（大门）一词是同音词］。这样，这个诗人发现，这些词同一个人的经历有关系。最后，通过何莫斯巴梯亚思维①，他发现，这里牵涉到"gate"（大门）这个词的意思，于是，他就这方面进行联想，最后找到了"地狱之门"一词（英语是 hell's gate）。这个概念在最后定稿时，同这个诗人的母亲的名字"Hellen"（海伦）有了一定的联系。②

在上述这种过程中，诗人主要是进行了想象思维，只要跳跃的创造性思维一出现，想象的内容就要经历何莫斯巴梯亚思维这个过程，即不同的事物重叠在一起。同所有想象一样，这里的想象也会打上感官的烙印（如视觉的、听觉的、触觉的、动觉的、嗅觉的、味觉的烙印）。其实何莫斯巴梯亚思维和下面要讲到的对比联想有些类似，具体而言还是

---

① "何莫斯巴梯亚思维"，这个概念是从希腊语的一个词根"homojos"引申过来的，意思是"同样"或"同类"。何莫斯巴梯亚思维是指两个或两个以上互不联系的实体，占据着同一个空间，共同积极地思维，这是一种创造新的统一物的思维方式。何莫斯巴梯亚思维是一种抽象过程，是人的意识所具有的一种功能。只有通过意识的抽象能力，才能将不同的实体当作同一个空间里的实体来理解，通过抽象思维，可以把不同的实体组成一个新的统一物。在同一个空间里的不同实体所进行的何莫斯巴梯亚思维必定是暂时的、转瞬即逝的，一个人不可能在较长的时间里共同思考不同的实体。在何莫斯巴梯亚思维过去以后，组成一块的不同事物马上就要分化为许多组成部分。这种思维的特有产物是生动的比喻，即新颖的、富有诗意的、表现力强的比喻。在何莫斯巴梯亚思维过去以后出现的各个物体面目焕然一新，它们不再是这种思维以前的各个互不相干的因素，也不再是各自独立的分子。与之相对应的是"雅奴西亚式思维"，这个概念是从古罗马的上帝雅奴斯引申过来的。传说中的雅奴斯有两张相反方向的脸。雅奴西亚式思维指的是两个或两个以上互相对立、互为反命题的概念、思想或印象同时进行的积极思维，它们共同存在，同样合理地起着作用，而且，它们的真实程度也相同。这样一种思维形式会带来一个一体化的概念、比喻或其他的创造物。雅奴西亚式思维是在创作过程中的某一特定时刻出现，它通常与灵感一起出现。因此，这种思维的效果在成品中是看不出来的。换句话说，雅奴西亚式思维是一种批评的转折点或一个中途停靠站，它出现后会有许多转变，会得到许多的修正。

② ［德］拉尔夫·朗格纳编著：《文学心理学——理论·方法·成果》，周建明译，黄河文艺出版社 1990 年版，第 95—96 页。

有很大差异的。

既然想象如此重要，那么它有什么功能呢？

第一个作用是预见功能。它能预见诗创作的结果，指导诗人们诗创作的方向。就是所谓的对自己想写的诗篇的一种超前反映，使之能预见未来。这种"先知"功能就是在诗篇尚未成形时就已经通过想象看到了它的形貌，它其实是属于一种"内视能力"，和我们常说的"打腹稿"没什么两样。如中国古代有许多的预言诗，其中最有名的当数中国古代十大预言诗，诸如商末周初军事家、齐国开国君主姜太公（约公元前1156—约前1017年）的《乾坤万年歌》，三国时期杰出的政治家、军事家、散文家诸葛亮（181—234）的《武侯百年乩》和《马前课》，隋朝末年的隋朝大将步虚大师的《步虚大师预言》，世界上第一个给风定级的科学家、因注解《周髀算经》和《古算十经》而成为世界上最早的数学教材的文学家唐朝李淳风（602—670）的《藏头诗》，李淳风和唐代著名相师袁天罡（579—668）的《推背图》，唐朝的易学家、大乘佛教高僧黄檗（？—855年）的《黄檗禅师诗》，北宋著名理学家、数学家、诗人邵雍（1011—1077）的《梅花诗》，元末明初的军事家、政治家、文学家刘伯温（1311—1375）的《金陵塔碑文》和《烧饼歌》等预言诗。虽现代学者对其的解释可谓见仁见智，众说纷纭，莫衷一是，但无论出于什么原因，我们以现在的眼光看这些诗篇，无疑都是充满了神秘主义的预言性。

想象的第二个作用是补充知识经验的不足。在实际的生活中，有许多事物是人们无法直接感知的，如我们伟大诗人屈原的真实相貌，四大名著里面的人物形象，有些诗篇的归属权等，凡这些我们无法直接感知的事情或因时间太久远或因空间不允许，所以我们只能通过想象对这些知识经验进行补充。

最经典的例子就是《红楼梦》第三回"托内兄如海荐西宾，接外

## 第四章 诗创作心理的酝酿阶段论

孙贾母怜孤女"中介绍王熙凤的那段：

> 一语未完，只听后院中有笑语声，说："我来迟了，没得迎接远客！"黛玉纳罕道："这些人个个皆敛声屏气，恭肃严整如此，这来者系谁，这样放诞无礼？"心下想时，只见一群媳妇丫鬟拥着一个人从后房进来。这个人打扮与众姑娘不同，彩绣辉煌，恍若神妃仙子。头上戴着金丝八宝攒珠髻，绾着朝阳五凤挂珠钗，项上戴着赤金盘螭璎珞圈，裙边系着豆绿宫绦，双衡比目玫瑰佩；身上穿着缕金百蝶穿花大红洋缎窄裉袄，外罩五彩刻丝石青银鼠褂，下着翡翠撒花洋绉裙。

讲到这里，我们大概知道了她的穿着打扮，极尽奢华之能事，接着：

> 一双丹凤三角眼，两弯柳叶掉梢眉，身量苗条，体格风骚，粉面含春威不露，丹唇未启笑先闻。

这首小诗基本上道出了她的形象气质，接着：

> 黛玉连忙起身接见。贾母笑道："你不认得他：他是我们这里有名的一个泼皮破落户，南省俗称'辣子'，你只叫他'凤辣子'就是了。"黛玉正不知以何称呼，只见众姊妹都忙告诉他道："这是琏嫂子。"黛玉虽不识，也曾听见母亲说过，大舅贾赦之子贾琏，娶的就是二舅母王氏之内侄女；自幼假充男儿教养的，学名王熙凤。①

到这里我们可基本上通过言语的描述，在大脑中形成了相应的关于

---

① （清）曹雪芹，高鹗：《红楼梦》第一册，三秦出版社 2008 年版，第 13 页。

王熙凤的形象。

想象的第二个作用是替代性。这一点在中国古代文人骚客那里都有体现，如游仙诗，主体就是诗人相信神仙、幻想仙境，描写异象；或诗人身当乱世、有志难伸、怀才不遇以求抒发；或诗人欣赏仙境、模仿前人、凭想虚构，以求性情；或祝颂帝王、长生不老、仙丹符箓，以求赞誉；或诗人自命不凡、仙夫自居、仙境仙女，以求风流。例如，很有代表性的是东汉末年曹操的一首《陌上桑》，他写道："驾虹霓，乘赤云，登彼九疑历玉门。济天汉，至昆仑，见西王母谒东君。交赤松，及羡门，受要秘道爱精神。食芝英，饮醴泉，柱杖桂枝佩秋兰。绝人事，游浑元，若疾风游欻翩翩。景未移，行数千，寿如南山不忘愆。"[①] 这首诗主要讲诗人驾虹霓，乘赤云，从九疑山经玉门关，渡过银河至昆仑山，见西王母，拜见东方公，交赤松子和羡门高，受要秘道及食灵芝及饮美酒，游太空，长生不老等典型的游仙诗类型。

想象的第三个作用是对机体生理活动过程的调节，它能改变人的一些生理机能。这一点也得到了一些实验的支持，如想象自己做高速运动或虚静禅定，那么就可观察到他的机体会发生相应的变化，这一点，笔者也是深有体会的，在2015年9月3日笔者曾作的一首《五律·观黄河母亲相》中就有体会："一观心应醉，再品眼即痴。气定神犹定，从容泰处之。有幸华夏子，绝代亦不息。何鄂抄神笔，雕成世界奇。"当作完此诗时，有一种如饮美酒之感，任人陶醉，而且有一种异常美妙的心境，好像是顿悟了，或是马斯洛所说的自我实现和高峰体验之感。其间还伴有大脑异常兴奋，手舞足蹈，心花怒放，瞳孔及鼻孔大小、心跳及脉搏都与正常情况不同，其实每个诗人都应该有类似的体会，只是每个诗人当时的生理反应不尽相同，它是与诗人当时的心境、情绪情感、

---

① 张强、田金霞解评：《三曹诗选》，三晋出版社2008年版，第12页。

第四章　诗创作心理的酝酿阶段论

经历等相有关。

想象在诗创作过程中是一种必不可少的工具，它是借助于从旧形象中分析出必要的元素，然后按照新的构思重新排列组合、加工改造，从而创造出一个完美的意境。我们最初得到的意象是零星的、松散的、不成系统的，可以利用想象的几种形式将其成形。

第一种想象的形式是典型化。所谓典型化是指根据一类事物的共同特征而创造新形象的过程。如鲁迅先生所说的，他（创造典型）"没有专用过一个人，往往嘴在浙江，脸在北京，衣在山西，是一个拼凑起来的角色"。正如英国伟大的革命浪漫主义者，著名诗人珀西·比希·雪莱（1792—1822）有首著名的诗《云》,[①]其中第一节写道：

> 我从海洋江河
> 为饥渴的花朵
> 带来清新的甘霖；
> 我为午睡未醒，
> 还在留恋梦境
> 的绿叶盖上轻荫。
> 从我的翅膀上
> 洒下玉霞琼浆
> 去唤醒朵朵蓓蕾，
> 而她们的慈母
> 绕着太阳飞舞，
> 摇晃得她们入睡。
> 我用冰雹的连枷

---

[①] 牛小玲：《雪莱诗作〈云〉的修辞方法》,《新乡师范高等专科学校学报》2001年第3期。

把绿色原野捶打，

打得像银装素裹，

再用雨把冰消融，

只听得笑声轰隆：

那是我在雷鸣中走过。

云作为大自然的自然现象，变幻莫测，就像李白在《梦游天姥吟留别》中所说的那样："霓为衣兮风为马，云之君兮纷纷而来下。"① 雪莱在这里是将云的多种表象进行了概括与综合，使之创造出了世间独一无二的云，一种综合了万千的属于雪莱的云。

第二种想象的形式是黏合。所谓黏合就是把客观事物中很多事物的形象加以组合，从而形成一个完全新颖的形象的过程。如许多神话、童话、游仙诗等中的形象，即是如此。正如《西游记》第四回"官封弼马心何足，名注齐天意未宁"所描绘的孙悟空形象："身穿金甲亮堂堂，头戴金冠光映映。手举金箍棒一根，足踏云鞋皆相称。一双怪眼似明星，两耳过肩查又硬。挺挺身材变化多，声音响亮如钟磬。尖嘴呲牙弼马温，心高要做齐天圣。"② 这是明代小说家吴承恩（1501—1582）笔下的孙悟空形象，这属于是小说家笔下虚构出来的人物形象，但这毕竟是吴承恩根据生活中的原型，将客观事物中的形象加以排列组合而形成的孙悟空形象。

第三种想象的形式是夸张。夸张就是通过改变常见事物的某些特点，或使之变大，如大人国里的大人；或使之变小，如小人国里的小人；或者对其数量的变化，如千手佛、九头鸟等，使之出现一种让人没有见识过的新东西。如我国唐朝诗仙李白就极尽夸张之能事，他的许多

---

① 张国举：《唐诗精华注译评》，长春出版社2010年版，第163—164页。
② （明）吴承恩：《西游记》第一册，三秦出版社2008年版，第19页。

诗篇里都喜欢用夸张的想象手法，如我们熟悉的《望庐山瀑布二首》，[①]其一为："西登香炉峰，南见瀑布水。挂流三百丈，喷壑数十里。欻如飞电来，隐若白虹起。初惊河汉落，半洒云天里。仰观势转雄，壮哉造化功。海风吹不断，江月照还空。空中乱潈射，左右洗青壁；飞珠散轻霞，流沫沸穹石。而我乐名山，对之心益闲；无论漱琼液，还得洗尘颜。且谐宿所好，永愿辞人间。"其中的"挂流三百丈，喷壑数十里"。"欻如飞电来""初惊河汉落""海风吹不断""飞珠散轻霞，流沫沸穹石"等都可体现。其二为："日照香炉生紫烟，遥看瀑布挂前川。飞流直下三千尺，疑是银河落九天。"其中的"飞流直下三千尺，疑是银河落九天"等即是如此。

第四种想象的形式是联想。联想是由一事物想到另一事物的过程，是由此及彼的过程。与联想相对应的是分想，分想的作用是选择和提取，它是把事物的原本意象揉碎，然后在意象与意象之间选择诗人所需要的意象。一般来说，外界客观刺激物作用于我们的感觉器官，引起相应的感官活动，大脑皮层也会有相应的变化，产生一定的心理现象。由于客观刺激物之间都存在一定的联系，那么我们的心理现象也会存在一定的联系，这就成为我们心理学上的联想的定义，这种联想的生理机制是大脑皮层中暂时神经联系。巴甫洛夫认为联想是生理学上的暂时神经联系，他认为："暂时神经联系是动物界和我们本身方面的普遍性生理现象，但他同时也是心理现象——心理学家称之为联想，这是由于各种各样的行动、印象或由字母、词及思想所形成的联系。"[②]

在诗创作过程中，联想可分为四类：接近联想、相似联想、对比联想及无意联想。其中这四类联想既可以在记忆阶段应用它们帮助记忆，又可以在回忆阶段应用它们加以回忆。有时记忆也就可以说成是联想。

---

① 詹福瑞等：《李白诗全译》，河北人民出版社1997年版，第783—784页。
② 参见杨清《现代西方心理学主要派别》，辽宁人民出版社1982年版，第70页。

英国心理学家柏西·布克就提出了这样的观点："记忆实际上就是'观念的联想'的一种方便的同义词。"①

我们的记忆过程可分为编码、存贮、提取三个过程，编码就是一种建立联系的过程，而提取就是回忆这种联系的过程。从这个意义上说，要想增强你的记忆能力，无须在记忆力本身上下功夫，你可以通过训练你的联想能力的方法来间接地训练记忆力。培养联想能力的办法一般有：第一，从小抓起，有意识培养，如作文课、绘画课、音乐课等；第二，培养情感能力，情感能催促联想的翅膀畅游九天，可以欣赏一些文学性很强的作品，如《红楼梦》等；第三，做一个善于观察之人，善模仿方有高超越，正所谓"模仿出大师"，参加一些实地的劳动，如进入工厂做工等。

接近联想。接近联想是由于时间或空间的接近而引起的联想，因为在我们的经验中易于迁移。如陆游的《沈园二首》其一为："城上斜阳画角哀，沈园非复旧池台。伤心桥下春波绿，曾是惊鸿照影来。"② 意思是说城墙在斜阳的映照下画角声也仿佛有哀凄，现在的沈园已不是原来的亭台池阁的沈园了。那座令人黯然神伤的桥下春水依然如绿，当年我就在这里见到了她的惊鸿媚影。陆游的这首诗就很好地用了接近联想，由当前景象想到当年景象；由当前情感想到当年情感，读之令人哀伤。

相似联想。相似联想即两种不同意象间由于某一相似点而将其联系在一起，即对一件事物的回忆引起了对另一件事物的回忆，这两件事物在某一点上有接近或相似性。例如，俄国教育心理学家乌申斯基在其名著《人是教育的对象》中谈道："假如诗人看出海的啸声和人们的吼声

---

① ［英］柏西·布克：《音乐家心理学》，金士铭译，人民音乐出版社1982年版，第70页。
② 王英志等：《宋诗鉴赏辞典》，上海辞书出版社1987年版，第999页。

相似，诗人从明亮的眼睛中看见闪电的光辉，从树林发出的声音中听到哭泣，从美妙生动的风景画中看到微笑等，那么，在实质上，这不过是相似的联想，但这种相似不过不是由理性揭露的，而是为人的诗意情感揭露而已。"① 乌申斯基说的非常核心的一点是"相似联想不过不是由理性揭露的，而是由人的诗意情感揭露的"。诗人之所以将一些常人认为不可能的事非常巧妙地联系在一起，除了他们有过人的敏锐眼光之外，也在很大成分上是由于充郁的感情激荡。这一点正如南朝宋文学家刘义庆（403—444）在他的名著《世说新语》文学篇中提到了一则故事："文帝尝令东阿王七步中作诗，不成者行大法。应声便为诗曰：'煮豆持作羹，漉菽以为汁。萁在釜下燃，豆在釜中泣。本自同根生，相煎何太急。'帝深有惭色。"②

与相似联想相对应的是相反联想，也就是对比联想，即由某一事物的回忆引起另一事物的回忆在某一点上相对或相反。正如法国诗人雨果在《〈克伦威尔〉序言》中所说："丑就在美的旁边，畸形靠近着优美，粗俗藏在崇高的背后，恶与善并存，黑暗与光明相共。"③ 唐代诗人崔护（772—846）写了一首《题都城南庄》，其说道："去年今日此门中，人面桃花相映红。人面不知何处去，桃花依旧笑春风。"④ 意思是去年今天在这扇门里，姑娘的脸庞与桃花相依映。今日再来到此地，姑娘已不知去向何方，只留桃花在春风中含笑。这种对比联想在中国古代文论中已根深蒂固了，一直以来都有这种传统，中国律诗讲对仗，而且还不止于诗，由诗发展到后来的骈文，再到后来的散文，都能找到根源。这

---

① ［俄］乌申斯基：《人是教育的对象》第一卷，李子卓等译，科学出版社1959年版，第253页。

② （南朝宋）刘义庆著，程千帆主编：《世说新语》，北京教育出版社2013年版，第111页。

③ 《欧美古典作家论现实主义和浪漫主义（二）》，中国社会科学出版社1981年版，第124页。

④ （清）彭定求等：《全唐诗》（上），上海古籍出版社1986年版，第919页。

不仅有助于诗人创作，而且也有助于诗读者鉴赏时的可以激发其相关联想。

无意联想。无意联想即按照想象联想活动是否具有目的性，可将其分为无意联想和有意联想。无意联想是一种没有预定目的、不自觉地产生的联想。它是意识减弱到很低的程度下因某种外物的引发而产生的一种想象。比如有时会对着天空的云彩发呆，梦中发生的一些事，精神病患者产生的幻象，由药物引发的一些幻想等。这一点在诗创作心理定向阶段的无意识的内容中也有论及。

若说记忆表象还不怎么具备创造性，或是初具创造性的萌芽，那么想象表象就是真正的具备了创造性。所谓想象表象即是在诗人头脑中对存贮的记忆表象进行重新排列组合、加工改造之后形成的新的形象。新形象就是说它可以是世上不存在或暂时不存在的一些东西，它是诗人的一种创造，诗创作的独特之处也在于此。正如吴承恩所著的《西游记》，那真可谓是运用表象的巅峰之作，里面的人物全是改头换面的、面目全非的，与现实完全不相符，但我们无论阅读小说还是观看影视剧，依然还是觉得很真实，就在于他将现实生活中的种种意象全部糅和，再重组，但依然是有现实中各色人物的影子。例如"西天古佛"像印度人；"玉皇大帝"像汉人，孙悟空是人与猴子的组合；猪八戒是人与猪的配搭等。所以说作家所创作的形象虽源于生活，但他又同时高于生活。

正如鲁迅先生曾说道："描神画鬼，毫无对证，本可以专靠神思，所谓'天马行空'地挥写了。然而他们写出来的，也不过是三只眼、长颈子，就是在常见的人体身上，增加了眼睛一只，增长颈子二三尺而已。"[①] 表象对诗人来说，他为世人提供了一个创造的基点，正如大诗人雪莱在《解放了的普罗米修斯》中提道："诗创作，但是它在组合和

---

[①] 《鲁迅全集》第6卷，人民文学出版社1981年版，第219页。

再现中来创造。诗作的美和新,并不是因为他所赖以制成的素材事先在人类的心灵或大自然中从不存在,而是因为他把集合来的材料所制成的整个的东西,同那些情感和思想的本身,以及他们目前的情况,有许多相似之处。"①

诗人在运用表象时始终伴随着强烈的情绪情感活动,如德国美学家鲍姆加腾在他的《美学》名著中就指出了表象与情绪情感活动的关系,他指出:"由于感动就会高度愉快和痛苦的标志,它的感性表象是通过对个人心目中善的或恶的事物的再现所呈示出来的,所以它们规定了诗的表象。"② 对于这一点,吴思敬曾做过一个非常形象的比喻,他说:"如果说由经验积累的表象是干柴,那么诗人的真挚而深沉的感情则是火种。丰富的原始表象只有在情感的作用下才能点燃,才能发生变化,才能放出巨大的光和热。"总之,情感是表象思维的触媒,例如,战国大诗人屈原创作的《离骚》之过程就是一种在经历了不幸的境遇,心中情结得不到抒发,美好的理想得不到楚怀王的信任和施展,只有借《离骚》来倾诉,全篇都是一种气不顺、情兼溢之态,读之令人感动。

表象还可以按其表象产生的主要感觉通道来划分,如视觉表象、听觉表象、运动表象等。例如,有"诗鬼"之称的唐代大诗人李贺(790—约817)的《李凭箜篌引》中就写道:"吴丝蜀桐张高秋,空山凝云颓不流。江娥啼竹素女愁,李凭中国弹箜篌。昆山玉碎凤凰叫,芙蓉泣露香兰笑。十二门前融冷光,二十三丝动紫皇。女娲炼石补天处,石破天惊逗秋雨。梦入坤山教神妪,老鱼跳波瘦蛟舞。吴质不眠倚桂

---

① [英]雪莱:《解放了的普罗米修斯》,邵洵美译,人民文学出版社1957年版,第4页。
② [德]鲍姆加腾:《美学》,简明、王旭晓译,文化艺术出版社1987年版,第137页。

树，露脚斜飞湿寒兔。"① 也就是说，深秋之夜，弹奏起吴丝蜀桐的箜篌。如此美妙之乐，空山的白云都聚成一块不再漂流了。江娥、素女都闻声感动了。这是因李凭在京弹奏箜篌的缘故呀！如此曼妙之乐就像昆仑山美玉击碎之声，像凤凰鸣叫之啼；又像芙蓉在露水中哭泣，又像香兰在开怀大笑。此乐融合了长安城十二门前的清光。箜篌的二十三根弦丝撩动了皇上。乐音的音波波及女娲曾炼石补过的天际。将补天之石给击破了，惹得漫天秋雨。李凭借梦进了神山，将绝美的乐艺传授给了神仙；老鱼在水中跳跃，瘦蛟也翩翩起舞。惹得天神吴刚在桂树下驻足听乐忘记睡觉。桂树下天兔被此音打动也忘了滴下树上的露水。

这首诗之所以闻名千古，就是因为李贺在作这首诗时融入了视觉表象、听觉表象、运动表象等的表象形式，如视觉表象有"吴丝蜀桐张高秋，空山凝云颓不流"。听觉表象的有"昆山玉碎凤凰叫，芙蓉泣露香兰笑"。运动表象的有"女娲炼石补天处，石破天惊逗秋雨"。还有"梦入坤山教神妪，老鱼跳波瘦蛟舞"。混合表象的有"十二门前融冷光，二十三丝动紫皇"。李凭是梨园弟子，因善弹箜篌，名噪一时。清人方扶南把它与白居易的《琵琶行》、韩愈的《听颖师弹琴》共称，真可谓拟声之最。

以上这种按其产生的感觉通道来划分的表象只能称为个别表象，还有一种与之相对的是一般表象，一般表象是在概括了众多的客观事物之后而形成的表象。例如，杜甫的名诗《春望》写道："国破山河在，城春草木深。感时花溅泪，恨别鸟惊心。烽火连三月，家书抵万金。白头

---

① 萧涤非、程千帆、马茂元等：《唐诗鉴赏辞典》，上海辞书出版社 1983 年版，第 990 页。

搔更短,浑欲不胜簪。"诗篇①是说,国破山河依旧还在,春天城里荒草丛生。感伤时见花也流泪,离家时鸟鸣也心惊。战火三月不曾停息,一封家书弥足珍贵。愁闷之时用手挠头,致使白发插不上簪。

"感时花溅泪,恨别鸟惊心"这两句就是非常典型的使用一般表象的形式,"花"指的什么花,是桃花、梨花、杏花等完全不知;"鸟"是指的什么鸟,是黄莺、小麻雀、画眉等也是无从知晓的。但我们在这里也无从知晓,诗人也无须告之,这就是使用一般表象的妙处,它可以引起不同读者的共鸣,只有具有普遍概括性,读者的思维才会"精骛八极,心游万仞"。以一代万,何乐不为。

(三) 诗创作的形象思维

既然形象思维在诗创作中如此重要,那么我们如何来练就形象思维呢?至于这一点,中国著名作家、文学家沈从文(1902—1988)就讲过他的一些经历:"逃学失败被家中学校任何一方面发觉时,两方面总得各挨一顿打。在学校得自己把板凳搬到孔夫子牌位前,伏在上面受笞。处罚过后还要对孔夫子牌位作一揖,表示忏悔。有时又常常罚跪至一炷香时间。我一面被处罚跪在房中的一隅,一面便记着各种事情,想象恰如生了一对翅膀凭经验飞到各样动人事物上去。按照天气寒暖,想到河中的鳜鱼被钓起离水以后拨刺的情形,想到天上飞满风筝的情形,想到空山中歌呼的黄鹂,想到树木上累累的果实。由于最容易神往到种种屋外东西上去,反而常把处罚的痛苦忘掉,处罚的时间忘掉,直到被唤起以后为止,我就从不曾在被处罚中感觉过小小冤屈。那不是冤屈。我应感谢那种处罚,使我无法同自然接近时,给我一个练习想象的机会。"②沈从文的这些经验之谈也给了我们一个途径——回忆之前所经历之事,

---

① 谢真元:《唐诗300首鉴赏汉英对照》,中国对外翻译出版公司2006年版,第278页。
② 《沈从文选集》第一卷,四川人民出版社1983年版,第14—15页。

但我们还可以通过看一些文学性小说，记梦境笔记，写日记等这些形式也可以去帮助我们培养丰富的想象能力。因为只有有了相应的丰富的形象生动的表象，我们的诗创作过程才会得心应手。

### 三 诗创作的抽象思维

正如前面说到，根据思维任务的性质、内容和解决问题的方法来进行分类时，它可以分为直观动作思维、形象思维和逻辑思维，这里的逻辑思维也叫抽象思维，即当人们面对理论性质的任务，并要运用概念、理论知识来解决问题时的思维形式，它严格遵循其逻辑规律，逐级推导，最后得出结论的过程。它以各种概念、判断、推理为工具，以分析、综合、比较、抽象、概括为基本过程。

关于抽象思维在诗创作过程中的作用，历代诗家词客均有不同的看法。有将感情强调到高于一切的；也有认为诗创作要有理性加入的。其实只要是诗创作，只要是诗人作出来的诗作，或多或少都有理性的成分，因为人是一种思索性的动物。这一点也正如象征派主义诗人瓦雷里在《诗与抽象思维》中提到的那样："每次我作为诗人而工作时，我注意到，我的工作要求于我的，不仅是我说过的那个'诗的世界'的存在，而且还要有许多思考、决定、选择和组合：没有这些，文艺之神或命运之神可能给予我们的一切才能，会变得像放在一个没有建筑师的车间里的宝贵材料一样。"[1] 也正如瓦雷里所提到的那样，古今中外大诗人都是善于将理性与非理性结合得很好的人。

抽象思维也并非有些人认为的那样，仅是科研工作者的工具。其实抽象思维能力是人类在进化过程中的产物，它是人类区别于动物的一种重要的心理标志。凡属正常人都具有抽象思维能力，只是由于实践能力的不同，每个人的抽象思维能力不同罢了。任何领域都需要抽象思维能

---

[1] 《西方现代文论选》，上海译文出版社1983年版，第37—38页。

力,同时也需要形象思维能力。

我国理论物理学家、爱尔兰皇家科学院院士、中国科学院院士彭桓武(1915—2007)对中国第一代原子弹和氢弹的研究和理论设计所做出的贡献是非常重大的,可谓这方面的开拓者、奠基人,如此一个需要理性十足、逻辑严密的自然科学家,令人想不到的是他也非常爱好古典诗词,他在《物理天工总是鲜:彭桓武诗文集》的序文中说:"余幼少年在家时,见家父吟诗填词,因说四声及押韵。十四岁离家后,遇情深感切之际,亦偶胡乱仿效之。早年所作犹能记忆其残句者有1939年写于爱丁堡的'世乱驱人全气节,天殷嘱我重斯文'。至六十二岁丧偶,悲不可阻,一发而为联章七绝十二首,乃倩人书幅,并以王力先生著《诗词格律》为绳,几年来遣怀志物,颇觉自娱,九十年代第一春节时,将余珍爱而能英文诗一首译为中文之后,为防散失,乃将历年习作汇集成册。又六年改用机器储存信息。"他也谈到他是一个研究理论物理学的人能作一些古体诗词也是有益的。他进而讲道:"在记人事物候同时,抒情联想,亦有助于增强形象思维,美化灵感。不但言志励行,更望于创造性之培养,能有小补。"[1]

在我们的诗创作过程中,表象思维一般是无处不在的,而抽象思维呢?它不一定表现在字里行间里,但是它存在于诗创作的每一阶段,正如诗人流沙河在《流沙河信箱》中所言:"没有概括力就没有科学,也没有诗。写诗不概括,情绪便泛滥,意象便堆砌,便有冗长,拖沓,散漫治病……世间一大不幸,以为写诗可以不要理念是也。思想的高低,学识的深浅,眼界的宽窄,似乎仅仅影响自然社会两科研,而与写诗无关。一个人,到处脸表喜怒哀乐之情,随时心想诡奇荒怪之象,便说他有诗人气质,而不看看他的概括力,这样就害了他。"[2]

---

[1] 彭桓武:《物理天工总是鲜:彭桓武诗文集》,北京大学出版社2001年版,第4页。
[2] 流沙河:《流沙河信箱》,《未名诗人》1981年第11期。

其实诗人在诗创作过程的每一阶段都是须臾不可离开形象思维和抽象思维的，它俩如影随形，不管这两种思维如何，但它们都是思维形式，都有它们所要遵从的规则。正如列宁在《黑格尔〈逻辑学〉》的摘要中说："从生动的直观到抽象的思维，并从抽象的思维到实践，这就是一个认识真理，认识客观实在的辩证的途径。"[1] 对于诗歌创作过程中这两种思维的交互、渗透这一点我们可以通过日本诗人村野四郎所谈的《悲惨的鲅鳒》[2] 一诗说明，这一点，他的原诗如下：

不祥的命运在凝视我。
——里尔克

你被倒挂起来了，
你被残酷地钩住了下颏。
这是一桩软弱的死，
身上还包着一层薄薄的皮膜。
你这样的下场啊，
该是多么叵测！

两只手伸了过来，
把你的肉体割下一块。
你这切实的肉体，眼看着愈来愈细。
最后，连那皮膜，
也被割得七零八落。
如今，鲅鳒已经无踪无影，

---

[1] 列宁：《哲学笔记》，人民出版社1962年版，第181页。
[2] 许自强主编：《世界名诗鉴赏金库》，中国妇女出版社1991年版，第1223页。

第四章　诗创作心理的酝酿阶段论

悲剧也就如此告终。

一支巨大弯曲的铁钩，
依然悬挂在空荡荡的檐头。

（李芒　译）

至于这首诗的写作缘由，我们可以从村野四郎在《来自悬崖的乡愁》一文中所解说的《悲惨的鮟鱇》一诗的心理过程中窥测出来，他说："你见过这种像'鮟鱇'的鱼吗？这就是在冬季做'鮟鱇火锅'之类吃的那种鱼。不过这种鱼不摆在鱼铺地台板上，而总用铁钩吊起来悬挂在鱼铺前的横梁下。顾客来买鱼时，就由伙计一刀一刀割下来卖。这就是人们所说的'吊割鮟鱇'的买卖。这种鱼的眼睛不知在哪里，只见它的全身被死死的黏膜裹着，一看就感到是一种可怜的生物。加之，它那被吊起来的惨状，实在令人感到那是吊着的一具'尸体'。那尸体，一刀刀地让人宰割，不知不觉就消失得一干二净。看到这幕连残骸都被夺走的惨剧，我不由立刻感到一阵战栗。这不正像我们现代生活中的某一情景吗？于是，就产生了我的这一诗作的动机。我之所以为这一情景感到战栗，实在是因为他太像我们现在的生活遭遇，那种潜藏在一天天地把我们的人性剥夺去的现代现实中的邪恶，终于使我们站到了无聊的深渊边缘。这是一种完全忽视人的存在的危机。我就鮟鱇的命运看到了我们的命运的缩影。这两幕相似的惨剧，自然就成了我这一诗歌形象的主题。"[①]

从这段村野四郎的关于写《悲惨的鮟鱇》的心理过程的追忆中，我们无疑真切感受到了形象思维与抽象思维在诗创作过程中是不可须臾分离的，它们属于同根之树，同干之枝，互相渗透，互相补充。

---

[①] ［日］村野四郎：《来自悬崖的乡愁》，罗兴典译，《外国诗》（5），外国文学出版社1986年版，第200页。

### 四 诗创作的创造性思维

创造性是问题解决的一个领域，它是人们应用新颖的方式解决问题，并能产生新的有价值的产品的心理过程。那么创造性包括哪些内容呢？它主要包括三种，分别是：辐合思维、发散思维和远距离联想能力。其实创造性是一个意味着需要高智力来完成的一个特性，正如一个诗人、科学家，一个技术工人等这些具有高创造力的人，他们创造出了一个新颖的有价值的产品过程中，并非只有创造性一个因素影响他们的成功，还有许多的非智力因素，如意志力、坚定性、努力和对这件事极度的发自内心的喜爱等，没有这些因素的支撑，那是不可能成功的。这样的例子是难以穷尽，如诗坛佳话中王安石的"春风又绿江南岸"中的"绿"字可谓三易其稿，下面就三种思维分别加以说明。

第一是辐合思维。所谓的辐合思维是人们根据已有的信息解决问题，它是一种有目的的、有方向的思维形式。例如，某诗人为见朋友而准备了几首诗，但最终选择哪一首诗送朋友还得等见了朋友之后才下最后的决定。因为辐合思维涉及一种选择过程，我们在发散思维过程中可能产生很多结果，但并不知道哪一种结果有效，于是就利用辐合思维做选择。

第二种是发散思维。发散思维即人们根据问题沿着不同的方向、没有目的的思考，它是一种将当前问题与记忆中已有的相关知识经验相结合，产生大量的解决方案。发散思维是创造性思维的主要成分，它一般的衡量指标是流畅性、独特性和变通性。流畅性是指在单位时间内能想到的问题解决的数量。例如，以花卉为例作诗，首先就是从脑海中搜索关于花卉的关键词：如落花、梅、水仙、山茶、桃花、杏、李花、梨花、海棠、牡丹、芍药花、蔷薇花、紫薇、玉蕊、玉兰、荼蘼、辛夷、木槿花、瑞钟、凌霄花、素馨、绣球、玉簪、鸡冠花、凤仙、石榴红、荷花、荷钱、莲花、并蒂莲、茉莉花、石竹花、芙蓉、葵、桂花、菊、芦荻、蜡梅花、月季花等，想到这些也是不足为怪的，因为任何一个熟悉诗词的诗人都应该知道，这些都是诗词里经常被诗人写到的意象。

独特性是指解决问题的答案独特、新颖、超出一般人的思路。诗歌创作离不开独创性，因为诗歌创作从根本上讲是一种审美活动，审美活动就必然表现出审美活动的一个突出特点：只能在个人亲身经历的基础上才能进行。而每个人都有独特的生活经历、独特的审美情趣、独特的审美体验和感受、独特的个性特点，这就形成了诗歌作品的独特的创作风格。中国古代诗论说"诗如其人"，法国布封说"风格就是人"，就是从诗人的个性与诗歌作品的个性的关系上，强调诗人对诗歌作品个性的重要意义。

其实，把创作性看成诗人人格个性特点还不够全面。尽管诗人人格个性特点是形成诗歌独特个性的一个重要方面，但如果忽视了诗歌创作对象的因素，则不能全面认识诗歌创作个性。在这一问题上，黑格尔的见解是深刻的。他在《美学》第一卷中提出：真正的独创性，在于"艺术家的主体性与表现的真正的客观性这两个方面的统一"。只有"把艺术表现里的主体和对象两方面融合在一起"，才能达到真正意义上的独特性。

黑格尔的这一观点说明，创作主体的个性特点在作品中的表现不是任意的，它要受到所表现的客观对象的一定制约。同时，对象的特征也应被吸收到主体性中，按创作主体的思想感情，对表现对象进行审美判断。黑格尔对独创性的论述，无疑是正确的。创作实践证明，独创性不是诗人的主观任意性，而是建立在同描写对象特征相融合的基础上。正如张育英在《禅与艺术》[①]一书中提到：一些诗人应邀来到海南岛。当地人向他们介绍了一种海南岛的特产"神秘果"，说吃了这种水果后，再吃其他酸、甜、苦、辣的东西，到嘴里都会变成甜的。为此，不少人写诗赞美"神秘果"化苦为甜的奇功。然而，诗人胡昭却写出

---

① 张育英：《禅与艺术》，浙江人民出版社1992年版，第10—12页。

了这样的诗句：

> 我宁愿保持正常的味觉，
> 让万物都是它本来的味道。
> 辣的辣麻舌头，苦的苦透肺腑，
> 我坦然接受，绝不逃脱。

诗人艾青则写出了另一种感受：

> 要是我们不知道酸、甜、苦、辣，
> 活着还有什么味道？

另一位诗人晓凡的诗句，又有别于其他人，他写道：

> 告别时不得不认真想：
> 前半生吃没吃过神秘果？

诗人们的诗句各有特色，但都离不开描写"神秘果"的特征。"神秘果"的特征已被诗人们吸收到自己的艺术构思中，然后根据自己对生活的不同认识和理解，写出了饱含诗人个性体验的诗句。这些诗句，表现出诗人属于他自己而任何人也无法替代的独创性。

变通性是我们常说的举一反三，闻一知十，见微知著，触类旁通等。古今中外的天才诗人一般都具有这样的能力。例如，唐代大诗人李白写了《清平调三首》，据乐史的《太真外传》记载，李白在长安供奉翰林时，有一天，唐玄宗与杨贵妃在兴庆宫沉香亭前赏牡丹花，命李白写新乐章，李白奉命写了这三首诗。这系小说家之言不足信，也有传言是李白当时大醉不醒，而且口出狂言："臣是酒中仙。"也难怪杜甫在《饮中八仙歌》中写道："李白斗酒诗百篇，长安市上酒家眠。天子呼来不上船，自称臣是酒中仙。"①《清平调三首》这一新乐章非常能反映李白的变通性，用词不凡，堪称上上之作，其一为："云想衣裳花想容，春风拂槛露华浓。若非群玉山头见，会向瑶台月下逢。"其二为："一枝红艳露凝香，云雨巫山枉断肠。借问汉宫谁得似，可怜飞燕倚新妆。"其三为："名花倾国两相欢，长得君王带笑看。解释春风无限恨，沉香亭北倚阑干。"②

其一的意思是说，五彩之云像衣裳，美丽花儿像面容。好像牡丹花沾着晶莹的露珠在春风中更显艳丽。如果在群玉山头见不到了她，那么在瑶池的月光下定然会见到。其二的意思是说，一枝红艳的牡丹滴着露珠，好像凝结着袭人的香气，在巫山行云作雨的神女伤心也是枉然。请问汉代宫妃谁能和她媲美，就算在世赵飞燕也得靠精心化妆一番。其三的意思是说，名花相伴美人令人心欢，赢得君王常常带笑观看。在沉香亭北共同靠着栏杆，在春风中消除了君王无限的惆怅。

这首诗虽属应酬之作，既是咏牡丹花，又是以花喻杨贵妃，真是难度不小。但李白充分发挥了他那浪漫主义的情怀，从神话、历史和现实三个角度加以联系，从而写出了流芳百世的名作。

第三是远距离联想能力。所谓远距离联想能力就是将一般人看来不可能之事能串起来，使之有联系。如顾城的一首名为《我是一个任性的孩子》③，他写道：

　　我是一个任性的孩子

　　——我想在大地上画满窗子，

---

① （清）彭定求等编：《全唐诗》（上），上海古籍出版社1986年版，第511页。
② （唐）李白著，张瑞君解析：《李白集》，三晋出版社2008年版，第42页。
③ 顾城：《顾城精选集》，北京燕山出版社2006年版，第82—85页。

让所有习惯黑暗的眼睛

都习惯光明

也许

我是被妈妈宠坏的孩子

我任性

我希望

每一个时刻

都像彩色蜡笔那样美丽

我希望

能在心爱的白纸上画画

画出笨拙的自由

画下一只永远不会

流泪的眼睛

一片天空

一片属于天空的羽毛和树叶

一个淡绿的夜晚和苹果

我想画下早晨

画下露水所能看见的微笑

画下所有最年轻的

没有痛苦的爱情

画下想象中

我的爱人

她没有见过阴云

她的眼睛是晴空的颜色

## 第四章 诗创作心理的酝酿阶段论

她永远看着我

永远,看着

绝不会忽然掉过头去


我想画下遥远的风景

画下清晰的地平线和水波

画下许许多多快乐的小河

画下丘陵——

长满淡淡的茸毛

我让它们挨得很近

让它们相爱

让每一个默许

每一阵静静的春天的激动

都成为

一朵小花的生日


我还想画下未来

我没见过她,也不可能

但知道她很美

我画下她秋天的风衣

画下那些燃烧的烛火和枫叶

画下许多因为爱她

而熄灭的心

画下婚礼

画下一个个早早醒来的节日——

上面贴着玻璃糖纸

和北方童话的插图


我是一个任性的孩子

我想涂去一切不幸

我想在大地上

画满窗子

让所有习惯黑暗的眼睛

都习惯光明

我想画下风

画下一架比一架更高大的山岭

画下东方民族的渴望

画下大海——

无边无际愉快的声音


最后，在纸角上

我还想画下自己

画下一只树熊

他坐在维多利亚深色的丛林里

坐在安安静静的树枝上

发愣

他没有家

没有一颗留在远处的心

他只有，许许多多

浆果一样的梦

和很大很大的眼睛

我在希望

在想

但不知为什么

我没有领到蜡笔

没有得到一个彩色的时刻

我只有我

我的手指和创痛

只有撕碎那一张张

心爱的白纸

让它们去寻找蝴蝶

让它们从今天消失

我是一个孩子

一个被幻想妈妈宠坏的孩子

我任性

1981 年 3 月

顾城在《关于诗的现代技巧》中提到了一些关于培养远距离联想的一些方法：

> 要真企图把这种毫无尺度、瞬息万变的全息通感，一笔一画记录下来、加以推算是不可能的，对于创作来说也没有必要。对于那波光下枝杈繁密的珊瑚，我们只要取其一枝弄清楚它的生长原理就行了。我曾经分析过自己一些叶脉较清晰的诗，一些较简单的联想似乎是树枝状的，如《我是一个任性的孩子》："画下一个永远不

会流泪的眼睛"，由眼睛想到晴空——"一片天空"，由眼睫想到天空边缘的合欢树、树上的鸟巢——"一片属于天空的羽毛和树叶"，由鸟巢想到鸟群归来，天暗下来，在树林的浸泡下发绿，由绿想到青苹果。①

除了辐合思维、发散思维与远距离联想的能力之外还包括其他的一些因素，如除了前面说的如意志力，坚定性、努力、对这件事极度的发自内心的喜爱等之外，还有一个人的兴趣、想象力、情绪情感、独立性等特性，这些虽没有像创造性那样凸显，但对一个人的成功是必不可少的。如古今中外有许多诗人并非在智力上占太多的优势，但由于他们勤于在他们专注的事情上下功夫，最后也能成就一番伟业。

如唐朝大诗人李商隐在他的《李贺小传》中就记载了李贺"锦囊"的故事，他写道："京兆杜牧为《李长吉集序》，状长吉之奇甚尽，世传之。长吉姊嫁王氏者，语长吉之事尤备。长吉细瘦，通眉，长指爪，能苦吟疾书。最先为昌黎韩愈所知。所与游者王参元、杨敬之、权璩、崔植辈为密，每旦日出与诸公游，未尝得题然后为诗，如他人思量牵合以及程限为意。恒从小奚奴骑距驴，背一古破锦囊。遇有所得，即书投囊中。及暮归，太夫人使婢受囊出之，见所书多，辄曰：'是儿要当呕出心乃已尔。'上灯与食。长吉从婢取书，研墨叠纸足成之，投他囊中。非大醉及吊丧日率如此，过亦不复省。王、杨辈时复来探取写去。长吉往往独骑，往还京、洛，所至或时有著，随弃之，故沈子明家所余四卷而已。"②

意思是说，京兆人杜牧曾为李长吉作了一个序《李长吉集序》，

---

① 顾城：《关于诗的现代技巧》，《当代诗歌》1985 年第 4 期。
② 吕明涛评注：《李商隐》，中华书局 2011 年版，第 188—189 页。

形容长吉的奇特之处尤为详尽，这早已为世人所知了。长吉的姐姐嫁给了一个姓王的人家，其讲述长吉的故事尤为详细。长吉纤细瘦弱，一条眉毛，手指比一般人要长，很是擅长苦觅诗句，并且能奋笔疾书。其才能最先为昌黎韩愈所发现。与长吉一起游历的人以王参元、杨敬之、权璩、崔植等辈最为密切。每天早上日出时与这些人一同出游，从不曾先确定题目然后作诗，如同他人那样思考附和以作诗的规范为规格作诗。他每每身旁都跟着一个小书童，骑着一个瘦小的驴子，背着一个又破又旧的锦囊，凡遇到一些体会，就写下来装入锦囊中。到了晚上回家，他的母亲就使女婢将锦囊打开，见里面写了很多诗稿，就说："我儿要呕心沥血才作罢呀！"晚上掌灯吃饭时，长吉就从女婢那里取出白天的诗稿，于是就研墨叠纸以补足那些诗作，使之成篇，然后又投入其他囊中。除非是大醉及吊丧的日子外，都是如此。写成的诗作过后就不再理会。王参元、杨敬之等人常常来往于长吉处，将长吉的诗作传抄出去。长吉往往独自一人骑着驴，往返于长安和洛阳一带，所到之处都时有诗作，但都没有好好地保存下来，长吉临终前将诗作托给沈子明，但只有四卷而已。真是十年如一日呀，功夫不负有心人，后终在中国历史上留下了重重的一笔。其他的类似例子还有如宋代大诗人梅尧臣的"诗袋"，元末明初的文学家陶宗仪的"瓦罐"等。

　　根据思维过程的创新程度来划分，可将思维分为常规性思维和创造性思维。常规性思维是指人们运用已有的知识经验，按照现成的方案和程序，按照惯常的方法、固定的模式来解决问题的思维。这种思维一般很少有创造性，这是常人一般在解决问题时所使用的思维方式。而创造性思维是指人们运用已有的知识经验，提出新的方案和程序，提出新的方法和新的模式来解决问题的思维。它以创作出独特的、新颖的作品为标志。

诗创作过程本身是一件痛并快乐着的事情，它是一种精神生产活动，就如自己的每一部诗作都是自己的孩子一样。正如俄国作家屠格涅夫讲过那样："诗人应该在自己的心理孕育他的作品，就像母亲在她的肚子里孕育孩子一样，他自己的血脉应该流注到他的作品里。"[1] 从十月怀胎到诞下婴儿，这个过程是让人难以忘怀的，但一切都是为了婴儿的那一刻，所以一切都是值得的。

这个过程早在南北朝时期刘勰就在他的名著《文心雕龙》中已有很好的阐释："且夫思有利钝，时有通塞，沐则心覆，且或反常，神之方昏，再三愈黩。是以吐纳文艺，务在节宣，清和其心，调畅其气，烦而即舍，勿使壅滞，意得则舒怀以命笔，理伏则投笔以卷怀，逍遥以针劳，谈笑以药倦，常弄闲于才锋，贾余于文勇，使刃发如新，腠理无滞，虽非胎息之万术，斯亦卫气之一方也。"[2] 也就是说，况且人的文思有快慢，时机有通有塞，洗头时我们是弯着身体的，此时我们的心脏处于运动状态，或者会以一种反常的思维去考虑问题。在我们精神迷惘的时候，不要强制使用它。因为在文艺创作时，必须要加以调节宣泄，使内心清明和顺。心烦意乱时就暂且舍弃，不要让文思有所阻滞。文艺成熟就以笔抒怀，文意潜伏则放下笔不再思考，以逍遥自在的方式抵抗疲劳，以谈笑风生来抵抗倦怠。常常以空闲时间来培养文采的锋芒，养精蓄锐，使文采的锋像刚磨过的一样，这样才能在解牛时以纹理而不会有迟滞。这虽谈不上胎儿的运气之术，但也是一种养气之妙方。只要把握得当，那就会达到"腠理无滞"之境界，从而使诗创作成为一种有术可寻之事。

也正如刘勰谈道的，要善于养精蓄锐，其实也就是要在经历诗

---

[1] 参见龙协涛《艺苑趣谈录》，北京大学出版社1984年版，第274页。
[2] 古敏主编：《中国传统文化选编·文心雕龙》，北京燕山出版社2001年版，第137页。

## 第四章 诗创作心理的酝酿阶段论

创作心理酝酿阶段之后达到一种灵感状态,使之前的养气过程最终呼之欲出,诞下婴儿来。我们所说的灵感并非是一蹴而就的,而是有层次的,它在诗创作心理酝酿阶段和诗创作心理豁朗阶段都存在,也是这两个阶段的临界点,一旦有合适的内外刺激的引发,它就会喷薄欲出,一下子就点亮了之前诗创作心理酝酿阶段的黑渊,似有如神助之感。

这也正如古希腊三哲之一的柏拉图在《文艺对话录·伊安篇》中谈到的那样:"凡是高明的诗人,无论是史诗或抒情诗方面,都不是凭技术来做成他们的优美的诗歌的,而是因为他们得到灵感,有神力凭附着。"[1] 他谈论的这一点颇具神秘主义,而且也不符合我们的辩证唯物主义。辩证唯物主义强调物质决定意识,我们的一切想法都是在外界事物的作用下才产生的。其实在这一点上就和前面谈的意识和潜意识有关系,因为诗创作过程是物理世界的信息经过感官作用而产生感觉,然后产生知觉、情感、意志、行为等心理过程,在这个过程中我们的思维一直在高速运转着,它的目的只有一个,那就是解决问题,所以有不达目的誓不罢休之状。但有时由于我们认识能力的局限和外物的复杂,我们在很熟悉的一些知识经验中无法解决当前问题,可能我们会有些沮丧,当我们休息时,我们的潜意识并没有停下来,而是更加活跃,然后以一种特殊的方式告诉意识问题的解决之道,这就是所谓的灵感思维的形成过程。

创造性思维既然在诗创作过程中如此重要,那么,我们应该如何做才能使之更有利于创造性思维的发挥呢?俞国良在《创造力心理学》[2]一书中提到创造性思维训练主要包括三种方法,他认为第一种是发散

---

[1] [古希腊]柏拉图:《文艺对话集》,朱光潜译,人民文学出版社1963年版,第8页。

[2] 参见俞国良《创造力心理学》,浙江人民出版社1996年版,第328—330页。

思维的训练。根据基尔福特的智力理论,发散思维是创造力的主要成分。目前许多创造力的培养主要是通过发散思维的训练来实现的,例如:

(1) 大脑激荡法(brainstorming,头脑风暴法)。这一方法是以集思广益的方式,在一定时间采用极迅速的联想作用,大量产生各种信息。在这一点上,我国诗人流沙河也曾谈到诗创作中如何应用大脑激荡法,他说道:"先找一张废纸,把围绕着主题想到的一切一切,都赶快用缩语记下来……不择巨细,什么都记下来。一个佳句啦,一个妙喻啦,一个辞藻啦,一个细节啦,甚至一个早出的段落啦,都赶快记下来,转瞬就忘了。有些东西似乎没有用处,但又不忍抛弃,也把它们记下来吧。说不定写到后头它们忽然又有用了。一张废纸上面,密密麻麻,如黄昏的乱鸦。它们噪些什么,别人是听不懂的,只有自己明白。"[①]

(2) 类别变动法。这种方法是用来克服定式和功能固着的影响,以提高思维的变通性。这种方法与联想颇相似,可参见前面的形象思维一节,通过这种方法,使受训者对事物的用途有了变通性的认识,从而培养了创造力。

(3) 创造性的问题解决。该方法具体有四步:界定问题,即在解决问题之前彻底理解所要解决的问题,弄清已知与未知;开放头脑,考虑可能的解决办法,类似于大脑激荡法中的畅所欲言直至穷思竭虑;确定最佳构想,在上一步的各种方法中选择最优的解决办法;付诸实施。这四步其实是循环往复的过程,在诗创作的五个阶段中,创造性的问题解决在每一阶段都会用到这四个步骤。

第二种方法是直觉思维的训练。创造性思维常以直觉思维的形

---

[①] 流沙河:《搭桥》,《星星》1983年第4期。

式表现出来。直觉思维是人们在面临新的问题时能迅速识别并做出判断的一种思维活动，在这一点上有些类似于我们常说的"第六感"，它也叫"内在感觉""内在眼睛""心灵知觉""灵视"等。这一点正如大诗人歌德在《说不尽的莎士比亚》中指出的那样："莎士比亚的著作不是为了内体的眼睛的。"他进一步解释道："眼睛也许可以称作最清澈的感官，通过它能最容易地传达事物。但是内在的感官比它还更清澈，通过语言的途径事物最完美最容易地被传达给内在的感官。"①

第三种方法是形象思维能力的训练。爱因斯坦曾自称，他提出狭义、广义相对论时，思维的样式不是语言，不是数字符号，而是图像。所以，训练形象思维能力除了结合不同的学科特点外，还要到大自然中去接触各种各样的事物，接受大自然对视、听、嗅、触等方面的陶冶，发展表象系统，提高对事物的敏感性，从而促进形象思维能力的发展。这一点也可参见前一节的形象思维。

## 五 诗创作的整体思维

整体思维，又名系统思维，它是由各个局部按照一定的秩序组织起来的，并要求以整体的角度把握对象。我们在前面提到的形象思维、抽象思维、创造性思维，其实这三种思维也并没有绝对的界限，只是我们在研究思维过程时才将其严格分开研究。在诗创作过程中，这几种思维往往是交织在一起很难将其严格分开，这三种思维形式是综合在一起的。

这种整体思维在美国人本主义心理学家马斯洛那里也有所论及，他在《自我实现者的创造力》中指出："最伟大的艺术家能把不协调

---

① ［德］歌德：《说不尽的莎士比亚》，杨业治译，《古典文艺理论译丛》第3册，人民文学出版社1962年版，第72页。

的、不一致的、彼此抵触的各种颜色和形式，纳入一幅画的统一体中。……他们全都是综合者，都能够把分离的甚至对立的东西纳入一个统一体中。我们在这里谈的是整合能力，是在人的内部反复整合的能力，是把他在世界上正在做的一切整合起来的能力。创造性在一定程度上能依靠人的内部整合能力，它就成为建设性的、综合的、统一的整合的创造性了。"[①] 马斯洛在这里就是极度推崇整体思维，没有整体思维，那我们就是一个矛盾体，世界也是一个矛盾的世界，不能融合，何来和谐。

19世纪美国诗人爱德加·爱伦·坡曾写过一首著名的诗《乌鸦》。全诗18节108行，以"美妇人之死"为题材，写一位恋人哀伤已故的妻子。在一个黑漆漆的夜晚，子夜时分，抒情主人公正点头瞌睡，忽然听到轻轻的敲门声，他在半幻觉的状态中以为是妻子的亡灵来与他相会，打开门，却是一只乌鸦。这只乌鸦飞进屋，落在智慧女神雅典娜的雕像上，于是抒情主人公向他发出一连串关于死者的对话，而乌鸦居然听懂了他的话，却是回答"Nevermore"（"再也不能"或"永不复返"）。主人公开始还是理智的，但慢慢地，他的心被乌鸦重复回答"Nevermore"所产生的恐惧所占据，此时乌鸦在他眼中成为狰狞恐怖的恶鸟，尖喙的嘴仿佛掏出了他的心。结尾把乌鸦是哀伤和长相思的象征意义揭示出来。全诗笼罩一片恐怖气氛，从阵阵"Nevermore"的鸦啼声中，传达了对死去的妻子的怀恋、失望和沉痛的心情。

美国文学大家爱伦·坡（Allan Poe）之乌鸦曲，"悲戚缠绵，情深语长"，为英诗中最哀艳动人者。蒲鲁斯特（Brewster）所辑近代英国批评论文选，曾选登爱伦·坡所作之《文章学》（*Philosophy of Compositon*）

---

① [美] 马斯洛：《自我实现者的创造力》，《人的潜能和价值》，华夏出版社1987年版，第248—249页。

## 第四章 诗创作心理的酝酿阶段论

一文,其中自论其作乌鸦曲原委:

> 尝欲作一篇佳诗,沉思至再,以为诗必哀而后工,今如何而能哀乎?天下惟夫妇之情最深,而美人夭折,尤为可伤。故即定悼亡题旨,而设为亡妻美貌绝伦,死当妙龄,以重其哀思。既复思之,表哀之音,以"are"为最妙。盖其音愁痛,而有绵延不尽之意。遂翻检字典,将末尾有"are"之字,如"Evermore, Nevermore"等,悉另纸录出备用。察其中有"Nevermore"一字,译言"不能再矣",其意其音,均表哀思,遂决用此字为韵脚。既再思之,悼亡之情,惟深夜之孤坐书斋,不能成寐;处此情景,最难排遣;故决以此为诗中之情景。但如何而能嵌入"Nevermore"一韵乎?深夜即孤坐,所可为伴侣者,惟禽兽耳。夜间有何禽兽乎?忽思得乌鸦,且其声鸣时,为"are",遂决以鸦入诗。又情深至极,必思魂魄之来见;然此乃必无之事,故但宜写其人迷离惝恍之心理,而却无人鬼叙谈之事。既决此一层,又将乌鸦插入。乃得最后之结果:"设为寒鸦敲门,而斋中人疑鬼至。"更将其情景步骤,逐一分析,得以下之数层:"始闻声,继而声息;已而又作,开门视之,不见一物。归室中,则一鸦已飞入,栖止案头,因对鸦述哀。鸦但作异声。初不解;已而悟其声为'Nevermore'(不能再矣),则益哀。久之鸦去,魂魄终不来,天将曙,斋中人但低回感泣而已。"层次既定,因拟作诗若干首;每首写其一层之曲折,以"Nevermore"一字,用于每首之末,以与此字同韵者用于句末。[①]

我们通过爱伦·坡的自述,可以非常明显地看出整体思维对诗创作

---

[①] [美]爱伦·坡:《写作的哲学》,胡梦华、吴淑贞译,《表现的鉴赏》,现代书局 1928 年版,第 89—91 页。

过程的重要性，它起到了统筹全局的作用：①

>从前一个阴郁的子夜，我独自沉思，慵懒疲竭，
>面对许多古怪而离奇，并早已被人遗忘的书卷；
>当我开始打盹，几乎入睡，突然传来一阵轻擂，
>仿佛有人在轻轻叩击——轻轻叩击我房间的门环。
>"有客来了"，我轻声嘟喃，"正在叩击我的门环，
>唯此而已，别无他般"。
>
>哦，我清楚地记得那是在风凄雨冷的十二月，
>每一团奄奄一息的余烬都形成阴影伏在地板。
>我当时真盼望翌日——因为我已经枉费心机
>想用书来消除悲伤，消除因失去丽诺尔的伤感，
>因那位被天使叫作丽诺尔的少女，她美丽娇艳，
>在此已抹去芳名，直至永远。
>
>那柔软、暗淡、飒飒飘动的每一块紫色窗布
>使我心中充满前所未有的恐惧，我毛骨悚然；
>为平息我心儿悸跳，我站起身反复念叨：
>"这是有客人想进屋，正在叩我房间的门环，
>更深夜半有客人想进屋，正在叩我房间的门环，
>唯此而已，别无他般。"
>
>于是我的心变得坚强；不再犹豫，不再彷徨，

---

① ［英］科勒律治：《老舟子行》，朱湘译，安徽人民出版社2012年版，第210—249页。

## 第四章　诗创作心理的酝酿阶段论

"先生，"我说，"或夫人，我求你多多包涵；
刚才我正睡意昏昏，而你敲门又敲得那么轻，
你敲门又敲得那么轻，轻轻叩我房间的门环，
我差点以为没听见你"，说着我打开门窗——
但唯有黑夜，别无他般。

凝视着夜色幽幽，我站在门边惊惧良久，
疑惑中似乎梦见从前没人敢梦见的梦幻；
可那未被打破的寂静，没显示任何象征，
"丽诺尔？"便是我嗫嚅念叨的唯一字眼，
我念叨"丽诺尔"，回声把这名字轻轻送还；
唯此而已，别无他般。

我转身回到房中，我的整个心烧灼般疼痛，
很快我又听到叩击声，比刚才听起来明显。
"肯定，"我说，"肯定有什么在我的窗棂；
让我瞧瞧是什么在那儿，去把那秘密发现，
让我的心先镇静一会儿，去把那秘密发现；
那不过是风，别无他般！"

然后我推开了窗，随着一阵翅膀的猛扑，
一只神圣往昔的乌鸦庄重地走进我的房间；
它既没有向我致意问候，也没有片刻的停留，
而是以绅士淑女的风度栖到我房门的上面，
栖到我房门上方一尊帕拉斯半身雕像上面；
栖息在那儿，仅如此这般。

于是这只黑鸟把我悲伤的幻觉哄骗成微笑,
以它那老成持重一本正经温文尔雅的容颜,
"虽冠毛被剪除,"我说,"但你显然不是懦夫,
你这幽灵般可怕的古鸦,漂泊来自夜的彼岸,
请告诉我你尊姓大名,在黑沉沉的冥府阴间!"
乌鸦答曰:"永不复焉。"

听见如此直率的回答,我对这丑鸟感到惊讶,
尽管它的回答不着边际——与提问几乎无关;
因为我们不得不承认,从来没有活着的世人
曾如此有幸地看见一只鸟栖在他房门的上面,
看见鸟或兽栖在他房门上方的半身雕像上面,
而且鸣叫:"永不复焉。"

但那只栖于肃穆的半身雕像上的乌鸦说了
这一句话,仿佛它倾泻灵魂就用那一个字眼。
然后它便一声不吭——也不把它的羽毛拍动,
直到我几乎在喃喃自语:"其他朋友早已离散,
明晨它也将离我而去,如同我的希望已消散。"
这时乌鸦说:"永不复焉。"

惊诧于屋里的寂静被如此恰当的会话打破,
"肯定",我说,"此话是它唯一会说的人言",
从它不幸的主人口中学来。一连串横祸飞灾
曾接踵而至,直到它主人的歌中有了这字眼,

直到他希望的挽歌中有了这个忧郁的字眼——
"永不复焉,永不复焉。"

但那只乌鸦仍然在骗我悲伤的灵魂露出微笑,
我即刻拖了张软椅到门边雕像下那乌鸦跟前;
然后坐在天鹅绒椅垫上,我开始产生联想,
浮想连着浮想,猜度这不祥的古鸟何出此言,
这只狰狞丑陋可怕不吉不祥的古鸟何出此言,
为何对我说"永不复焉"。

我坐着猜想那意思,但没对乌鸦说片言只语,
此时,它炯炯发光的眼睛已燃烧进我的心坎;
我依然坐在那儿猜度,把我的头靠得很舒服,
舒舒服服地靠着在灯光凝视下的天鹅绒椅垫,
但在这灯光凝视着的紫色的天鹅绒椅垫上面,
她还会靠吗?啊,永不复焉!

接着我觉得空气变得稠密,被无形香炉熏香,
提香炉的萨拉弗的脚步声响在有簇饰的地板。
"可怜的人",我叹道,"是上帝派天使为你送药,
这忘忧药能终止你对失去的丽诺尔的思念;
喝吧,喝吧,忘掉你对失去的丽诺尔的思念!"
这时乌鸦说:"永不复焉。"

"先知!"我说,"不管是先知是魔鬼,是鸟是魔,
是不是撒旦派你,或是暴风雨抛你,来到此岸,

来到这片妖惑鬼祟但却不惧怕魔鬼的荒原——
来到这恐怖的小屋——告诉我真话,求你可怜!
基列有香膏吗?告诉我,告诉我,求你可怜!"
乌鸦说:"永不复焉。"

"先知!"我说,"恶魔!还是先知,不管是鸟是魔!
凭着我们都崇拜上帝——凭着我们头顶的苍天,
请告诉这充满悲伤的灵魂。他能否在遥远的仙境,
拥抱一位被天使叫作丽诺尔的少女,她纤尘不染,
拥抱一位被天使叫作丽诺尔的少女,她美丽娇艳"。
乌鸦答曰:"永不复焉。"

"让这话做我们的告别辞,鸟或魔!"我起身吼道:
"回你的暴风雨中去吧,回你黑沉沉的夜之彼岸!
别留下你黑色的羽毛作为你灵魂谎过言的象征!
留给我完整的孤独!快从我门上的雕像上滚蛋!
让你的嘴离开我的心;让你的身子离开我房间!"
乌鸦答曰:"永不复焉。"

那乌鸦并没有飞走,他仍然栖息,仍然栖息,
在房门上方那苍白的帕拉斯半身雕像上面;
它的眼睛与正在做梦的魔鬼的眼睛一模一样,
照在它身上的灯光把它的阴影投射在地板;
而我的灵魂,会从那团在地板上飘浮的阴暗中
解脱么——永不复焉!

也正如元代著名的女性书法家、画家、诗词创作家管道升（1262—1319）的那首《我侬词》写的那样："你侬我侬，忒煞情多，情多处，热如火。把一块泥，捻一个你，塑一个我。将咱两个，一起打破，用水调和，再捏一个你，塑一个我。我泥中有你，你泥中有我。与你生同一个衾，死同一个椁。"① 就像管道升在词中所说的那样"捏塑、打破、调和、再捏塑"，最终达到"我泥中有你，你泥中有我。与你生同一个衾，死同一个椁"。我中有你，你中有我，难分彼此，无法离弃的混元状态。其实整体思维与之也无异。

## 第三节 心源为炉

唐代大诗人刘禹锡在《董氏武陵集纪》中讲道："心源为炉，笔端为碳，锻炼元本，雕镂群形，纷纠舛错，逐意奔走。"② 意思是说，以心为火炉，以笔端为碳，以此来加以煅烧，精雕细琢，遂至完善，最终达到了随心奔走的境界。刘禹锡在这里非常重视意象的提取与加工。诗创作是一个从外界物理场中感知物象转变成诗人心理场中的意象的过程，达到意象还不足取，还必须对其进行加工改造，融入诗人的经验、情感、气质等内容。将意象最终定型为意境。这是一个意境生成于意象的过程，但意境并非是意象的简单相加，它并非量的积累，而且已经产生了质的变化，已经超越了具体的事物，而有了被任意操纵、任意驰骋的空间。正如舒婷的那首《船》③ 中写道：

---

① 蓝墅：《情意绵绵〈我侬词〉》，《济南大学学报》1992年第4期。
② （唐）刘禹锡著，瞿蜕园笺证：《刘禹锡集笺证》，上海古籍出版社1989年版，第516页。
③ 舒婷：《舒婷诗精选》，长江文艺出版社2014年版，第6—7页。

诗创作心理学

一只小船

不知什么缘故

倾斜地搁浅在

荒凉的礁岸上

油漆还没褪尽

风帆已经折断

既没有绿树垂荫

连青草也不肯生长


满潮的海面

只在离它几米的地方

波浪喘息着

水鸟焦灼地扑打翅膀

无垠的大海

纵有辽远的疆域

咫尺之内

却丧失了最后的力量


隔着永恒的距离

他们怅然相望

爱情穿过生死的界线

世纪的空间

交织着万古长新的目光

难道真挚的爱

将随着船板一起腐烂

难道飞翔的灵魂

> 将终身监禁在自由的门槛

这首诗本是写船,但此时此景的"船"已经染上了诗人的习性、情感,诗人只是借船这个客体来表达诗人自己内心的一些情感、寄托而已。这里的"船"的意象已经升华为具有诗意的意境,已脱其形质。大诗人杜甫在《同诸公登慈恩寺塔》这首诗中有:"俯视但一气,焉能辨皇州。"① 意思是说从塔上往塔下望去,只是一片朦胧,哪还能分辨哪里是京都长安呢?此时,一切的景象都从诗人心中所生,"一切都随物以宛转,亦与心而徘徊"。这两句诗可说明从意象进入意境,达到了一种超脱之感,就像插上了翅膀遨游在九天,一眼万年,变幻万千。但这只有当诗人主观情意与客观物境水乳交融之后才能达到的境界。这也是郑板桥所说的"胸中之竹"。② 王国维先生所说的第二重境界:"衣带渐宽终不悔,为伊消得人憔悴。"③

此时诗人已经完全从"物理场"进入了"心理场",无拘无束地在心灵的世界里做自己的主人。关于这一点,南朝梁代诗论家刘勰在他的名著《文心雕龙·神思篇》中谈道:"古人云:'形在江海之上,心存魏阙之下。'神思之谓也。文之思也,其神远矣。故寂然凝虑,思接千载,悄焉动容,视通万里;吟咏之间,吐纳珠玉之声;眉睫之前,卷舒风云之色:其思理之致乎?故思理为妙,神与物游,神居胸臆,而志气统其关键;物沿耳目,而辞令管其枢机。枢机方通,则物无隐貌;关键将塞,则神有遁心。是以陶钧文思,贵在虚静,疏瀹五藏,澡雪精神;积学以储宝,酌理以富才,研阅以穷照,驯致以怿辞,然后使玄解之宰,寻声律而定墨;独照之匠,窥意象而运斤。此盖驭文之首术,谋篇

---

① (唐)杜甫著,珍尔解评:《杜甫集》,三晋出版社2008年版,第22页。
② 《郑板桥集》,上海古籍出版社1979年版,第154页。
③ 王东编著:《人间词话》,北京燕山出版社2010年版,第29—30页。

之大端。夫神思方运，万涂竞萌，规矩虚位，刻镂无形。登山则情满于山，观海则意溢于海，我才之多少，将与风云而并驱矣。"①

刘勰说的是，古人曾说过："有的人身在江湖，而心却系着朝廷。"这就是神思。文人墨客在构思时，他的思想是无边无际的。所以文人墨客在静静构思时，他可能联想到千年之前；而在他的面容稍有所动时，可以看到万里之外；他在吟咏时，就像是有珠玉般的声音；当他注目思考时，眼前就会浮现风云变幻的色彩；这就是构思所能达到的效果呀！所以构思的妙处是文人墨客的精神与外在的意象融会贯通。精神孕育于内心，却为人的情志气质所统摄；外物接触他的耳目，则主要是靠语言加以表达。若语言运用得当，那就可以一览无遗了；若支配精神的关键有了阻塞，那么精神活动就不集中。所以在进行构思时，必须做到虚静，使内心通畅，精神得到洗礼。认真的学习可以积累知识；斟酌事理才能丰富自己的才干；参照自己的人身阅历来穷尽世间的事物；通过训练自己的情志来达到运用好的言辞，然后才能使得解答深奥道理的心灵，探索声律而规定规矩；正如一个有着独到见解的工匠可根据自己的意向而运用工具一样。这就是驾驭诗文的主要方法，谋篇布局的主要核心。文人墨客在运用神思时，无数的意象开始涌动，整理加工头脑中的这些意象，将未成形的意象都刻画出来。如此方能达到一想到登山则山之景色充满于脑海；一想到观海则海之景色也交溢于思中。此时不管文人墨客才能有多大，他的神思都可以与风云并驾齐驱而任意驰骋。

诗人心灵达到了超凡脱俗的至境，只要能真实地表达自己内心的感受，所表达出的就是一种"真"。正如宋代女诗人李清照写的一首名词《如梦令》说道："昨夜雨疏风骤，浓睡不消残酒。试问卷帘人，却道

---

① 古敏主编：《中国传统文化选编·文心雕龙》，北京燕山出版社2001年版，第81页。

海棠依旧。知否，知否？应是绿肥红瘦？"① 诗人写这首词，我们试来还原一下写词时的情景，这明显是一首清晨诗人睡醒后，回想昨夜雨点稀疏，但狂风大作，突然想到庭院中的海棠花会怎么样呢？然后就问卷帘人（侍女），卷帘人却随口应答道："海棠没事，如往常一样。"诗人随声叹息道："知道吗，知道吗？应该是绿叶繁茂，红花凋谢了。"一段生活中常见的场景，为什么经诗人这么一说，就变成了千古名作了呢？这就是诗人的独到之处，情感浓烈，意味深长，令人足道。这明显是经诗人的"与心而徘徊"，将外在意象经诗人的强烈主观色彩的染色，就成就了将这一微不足道的生活场景变成了具有诗意盎然的佳篇。

　　诗人们无论怎样天马行空，终归都能在现实生活中找到原型，知道了这一点，我们才不至于将诗人与诗创作神秘化。有人认为既然诗人的心灵可以"思接千载，视通万里"，那么是否可以在诗人主观能动性的条件下任意驰骋，更甚无中生有呢？正如鲁迅曾做过一段非常精辟的论述："描神画鬼，毫无对证，本可以专靠神思，所谓'天马行空'地挥写了。然而他们写出来的，也不过是三只眼、长颈子，就是在常见的人体身上，增加了眼睛一只，增长颈子二三尺而已。"② 也就是马克思所说的"物质决定意识"。诗人们创作出来的诗篇佳作，对于其中的一些具体事物，虽然不必尽其全部亲身经历过，但还是尽量去实际体会一下。诗家词客无论怎么天马行空，归根还是不能凭空挥毫的。

---

　　① 周汝昌、缪钺、叶嘉莹等：《唐宋词鉴赏辞典（唐·五代·北宋）》，上海辞书出版社 1988 年版，第 1181 页。
　　② 《鲁迅全集》第 6 卷，人民文学出版社 1981 年版，第 219 页。

# 附文　时空隧道之有关《乌鸦》的创作哲学[*]

爱伦·坡

在此刻摆在我面前的一封短信中,查尔斯·狄更斯在提到我对《巴纳比·拉齐》的创作技巧所做过的一番审视[①]时说:"顺便问问,你是否意识到葛德文是倒着写《卡莱布·威廉斯》[②]的?他先让他的主人公陷入错综复杂的困境,从而使小说的第二卷成形,然后他才设法为他先前已写出的故事寻找某种结束方式。"

我不能认为这就是葛德文小说情节发展的确切模式(实际上他自己的说法与狄更斯先生的看法也不尽相符),但《卡莱布·威廉斯》的作者是位非常优秀的艺术家,他不会不意识到一种多少与此相似的模式可带来的好处。最清楚不过的事情是,作家写任何故事之前,都必须精心构思每一个称得上情节的情节,使之与故事的结局吻合。只有时时想到故事的结局,我们才能使故事中的所有细节,尤其是故事各部分的情调,都有助于创作意图的逐步实现,从而使每个情节都显示出其必不可少的起因或因果关系。

---

[*] 此文来自[英]科勒律治《老舟子行》,朱湘译,[美]爱伦·坡《乌鸦》,曹明伦译,安徽人民出版社2012年版,第210—249页。原文注(以下注解都是原文注):《创作哲学》(The philosophy of Composition)是爱伦·坡就《乌鸦》一诗的创作谈。——译者注

① 狄更斯的长篇小说《巴纳比·拉齐》(Barnaby rudge)于1841年1月至11月在杂志上分章连载,爱伦·坡于同年5月在《星期六晚邮报》上发表书评文章,文中试图根据该书已发表的章节推测出全书的结局(他猜对了小说中那桩谋杀案的凶手,但其余皆错)。——译者注

② 葛德文的《卡莱布·威廉斯》(Caleb William, 1794)也写了一桩谋杀案。——译者注

第四章　诗创作心理的酝酿阶段论

　　我认为小说构思的习惯模式中有一种根本性的错误。作者要么是借历史故事来阐明主题，要么是用当今的某个事件来暗示主题，或充其量是动手把一些耸人听闻的事情拼凑起来塞进小说以构成叙述的基础——通常再设法添加些描写、对话或作者的议论，而细节或情节的任何漏洞都尽可以任其暴露无遗。

　　我更喜欢一开始就考虑一种效果。由于始终把故事的独创性放在心上（因为只有自欺欺人者才敢摒弃这种如此明显且如此容易获得的趣味之源），我总是在动笔前就问自己："于此时此刻，在无数易打动读者心扉、心智或心灵的效果中，我该选择哪一种呢？"首先选好一个故事，然后选定一种强烈的效果，接下来我便会考虑，是否能用情节或情调最充分地创作出这种效果——是否用一般的情节和独特的情调，或是用一般的情调和独特的情节，或是让情调和情节都具有独特性——最后我会在手边（更确切地说是在心中）搜寻这类情节或情调，这类最有助于我创造出心目中那种效果的情节和情调。

　　我经常在想，要是某位作家愿意（或者说能够）在杂志上写篇文章，一步步地详述他某篇作品逐渐达到其完美境地的过程，那该多有趣。为什么迄今为止世上还没有这样一篇文章呢？对此我百思不得其解——不过这种疏漏也许是作家的虚荣心所致，而不是因为别的什么原因。大多数作家（尤其是诗人）都宁愿让读者以为他们写作靠的是一种美妙的癫狂①（一种心醉神迷时的直觉），他们当然害怕让读者窥视幕后。他们怕让读者看到他们构思尚未成熟时的优柔寡断和惨淡经营，看到他们只是在最后一刻才茅塞顿开并领悟大义，看到他们在形成最后观点之前的无数模糊的想法，看到他们因无法处理一些周密的设想而绝望地将其放弃，看到他们小心翼翼地挑选和剔除，看到他们劳神费力地

---

　　①　"美妙的癫狂"原文作 fine frenzy，语出莎士比亚《仲夏夜之梦》第5幕第1场第12行。——译者注

涂抹和删改。一言以蔽之，他们害怕公众看见幕后的大小转轮、启幕滑轮、活动楼梯、活动板门、华丽服装、胭脂口红以及黑色的饰颜片，而在百分之九十九的情况下，这些东西都是艺术家们必不可少的用具。

另一方面我也意识到，很少有作者追述自己完成一件作品的步骤。一般情况下，乱纷纷涌来的启示和联想都是一边被获取，又一边被遗忘。

就我自己而言，我从没感到过上文提到的那种虚荣心，而且在任何时候回忆我任何作品的写作过程都没遇到过丝毫困难。我历来都把分析（或曰重现描述）的趣味视为我向往的东西，而由于这种趣味完全独立于被分析之作品中的任何真实或想象的趣味，所以不该认为我展示我完成某篇作品的方法步骤是不合时宜的。我认为《乌鸦》一诗是我广为人知的作品。我意欲让它来证明其创作过程同机遇和直觉毫不沾边——这篇作品是用解决数学问题所需要的精确和严谨一步步实现的。

请允许我不谈当时的境况（或者说困境），虽然首先是那种境况使我产生了要写一首令公众和批评家都满意的诗的意图，但它毕竟与这首诗本身无关。

那就让我从这个意图开始。

我首先考虑的是诗的长度。如果文学作品篇幅太长，不能让人一口气读完，那作者就必须乐于放弃那种可从印象的完整性中得到的非常有价值的效果——因为若要人分两次读完，中间便会插进世俗的杂务，结果任何完整性都会毁于一旦。但由于在一般情况下，没有诗人肯放弃任何有助于它实现创作意图的东西，所以唯一还能考虑的就是看是否长诗有任何优点可弥补其完整性的损失。在此我可以马上回答——没有。我们所谓的长诗只是连在一起的一系列短诗——换句话说，只是一连串短促的诗意。无须证明，诗之所以是诗，仅仅是因为它可以启迪心灵的同时对其施予强烈的刺激；但由于心理上的必然，所有强烈的刺激都很短

## 第四章 诗创作心理的酝酿阶段论

暂。鉴于此,《失乐园》至少有一半篇幅本质上是散文——一连串诗的刺激不可避免地与相应的沉闷相间——由于篇幅太长,结果通篇就失去了那种非常重要的艺术要素,即失去了效果的完整性,或统一性。

所以显而易见,任何文学作品的长度都有一个明确的限定,那就是能让人一口气读完;虽说在某些散文体经典作品中,例如在(并不需要统一性的)《鲁滨孙漂流记》中,超越这个限定也许是有益无害,但这个限定绝不可在一首诗中超越。在这个限度之内,一首诗的长度可以精确地与其价值相称——换句话说,与它的刺激或启迪相称——再换句话说,与它能产生的诗歌效果的程度相称;因为非常清楚,作品之简短肯定与其预期效果的强度成正比——但这有一个附加条件,即任何效果的产生都绝对需要作品具有一定的持久性。

有了上述考虑,加之我想到那种刺激的程度不能让观众感到太强,又不能让评论家觉得太弱,于是我立刻就为我要写的这首诗设想出了一个适当的长度——大约100行。后来实际上写成了108行。

接下来我所要考虑的是选择一种可传达的效果。在此我最好说明,在整过构思过程中,我始终都在想要让这个作品被普天下人读到。我历来坚持一种观点,即诗的唯一合法领域就是美;可要是我在此文中来论证这个诗学中根本无须论证的观点,那我很有可能离题万里。不过我想简单阐述一下我的真正意思,因为在我的一些朋友中已出现了误述我本意的倾向。我认为,那种最强烈、最高尚,同时又最纯洁的快乐存在于对美的凝神关照之中。实际上当人们说到美时,其准确的含义并非人们所以为的一种质,而是一种效果——简言之,他们所说的只是那种强烈而纯洁的心灵升华(这里的心灵之灵魂,不是指心智或情感),对这种升华我已有说明,人们只有在对美的观照中方可对其所体验。我之所以把美标定为诗的领域,完全是因为一条明显的艺术规律——即应该让结果产生于直接的原因,或者说目标之实现应通过最适于实现目标的途径；恐怕迄今为止还没人会如此愚钝，以致否认上文所说的那种特殊升华在诗中最易获得。至于"理"和"情"①（或曰心智之满足和凡心之激动），虽说这两个目标也可通过诗来实现，但通过散文体作品则更容易实现。确切地说，理须精确，情须质朴（真正易动情者会懂我的意思），而这与我的美是完全对立的，因为我坚持认为美是灵魂的激动，或者说是灵魂愉悦的升华。当然以上所论绝非是说诗中不可有理有情，甚至在有益的情况下，因为它们可用来表现或协助表现诗的总体效果，就像不协和音用于音乐作品一样。但在任何时候，真正的艺术家都该首先设法使它们显得柔和，使它们恰如其分地从属于主要目标，其次应尽可能地把它们包裹在美中，因为美才是诗的基调和本质。

既然我把美视为我诗的领域，那我下一步考虑的问题就是最能表现这种美的基调——而所有的经验告诉我，这种情调应该是悲哀的。任何美一旦达到极致，都会使敏感的灵魂怆然涕下。所以在诗的所有情调中，悲郁是最合适的情调。

这样定下了长度、范围和基调后，我便运用了普通的归纳法，想找到某个艺术振奋点，用来作为我构思这首诗的基音②，作为全诗结构的枢轴。我仔细琢磨了所用惯用的艺术因素——或更恰当地说，琢磨了戏剧意义上的所有点子③——结果我很快就发现，最经常被人用的就是叠歌。叠歌运用之广泛足以使我确信其固有的价值，从而免去了我对其进行分析的必要。但我仍然考虑了它被改进的可能性，而且很快就看出它尚处于原始状态。按照通常的用法，叠歌（或称叠句）不仅被局限在抒情诗中，而且其效果也只依赖声音和意义之单调所产生的感染力。归根

---

① "理"和"情"之原文为"Truth"和"Passion"。——译者注
② 基音（keynote）是一个音乐术语，指一个调的音阶中的第一音，亦称主音。——译者注
③ 此处"戏剧"指歌剧之类，因点子（Point）也是个音乐术语，指用模仿式对位写作的一段音乐中的主题。——译者注

## 第四章 诗创作心理的酝酿阶段论

到底，它的愉悦性仅仅来自人们对其同音同律和循环重复的感觉。我决定要使叠句有所变化，从而极大地加强其效果，方法是大体上保持叠句声音之单调，同时却不断地变化其含义；换句话说，我决定通过叠句寓意之变化不断地创造出新的效果，而叠句本身却基本上保持不变。

决定了上述要点，接下来我便开始考虑我那个叠句的特性。既然叠句的寓意要反复变化，那么显而易见，它本身必须简短，因为要让一个长句的寓意反复变化将会遇到不可克服的困难；叠句寓意的易变性当然与句子的简短成正比，这使我一下就想到那个叠句最好是一个单词。

现在冒出的问题是该用什么样的单词。既然已决定诗中要用一个叠句，那么把全诗分成若干小节当然就成了必然——必然要用那个叠句作为每节的末行。而毋庸置疑，若要具有感染力，这个末行就必须读起来声调铿锵，听完后余音绕梁。这些考虑使我不可避免地想到了 O 这个最响亮的长元音，并想到了这个元音应该同可以被拖得最长的辅音 r 连在一起。

叠句的声音就这样定了下来，现在需要找一个单词来表现这种声音，与此同时，这种声音得尽可能地与我先前所决定的全诗的悲郁情调保持一致。在这样的前提下寻找，我绝对不可能漏掉"永不复焉"① 这个单词。实际上我首先想到的就是它。

接下来所需要的就是为反复使用"永不复焉"找一个理由。可我很快就发现，要找一个足以使人信服的理由非常困难。不过在正视这个困难时，我终于意识到它仅仅难在我先入为主的假定，即我本打算让一个人来反复念出这个单调的叠句——简而言之，我终于意识到一个人没有理由再三重复这个单调的字眼。于是我突然想到了一个主意，用一种不会推理但会"说话"的动物；而非常自然，我脑子里首先冒出的是一

---

① 原文为 Nevermore，大意为"永不再……"或"绝不在……"具体所指往往随语篇语境而定。——译者注

只鹦鹉,不过它很快就被一只乌鸦所取代,因为乌鸦同样会"说话"①,但却远比鹦鹉更能与悲郁的情调保持一致。

这时候我的构思已基本形成:在一首长日百行、情调悲郁的诗中,在每一个诗节的最末一行,一只被人视为不祥之鸟的乌鸦一成不变地重复着一个字眼——"永不复焉"。但我绝没有忘记我的目标——要在方方面面都达到极致或完美。于是我问自己:"依照人类的共识,在所有悲郁的主题中,什么最为悲郁?"答案显而易见——死亡。于是,我又问:"那么这个悲郁的主题在什么时候才最富诗意?"根据我已在上文中用一定篇幅作过的阐释,这答案又是一清二楚——"当其与美结合的最紧密的时候,所以美女之死无疑是天下最富诗意的主题。而且同样不可置疑的是,最适合讲述这种主题的人就是一个痛失佳人的多情男子。"

现在我必须合并这两个想法:一个是多情男子哀悼他刚死去的情人,一个是乌鸦不断重复"永不复焉"。我必须让上述想法合二为一,因为我没有忘记我要让这个字眼每次被重复时都要改变其寓意的意图,而要实现这种合并,唯一合理的方式就是想象那只乌鸦用"永不复焉"来回答那位多情男子的提问。正是在这个时候,我忽然意识到我已有机会去获得我一直想要的那种效果——即寓意变化所产生的效果。我发现我可以让那位多情男子提出第一个问题,一个乌鸦可以用"永不复焉"来回答的问题。我可以让第一个问题是个寻常的提问,第二个就不那么寻常,第三个更不寻常,直到问话人感觉到"永不复焉"这个字眼特有的阴郁,感觉到这个字眼被一再重复,并意识到重复这个字眼的乌鸦有预言家的名声,从而终于从他先前的无动于衷中惊醒,开始产生一种盲目的恐惧,并疯狂地提出一些其性质与先前截然不同的疑问——一些他对解答极为关切的疑问。他提出这些疑问一半是出于盲目的恐惧,一半

---

① 欧美和北非有人把乌鸦作为宠物驯养,这种乌鸦会学舌。(A pet raven may learn to "speak". ——The Encyclopedia Britannica, 1979 年版, Vol. VIII. p. 435) ——译者注

第四章　诗创作心理的酝酿阶段论

是出于那种乐于自我折磨的绝望。因理智使他确信，乌鸦不过是在重复一句学舌口头禅，所以他提出这些疑问绝非因为他相信乌鸦会主吉凶祸福或有魔鬼附体，而是因为他感觉到一种疯狂的快感，一种明知答复将是意料中的"永不复焉"却偏偏要提问的快感——这种快感因他的过度悲伤而更显美妙。既然意识到了这个如此提供给我的机会（更确切地说，这个在构思过程中突然冒出而我又不得不接受的机会），我心中便首先确定了全诗的高潮，或者说确定了最后一个提问——对这个提问，"永不复焉"终将成为一个恰如其分的回答；在回答这个提问时，"永不复焉"这个字眼将包含人们所想象的极度的悲哀和绝望。

到此为止，这首诗可以说是有了个开头（在全诗即将结尾的部分，在所有艺术效果应该开始的地方），因为正是在这个时候，在我进行上述考虑的时候，我动笔首先写出了上面这个诗节：

"先知！"我说，"恶魔！还是先知，不管是鸟是魔！
凭着我们都崇拜上帝——凭着我们头顶的苍天，
请告诉这充满悲伤的灵魂。他能否在遥远的仙境，
拥抱一位被天使叫作丽诺尔的少女，她纤尘不染，
拥抱一位被天使叫作丽诺尔的少女，她美丽娇艳。"
乌鸦答曰"永不复焉"。①

我此时先写出这诗节有两个目的：一是确定全诗高潮，以便我能更好地把握那位多情男子在此前提出的问题，从而使其严肃性和重要性逐次递增；而是确定节奏韵律以及各节的长度和总体排列，同时确定此节之前各诗节的节奏效果强度，以保证它们不超过这节诗的效果。要是我真有这个本事在写这节诗之后写出过更有力的诗节，那我也早就毫无顾

---

① 此为《乌鸦》之第16节。——译者注

忌地有意将其弱化了，为的是不影响全诗的关键效果。

在此我最好还是说一说这首诗的写法。像往常一样，我的首要目的是创新。在诗歌创作中长期忽视独创性是天下最莫名其妙的一种现象。诚然固定的韵律①几乎已不可能改变，但音步和诗节的安排却显然有无穷变化之可能；然而几百年来，没有一个诗人写过，或想到过去写一首有独创性的诗。事实上，除非对于那种有异常能力的人，独创性绝非像有些人以为的那样凭冲动或直觉就能获得。一般来说，创新必须经过殚精竭虑的求索，而且它更多地是需要否定的勇气，而不仅仅是创造能力，尽管创造能力于创新极为重要。

我当然不能声称《乌鸦》的韵律和音步有任何创新。前者是抑扬格，后者为八音步和不完整的八音步交替（第五行重复不完整八音步，末行为不完整四音步）。说得通俗一点，全是采用由一长一短的两个音节组成的音部，每小节第一行有八个这样的音步，第二行有七个半（实际上是七又三分之二），第三行有八个，第四行七个半，第五行七个半，第六行三个半。如果分开来看，这样配置音律的诗行都被前人用过；但《乌鸦》的创新之处在于用这样的六个诗行组成了诗节，而前人从未进行过哪怕与此稍稍相似的尝试。这种诗节的创新效果被其他一些与众不同且完全新颖的效果所加强，那些效果产生于对尾韵和头韵原则之发展。

接下来要考虑的问题是如何让那名伤心男子与乌鸦碰面，而要让他们碰面，首先就要决定场所。关于这个场所，最容易想到的似乎应该是一座森林或一片旷野；但我一直认为，孤立的场景必须放在封闭的空间才会出效果，这就像把画装进画框一样。封闭的空间对保持读者的注意力集中具有一种不容置疑的影响力，当然，空间的封闭不可与空间的完

---

① rhythm，指英诗中音节轻重长短之配置。——译者注

## 第四章 诗创作心理的酝酿阶段论

整性混为一谈。

于是我决定让那名伤心男子置身于他的房间——一个他曾经常出入，而今因他的睹物思人而变得神圣的房间。房间装饰得很华丽，这仅仅是在遵循我已经解释过的对美的想法——美是唯一真正最富有诗意的主题。

既然决定的场所是一个房间，我就必须让那只乌鸦进去，于是让乌鸦从窗口进屋的想法便应运而生。我之所以让房间主人一开始把乌鸦翅膀拍窗的声音误认为是"敲门声"，原本是想凭拖长情节来增加读者的好奇，同时也极想从对主人开门见茫茫黑夜，于是似幻似真地以为是他情人的亡灵前来敲门的描写中产生出附带的效果。

我之所以让那个夜晚风雨交加，首先是要为乌鸦寻求进屋提出理由，其次是要让户外的风雨和室内的宁静形成对照。

我让乌鸦栖在那尊帕拉斯①半身雕像上面，也是要让白色的大理石与黑色羽毛产生对比效果（须知正是有了乌鸦我才想到该有一尊雕像）。而我之所以选择帕拉斯雕像，一是为了与房间主人的学者身份相符，二是因为"帕拉斯"这个名字读音响亮。

我在诗的中间部分也运用了这种对比，一起加深最初的印象。譬如我让乌鸦进屋时有一种荒诞的气氛（在允许的前提下尽可能使其显得滑稽）。

　　它猛地扑棱着翅膀进屋。

　　它既没有向我致意问候，也没有片刻的停留，
　　而是以绅士淑女的风度栖到我房门的上面。

---

① 帕拉斯（Pallas）是智慧女神雅典娜的别名之一。——译者注

在接下来的两节诗节中，这种意图更明显地得到贯彻：

于是这只黑鸟把我悲伤的幻觉哄骗成微笑，
以它那老成持重一本正经温文尔雅的容颜，
"虽冠毛被剪除，"我说，"但你显然不是懦夫，
你这幽灵般可怕的古鸭，漂泊来自夜的彼岸，
请告诉我你尊姓大名，在黑沉沉的冥府阴间！"
乌鸦答曰"永不复焉"。

听见如此直率的回答，我对这丑鸟感到惊讶，
尽管它的回答不着边际——与提问几乎无关；
因为我们不得不承认，从来没有活着的世人
曾如此有幸地看见一只鸟栖在他房门的上面，
看见鸟或兽栖在他房门上方的半身雕像上面，
而且鸣叫"永不复焉"。

在为结局的效果做好准备之后，我马上就把气氛由荒诞变成了最为严肃——这种严肃的气氛开始于紧接上引诗节的下一个诗节，其第一行为：

但那只独栖于肃穆的半身雕像上的乌鸦只说了……

从这时起房间主人不再取笑乌鸦，甚至不再觉得乌鸦的模样有任何古怪之处。他把乌鸦看成一只"狰狞、丑陋、可怕、不吉祥的古鸟"，觉得那双"炯炯发光的眼睛"燃烧进了他的心坎。我让房间主人的感觉或幻觉产生这种大转变，试想在读者心中引起同样的转变，从而进入一种适当的心境来读结局——而此时结局将尽可能快捷地出现。

## 第四章 诗创作心理的酝酿阶段论

随着真正的结局出现——随着乌鸦用"永不复焉"来回答房间主人的最后一个提问：他是否将在另一个世界见到他的心上人——这首诗在其明显的一面（即作为一首纯粹的叙事诗）可以说也就是结束了。到此为止，诗中的一切都可以解释，或者说都属于真实的范畴。一只乌鸦曾在其主人家中学会了说"永不复焉"，后来它逃离了主人的照管。在一个风雨之夜，它想进入一个还亮着灯光的窗户——窗内有一位青年学者，他正在一边读书，一边怀念他死去的心上人。乌鸦用翅膀拍打窗扉，青年学者打开窗户，乌鸦进入室内，栖息在一个对它来说最方便而且青年学者又伸手不及的位置。青年学者被这件有趣的事和这位"来访者"古怪的模样逗乐，于是诙谐地问乌鸦的尊姓大名，当然他并没有指望得到回答。但乌鸦用它会说并习惯说的字眼"永不复焉"作答，这个字眼立刻在青年学者悲郁的心中引起了共鸣。他开始陷入沉思并禁不住喃喃自语，结果乌鸦的又一声"永不复焉"再次使他感到吃惊。此时青年学者已猜中了乌鸦为什么会答话，但如我上文所解释，人性中对自我折磨的渴望和在一定程度上的盲目恐惧仍驱使他向乌鸦进一步提出问题。他明知答复将是意料中的"永不复焉"，但这种明知故问可能会使他感到悲哀的最美妙之处。随着这种自我折磨的放纵达到极端，这首诗中的故事（或者依我上文所说，这首诗在其基本或明显的一面）已有了一个自然的结尾，而到此为止一切都未超越现实。

但这样处理主题，无论你写作技巧多么娴熟，无论你细节描写多么生动，作品都会存在某种令有艺术眼光的读者反感的生硬或直露。艺术作品永远都需要两种东西：一是得有点儿复杂性，或更准确地说是适应性；而是得有点儿暗示性，或曰潜台词，不管其含义是多么不确定。尤其是暗示性可以使艺术作品"意味深长"（且容我从对话体作品中借用这个有说服力的术语），不过人们总是过分喜欢把"意味深长"同"理念"混为一谈。而正是暗示意义之过头（即把暗示从主题的潜台词变

· 327 ·

成主旋律）使所谓的超验主义者①的所谓诗歌变成了散文，而且是最平淡无味的散文。

基于上述看法，我为全诗增加了两个结尾的诗节，从而使其暗示意义渗入前面的整个故事。暗藏的意味首先出现在以下诗节：

> 让你的嘴离开我的心；让你的身子离开我房间！
> 乌鸦答曰："永不复焉。"

读者可以看出，"让你的嘴离开我的心"是这首诗用的第一个隐喻表达法。它可与"永不复焉"这个回答一起让人回到前文中去寻找一种寓意。此时读者开始把乌鸦视为一种象征，不过直到最后一节的最末一行。读者才能弄清这象征的确切含义——乌鸦所象征的是绵绵而无绝期的伤逝：

> 那乌鸦并没有飞走，他仍然栖息，仍然栖息，
> 在房门上方那苍白的帕拉斯半身雕像上面；
> 它的眼睛与正在做梦的魔鬼的眼睛一模一样，
> 照在它身上的灯光把它的阴影投射在地板；
> 而我的灵魂，会从那团在地板上飘浮的阴暗中
> 解脱么——永不复焉！

---

① "超验主义者"指艾默生等与爱伦·坡艺术见解向左的文人。——译者序

# 第五章 诗创作心理豁朗阶段论

## 第一节 诗创作心理豁朗阶段概说

俄国大诗人普希金在《秋天》一诗中非常生动形象地向我们描绘了这个豁朗阶段来临时的心理特征,一旦这种心理特征来临,有如古人所说的文思如涌泉,豁朗是诗创作中的一种非常奇妙的心理现象,同时也是诗家词客苦苦追寻、津津乐道的一种诗歌创作境界。其写道:[①]

有什么不曾步入我沉睡的脑中?

——杰尔查文

……

有人为我牵来马;摆动鬃毛,

马儿载骑手走在开阔的平原上,

在那马儿迸出火星的铁蹄下,

冰在纹裂,冻硬的山谷在响。

---

[①] [俄]普希金:《普希金抒情诗选》,刘文飞译,漓江出版社2012年版,第265—266页。

可短暂白日已逝，遗忘的炉中，
又燃起火，时而闪出明亮的光，
时而缓慢地引燃，而我在炉前
阅读，或是满怀着悠远的思想。

我忘记了世界，在甜蜜的寂静中，
我甜蜜地沉睡于自己的想象，
诗歌于是在我的心中醒来：
抒情的激动充满了我的心房，
心在颤抖，在响，像在梦中，
它在寻求着最终的左右释放，
此时有群无形的客人向我走来，
那早年的熟人，我结晶的幻想。

思绪在脑中大胆地汹涌起伏，
轻盈的韵律迎着他们飞跑，
于是手在找笔，笔在找纸，
一瞬间，诗句便自由地流淌。
像静止的船睡在静止的水面，
但是听！水手们突然开始奔忙，
爬上爬下；帆扯起，鼓满了风；
庞大的船动了，劈开了波浪。

它在漂浮。我们将飘向何处？
……

## 第五章 诗创作心理豁朗阶段论

所谓诗创作心理豁朗阶段，又叫诗创作心理启迪阶段、诗创作心理顿悟阶段、诗创作心理灵感阶段。"灵感"一词最初来源于古希腊文，本来是宗教用语，意即用神之气息。英语为"Inspiration"，"五四"时期采用直译法译为"烟士披里纯"，根据词源学，由于它的词根是"spirit"为精神、心灵之意；前缀是"in-"为里面之意；后缀是"-ation"为名词后缀，没有实际意思。所以后来根据词源学，组合意译为"灵感"，也就是使人得到神的灵气。也正如古希腊三哲之一的柏拉图在《文艺对话录·伊安篇》中谈道："凡是高明的诗人，无论是史诗或抒情诗方面，都不是凭技术来作成他们的优美的诗歌的，而是因为他们得到灵感，有神力凭附着。"① 在柏拉图时代，由于神学占统治地位，于是就将一切不能解释的东西都归为神的旨意，但随着科技的进步和人们认识的开拓，又加之后来的辩证唯物主义强大的思想武器，大脑生理机制的揭示，柏拉图的"神赐论"再也站不住脚。其实灵感只是处于潜意识与意识的中介层，是我们思考问题的结果。由于我们在经历了诗创作心理定向阶段及诗创作心理准备阶段之后，做了大量的准备工作，收集了大量的资料，问题基本上要被我们给解决了，再经过诗创作心理酝酿阶段的酝酿成熟，解决方案随时都有可能呼之欲出。此时就像一个气打得非常足的气球，只要在外界某一刺激作用下，就会立刻爆炸。我们的灵感也是如此，只要有某种内外因素的触发，就会一下子受到启示，灵光一现，问题就被解决了。

与柏拉图持"唯心主义""不可知论""神赐说""有神论"等相同观点的，在中国也有，如"江郎才尽"。钟嵘《诗品》说道："文通诗体总杂，善于模拟。筋力于王微，成就于谢朓。初，淹罢宣城郡，遂宿冶亭。梦一美丈夫，自称郭璞，谓淹曰：'吾有笔在卿处多年矣，可

---

① ［古希腊］柏拉图：《文艺对话集》，朱光潜译，人民文学出版社1963年版，第8页。

以见还。'淹探怀中,得五色笔以授之。尔后为诗,不复成语,故世传江淹才尽。"① 江郎,是指南朝的江淹,其比喻人的才情文思衰尽。与此相似的典故还有"梦笔生花",意思是梦到笔头生了花,比喻文思俊逸,有杰出的写作才能。五代的王仁裕在《开元天宝遗事·梦笔头生花》中说道:"李太白少时,梦所用之笔头上生花,后天才赡逸,名闻天下。"宋朝的释惠僧在《石门文字禅·胥启道次韵见寄复和之》诗中写道:"寄我三诗争妙丽,疑公曾梦笔生花。"清朝的张问陶在《船山诗草·冬日无事为内子写照》一诗中写道:"画意诗情两清绝,夜窗同梦笔生花。"

中国诗论中更多的是持"唯物主义""可知论""人赐说""无神论"等观点,我们早在西晋时大文学家陆机就已在《文赋》中提出:"若夫应感之会,通塞之纪,来不可遏,去不可止。藏若景灭,行犹响起。方天机之骏利,夫何纷而不理。思风发于胸臆,言泉流于唇齿;纷葳蕤以驳骲,唯豪素之所拟;文徽徽以溢目,音泠泠而盈耳。及其六情底滞,志往神留。兀若枯木,豁若涸流。揽营魂以探赜,顿精爽于自求。理翳翳而愈伏,思乙乙其若抽。是以或竭情而多悔,或率意而寡尤。虽兹物之在我,非余力之所戮。故时抚空怀而自惋,吾未识夫开塞之所由。"就是说,如果灵感到来之际,通顺和阻塞的机会当它来时不可阻止,离开时也不能抑制。隐藏时像影随光灭,出现时像响随声起。当灵感快速降临时,什么样的复杂事情会理不出头绪。当文思在胸中鼓动的时候,文辞会像泉水一样从唇齿边流出。丰富的文思纷纷涌现,只需尽情挥洒笔墨。富丽的文辞充于双目,悦耳的声音充于双耳。若是感情凝固,神志不清,形同枯木、干流。只有聚精会神再去探求,那灵感若隐若现,那文思如丝难抽。所以,有时用心力反而有悔,有时恣意而

---

① (南朝梁)钟嵘著,古直笺,曹旭导读,曹旭整理集评:《诗品》,上海古籍出版社 2007 年版,第 48 页。

为反倒少有错误。虽这些都是出自"我",但这灵感性的东西非"我"所能控制的。所以"我"常常抚胸而感叹惋惜,"我"并不知道它的通塞之道呀!

陆机在这段文辞里详尽地阐明了"灵感"的特征,虽没有用"灵感"一词,但他用了许多关于"灵感"的同义表述,如"应感""通塞""天机"等。南北朝刘勰在他的名著《文心雕龙》中也谈到了"灵感"这一心理现象,南宋的严羽的《沧浪诗话》也提到了"灵感"现象。凡此种种,都认为灵感是可求的,是可以从诗人的内心,通过努力可以得到的,而并非如前者那样,是靠虚无的神灵。

其实上述关于灵感的两种主张在历朝历代都有所论及,究其原因,主要还是对灵感的本质认识不清之由。正因为如此,有人将其夸得神乎其技,不可思议,而另一些人又极力将之否定。所以在这里我们就不得不探究一下灵感的特征及其实质。

第一,灵感产生的突发性。通常我们都会用一些词来形容它,如"豁然开朗""茅塞顿开""从天而降""风驰电掣"等,这种产生带有极强的突发性,犹如"忽如一夜春风来,千树万树梨花开""忽然兴至风雨来,笔走墨非精灵出""思绪在脑中大胆地汹涌起伏,轻盈的韵律迎着他们飞跑,于是手在找笔,笔在找纸,一瞬间,诗句便自由地流淌"等诗句就是如此。

第二,灵感去时的不可止,稍纵即逝。诗家词客常常提到,灵感犹如电光火花,稍不留意,于是就飘然而逝,不留痕迹。灵感不像常规思维那样,随时可以把握,就如"作诗火急追亡逋,清景一失后难摹"。

第三,灵感是一种创造力。灵感本身就是一种创造性思维,同时也是创造性思维的产物。诗歌本身也属创造性的结果,所以在诗歌中能处处见到灵感的生发。对于灵感是一种创造性思维的观点,我国伟大的科学家钱学森曾非常重视灵感,并提出要建设一门灵感学。他从哲学、思维科学的角度去认识灵感，并且他将灵感与逻辑思维、形象思维并列，是一种独立的思维方式。他说道："我认为就是现在也不能以为思维就是有逻辑思维和形象思维这两类，还有一类可称为灵感……它不是逻辑思维，也不是形象思维，这两类思维持续时间都很长，以至于人们所说的废寝忘食。而灵感却为时极短，几秒钟而已。那灵感是不可控制的？一点是肯定的，人不求灵感，灵感也不会来，得灵感的人总是要经过一长段其他两种思维的苦苦思索来做其准备的。所以灵感还是人自己可以控制的大脑活动，是一种思维。有没有规律？刚生下来的娃娃不会有灵感，所以灵感是人社会实践的结果，不是神授。既是社会实践的结果，就是经验的总结，应该有规律。总而言之，灵感是有一种人可以控制的大脑活动，有一种思维，也是有规律的。我们也要研究它，要创立一门'灵感学'。"钱学森的话在这里发人深省，我们在经过一定努力是可以产生灵感的，这与近代诗人王国维在《人间词话》中的观点不谋而合，他说：古今之成大事业、大学问者，必经过三种之境界："昨夜西风凋碧树，独上高楼，望尽天涯路。"此第一境也。"衣带渐宽终不悔，为伊消得人憔悴。"此第二境也。"众里寻他千百度，蓦然回首，那人却在灯火阑珊处。"此第三境也。[①] 没有"望尽天涯""衣带渐宽"的艰辛劳动努力，又怎会有"蓦然回首"的收获呢？

第四，灵感须有动机与诱因。动机是灵感产生的内部因素，诱因是灵感产生的外部因素。没有内因，无论如何也是不能产生灵感的，若只有内因，没有一定的外因，也是不能的。正是因为此，才有如清代散文家、文学评论家、诗人袁枚（1716—1797）在《遣兴》诗中所言："但肯寻诗便有诗，灵犀一点是吾师。夕阳芳草寻常物，解用都为绝妙

---

[①] 柴剑虹、李肇翔主编：《中国古典名著百部（笔记、文论类）》，九州出版社2001年版，第21页。

词。"① 其意是说，只要肯去寻觅诗句就会寻着诗句，灵感就是"我"作诗的良师益友。夕阳芳草都是寻常的事物，若是能够善于加以利用，那么都会成为绝妙的诗词。心中首先要有诗创作的冲动才行，也正如大诗人苏轼在《文说》中自述其创作经验，这似乎是在一种灵感状态下写就的："吾文如万斛泉源，不择地而出，在平地滔滔汩汩，虽一日千里无难。及其与山石曲折，随物赋形而不可知也。所可知者，常行于可当行，常止于不可不止，如是而已矣。其他虽吾亦不能知也。"这种创作过程也与荣格论及灵感有异曲同工之妙，荣格在《分析心理学与诗的艺术》一文中对此也提道：

> 它们可以说是盛装打扮地来到世上，一如帕拉斯·雅典娜从宙斯头上蹦出来似的。这些作品硬缠着作者，作者的手仿佛被抓住了，笔下写出的是使他的心灵震惊的东西。这种作品给自己带来了形式，作者想添加些什么，但遭到拒绝，他不愿承认的东西却强加于他。作者的意识面对这种情况显得茫然若失，他被一股思想和意象所淹没，他的目标绝不会产生这类东西，他的意愿也绝不会使之成形。然而他已身不由己，他不得不认识到在整个过程中他的自我在说话，他最内在的本质在显现，表达了他永远不会说的内容。他只能听从和顺着显然是外来的推力，觉得自己的作品要比自己强大，因此作品有一种根本无法控制的力量。他没有和创造性的过程一致；他意识到，他仿佛处于自己的作品之下，至少是在其近旁，仿佛它是另外一个已经落到外来意志的魔圈中的人。②

这种受此"无法控制的力量"并非想它来它就能来的，但我们能

---

① 李灵年、李泽平译注：《袁枚诗文选译》，凤凰出版社 2011 年版，第 133 页。
② ［美］霍尔、诺德拜：《荣格心理学纲要》，张月译，黄河文艺出版社 1987 年版，第 150 页。

够创作此情景。

其实灵感就好像我们平常所说的"机遇"一样,所谓"机遇是留给有准备的人"。若一个人对事物没有一个清晰的认识,没有花时间下功夫,那即使是灵感光顾你,你也是不知道的,所谓的"有缘千里来相会,无缘对面不相识"。这里说的"缘"也并非是中国佛教所说的那样神秘,其实它就是一种提前准备,专业术语称为"预期",做一个有心人,缘就会随你而至。那么,为了迎接灵感为我们所用,我们也得提前准备,如环境方面、心态方面、个人努力方面等。每一个诗人对于创造一个有"灵感"的氛围是有不同要求的。关于这一点,刘勰在《文心雕龙·物色》中写道:

> 春秋代序,阴阳惨舒,物色之动,心亦摇焉。盖阳气萌而玄驹步,阴律凝而丹鸟羞,微虫犹或入感,四时之动物深矣。若夫珪璋挺其惠心,英华秀其清气,物色相召,人谁获安?是以献岁发春,悦豫之情畅;滔滔孟夏,郁陶之心凝;天高气清,阴沉之志远;霰雪无垠,矜肃之虑深。岁有其物,物有其容;情以物迁,辞以情发。[①]

刘勰在这里的意思是,春、夏、秋、冬四季互相更替,阴沉的天气使人心情不畅,阳和的天气使人心情芳舒。自然之物在变动,人们的心情也会跟着变动。待气候温和的时候蚂蚁也开始走动,天气寒冷时节螳螂也加紧准备食物过冬。就是这些微小的虫子也感到气候之变化,可见四季对动物的影响是多么的深远呀!至于人的美好心灵比美玉更洁白,清秀的气质比美丽的花朵更清秀。各种外物会对人产生感应,那又有谁不对之产生感应呢?所以,每当春天心情会欢乐而舒畅;进入初夏,心

---

[①] 周振甫:《文心雕龙注释》,人民文学出版社1981年版,第493页。

情变得郁闷而不畅快；进入秋天，阴郁沉重的心情更甚；进入冬季，萧萧之感就更甚了。一年四季各有其景物，不同的景物又有不同的外貌，感情由于景物而变化，文辞由于感情而产生。

所谓"用笔不灵看燕舞，行文无序赏花开"。相传大诗人李白的《清平调》就是在酒后所作。据晚唐五代人的记载，这三首诗是李白在长安供奉翰林时所作。唐玄宗天宝二年（743）或天宝三年（744）春天的一日，唐玄宗和杨贵妃在宫中在沉香亭观赏牡丹花，伶人们正准备表演歌舞以助兴。唐玄宗却说："赏名花，对妃子，岂可用旧日乐词。"因急召翰林待诏李白进宫写新乐章。而李白此时正醉酒大街，被宫人强行带到沉香亭作诗，李白借着酒意，随即在金花笺上作了这三首千古传唱之诗。这虽系谣传，但杜甫的《饮中八仙歌》中写李白："李白斗酒诗百篇，长安市上酒家眠。天子呼来不上船，自言臣是酒中仙。"却不是谣传，却是真实写照。可见李白在醉酒后诗兴大发，因景触情，浮想联翩，诗思潮涌，灵机一动，诗作惊天。

德国 18 世纪著名诗人、哲学家、德国启蒙文学的代表人物之一的席勒（1759—1805）有一种怪癖，就像歌德所说的那样，对席勒而言，空气对"我"却像毒气。歌德谈道："有一天我去访问他，适逢他外出。他夫人告诉我，他很快就会回来，我就在他的书桌旁边坐下来写点杂记。坐了不久，我感到身体不适，愈来愈厉害，几乎发晕。我不知道怎么会得来这种怪病。最后发现身旁一个抽屉里发出一种怪难闻的气味。我把抽屉打开，发现里面装的全是烂苹果，不免大吃一惊。我走到窗口，呼吸了一点新鲜空气，才恢复过来。这时席勒夫人进来了，告诉我那只抽屉里经常装着烂苹果，因为席勒觉得烂苹果的气味对他有益，离开它，席勒就简直不能生活，也不能工作。"[①]

---

[①]《朱光潜全集》第 17 卷，安徽教育出版社 1989 年版，第 407—408 页。

例如，大诗人雪莱喜欢在大自然中吸取灵感；而普希金则更钟情于秋天；大诗人柯勒律治·爱伦·坡经常靠鸦片汲取灵感；鲁迅、毛泽东靠抽烟获取灵感；笔者在多年的诗创作生涯过程中也总结出了自己的一些激发灵感的方法，例如，在 2015 年 10 月 1 日所作的一首《五言律绝·论灵感二首》（其一）："三日不曾寐，诗风始大兴。都觉平日浅，此际语天惊。"就是说，我在熬夜的状态下能激发灵感。

第五，灵感奔涌时伴随着强烈的亢奋性。诗人每当灵感袭来，就会忘乎所以，犹如变了一个人似的，因为此时诗人的思绪翻飞，全身每一个细胞都在战栗，几乎连将其写出来的时间也是没有的，就像大诗人郭沫若所说的"觉得有点发狂，好像是一种神经性的发作"，精力高度集中，注意指向性也就相对较狭窄，视而不见，听而不闻，好像灵魂也受到了震荡，无法自拔，沉浸其中。正如大诗人叶芝所说的"魔鬼与上帝正在进行永恒的战斗"。

对于诗创作过程的考察，似乎使灵感这种心理现象变得不可回避，在中国这种持"中庸之道"的国度里，谈及这样的话题似乎有违常理，而且它本身也显得很玄乎，有唯心主义之感，又有神秘主义之感，但事实就是如此，一旦涉及诗创作心理的本质问题，这个"灵感"问题就变得至关重要，不能对其逃避，而且逃避也不是真正的解决之道，反而会使之变得更加扑朔迷离。凡是有诗歌创作经历的诗人都不会回避这个问题，反而是绞尽脑汁想弄清楚这个问题。

其实我们都知道一个事实，本行业的人对于本行业的一些核心、本质问题是不能很好地解决的，可能是太过于局限在问题本身之中，无法自拔，特别是对于一些很本质的问题。朱光潜在《艺文杂谈》中谈道："艺术家都不宜只在本行小范围之内用功夫，须处处留心玩索，才有浓厚的修养。鱼跃鸢飞，风起水涌，以至于一尘之微，当其接触感官时我们常不自觉其在心灵中可产生如何影响，但是到挥毫运斤时，它们都会

## 第五章 诗创作心理豁朗阶段论

涌到手腕上来,在无形中驱遣它,左右它。在作品的外表上我们虽不必看出这些意象的痕迹,但是一笔一画之中都潜寓它们的神韵和气魄。这样意象的蕴蓄便是灵感的培养。"[1]

不错,朱光潜在这里提到了一个很好的问题解决之道,灵感现象在诗歌本身之中是不能得到很好的解决的,因为诗歌的一大作用即是描述,描述是非常单薄的,在科学研究的目的中,描述也只是第一个层次。我们在进行科学的研究活动中,一般会有不同的研究目的,包括描述研究对象的状况,解释研究对象的活动过程,预测研究对象的将来发展以及控制研究对象,产生预期的改变和发展。所以,我们在解决诗创作心理学中的核心问题时,还得借助于其他的学科。灵感问题是在各行各业都在探讨的问题,对于这个问题的解决,首先从哲学的角度对之的认识是从偶然性和必然性的辩证观、从质量互变规律等角度来加以解释。从心理学、生理学的角度来看,灵感是一种心理现象,是脑的机能,是客观现实的反映,它有些类似于巴甫洛夫所说的联想,即是大脑暂时神经系统的连接,有如电路接上了电灯,开了开关,瞬间就亮了。诗歌中的灵感也就是如此,新的信息输入我们的大脑后,会产生一个变化,有如心理学家奥苏贝尔的有意义学习的实质那样:"有意义学习的实质是指符号所代表的新知识与学习者认知结构中已有的适当观念建立起非人为的和实质性的联系。"神经过程的灵活性在灵感的生理机制中占据非常重要的作用,诗人是一个对语言符号极其敏感的一个职业,在作诗的过程中也是对语言文字的排列组合、加工改造等过程,一旦语言文字达到最优组合,那就会体验到灵感心理、顿悟心理。我们都知道,语言是第二信号系统,若是有直接的相应的语言作为刺激物那可想而知,灵感现象更易发生,也就是受到了语言相似性的启示,通过心理上

---

[1] 朱光潜:《艺文杂谈》,安徽教育出版社1981年版,第56页。

的由此及彼、触类旁通，很快达到顿悟。

经过问题解决中的顿悟心理，我们可以推测，顿悟是在生理过程与心理过程同时作用的结果，它的生理过程是当诗人面对外界物理环境时，受到了外物的震荡，外物一定的刺激经由感受器，使感受器产生兴奋或抑制，兴奋或抑制以神经冲动的方式经传入神经到传出神经，最后通过传出神经到达效应器并支配效应器的神经流程。其实这种兴奋或抑制的神经冲动就是形成灵感的暂时神经联系。这种暂时神经联系要么是对抑制的解除，要么是兴奋或抑制相互诱导。与之相应的心理流程是创造性思维、创造性想象与记忆作用等条件下的最佳组合。它的心理流程大致是：当诗人面对外界物理环境时，受到了外物的震荡（灵感的外因），产生了强烈的创作动机，急需要将之表达出来（灵感的内因），于是就调动了过往经验、活跃了创造性思维、创造性想象与记忆，于是就汩汩然生诗了。

而且一般诗人是最容易有此心理体验的人，一首美妙的诗歌也是灵感条件下的产物，所以诗人、诗歌是与灵感接触最为密切了。既然灵感与我们的诗创作关系如此之密切，那我们如何更好地利用灵感来为我们的诗创作服务呢？灵感不是想当然地任我们驱驰，不是说有就有的，那我们如何来培育灵感呢？要想知道如何培育灵感，我们就要知道灵感诞生的环境，灵感诞生的环境如何呢？

灵感诞生的环境无疑是意识的汩汩小流与无意识这片汪洋大海，但整体而言，还是无意识这片汪洋大海。但灵感的到来终归是以意识的方式出现的，也就是说，它出现这一刻我们是能清晰地感觉到的，它的整体流程就是从无意识层面转化为意识层面。在前面我们也提到，我们的大脑在解决问题的过程中存在两套思路，第一套解决之道是有意思维，即我们的大脑是一个信息存贮库，存有各种各样的知识经验、人生经历、情感思想、形象感受等，当我们在外物的触发条件下，我们的意识就会调集我们的意志去应付当前之事,或学习以解决,或回忆以解决,或想象以解决等,直到问题得以解决,若是没有得到解决,誓不罢休。当大脑异常疲惫或被其他事所分心之后,这件未解决之事就会交给无意识,也就是第二套解决之道,它是无意思维,如睡眠与做梦、催眠、白日梦与幻觉、大脑的随机组合、休息等,也就是说,在我们的意识、注意等放松或停止工作的时候,无意识思维便活跃了起来,平时我们在清醒状态下的常规思维失去了寄托,思维开始了自由之路,犹如脱缰之马,任由奔驰,自由高速地将平时的那些思维材料排列组合,加工改造,于是就产生了一系列的思想、想法、感觉等,犹如是一台功能强大的计算机在做"大脑风暴""发散思维",在这万千的解决之道中会突然有一个最佳解决之道像"综合思维"那样,在问题空间中进行搜索,已找到从问题的初始状态达到目标状态的通路,突然受到一个在最对的时刻、最对的地点的信息的刺激,此刻将此解决之道发送到意识领域,好像十月怀胎,诞下婴儿;灵光一现,照亮黑夜。感觉一切都是那么的美好,就像杜威所说的那样:"所获得的材料重新组织,事实和原则,自然融合在一起,隐的显了,纠纷的厘清了,结果是疑难涣然解释了。"[1]

其实早在弗洛伊德提出"无意识"这个概念之前,叔本华就提道:"任何心性或特性,真实而悠久者,必源于无意识;仅由不知不觉而显其作用,此所以有深秘之印象。每一个想要在文学艺术上有所成就的人都必须遵从无意识法则。"[2] 之后弗洛伊德专门研究了无意识,从此,无意识正式纳入了心理学的研究范畴。英国作家,异军突起的哲学家柯林·威尔逊(1931—2013)指出:"我们所有人都同意这一点,那就是

---

[1] [美]杜威:《思维与教学》,孟宪承、俞庆棠译,商务印书馆1936年版,第254页。

[2] [德]叔本华:《悲观论集》,萧赣译,商务印书馆1934年版,第53页。

弗洛伊德紧紧抓住了潜意识对人的作用，因此给心理学带来了一场革命。这一点就如同在世界地图上增添了某个新大陆一样重要。的确，在弗洛伊德以前，有许多人，包括莱布尼茨、F. W. H. 米尔斯、威廉·詹姆斯等，都认识到了潜意识的存在，然而只有弗洛伊德在某种程度上使潜意识的存在成为一个无可争议的事实，就如同人们发现南极洲一样。"① 不错，无意识是人心理世界的一片汪洋大海，它的发生是个体无法感知到的，它一方面是天生的，如本能、集体无意识等；另一方面又是个体后天的各种经历所留下的痕迹，在我们的长时记忆中信息遗忘了，可能是由于记忆痕迹得不到强化而逐渐减弱，以致最后消退的结果；或是受到其他刺激的干扰；受压抑抑或在提取时没有找到适当的提取线索等造成遗忘的心理积淀。无意识是构成人本质的深层东西，是心灵的本质性的东西。

在诗歌创作中，荣格也谈道：对艺术家做实际分析，总是不仅显示出来自无意识的创作冲动，而且也显示出这种冲动乖戾蛮横的特征。我们只要翻翻大艺术家们的传记，就能找到有关创作欲对他们的影响的丰富例证；它常常是那样的专横，竟然吸收了人身上所有的冲动，驱使一切为其服务，甚至损害了人体健康，破坏了常人应有的幸福。艺术家心灵中酝酿着的作品，是一种自然力，它在完成其目标时，不是用暴虐的威势，便是用自然为达到它的目的而带来的狡诈手段，它全然不顾艺术家——创作力的工具——的个人甘苦。创作能量在人的身上生存与增长，就如同树木从土壤中吸收养料。因此，完全可以把创作过程看作植根于人的心灵中一种活生生的东西。用分析心理学的术语来讲，这是一种"自发情结"（autonomous complex）。它实际上是精神中的一个分离部分，它过着脱了意识层的独立的精神生活，并且根据它的能值或能

---

① ［美］马斯洛著，［美］霍夫曼编：《洞察未来》，许金声译，改革出版社1991年版，第19页。

力，可能作为仅仅是意识的自觉定向过程失调显示出来，也可能显现为一种超级的权威，这种权威能使自我整个儿地听其使唤。因此，与创作过程相一致，并且一受到无意识"必须"的威胁就屈从的诗人，便是后面这种情况，但是把创作因素看成外来力量的另一类诗人，不会因为这样或那样的理由而屈从，因而冷不防地被"必须"抓住了。[①] 这种"必须"是一种强制性要求，实际上是无意识暗流在载他前行。

灵感的诞生现象终究是：无意识中孕育成熟，然后在意识中显现，也就是无论它如何隐蔽，终归是要崭露头角和展现风采的，犹如胎儿诞生过程，一旦瓜熟，即刻蒂落。以上种种分析都表明，灵感虽玄妙，但从灵感的诞生环境、产生过程来看，它完全是可以经过努力而达到的，可以描述、解释、预测和控制的。

以上知道了灵感诞生的环境，那么我们来探讨一下如何来培育灵感。

第一，长期努力地进行生活经验的积累。根据信息控制论可知，我们知道的都是我们所知道的，也就是说，我们的信息输出是由于我们的信息输入，一切都有一个因果关系。黑格尔在《美学》中谈道："人们就以为通过感官的刺激就可以激发灵感。但是单靠心血来潮并不济事，香槟酒产生不出诗来；例如马蒙特尔说过，他坐在地窖里面对着六千瓶香槟酒，可是没有丝毫的诗意冲上他脑里来。同理，最大的天才尽管朝朝暮暮躺在青草地上，让微风吹来，眼望着天空，温柔的灵感也始终不光顾他。"[②] 为何如此，那是因为他没有作诗的经验，没有作诗的情感意象的积累，没有作诗问题的思考等。大诗人陆游也在《夜吟》中说过："六十余年妄学诗，功夫深处独心知。夜来一笑寒灯下，始是金丹

---

[①] [美]霍尔、[美]诺德拜：《荣格心理学纲要》，张月译，黄河文艺出版社1987年版，第152—153页。

[②] [德]黑格尔：《美学》第1卷，朱光潜译，商务印书馆1979年版，第364页。

换骨时。"意思是说，六十年来我妄自学诗，到如今作诗的功夫才堪可以，这一点唯有我自己深有体会。夜来独坐寒灯下，诗性袭来不由发出会心的一笑，整个人就像是服下仙丹妙药似的有脱胎换骨之感。若是没有"六十余年妄学诗"，又怎会有"始是金丹换骨时"的妙悟，其间心酸"谁解其中味"呀！

第二，充分掌握作诗技巧和能力。在经历了长期的生活经验的积累之后，还要有充分的作诗技巧和能力，这样方能出名篇佳作。大诗人陆游的《九月一日夜读诗稿有感走笔作歌》[1]一诗中感慨道：

我昔学诗未有得，残余未免从人乞。
力孱气馁心自知，妄取虚名有惭色。
四十从戎驻南郑，酣宴军中夜连日。
打球筑场一千步，阅马列厩三万匹。
华灯纵博声满楼，宝钗艳舞光照席。
琵琶弦急冰雹乱，羯鼓手匀风雨疾。
诗家三昧忽见前，屈贾在眼元历历。
天机云锦用在我，剪裁妙处非刀尺。
世间才杰固不乏，秋毫未合天地隔。
放翁老死何足论，广陵散绝还堪惜。

大意是说，我昔年学诗未得诗之三昧，未免跟从诗家词客学习修炼乞巧；我深知我自己的诗词力孱气馁，诗名虽大其实难副使我羞愧难当。到了四十岁上我随守驻军在南郑，曾经在军中夜以继日地尽情夜宴。修筑起广阔的教场用它来练兵习武，巡视那成千上万的马厩以厉兵秣马；华灯闪耀喝彩之声充溢满楼，宝钗艳舞流光光照夜席；琵琶弦急

---

[1] 刘扬忠注评：《陆游诗词选评》，三秦出版社2008年版，第136—137页。

有如冰雹乱撞，羯鼓手匀真像急风暴雨。突然悟得诗家三昧，有如屈原、贾谊之士历历在目。要写出像织女云锦般精美的诗篇全在己，诗篇素材的组合绝非单凭尺量刀剪。世间才杰本来就不在少数，没有掌握写诗的诀窍，失之毫厘，谬以千里，真如天地之隔。我一个放翁老死那又算得了什么，要是有一些像嵇康的《广陵散》那样的旷世佳作遗失那才真叫人此恨绵绵无绝期！

所谓的"夕阳芳草寻常物，解用多为绝妙词"；"天机云锦用在我，剪裁妙处非尺刀"，道出了作诗的高超技巧之妙。只有具有了作诗的高超技巧，然后再通过对题材的排列组合、加工改造，再受此灵感的孕育，那一首名篇佳作就呼之欲出，手到擒来了。

第三，适者生存。每一个诗人对灵感的敏感性是不同的，对之认识、感悟，对灵感的具体孕育也是不同的。就如俄罗斯思想家、文学评论家别林斯基（1811—1848）曾说过："灵感也有不同程度，在每一个诗人身上都具有独特的特点：在一个人身上，它灿烂发光，像香槟酒般冒泡沫，像香槟酒般立刻就能使人沉入一阵子就过去的微醺；在另一个人身上，它像一条清澈的、透明的河流，在微笑着的绿色两岸中间缓缓地流淌；在第三个人身上，它像尼加拉瓜瀑布一样，隆隆发响，泡沫直冒，水花四溅，汹涌澎湃地一泻千里；在第四个人身上，它像广阔无边、深不见底的海洋一样，反映出苍穹、太阳、月亮等。"[①] 由此也可以看出，灵感的表现因人而异，与个人的人生观、价值观、世界观、个性气质、各种需求等有关，所以作诗并非千篇一律，各有千秋，诗人不同，灵感不同，那所作的诗篇也就更为不同了。

知道了上述培育灵感的方法之后，我们就可以去捕捉灵感，使神奇之灵感为我们所驱使，使我们的诗作更创辉煌。

---

① ［俄］别林斯基：《别林斯基选集》第二卷，满涛译，上海译文出版社1979年版，第457页。

第一，我们要积极开展诗创作。灵感是创造性活动的产物，作诗是一种创造性活动，积极开展诗创作活动是产生灵感的最根本的前提条件，也是最基本的条件，灵感是不可能脱离创造性活动而产生的。所谓的"刀不磨要生锈，人不学要落后""宝剑锋从磨砺出，梅花香自苦寒来"。人的脑子是越用越聪明的，就像刀子是越磨才越锋利的一样。当我们在从事诗创作活动过程中，调动了全身的与诗有关的信息，但此时的大脑皮层已与作诗有关的部分暂时神经系统接通，与作诗有关的全部暂时神经系统尚未接通。但是随着我们的诗创作活动的进行，逐渐接通了，已经形成了通路，所谓"痛则不通，通则不痛"，以后再作诗时，这种联系就会瞬间被激活，灵感就此产生了，诗篇佳作就汩汩而出了。不要被诗创作的结果产品所惊奇，我们要追溯它的源头，是努力而来的，非一蹴而就的。正如心理学家赫尔姆霍茨所说的那样："就我经验的范围来说，首先，始终必须把问题的一切方面翻来覆去的考虑过，弄到我在头脑里掌握了这个问题的一切角度和复杂方面，能够不用写出来而自如地从头到尾。通常，没有长久的预备劳动要达到这一步是不可能的。"①

第二，思考及讨论。诗是最富于哲理意味的文学样式，它是文学领域中最"讲理"的一类。情绪情感是诗的组成部分，同样，思想也是诗的内容的组成部分。若是只认为诗歌仅是情绪情感的抒发，那就会离题太远。灵感同样需要在思考及讨论的专注思维中来获得。在前面就讨论过，灵感是一个有准备有目的的心理现象，它是从有意识的思考中获得的。有时当我们自己无法思考时，还可以去和同行的诗家词客，抑或是其他行业的人士进行讨论，已达到触类旁通之功效，加强思维火花的碰撞，诱发新的观点想法，所谓的"用笔不灵看燕舞，行文无序赏花开"。

---

① ［美］伍德沃斯：《实验心理学》，曹日昌等译，科学出版社1965年版，第900页。

讨论还有一个好处那就是"白藕绿叶红荷花,三者原来是一家"之功效,多方受益,这也就不难想象古人经常进行诗社聚会,群贤毕至,久而往之,诗风大增。

第三,要有饱满的情绪情感。情绪感情是诗的主要内容,情绪情感又是灵感来源的触发剂,那么如何来触发情绪情感,就变得不可或缺了。情绪情感有正有负,唯有正性的情绪情感才是捕捉灵感的优势条件。正性的情绪情感使诗人大脑感受敏感,创造性的动机、想象、联想更加活跃,大脑暂时神经系统也易于连接,所以,灵感就易于产生。一般诗歌创作过程中的情绪情感与一般的情绪情感是完全不同的,一般诗人的诗创作主要不是出于工作生活压力,而是出自内心真正的情绪情感的激动,这种由衷的情绪情感的激动是出于内心抒发的需要,不计得失的对诗歌本身的爱,这使之具有无穷无尽的诗创作动力。所以,只要有这种情绪情感的激发,就会推动灵感生发的契机。

第四,注意意象的积累。"成功是留给有准备的人""凡事预则立,不预则废"等都说明"意象"是诗学中一个极为重要的概念。作为一门语言艺术,诗一般不会通篇以抽象语言直接表达抽象的情思,而要借助意象表达。什么是意象?意象就是融汇着诗人主观情思的客观物象。大千世界,千姿百态,无奇不有,皆可入诗。当我们积累了足够多的意象时,它们就会自由震荡浮沉,自由地排列组合。由于诗本身具有反映世界、掌握世界的能力,所以,我们要掌握这种观照世界的方式。在一个正确的时间、正确的地点受到了一个恰当的刺激,使这些万千意象产生思维的火花,灵感之征兆就是如此。难怪每当诗兴来袭时,会感到意象纷呈,思绪翻飞,浮想联翩,犹如狂风暴雨袭来,又有如借势东风的一叶扁舟。

第五,放松。长期的紧张不利于创作,一张一弛方为作诗之道,诗人的天性是"驰",但时而的"张"有利于诗创作。"剪不断,理还乱,是离愁",此时就需要换位思考,另寻别路。在诗创作之道上,若习惯性思维沿袭不断,就无所谓创新,诗的一大特点就是"新颖别致",此时需要做的就是把问题搁置起来,散步,漫游,欣赏音乐,看电影,任由思绪翻飞,"海阔凭鱼跃,天高任鸟飞","精骛八极,心游万仞",其实这是获得灵感的最常用途径,有百试不爽之功。

第六,抓住灵感出现的时机,随时准备好纸和笔。"有志者事竟成,破釜沉舟,百二秦关终属楚;苦心人天不负,卧薪尝胆,三千越甲可吞吴。"灵感这种思想火花,忽明忽暗,稍纵即逝,灵感的孕育过程是人们所看不到、摸不着的,是在潜意识中诞生的,而一旦成熟之后,以一种转瞬即逝的方式抑或是不期而至的方式呈现,这种瞬时性若不及时抓住,就会消失殆尽。正如歌德在他的《歌德自传——诗与真》中写道:"练惯在黑暗中起床把我的蓦然涌起的诗意写下。我惯常冲口吟出一小诗,而马上就不能把他照原样子再凑起来,因此有几回我一个劲儿直跑到一张斜面的书桌上,连斜置之纸也无暇放好,身体动也不动地打斜把诗从头到尾写下来。正因为同一的缘故,我觉得铅笔远比羽毛笔为便利,用铅笔写字较听使唤。有几回羽毛的嘶嘶作声和溅墨水,使我从作诗的梦游状态中醒过来,分了我的心,那小小的作品便流产了。"[1] 正如歌德所说的那样,当诗兴来时,要立即奋笔疾书,将其记录下来,否则就会消失殆尽了,就正如笔者在 2015 年 10 月 6 日的《五言古绝·论灵感二首》(其二):"天机若兴会,文思当涌泉。及时应记取,失后不复还。"我国宋代大诗人苏轼也有一首《腊日游孤山访惠勤惠思二僧》云:"兹游淡薄欢有余,到家恍如梦遽遽。作诗火急追亡逋,清景一失后难摹。"[2] 意思是说,这次出游虽很平淡,但我心中还是很欢乐。一回到家便神情恍惚,好像从梦中惊醒似的。我及时作下此诗篇,就像追

---

[1] [德] 歌德:《歌德自传——诗与真》,刘思慕译,人民文学出版社 1983 年版,第 721—722 页。
[2] 陈迩冬:《苏东坡诗词选》,人民文学出版社 1982 年版,第 15—16 页。

捕逃亡的犯人那样着急，恐怕清丽的景色一样失去了就很难再加以摹写出来。笔者在作诗时也有类似的感受，有时诗兴来袭，真有如鲠在喉、不吐不快之感，就像一时受到了神的旨意，有如"柳暗花明又一村"的境地，正如"天机若兴会，文思当涌泉"那样思绪翻飞，像电影那样一幕幕展现在你面前。

　　诗创作心理豁朗阶段是一种动人心弦的阶段，在此阶段，诗人得到灵感，一首诗就如同十月怀胎的婴儿呱呱坠地，那种心情真是不言而喻。灵感是在诗创作心理酝酿阶段和诗创作心理豁朗阶段都存在的，也是这两个阶段的临界点。灵感具有两重性，诗创作心理酝酿阶段是属于潜意识，而它一旦灵光一现则进入了意识领域，也就是我们得到了问题解决的方案。总之，灵感是连接意识与潜意识的桥梁，其实我们每个人都有两套问题解决的通路，其一是当我们在问题解决中对问题进行信息加工、时刻以问题，解决为目的；其二是我们在潜意识层面，我们的潜意识根本没有对问题的思考停下来过，它是一个以自动的、潜伏着的身份进行信息加工、解决问题，其实这两条通路一直都在进行着。有时我们可能面临的问题较复杂，也较模糊，我们在意识层面真可谓绞尽脑汁，甚至放弃了问题之解决，但这个过程在潜意识层面还没有停下来，它继续还在进行着。此时有两种命运。第一种命运就是在一个合适的时机，受到了某一外界事物的触发，灵感降临，问题解决了。第二种命运是在这个阶段可能不会导致灵感出现，因为我们绝大多数人都处于酝酿阶段，却始终没有得到灵感之神的青睐。酝酿并不都是有结果的，不然我们就不会在几千年的历史长河中留下万千的未解之谜，我们的大脑到了 21 世纪的今天还未得到很好的解决。

　　我国现代大诗人郭沫若对此也是深有感触，他在《我的作诗经过》一文中谈道：

《地球，我的母亲》是民八学校刚放了年假的时候作的，那天上半天跑到福冈图书馆去看书，突然受到了诗兴的袭击，便出了馆，在馆后偏僻的石子路上，把"下驮"（日本的木屐）脱了，赤着脚踱来踱去，时而又索性倒在路上睡着，想真切地和"地球母亲"亲昵，去感触她的皮肤，受她的拥抱。——这在现在看起来，觉得是有点发狂，然在当时却委实是感受着迫切。在那样的状态中受着诗的推荡，鼓舞，终于见到了她的完成，便连忙跑回寓所把它写在纸上，自己觉得就好像是新生了一样。①

关于灵感的状态的体验，心理学家马斯洛所提出的"高峰体验"与之极为相似，他认为："这种体验可能是瞬间产生的，压倒一切的敬畏情绪，也可能是转瞬即逝的极度强烈的幸福感，或甚至是欣喜若狂，如痴如醉，欢乐至极的感觉。"② 马斯洛认为，高峰体验有如下几个特点：来时快，去时也快；感觉很完美；情绪很强烈；属普遍现象。诗人在灵感来临时正是这种高峰体验，这种体验其实是很难用具体的语言词汇对其进行描绘出来的。但诗人不同于常人，他具有一种别人不具备的能力，一种驾驭文字的能力，一种在别人那里"只可意会，不可言传"的东西可在诗人那里就能言传。例如，大诗人普希金写了首《缪斯》③，且看他如何来传达：

在我幼小的时候她曾经爱过我，

并将一把七管排箫递到我的手上。

---

① 《郭沫若论创作》，上海文艺出版1983年版，第204页。
② [美]马斯洛：《人性能达到的境界》，林方译，云南人民出版社1987年版，第366页。
③ [俄]普希金：《普希金抒情诗选》，刘文飞译，漓江出版社2012年版，第128—129页。译者注：普希金在20世纪20年代曾经数次将此诗写在熟人的纪念册上，他曾说："我喜爱这诗句，他们带有巴丘什科夫诗句的味道。"

她面带微笑听着我——轻轻地，
按着空芦管上鸣响的洞眼，
我柔弱的手已经能够奏响
诸神所启示的庄重的颂歌，
和弗里基亚牧人和平的歌唱。
从早到晚，在橡树宁静的浓荫下，
我专心听着那隐秘姑娘的课，
为了以偶尔的奖赏使我高兴，
她会从可爱的额头撩开秀发，
亲自从我的手上接过竖笛。
那芦管因神的气息而再生，
我的心也充满了神的赐予。

## 第二节 基于黑猩猩的顿悟实验

在心理学的研究中，有时为了更好地解决一些人的问题或更好地弄清楚人的心理机制，不得不对人进行实验。但有些时候出于人伦的考虑，不能用人而用动物加以替代，在学习理论中就是如此。格式塔学派主要是以动物实验来证明学习的实质及原因，其中以苛勒在1913—1917年这期间以黑猩猩的实验为代表。例如，将猩猩关在有栅栏的笼子里，笼子外面不远处放着一个香蕉，猩猩仅仅伸手是取不到香蕉的，但近处放有一根棍子，看猩猩能不能学会用棒子将香蕉取过来。有时近处放有两根短棍，单用一根无论如何也是不到香蕉的，这主要看猩猩能不能学会将两根短棍子连接起来再去取香蕉。有时将香蕉挂在笼子顶上，猩猩无论怎样往上跳也是不能取到香蕉的,但笼子内放有木箱,看猩猩能不能学会将木箱搬到香蕉下面,然后爬到箱子上面去取香蕉。有时香蕉挂得更高,若只用一个箱子,仍会太低而取不着,看猩猩能不能学会将两个或多个箱子堆叠起来,再爬上去取香蕉。其中最令人印象深刻的一个例子是:一个较聪明的猩猩在学会叠起箱子来取食物之后,有一次见到饲养员在笼子里,它就将饲养员拉在香蕉的正下方,想从饲养员的肩上去取香蕉。饲养员故意蹲下来,猩猩就扯他的腿使之站立。

这些问题解决的关键在于动物能不能看出棍子或木箱是缩短距离从而达到目标的手段。上面的问题难易程度不同,但猩猩经过一段时间的彷徨之后都能看出情境的关系而达到顿悟。这个实验还有一点令人值得注意的是,当猩猩调转身体去取棍子或木箱或站在饲养员肩上的时候,它会暂时抛开香蕉而不顾,这也表明猩猩采用了迂回的手段,它学会了这个情境里边的各种事物的关系。其实,顿悟就是对关系的了然于胸,建立瞬间的联系,这个过程甚至达到了自动化的程度。

格式塔学派指出顿悟具有以下特征:"(1)在问题得到解决之前,动物的行为虽然凌乱,但它的动作不论有效还是无效,它都能看出是针对目标出发的,在发现中解决关键的临界点上动物往往表现出迟疑,停顿,然后突然做出正确的行动。(2)一旦发现了正确的解决方法之后,这个行动就保持下来了,以后直接用就行了。(3)学会了的本领很容易应用到新的情景中去,也就是在细节上和原来的学习情景不同的情境中去。(4)最突出的一点就是如果动物采取了迂回途径达到了目标,即暂时向着与目标相反的方向移动,然后绕道趋向目标,这就足以证明动物学会了全局的领会。"[1]

通过黑猩猩的顿悟实验,我们来试探一下诗创作心理的顿悟阶段,

---

[1] 《中国大百科全书·心理学》,中国大百科全书出版社1991年版,第296—297页。

虽然诗人比黑猩猩有智慧得多，但他们都有一个类似的地方，那就是都对问题进行解决。特别是在临近问题解决的顿悟期，他们都要有一段时间的迟疑、停顿，然后灵光突然闪现，问题就被解决了，一首名篇佳作就此诞生了。通过黑猩猩的实验，让我们对诗人作诗的心理过程似乎有了更加进一步的了解，以此打破了千百年来人们认为诗人是得到了神的启示的一个谬误，虽然诗人的诗创作心理依然还很复杂，但这未尝不是探究诗创作心理的一种途径。

## 第三节　灵魂出窍

经过前几个阶段的准备，现在就差临门一脚，灵犀一点。正如清代散文家、文学评论家、诗人袁枚（1716—1797）在《遣兴》诗中所言："但肯寻诗便有诗，灵犀一点是吾师。夕阳芳草寻常物，解用都为绝妙词。"[1] 其意是说，只要肯去寻觅诗句便会寻着诗句，灵感就是我作诗的良师益友。夕阳芳草都是寻常的事物，若是能够善于加以利用，那么都会成为绝妙的诗词。这也就是郑板桥所说的"手中之竹"，[2] 也如同王国维先生的第三重境界"众里寻他千百度，蓦然回首，那人却在灯火阑珊处"。[3]

前面提到唐代大诗人刘禹锡所说的"心源为炉"，也就是"随物以婉转，亦与心而徘徊"达到一个心物融洽，逐意奔走。王国维先生在《人间词话》中写道：

---

[1] 李灵年、李泽平译注：《袁枚诗文选译》，凤凰出版社2011年版，第133页。
[2] 《郑板桥集》，上海古籍出版社1979年版，第154页。
[3] 王东编著：《人间词话》，北京燕山出版社2010年版，第29—30页。

> 有有我之境,有无我之境。"泪眼问花花不语,乱红飞过秋千架","可堪孤馆春寒,杜鹃声里斜阳暮",有我之境也。"采菊东篱下,悠然见南山","寒波澹澹起,白鸟悠悠下",无我之境也。有我之境,以我观物,故物皆著我之色彩。无我之境,以物观物,故不知何者为我,何者为物。古人为词,写有我之境者多,然未始不能写无我之境,此在豪杰之士能自树立耳。①

也就是说,境界可分为"有我之境"和"无我之境"。例如,"泪眼汪汪地问凋谢的落花可知道我的心意,但落花沉默不语,纷纷飞到秋千架那边去了"。又如,"忍受着孤独的馆舍初春正寒,在杜鹃悲啼的鸣叫声中时光逝去"。这就是有我之境。如"在东篱下采菊花,抬头悠然地看见美景绝伦"。又如,"寒冷的河水浪花四起,白色的鸟儿悠悠地飞下。"这就是无我的境界了。有我的境界,是我在观察外物,所以外物都染上了我的感情色彩。无我的境界,是以物观物,所以分不清哪个是我,哪个是外物。古人作词,写有我之境的为大多数,然而未尝不能写无我之境,这全在于豪杰之士能独树一帜罢了。但王国维先生所说的无论是哪一种境界,它们都能达到心物融洽,逐意奔走,可能在外物或内心的一个不经意的灵犀的触碰下,就会灵魂出窍,诗作油然而生,大功告成。

以上经历了诗创作心理定向阶段、诗创作心理准备阶段、诗创作心理酝酿阶段、诗创作心理豁朗阶段这四个阶段,一首诗作大约已然完结,但这个诗创作心理过程犹如万里征程,可能有的诗人在这一征途中知难而退,就地放弃;但另一些诗人就会迎难而上,知耻而后勇,勤攀高峰,最终成就了一代诗才。在成功走完了这万里长征的战士中,有的诗人是呕心沥血、步步惊心;而有的却如生羽翼,随意驱遣。但最终目的只有一个,那就是写出作品来。

---

① 王东编著:《人间词话》,北京燕山出版社2010年版,第2页。

# 附文　时空隧道之分析心理学与诗的艺术[*]
## 荣　格

讨论分析心理学与诗的艺术的关系，虽然会有各种各样的困难，但这一工作给我提供了一个不错的机会，使我能阐述自己对这个颇有争议的问题的观点，即一般情况下的心理学与艺术之间的关系。尽管两者不能用同样的标准来衡量，但它们之间却有着密切的关系，我们可以对这些联系做一探讨。原因是艺术实际上是一种心理活动，在这种情况下，它确实需要心理学的研究。艺术，像其他所有的人类活动一样，出自心理上的动机，从这个角度讲，它是心理学研究的合适对象。不过，这个结论，也给心理学观点的应用做了一个非常明确的限制：只有艺术形式的处理过程这一方面，才能成为心理学研究的对象；而构成艺术基本性质的那一方面，则不在心理学研究的范围之类。后者，即艺术究竟是什么，绝不能成为心理学探讨的对象，它只能是审美艺术探讨的对象。

在宗教领域，我们必须做类似的区分；心理学也可以研究宗教的情感和象征等现象，决不能涉及宗教的本质，因为它确实无法涉及。如果可能的话，那就不只是宗教，连艺术都可以被视为心理学的一个分支。我这样讲，并不是说这种越俎代庖的现象还没有发生。凡是在这方面越俎代庖的人，显然是忘了心理学很可能会落得同样的命运，一旦把心理学只看成一种脑力活动，心理学的独特价值和基本特征马上就会被一笔抹杀，这就把心理学等同于其他的肉体活动，使之成为生理学的一个分

---

[*] 此文来自［美］霍尔、［美］诺德拜《荣格心理学纲要》，张月译，黄河文艺出版社1987年版，第141—162页。

支。事实上，这种降格的情况早就出现了。

艺术究其本质而言，不是科学；科学从根本上说也不是艺术。这两种精神活动都有自己独特的地盘，只能从自身来得到阐释。因此，我们谈论心理学与艺术的关系时，只谈艺术适合于心理学研究的那一方面（这里不存在越俎代庖的情况）。凡心理学能够对艺术进行的测定，都将限在艺术活动的心理过程范围以内，它对艺术本身最内在的本质则无能为力。在这方面，就像理智无法描述，甚至无法理解情感的本质一样。而且，要不是很久以前它们的基本差别就已引起人们的注意，它们现在也不可能作为两个独立的本体而存在。在儿童身上，"几种能力的竞争"还没有显露出来，艺术、科学和宗教这三种可能性仍旧静静地蛰伏在一起；在原始人那儿，艺术、科学和宗教的倾向也依然毫无区别地共存于一种神奇的心理混乱之中；至于在动物身上，直到现在还看不出有"精神"的痕迹，动物只有"天性"。上面这些事实毫不能证明科学与艺术在本质上是基本一致的，而只有这种基本一致，方能说明科学与艺术可以互相包括，换句话说，能以把其中的一门归到另一门中去。因为，我们如果为了寻求精神中这两个领域的基本差异，循着精神发展的过程远远追溯到什么也看不见的地步，我们还没达到两者一致这一更深的根源，只不过是刚到尚未显示差别的较早的演化状态，在那里，根本不存在这两种领域。但是，这种初级状态并不是根源，人们无法从中推断出一些以后的和更高级的状态的实质，尽管事实上总是能够证明一种直接的下传。科学的态度自然始终不会去注意一种分化的实质，而是注意由此衍生的东西，并且力求将前者归属于一种当然是更加一般的，同时也更加基本的思想。

依我看，这些想法在目前并非欠妥，因为近来经常有人从这方面论证：诗歌艺术作品尤其可以用一种归到某种基本因素中去的方法加以解释。就算艺术创作中的某些决定因素，如素材以及个人的处理方法都能

## 第五章 诗创作心理豁朗阶段论

追溯到诗人和他父母的关系上，但这对于理解诗人的艺术毫无用处，因为其他情况只要可能，也都可以用这一同样的归纳法，而并不只限于病理学上的失调情况。就像习惯的好坏，信仰、品质、情欲以及独特的兴趣一样，神经病和精神变态同样可以归到婴儿时期与父母的关系上去。不过，我们绝对不能认为所有这些完全不同的事物必须有一个相同的解释；如果有的话，那我们就只好断定这些实际上都是同一事物。因此，如果用完全一样的词语来解释艺术作品和神经病，那么不是艺术作品成了神经病，便是神经病成了艺术作品。作为一种似非而是的文字游戏，这样的解释也许行得通，然而健康人的理智无疑会对置艺术作品和神经病于同类的看法起反感的。举一个最极端的例子，只有用专门的眼光观察神经病的精神分析医生，才会视神经病为艺术作品。尽管我们不能否认艺术作品的起源有着与神经病相似的心理先决条件，但是一般有头脑的人也绝不会把艺术与病理现象混为一谈。心理先决条件相似这倒是很自然的，因为某些心理先决条件是普遍存在的，而且，由于人类的生活条件相对来说比较相似，无论在一个神经质的知识分子，一个诗人或是在一个正常人身上，那些先决条件总是相同的。人皆有父母，都有所谓的父母情结，都有性的要求及某些人类普遍的，典型的困扰。一位诗人较多地受到与父亲关系的影响，另一位则受到与母亲关系的影响，而在第三位诗人的作品中却清晰地显示出性欲被压抑的迹象——凡此种种，不但在每个神经病人身上，而且在每个正常人身上都存在着。所以这样来评价一部艺术作品，得不到任何具体的东西。至多不过是对个人历史的一些先决条件认识广一些，深一些罢了。弗洛伊德创立的医学心理学派，无疑启发了文学史家把诗人作品中的某些特征与个人的私生活联系起来。可是这样做，只不过是谈些对艺术作品的科学的处理早已揭示过的东西，即那里存在着根据诗人个人的私生活——有意无意地编成作品的某些线索。不过，可以想象，弗洛伊德的著作能够更加细致、更透彻地证明这些经常作用于艺术创作的影响,甚至追溯到婴儿时期。

这种处理,当运用了某些经验和实际知识时,往往会提供一个总的令人感兴趣的情况:艺术创作交织在艺术家的个人生活之中,从某种意义上讲,也是从那儿产生的。

在这一点上,对艺术作品的所谓精神分析与深刻而又熟练的心理学——文学的分析没有根本的区别。最多只是程度上的不同,虽然它有时会由于一些草率的结论和随意地引证令我们吃惊,这些只要稍微敏感些或有一定的辨别力是很可以避免的。在处理这些太人性的因素(all - too - human element)时,缺乏敏感似乎是医学心理学家的职业特点,摩菲斯特就完全了解这一点,"所以你触摸到什么就要什么,人家则在四处寻觅,年复一年"——虽然,遗憾的是,并非总是对他有利。贸然地下结论,很有可能走向低级趣味。一点儿小道传说,常常能使传记风趣一些,但是稍多一点,便成了庸俗的猎奇,一种在科学的幌子下对美好情趣的践踏。我们的兴趣就会不知不觉地离开艺术作品,被心理先决条件的迷宫曲径搞得眼花缭乱,无所适从,诗人成了一个病例,有时甚至被当作性心理变态的怪病例。但是,不仅如此,对艺术作品的心理分析也离开了它的对象,它的讨论已误入了一个像人类问题那样广阔的领域,而不是在艺术家这样一个极小的专门范围;因此,对于诗人的艺术,则更是风马牛不相及了。

这种分析把艺术作品带进普通人类心理的领域,除了艺术,其他所有的东西也可以从那儿产生。用这种方式对一部艺术作品进行解释,就好比说"每一位艺术家都是自恋者",毫无一点用处。凡是力尽所能地从事自己工作的人,都是"自恋者"——如果这么一个专为神经病理学创作的概念真能如此广泛地应用——那么,这样说等于不说;那只不过是故作惊人罢了。

由于这种分析根本不考虑艺术创作本身,而只是始终以鼹鼠所具有

## 第五章 诗创作心理豁朗阶段论

的本能迫不及待地钻进人类心理的朦胧背景中去，所以这种分析老是把自己放在联系整个人类的共有的土地上。因而它的解释单调得难以形容——实际上就是那种每天在诊疗室里听到的没完没了的陈述。

弗洛伊德的这种归纳法纯粹是一种医学的治疗法，它以病态的和不健全的结构为其医治对象。这种病态结构已经取代了正常的活动，因此必须先把它除掉，才能为进行正常的调整扫清道路。在这种情况下，带回到人类一般性根基的方法是完全可取的。但是，如把这种方法应用于艺术作品，就会产生前面所描述的结果。它从艺术的微微闪光的外套里提取了人类基本的赤裸裸的共性（诗人也属于这一类）。我们打算讨论的崇高的创作的金色外表被糟蹋了；因为当我们用对待歇斯底里的幻觉的蚀性方法来对待它时，它的本质便消失了。运用这种蚀性技术获得的结果当然是有趣的，而且可以想象，具有和尼采死后进行大脑检查一样的科学价值，后者很可能会告诉我们，尼采是死于一种特殊的、非典型的麻痹症。但是，这与查拉图士特拉又有什么关系呢？不管它有什么样的秘密背景，除了那些人性的，太人性的缺陷，除了那个周期性偏头痛和大脑萎缩的世界，难道查拉图士特拉本身不是一个天地吗？

到现在为止，我已经谈了弗洛伊德的归纳法，还没有专门来谈它的基础。弗洛伊德的归纳法只好采用一种医学心理学的技术来探讨病态心理现象。这种技术只使用绕开或透过表面意识的方式方法；已达到所谓无意识的或心理的背景。它基于这样一种假设：精神病人由于某些心理内容与意识标准的不一致或不协调，就把那些内容从意识中压抑下去。这种不一致可看成道德上的不一致；于是，被压抑的内容便只好相应地具有一种消极的特征，即婴儿时期性欲的、猥亵的或者甚至是犯罪的特征。意识最讨厌的正是这些性质。既然人无完人，那么显然每个人，不管他承认与否，都有一种背景。我们只要应用弗洛伊德创造的解释技术，就可以在所有的人身上揭示出这种背景。

在此，我不能再深入这种技术的细节中去了。只要对其性质稍作些提示就已足够。无意识背景并非毫无动静，它是通过对意识的内容施加某些特有的影响而显露出来的。比如，它创造出一些性质特殊的幻想物，这些东西在大多数情形下，很可能与某些隐蔽的性的表现有关。或者，它也会引起意识过程中某些特有的心理失常，这些失常同样可以归到受压抑的内容上去。认识无意识内容的一个相当重要的来源，是由无意识活动的直接产物——梦所提供的。弗洛伊德归纳法的基本要素在于：它收集一切有关无意识背景的详细证据，通过分析和解释，重建初级的无意识的本能的过程，弗洛伊德错误地把那些给我们提供关于无意识背景线索的意识内容称为象征。可是，这些并不是真正的象征，因为根据他的说法，它们只有表示无意识背景过程的迹象或征兆的作用。真正的象征和这有本质的区别，它们应该是一种目前既没有被充分认识，又不能用其他方式表达的直觉。例如：柏拉图用深渊来比喻全部认识论的问题，基督在他的寓言中表达了天国的概念，这些才是名副其实的象征；也就是说，它们试图表达一种当时还没有确切的词语来表示其概念的事物。假如用弗洛伊德的方式来解释柏拉图的比喻，我们自然会解释成子宫，我们就会证明，甚至连柏拉图的精神也深深地停留在"婴儿期性欲"的初级阶段。但这样做，我们就会对柏拉图从他哲学直观的原始经历实际创造的东西一无所知；就会草率地放过他的最基本成果，只发现他如凡夫俗子一样有着"婴儿时期"的种种幻想。这种结论只是对某种人才有价值，这种人把柏拉图看成一个超人，而在发现他也是个常人时就会得到某种满足。但是，又有谁想要把柏拉图视为神灵呢？当然，只有一种受婴儿时期幻想的暴虐，即受一种神经病的心理折磨的人。对这种人，归纳到人类普遍具有的事情中去的方法在医学上是有用的，不过，用它解释柏拉图的比喻的含义则毫无用处。

我有意在医学精神分析学与艺术作品的关系上多讲几句是为了强

第五章　诗创作心理豁朗阶段论

调,这种精神分析法同样也是弗洛伊德的学说。弗洛伊德用他那刻板的教条,硬要人们把两件根本不同的事视为同一事物。这种技术可以有效地用于某些病例,但根本没有必要把它提高到学说的高度。我们有必要对这一学说提出强有力的异议。它依据的一些假设是相当主观的。拿神经病来说,它绝非仅仅产生于性欲的压抑,精神变态也同样如此。至于梦里只含有被压抑的种种愿望,其难以为现实相容的特征要求假设的梦的检察官把它们伪装起来,这种说法是没有依据的。弗洛伊德的技术只要还受其片面性和错误假设的影响,那么它当然是主观武断的东西。

分析心理学(analytical psychology)要公正地分析艺术作品,必须先彻底摆脱医学上的偏见;因为,艺术作品不是一种病状,因而要求一种与医学截然不同的倾向。医生要除病却邪,须先找到病根,心理学家对艺术作品必须采取一种与医生完全相反的态度。他不会提出有关艺术作品的毋庸置疑的一般性经历,人的基本的决定因素的问题,这对艺术作品来说纯属多余;但是他会探求艺术作品的含义,关注那些为理解其含义所必需的先决条件。个人身上的原因与艺术作品或多或少总有点关系,正如土地之于植物一样。我们熟悉了植物产地的情况,便能了解植物的某些属性。对于植物学家来说,这些当然就是他的学识的一个重要部分,但是,谁也不会就此认为他已经掌握了所有与植物本身有关的要素。个人身上的原因所要求的个人倾向不能与艺术作品相提并论,那是因为艺术作品不是一个人,实际上是超人的东西。它是物,不是一个人,所以个人方面的就不能作为评价艺术作品的标准。真正的艺术作品的基本要义就在于:它成功地摆脱了个人的局限,走出了个人的死胡同,自由畅怀地呼吸,没有个人那种短促气息的样子。

必须承认,根据我自己的经验,要医生在研究艺术作品时放弃他的职业眼光,并且清除判断中实行的生物学的因素,这绝不是容易的事。不过我知道,虽然一种纯生物学倾向的心理学在某种程度上可以应用于人，但它决不能应用于真正的艺术作品，更不能应用于创作家那样的人身上。纯粹的因果关系心理学只能把范围限于遗传的或衍生的对象。但艺术作品不只是遗传的或衍生的——它是创造性的改变那些决定因素，因果关系心理学总是把作品归到这些决定因素上去。植物不仅仅是土地的产物；它本身有一个活的创造性过程，其本质与土地的特征毫无关系。同样，艺术作品也必须看成自由地利用所有先决条件的创造性形成过程。它的意义及其特征就在于它本身，而不在于那些先决条件。实际上，人们几乎可以把艺术作品看成一种活的生物，它只是利用人和人的气质作为培养的环境或土壤，它一面按其自己的规律来调配人身上的力量，一面自己成形，最终达到作品本身的创作目的。

不过在这里，我要先谈谈某种情况，因为我想到有一类特殊的艺术作品必须先做介绍。并非所有的艺术作品都产生于这种丛（constellation）（观念丛：一组有感情色彩的，部分或全部被压抑的思想。荣格专门用来指围绕一核心观念的有关思想，可形成情绪）。有些作品，韵文及散文，完全是出自作者的意图，并决意要产生这样或那样的效果。在这种情况下，作者就使它的素材服从于一种明确的处理方法，这种方法不但定了向，而且是有意图的；他在素材上添些什么，减些什么，强调一种效果，减少另一种效果，在这儿加点色彩，在那儿用另一种笔调，细致认真地考虑可能产生的效果，不断地观察优美的形式和风格之规律。作者将他最敏锐的判断力用于这一工作，并完全随心所欲地选择自己的表现方式。在他看来，他的素材仅仅是素材而已，完全服从他的艺术目的；他要表现这个，而不是别的东西。在这种活动中，不管诗人自愿在创作活动前面引路，还是创作活动把他像工具器材那样完全抓住，使他全然意识不到这一事实，诗人与创作过程完全一致。他就是创作过程本身，他全然置于其中，尽心竭力地与之保持一致。我觉得，在此，不需要从文学史或诗人自己的言论中给你们举出这种一致的例子。

## 第五章 诗创作心理豁朗阶段论

当然，谈到另一类多少有点自然而又完美地从作者笔端流泻出来的作品，我也讲不出什么新意。他们可以说是盛装打扮地来到世上，一如帕拉斯·雅典娜从宙斯头上蹦出来似的。这些作品硬缠着作者，作者的手仿佛被抓住了，笔下写出的是使他的心灵震惊的东西。这种作品给自己带来了形式，作者想添加些什么，但遭到拒绝，他不愿承认的东西却强加于他。作者的意识面对这种情况显得茫然若失，他被一股思想和意象所淹没，他的目标绝不会产生这类东西，他的意愿也绝不会使之成形。然而他已身不由己，他不得不认识到在整个过程中他的自我在说话，他最内在的本质在显现，表达了他永远不会说的内容。他只能听从和顺着显然是外来的推力，觉得自己的作品要比自己强大，因此作品有一种根本无法控制的力量。他没有和创造性的过程一致；他意识到，他仿佛处于自己的作品之下，至少是在其近旁，仿佛它是另外一个已经落到外来意志的魔圈中的人。

当我们谈一件艺术作品的心理因素时首先必须记住，一件艺术作品的产生有两种截然不同的可能性，因为有许多对心理学判断极为重要的东西就取决于这种差别。席勒也感到了两者的对立；他试图用一种概念——感伤的和素朴的（席勒《论朴素的诗和感伤的诗》，参看《古典文艺理论译丛》，1961年第二册）——来概括它。他这样选择也许是由于他考虑的主要是诗歌创作。从心理学看，我们称前一种为内倾（introverted），后一种为外倾（extraverted）。内倾情态的特征是通过主体有意识的、与客体的要求和主张相对的目标来坚持主体；而外倾情态正好相反，其特征是主体服从客体的要求。我认为席勒的剧作就可以使我们很好地了解对待素材的内倾情态，他的大部分诗歌也是如此。诗人的目的控制着素材。至于外倾情态，《浮士德》第二部分给我们做了很好的说明。该部分的素材显得特别难以驾驭。尼采的《查拉图士特拉》更是一个显著的例子，作者在那里亲自观察"一变成二"的过程。

在上面的论述中你们也许注意到心理学上的着眼点已经有了相当程度的转移，因为我现在不再谈论诗人本身，而是在谈论推动他的那种创作过程。我把注意的重点转移到了后一个因素，而前者可以看作一种起反应的客体。当作者的意识没有和创作过程一致，这一点立刻就很清楚了，但在前面举的第一个例子中，情况起先似乎与此相反。作者在那里显然就是造物主，他有自己的自由意志，丝毫没有受到一点强迫。他也许深信自己的自主权，不会认为他的创作不是出于他的意志，他相信他的创作只是来自他的意志以及他的知识。

这里，我们面临一个问题，根据诗人自己对他创作态度的介绍，是无法回答的。这其实是一个科学上的问题，只有心理学才能加以解决。因为也可能有这样一种情况，如我已经揭示过的，当诗人自觉自愿地进行创作，并且只创作自己意图中的东西时，尽管他是有意识的，但还是被创作冲动紧紧抓住，使他觉察不到一种"外来的"意志，正如我们可以说，另一类诗人在看似外来的灵感中不能直接意识到自己的意志一样，尽管那很明显是他自己的声音。在这种情况下，他对自己创作的绝对自由的信心，就会成为一种意识的幻觉——他想象自己在游泳，而实际上是一股暗流在载他前行。

这种怀疑绝不是一种空想；它是建立在分析心理学的经验之上的。因为，分析性的探讨无意识所揭示的大量可能性表明，意识不仅受无意识的影响，而且实际上还受无意识的引导。所以这种怀疑是有道理的。但是自觉的诗人也可能为他的作品所俘虏，这种假设证据何在？证据可能有直接的和间接的两种。在下面一些情况中可以找到直接的证据：信什么说什么的诗人，实际上说的显然不仅仅是他自己所意识的。此类例子并不少见。而间接地证据可以在这些例子中找到：在创作表面的自发性后面，有一个更厉害的"必须"，如果诗人任意放弃创作活动，它就会显示出强制性的要求；间接地证据还可以在艺术创作被蛮横地中断后

## 第五章 诗创作心理豁朗阶段论

随即产生的复杂的心理混乱中找到。

对艺术家做实际分析，总是不仅显示出来自无意识的创作冲动，而且也显示出这种冲动乖戾蛮横的特征。我们只要翻翻大艺术家们的传记，就能找到有关创作欲对他们的影响的丰富例证；它常常是那样的专横，竟然吸收了人身上所有的冲动，驱使一切为其服务，甚至损害了人体健康，破坏了常人应有的幸福。艺术家心灵中酝酿着的作品，是一种自然力，它在完成其目标时，不是用暴虐的威势，便是用自然为达到它的目的而带来的狡诈手段，它全然不顾艺术家——创作力的工具——的个人甘苦。创作能量在人的身上生存与增长，就如同树木从土壤中吸收养料。因此，完全可以把创作过程看作植根于人的心灵中一种活生生的东西。用分析心理学的术语来讲，这是一种"自发情结"（autonomous complex）。它实际上是精神中的一个分离部分，它过着脱了意识层的独立的精神生活，并且根据它的能值或能力，可能作为仅仅是意识的自觉定向过程失调显示出来，也可能显现为一种超级的权威，这种权威能使自我整个儿地听其使唤。因此，与创作过程相一致，并且一受到无意识"必须"的威胁就屈从的诗人，便是后面这种情况，但是把创作因素看成外来力量的另一类诗人，不会因为这样或那样的理由而屈从，因而冷不防地被"必须"抓住了。

可以预料，这种动机上的异质在一件艺术作品中也可以感受到。因为在一种情况下，我们必须与带有意识，并受意识引导的、有意图的作品打交道，艺术家为了创作这一作品，可以随意地考虑形式和希望达到的效果。但在另一种情况下，我们在和一种来自无意识本性的东西打交道。即某种完全不需要人的意识帮助就能达到目标的东西，它往往无视人的意识，把它的形式和效果强加给作品。这样我们应该预料，在前一种情况中，作品绝不会超出意识的理解范围，它的效果可以说就在作者意图的框子里，它的表达方式也绝不会超出作者考虑的范围。对后一种情况，我们就必须想象某种具有超越个人特征的东西，它超出意识的理解范围，就如同作者的作品在形成过程中他本人的意识被阻在外面一样。我们应该预料某种奇形怪状的形式与样子、只能靠直觉理解的思想、含义丰富的语言以及真正有象征价值的表达方式，因为它们是某种未知事物的最好的表达方式——通向茫茫彼岸的桥梁。

上述标准基本上是决定性的。凡是明显有意图的、素材是经过有意选择的作品，就符合前面首先提到的那些特点，后面一种情况也是这样。一方面，我们有熟悉的例子，席勒的戏剧；另一方面，则有《浮士德》的第二部分，更好的还有《查拉图士特拉》，这些都说明了我所讲的情况。不过，如果我事先对一个无名诗人与其作品的关系没有做细致的考察，我是绝不会把他列入上述两种类别中去的。仅认识一个诗人属于内倾型还是外倾型这还不够；因为这两种类型的诗人都可能有时以内倾情态创作，有时以外倾情态创作。从席勒的富有想象力的作品和富于哲理性的作品的不同，就可以看到这一点；歌德形式精美的诗歌和他在表现《浮士德》第二部中的素材时做的那种明显的努力是一个对比；尼采的格言和他浑然一体的《查拉图士特拉》之间也有差异。同一个诗人，对自己不同的作品，会有截然不同的情态，因此采用特定的标准，必须根据在创作过程中占主要地位的特定关系。

正如我们现在所见到的，这个问题是一个错综复杂的问题。不过，当我们的见解还必须包括上面考虑到的有关与创作冲动一致的诗人的情况时，这种复杂性就更为加剧。如果这种有目的有意识的作品连同其意图的所有表面意识，正巧就是诗人的一种主观幻觉，那么他的作品也会具有同样的象征性特征，变得模糊不清，从而超越当时的意志。但在这种情况下，这些特征就会继续隐藏着，因为读者同样不会超出作者由其时代精神所决定的意识范围，他怀着一线希望，想利用他生活范围之外某个阿基米德之点，通过这个点他是能够使自己当时的意识超脱铰链的。因为不这样的话,他就不能认识这类作品中的象征;象征是一种更深更广的含义的可能性和暗示,这种含义是我们现时的理解力所无法领会的。

这个问题正如我们所谈道的那样,多少有点微妙。的确,我把它提出来,为的是即使一部艺术作品显然无意成为什么也无意表明什么(除非它明显是什么或已有所表明),这部作品可能存在的要义也不必受我分类的束缚或限制。此外,还经常会发生这样的事,一位早已作古的诗人忽然又被人们重新发现。当我们的意识发展到一个较高水准时,就会发生这种情况,在那种程度上,古代诗人能告诉我们某种新的东西。这种新东西始终在诗人的作品里,不过它是一种隐秘的象征,只是更新时代精神,才能使我们觉察它、理解它。它所要求的是另外一种新的眼光,因为老眼光在作品中只看到那些习以为常的东西。在这些经验可靠地证实了我上面展述的观点的正确性,因为我们碰到类似的情况就要非常小心;很明显的象征性作品就不要求这种敏感。明显的象征性作品似乎是以一种预言的口吻告诉人们:我的含义要比我所说的更深广,而我所说的远远表达不了我的含义。我们在这里可以抓到象征,虽然还不能满意地解出这个谜。象征的存在对我们后来的思想和情感是一种永久的羞耻。这无疑表明,象征性作品更具有刺激性,它可以说是深深地打入了我们的内心,因此几乎不允许我们纯审美地去欣赏它。倒是明显非象征性的作品更强烈地吸引了我们的美感力,因为它为我们提供了一种完美和谐的想象力。

但是,你们也许要问,分析心理学对艺术的"创作"这一根本问题,即创作能(creative energy)的奥秘,能做出哪些贡献呢?我们到现在为止所谈的一切,仅仅是心理现象学的问题。"凡创作出来的思想,皆不能窥察自然之真谛",我们也不应指望我们的心理学做不可能的事,即指望心理学正确地解释生活中的这一巨大奥秘,那种我们在创作冲动时即能感觉到的东西。像其他所有学科一样，心理学在较为深刻完整地认识生活现象方面，只能做些微薄的贡献；它和其他兄弟学科一样，都不可能达到一种绝对的认识。

我们已经谈了那么多艺术作品的要义和含义，有人不禁会从理论上怀疑，艺术是否真的"有所指"。也许，艺术本身并无意"有所指"，并没有"含义"这种东西，至少不是在我们现在所说的"含义"这个意义上。也许艺术就如自然一样，只不过存在着，并无"有所指"之意。"含义"是否必定多余纯粹的解释（这种解释由于智人的渴求而被藏在那里）？艺术——有人可能会说——就是美，它在美中找到了真正的目的，并得以实现。艺术不需要含义。含义本身产生不了艺术。在我进入艺术领域时，当然必须遵从这条真理。但是，当我们谈到心理学与艺术作品之关系时，我们是站在艺术领域之外，在这里，要我们不推测思考是不可能的。我们必须解释；我们必须发现事物的含义，否则我们就无从考虑它们。我们必须把生活和种种事件，所有那些自行发展完善的事物分解为一些形象、含义、概念；从而小心谨慎地将自己和这种活的奥秘分离开来。只要我们卷入创作因素本身，我们就既不能观察，也不能理解；我们实际上不必去理解它，因为对直觉的经验来说，再没有比认识更有害、更危险的了。不过，为了认识，我们必须与创作过程相分离，从外部来观察它；只有这时，创作过程才成为一幅表达种种含义的图像。于是我们不仅可以，而且必须谈论"含义"了。这样，原先是纯现象的东西变成了与其他现象相联系并有含义的东西；它起着一种明确的作用，为某种目的服务，带来含义丰富的效果。一旦我们能明白这一切，我们就会感到已经领悟和说明了某种东西。这样，就需要科学来加以解决。

既然在前面我们把艺术作品比作一棵生长在沃土的树，我们可以用同样的原则选一个更通俗的比喻：母亲腹中的胎儿。然而一切比较总有不足之处。还是让我们用更精确的术语来代替比喻。你们一定还记得,我把那种存在于初生态的活动描述为一种自发情结。这一概念是用于识别一切最初完全是无意识的发展,只当达到阈值(刺激引起应激组织反应的最低值)时才能突入意识的精神结构。这时它们与意识产生的联系,其重要性不是一种同化(assimilation)而是一种感知(perception);也就是说,自生情结无论是以抑制的形式,还是以自行复现的形式出现,尽管它一定会被感知到,但不会受到意识的控制。情结的自发性在以符合其本身内在倾向这样的伪装出现或消失时,它便显露出来;它不受意识的选择。创作情结和其他所有的自发情结都具有这种特性。并且,这一点上,它显现出与病态心理过程相似的可能性,因为后面一类(特别是精神失常)由于自发情结的出现而显得尤为突出。艺术家的迷狂与病态虽然不尽相同,但有着极其密切的关系。它们的相似性在于存在着一种自生情结。然而这种存在既不能证明也不能推翻有病的假设,因为正常人也不得不暂时或长久地屈从于自生情结的暴虐。这种情况不过是正常的心理特征之一,并且,对于一个人来说,没有意识到自发情结的存在,只是表现出一种相当高程度的无意识。比如,每一种在一定程度上分化了的有代表性的情态,都显示出变成一种自发情结的倾向,而且在大多数情况下确实变成了自发情结。每一种本能,或多或少也总带有自发情结的特征。所以,自发情结本身并没有什么带病的东西,只是它的储藏着的能量以及它显露的纷乱的外表,才常常可能含有痛苦和疾病。

那么,自发情结是如何产生的?由于某种或其他种原因——深入查究在这里会使我们离题太远——心理中在某一时间之前还是无意识的领域活跃了起来,这种活化由于掺杂了有关的联想,得到一定程度的扩展。这一活动中所用的能量,自然是从意识那儿脱离出来的,除非意识愿意与情结同一化。但是,情况若不是这样,就会导致雅内(Pierre

Janet，1859—1949，法国心理学家和精神分析家）所称的"心理程度的下降"（abassmen tdu niveaumental）。意识的兴趣和爱好的强度逐渐减退，于是要么出现一种冷漠的不活动的状况——这在艺术家中甚为普遍，要么产生意识功能的向后倒退，即降到其婴儿的或古代的幻觉中去，以致成了某种近视退化的东西。"功能的低劣部分"（partiesinferieures des functions）强行来到面上，本能代替了伦理，天真幼稚代替了审慎成熟，不合适的代替了合适的。此类情况在许多艺术家的生平中也可以见到。这样，从脱离了对人格的意识控制的能量那儿，产生了自发情结。

但是，创作的自发情结存在于什么地方呢？关于这一点，要是已经完成的作品使我们无法洞察其基础，那我们几乎就一无所知。从最广泛的意义上讲，作品给我们提供了一幅完整的图画。我们只要能把它作为一种象征来欣赏，就可以对它进行分析。但是，如果我们在那里面发现不了任何象征值，那么我们可以清楚，至少对我们来说，它的意义不过是明显表现的那些东西——也就是说，它只有表面上的那些东西。我之所以用"表面"一词，是因为可以想象，我们自己的偏见使我们不能更充分地欣赏作品。在这种情况下，我们根本找不到用于分析的主题和出发点。然而，在前面一种情况中，我们就会想到格哈特·豪普特曼（Gerhart Hauptmann，1856—1946，德国剧作家，小说家，诗人）那句差不多具有格言力量的话："诗歌就是在我们语言的纱缦后面原始词语的遥远回声。"如果译成心理学的语言，我们的第一个问题应该是：产生于艺术作品中的意象，可以追溯到集体无意识中什么原初意象上去呢？

这个问题需要从几个方面来阐述。如前所述，我所假设的情况，是一部象征性的艺术作品。因而是一部这样的作品，其根源无法在作者的个人无意识（the personal unconscious）中找到，只能在无意识的深化领域中找到，那里的原初内容都是人类的共同的遗产。因此，我已经把这

## 第五章 诗创作心理豁朗阶段论

个领域取名为集体无意识（the collective unconscious），以此与个人无意识区别开来。我认为，个人无意识就是一些心理过程和心理内容的总和，那些过程和内容不仅可以进入意识，而且如果不受到压抑的话，还常常可以成为意识，由于某种不一致，它们被不自然地压抑在意识的阈限之下。艺术从这个领域里也得到不少好处，尽管这些好处既隐秘又混杂；但是，它们如果成为一种主要因素，社会使艺术作品成为一种症状性的东西而不是象征性的产物。这种艺术作品也许可以毫无缺憾地留待弗洛伊德的净化法去解决。

　　个人无意识在某种意识上说，就是在意识的阈限（能知觉到的刺激的最低强度）之下相对表面的一个层次，和个人无意识形成对照的是，集体无意识在正常情况下是与意识完全不适合的，因此分析的技术不能把它带进意识的记忆中，它一不会受压抑，二不会被忘却。集体无意识本身不能说是存在着的，也就是说，它只是一种可能，那种可能其实从原始时代就用一些记忆意象的明确形式传了下来，或者，就表现在大脑组织的结构构成中。集体无意识并不提供固有的思想，但它生来就提供产生思想的可能性，这些可能性也给胆大妄为的幻想设置了明显的界限。集体无意识提供各种类型的幻想活动，似乎是些先验的思想，除了经历以外，无法确定它们是否存在。在完成的或成形的题材中，它们只是作为题材成形的调节要素而显现，也就是说，我们只有通过从完美的艺术作品中得出的后天的结论，才能重建这种原初意象的原始基础，原初意象或曰原型是一种形象，不管它是一种恶魔，一个人，还是一种过程，在历史的进程中，凡是创造性想象得以自由显现之处，它就会频频出现。所以，它基本上是一种神话的形象。倘若我们把这些意象加入探讨，是会发现它们是我们祖先无数有代表性的经验的公式化的组合（the foumulated resultants）。它们可以说是无数同类型的经验在心理上的残留物。它们表现数以百万计平常的个人经验，显示出一种由各式各样神话般的纷乱所呈现的心理生活的图像。然而，这些神话的形式本身就有不少创造性幻想的主题，这些主题还有待于转化为概念化的语言，而此项工作才刚刚有了一个艰难的开端。这些概念——大部分还有待于创造出来——能给我们提供一种抽象的科学的判断力以认识无意识过程，原初意象的根源。每一种原初意象，都包含一种人类的心理和命运，一种无数次出现在我们先人传说中的痛苦和欢乐的遗迹，而且一般说来，过程也是相同的。它好比深深镌刻在心灵中的河床，那儿，先前还在浅阔的面上无定向地摸索的生活之流，猛然间成了一条波涛汹涌的大江。当遇到一系列从远古起就有助于构建原初意象的非常事件，便会发生上述情况。这种神话情境出现时的一刹那，总是以一种感情上罕见的烈度为其特征；宛如我们身上从未鸣响过的心弦被拨动了，也仿佛是那些我们从未想象到的力量得到了释放。要努力适应它，是很费力的，因为我们始终在接触个人的即非代表性的情况。难怪当一种有代表性的情境出现时，我们会突然感到一种非同寻常的放松，欣喜若狂似的，又好像被一种不可抗拒的力量抓住似的。在这样的时刻，我们不再是一些单个的个体，我们是一个种族；全人类的声音在我们胸中回荡。个人决不能最充分地运用自己的力量，要么他得到了某一种我们称之为理念的集体表象的帮助，帮助释放他心灵中所有隐藏着的本能力量，这些力量普通的意识是根本无法单独接近的。最起作用的那些理念，多多少少总是原型的明晰的变体。那些理念非常适于打比方，便是证明。例如，祖国好比母亲。在这种形象化的表达中，譬喻本身丝毫没有动力；它的根源在祖国观念（motherland - idea）的象征值中。在这个例子中，与此相应的原型，就是原始人与他居住的土地所谓的"神秘的分享"源（participation mystique），只有这块土地才包孕着他祖先的精神。离开这块土地，便意味着不幸。

与原型的所有联系，无论是通过经验，还是仅仅靠口头上说，都是

## 第五章 诗创作心理豁朗阶段论

"激动人心"的，也就是说，它是感人的，它唤起的声音比我们自己的声音更加洪亮。从原初意象说话的人，是用一千个人的声音在说话；他心旷神怡，力量无穷，同时，他把想要表达的思想由偶然的和暂时的提高到永恒的境地。他使个人的命运成为人类的命运，因而唤起一切曾使人类在千难万险中得到救援并度过漫漫长夜的行善的力量。

这就是动人艺术的秘密所在。创作过程，根据我们所能理解的，存在于原型的一种无意识的活跃之中，存在于作品完成之前这种意向的发展和成形之中。原初意象的成形，可以说是把它转化为一种现代语言，它能使每一个人都有可能重新找到生活的最深源泉，要不然他就无法接触到它。在那源泉深处，有着艺术的社会意义；它不断地在培育着时代精神，因为它要产生那些时代最急需的形式。艺术家退出了他所不满的现实以后，他的渴求欲便来到无意识中最适宜于弥补时代精神的不足与片面性的那种原初意象。艺术家抓住这种意象，在把它从无意识深渊取出来时，使之与意识值产生联系，从而改变其形态，直到它能为同时代人所接受。从艺术作品的性质能够得出有关产生这种作品的时代特征的结论。现实主义和自然主义对其时代有何意义？浪漫主义或者古希腊人文主义的含义又是什么？它们是一些艺术倾向，这些倾向把当时时代精神氛围中最急需的无意识因素带到了面上。艺术家好比时代的导师——我们在今天更可以这么说。

人民和时代，就像一个人，有其独特的倾向和情态。"情态"一词显示出不可避免的片面性，那是每一种倾向所要求的。哪里有趋向，哪里一定会有排外的情况。不过，排外意味着某些本来就能够参与生活的明确的心理因素，由于同总的情态不相一致而被否定了生存的权利。正常人可以忍受这种总的情态而不受多大损伤。但有的人由于和正常人不一样，他讨厌宽阔的大街，喜欢穿行于旁道小巷，他将会发现那些远离要道等待着重新参与生活的要素。

艺术家相对地缺少适应性，这反而成为他天生的优势；因为这使他远离大街，更好地去追求向往的东西，发现那些别人因未加注意而无法得到的东西。这样，就好像在一个人那里，对自动调节的无意识的反应纠正了他片面的意识情态，艺术也体现了民族与时代的生活中一种精神上的自动调节。

我知道，我只能谈些直觉的看法，那只是一些很粗略的轮廓。不过，也许我可以希望，那些我不得不省略的东西，即具体地分析艺术性的作品，已经通过你们自己的思考而得到充实，从而使这个抽象的理论的构架能更加有血有肉。

# 第六章 诗创作心理验证阶段论

## 第一节 诗创作心理验证阶段概说

伴随着诗创作心理豁朗阶段的灵光一现所带来的满心欢喜，诗创作就进入了最后一个阶段——诗创作心理验证阶段。这一阶段也就是验证他们的思维成果是否合理，验证诗人们创作出来的诗篇是否可以传阅。有时诗人自我觉得这篇诗作可能是一部伟大的诗作，可是经过写在纸上反复推敲验证后只是徒劳，空欢喜一场。这一阶段同时也并不代表诗创作过程的终结，只是在这一小循环里代表一首诗作的完成，若创作出来的诗篇不行，可能要经过下一个循环，直到诗作满意为止。这一阶段所作用的时间可能相当短暂，可能不用验证就是一首很好的诗作了，这可能源于诗人高超的技巧和深厚的诗创作功底。一般而言，一首诗完成了都会修改数次，达到像大诗人所说的"语不惊人死不休"。这个过程不太确定，可能要用一分钟，一天，一月，一年，十年，更有甚者用一生去验证修改。总之，诗创作心理验证阶段是一个外化阶段，是一个将思维的成果应用语言工具转化为实物（诗作）的阶段，也即传达阶段。

正如前面所说的，诗创作心理是一个心理过程，它必须在诗人的思维中酝酿成熟,然后转化为可见的诗作的过程,具体来说就是首先涉及将外界刺激信息进行转化,即将外界信息转化为诗人的心理信息;然后以此心理信息为基础材料,在此基础上进行排列组合、加工改造,变成具有诗人气质的新的心理信息;最后借助语言工具变成诗作。将这个过程加以简化,就是感物的过程,根据认知建构理论,感物过程是一个由物理场进入心理场直待审美场,最后到诗作的成形的建构过程。这个过程就是诗人进行的诗创作五阶段:诗创作心理定向阶段、诗创作心理准备阶段、诗创作心理酝酿阶段、诗创作心理豁朗阶段及诗创作心理验证阶段。

我们大家都听过一句话:"理想很丰满,现实很骨感。"为什么理想的东西很丰满呢?那是因为理想是自己想象的,自己沉醉于其中的,那当然很完美。此时只是个人认为的,别人并不知道。可一旦公之于世,一旦外化出来,就会接受万千不同思维的人的评论、说法,此时自己也是作为那万千人当中的第三者,全部人都以异样的目光万箭齐发,一起射向新生诗作。诗作的好当然是相对的,有很少几个人反对那也只能当作美中不足;可一旦有部分人都认为不好,个个挑刺,那你的诗篇要么就面临流产,要么就再生,所面临的这种结果不亚于世间的顶级疼痛——孕妇分娩时的痛。古往今来,有多少人都发出了这样的感慨:"言不尽意。"

刘勰在《文心雕龙·神思》篇中提道:"方其搦翰,气倍辞前,暨乎篇成,半折心始。何则?意翻空而易奇,言征实而难巧也。是以意授于思,言授于意,密则无际,疏则千里。"[1] 其意是说当刚拿起笔的时候,气势大大超过了文辞本身,等到文章完成的时候,比开始时打了对折。为什么呢?这是因为文意是出于心中所想而易于出奇。但是语言是

---

[1] 古敏主编:《中国古代经典集萃·楚辞》,北京燕山出版社2001年版,第81页。

比较实在的，所以不容易出现新巧。所以文章的内容是来源于作者的思想，语言又受制于文章内容。如果文章结合得密切，那就天衣无缝了。如果文章太过于稀疏，那就会有千里之隔。

著名心理学家皮亚杰也在他的名著《儿童的语言与思维》一书中说道："我们正在寻求一个问题的答案，这时突然一切都十分清楚了。我们已经理解了，而且在理智上体验到一种独特的满意度。但是当我们想把我们已经理解了的东西告诉别人时，我们马上就感到有很多困难。这些困难的产生，不仅是因为当我们一下子抓住了一连串辩论中的关键时，我们对于这些关键没有给予应有的注意。"①

唐朝文学家、哲学家，有"诗豪"之称的大诗人刘禹锡（772—842）在《视刀环歌》中云："常恨言语浅，不如人意深。今朝两相视，脉脉万重心。"② 意思是说，常常怨恨言语的表达非常浅显，不像人的心意那么富有内涵。今天两个人四眼相视，默默地用眼神传达着复杂内心的情感。真是一语破的，千百年来文人墨客的"言不尽意"情结以"常恨言语浅，不如人意深"表达得淋漓尽致。

大诗人孟郊在《夜感自遣》中也感慨道："夜学晓未休，苦吟神鬼愁。如何不自闲，心与身为雠。死辱片时痛，生辱长年羞。清桂无直枝，碧江思旧游。"我国古代诗人常把"作诗"也称作"吟诗"，所谓"吟"就是将在思维中酝酿好了的诗作通过语言的方式吟出来。家喻户晓的清朝诗人蘅塘退士（原名孙洙 1711—1778）在他编撰的名作《唐诗三百首》原序中提道："熟读唐诗三百首，不会作诗也会吟。"③ 也正是此意。

---

① ［瑞士］让·皮亚杰：《儿童的语言与思维》，傅统先译，文化教育出版社 1980 年版，第 63 页。
② （清）彭定求等编：《全唐诗》（上），上海古籍出版社 1986 年版，第 909 页。
③ （清）蘅塘退士编，陈婉俊补注：《唐诗三百首·蘅塘退士原序》，中华书局 1959 年版。

大凡与文字打交道之人都有此体会，每当想好之后待写出之时，往往不如人意，所以世间最痛苦之事莫过于语言的痛苦，想表达又表达不出来，想表达又不尽善尽美。诗人更甚，诗人之诗作之所以如此，就在于诗学高居文学之最是也，就在于诗的语言相对于其他语言来说有近乎苛刻的要求。一般的书面语言需要言简意赅，说清楚了就行，而文学语言是在一般的书面语言的基础上进行美化，给人以美观畅达的感受的高级语言，而诗的语言更是在文学语言的基础之上进行深加工、精练而得的语言，高居语言金字塔顶端。所以，诗人对语言的痛苦远深于一般人甚至于文人的痛苦。清代诗人袁枚在《随园诗话》中也言道："为人不可不辨者：柔之与弱也，刚之与暴也，俭之与啬也，厚之与昏也，明之与刻也，自重之与自大也，自谦之与自贱也；似是而非。作诗不可不辨者：淡之与枯也，新之与纤也，朴之与拙也，健之与粗也，华之与浮也，清之与薄也，厚重之与笨滞也，纵横之与杂乱也：亦似是而非。差之毫厘，谬以千里。"[①] 一句"差之毫厘，失以千里"正是道尽了古今中外无数诗人的心酸。

## 第二节　诗的语言

### 一　语言概说

在这一阶段主要是运用语言来进行传达，而在这之前的阶段是在思维的酝酿中来完成的。那么语言与思维的关系会是怎么样的呢？首先要肯定的一点是它们肯定是有关系的，因为在我们思考问题时大多数情况

---

[①]（清）袁枚著，顾学颉校点：《随园诗话》（上），人民文学出版社1982年版，第49页。

第六章　诗创作心理验证阶段论

下（有例外，如有语言问题的人群）总是要以语言来实现。我们在与人交流过程中也会时刻思维着，因为我们要与人交流，就必须要对他们的话语进行思考、应答，这就是思维过程。在张述祖、沈德立的《基础心理学增编》一书中提道："想（思维活动）可能领先于说（言语）。"他们的证据主要有三个，分别是：（1）人们在讲话中往往有后面的音或词闯入前面的情况，表明在说前面的音或词时已想及后面的音或词。（2）词的首尾变化就句子的词序来说正确，而就词根的词序来说则有先后倒置（即语法没错，词错了）。例如，有人误说："He has already trunked two packs."（其正确的说法应该是 He has already packed two trunks.）句中的谓语（pack）与宾语（trunk）易位，而词尾 ed 和 s 则保持其在句中的应有位置。词首，词尾的变化属于语法问题，可见讲话时关于句子的语法框架准备，领先于词的安排而完成。（3）在讲话时词的先后中位（倒置）的距离往往大于音先后中位串位（倒置）的距离。表明用词的准备，领先于发音的准备，即思想已经跑到说话用词的前面了。"①

　　诗属于文学，是一种运用语言工具进行表达的艺术。我们也可以说诗创作即是一种言语行为。在这里不经意间使用了两个概念：语言和言语。其实它们并非一个意思，语言是以词为单位的，以语法为构词法规则的符号系统。它是一种符号系统，一种社会现象，例如具体的英语、德语、俄语等。而言语是人类通过高度结构化的声音组合，或通过书写符号文字、手势等构成的一种符号系统，同时也是使用这种符号系统来交流思想的一种行为，它是一种心理活动，一种心理现象，例如我们使用英语交流思想，传达感情等。我们所使用的言语的结构有：第一，表达的基本形式即句子；第二，可以独立运用的最小单位即词；第三，最小的音义结合的单位即语素；第四，能区分语义的最小语音单位即音位

---

　　① 张述祖、沈德立编：《基础心理学增编》，教育科学出版社1995年版，第199—200页。

等形式。

一般我们可以把言语分为外部言语和内部言语。外部言语即通过与别人进行交流沟通的言语，它包括口头言语和书面言语。其中口头言语又包括对话言语和独白言语两种类型。所谓对话言语是指两个或两个以上的人在进行直接的交流沟通时的言语，它是最基本的语言形式。而独白言语、书面言语都是在此基础上发展起来的，它具有直接性、间接性、交际性和情景性等特点，也是使用最为广泛的言语形式。而独白言语是独立的一个人开展的言语形式，例如做报告，做演讲，开讲堂等属于这种形式。它是一种需要长时间而且非断续的言语形式，它具有独立性、展开性、连续性和计划性等特点。书面言语是大凡读书人都会用到的言语形式，它是通过作者自己写作或是通过阅读作者的作品的言语形式，它具有极强的随意性、展开性及计划性。除了外部言语形式之外，我们也在很多场合下运用内部言语形式，内部言语是一种不出声的言语形式，它是在外部言语的基础上所产生的，它具有言简意赅、潜形匿影的性质。

我们的诗创作就是这两种语言的结合，其过程是首先需要内部言语的思考酝酿，然后再通过外部言语传达出来。但并非这两种言语是截然分开、互不关联的，其实它们是一种交织在一起，在外部言语中有内部言语的参与，在内部言语中有外部言语的加入。没有内部言语，那么人们就很难进行外部言语的活动，内部言语的发展也离不开外部言语。

言语是心理学研究的一种重要心理现象，也是一种重要的认知过程。它与其他的认知过程都有其重要的关系，也与情绪情感过程、意志过程有重要关系，还与个性心理和社会心理有密切的关系。既然言语如此重要，那么古今中外、历朝历代对其的研究也颇为可观。

首先我们来看一下语言活动的发声机制。关于语言的发生问题，恩格斯也曾说过："一句话，这些正在形成中的人，已经到了彼此间有些什么非说不可的地步了。需要产生了自己的器官：猿类不发达的喉头，由于音调的抑扬顿挫的不断加多，缓慢地然而肯定地得到改造，而口部器官也逐渐学会了发出一个个清晰的音节。"① 也难怪恩格斯会说："社会上一旦有了技术上的需要，则这些需要会比十所大学更能把科学推向前进。"这说明了世上的一切的事物都是以需要这个动机为前提而发展起来的，需要产生了一切的动力。我们的说话就是由我们的发音器官的运动造成的。我们的发音器官由口腔、鼻腔、咽腔、喉头、声带、气管、支气管、肺和胸腔等器官组合而成。发音过程大致是首先要我们有了想发音的欲望之后，我们就吸气，气流从外界经口腔、鼻腔、咽腔、气管、支气管进入肺部，气流又在肺部按原来进入的方向返回，气流就在经过这些器官的过程中发生冲撞、摩擦而发出了声音。

其次我们来分析一下语言的中枢机制。语言活动具有异常复杂的脑机制，它和大脑不同部位的功能具有密切的联系。目前，心理学研究结果倾向于认为言语活动是在大脑两半球皮层活动的基础上实现的，但对大多数人而言，起主要作用的还是在左半球。作为刺激信号的词语，在听、说、读、写、看等的言语活动中广泛的存在。与布洛卡区（Brocade's area）、威尔尼克区（Wernicke's area）和角回区（Angular gyrus）有极为密切的联系，这些区域就是我们通常所说的大脑皮层言语区。

布洛卡区是布洛卡于1861年对其失语病人的尸体进行尸检后，发现病人左侧额叶受到损伤。据此他推测言语活动应定位于第三额回后部，靠近大脑外侧裂处的一个小区，之后这个小区就被命名为布洛卡区。这个区域的病变会引起运动性失语症或表达性失语症，这类病人发音器官完整无伤，对阅读、书写和理解影响不大，但就是发音困难，说话极其费劲，能发一些简单的电报式的言语。

---

① 《马克思恩格斯选集》第三卷，人民出版社1972年版，第511页。

威尔尼克区是在大脑左半球颞上回处，于1874年威尔尼克发现并得以命名。这个区域病变会引起听觉性失语症或接受性失语症。这类病人说话时语音语法都貌似正常，但就是没有意义，也不能分辨语音和理解语义，甚至还会对词语做出错误的估计。总之，这类病人可以讲话、书写和看懂文字，就是不能理解口头语言。

除了布洛卡区和威尔尼克区这两个区域之外，与言语活动相关的另一个脑区是角回，该区域位于威尔尼克区上方，顶—枕叶交界处，即大脑后部，该区域病变会引起视—听失语症，也就是说，该区域是连接视觉和听觉的联合区域，它可以起到转化作用，即听觉和视觉相互转化（口语与书面语相互转化）。这类病人视觉正常，能看到文字，但不懂文字的意义，也能说话，理解口语，主要特征是不能理解书面语言。该区域受损后，就会导致视觉和听觉联系不起来，要么听到但看不到，要么看到但听不到，就是一种错位。这种情况在学生听力考试中很麻烦，在现实生活中也有诸多不便。

总之，言语中枢机制所涉及的不止这三个区域，但我们知道言语中枢主要在大脑左半球。在斯佩里的割裂脑实验中得出左半球主要负责言语、阅读、数学运算和逻辑推理等，所以又叫"语言脑"。而右半球主要负责欣赏音乐、艺术、情绪、空间等，所以又叫"艺术脑"。这两个区域其实并非完全无关，它们都是人的信息加工过程中共同起作用的，而且它们还可以相互转化，"艺术脑"也可以对语言进行理解，当丧失了"语言脑"时我们的"艺术脑"也可以转化为"语言脑"，也就是说，它们有互相弥补的作用。

## 二 一般语言与诗的语言

前面讲到，诗的语言高居语言金字塔顶端，诗人既是一般语言的使用者，又是诗的语言的使用者。而诗的语言是与一般语言所不同的语言形式，它要符合诗的创作与欣赏，它具有诗的特定的多义性、跳跃性、可感性和音乐性，具有独特的审美价值。但就同一个诗人而言，他所使用的一般语言与诗的语言基本上是相联系的，毕竟这两种语言都是要和别人交流的，在语言符号上，在词语使用上，其实它们都可以看作书面语言。在这一点也正如语言学家卡西尔在《语言与艺术》一文中所指出的那样："意大利语、英语和德语在但丁、莎士比亚和歌德死时与他们生时是不相同的。这些语言中但丁、莎士比亚和歌德的作品历经了本质性的变化，这些语言不仅为新的词语所丰富，也为新的形式所丰富。但诗人不能完全杜撰一种全新的语言，他须得尊重自己语言的基本结构法则，须得采用其语法形式和句法的规则，但是在服从这些规则的同时，他不是简单地屈从它，他们能够统治它们，能将之转向一个新的目标。"①

但诗的语言毕竟是诗的语言，它需要的就是审美。正如法国诗人瓦雷里有一段非常精辟的论说："走路，像散步一样，有一个明确的目的，这个行动的目标所希望达到的某个地方。实际的状况，例如对某一物体的需要，我的愿望的冲动，我的身体状况，我的视力以及地形等，都影响走路的方式，决定了走路的方向与速度，使走路有一个明确的目的。走路的一切特点都由这些瞬间的状况而来的，这些瞬间的状况每次都以新的方式组合。走路的所有的动作都是特殊的适应，而到达目的地后，这些动作都被消除了，仿佛被行为的完成所吸收了似的。跳舞完全是另一回事。当然，跳舞是一套动作，但是这套动作本身就是目的。跳舞并不是要跳到哪里去。如果跳舞追求一个物体的话，那只是一个虚幻的物体，一个状态，一个幻境，一朵花的幻象，生活的一个末端，一个微

---

① ［德］恩格斯·卡西尔：《语言与艺术》，于晓译，《语言与神话》，生活·读书·新知三联书店1988年版，第142页。

笑——这个微笑最后出现在太空中把微笑召唤来的那个人的脸上。"①

诗人瓦雷里在这里打的比方非常贴切,将一般语言比喻为走路,将诗的语言比喻为跳舞。其实可将一般语言喻为"看电视剧",将诗的语言喻为"看电视剧的同名原版小说"。可能大部分看过小说的人都有所感慨:看小说,可根据小说的优美的文辞来渲染人物、环境、心理活动、情绪情感、主人公的气质等。通过自己的想象构建一个自为的世界,最主要的是能让你有一个切身的像小说里面人物的那种体会,也能从中吸收一些美的营养。而看电视则不然,它主要针对的人群是大部分群体,至少是要能满足最低文化层面的人都要能看懂的层次,甚至要包括一些未上学的人。所以它势必会将小说施以砍伐,剃枝剪叶,甚至可能动其筋骨,以适应大众口味,给人想象空间不大,一般都是让演员直接呈现,就像开了灯的房间,一览无遗,也就不会存留什么想象空间了,这样就造成了一个思维定式——很可能你不太喜欢这部电视剧而是因里面的某个明星你才去观看的。

所谓"国有国法,行有行规",也就是说,每一个行业里边都有一套规范和准则,诗的语言也有自己的掌握世界的一套特殊方式。其实诗人作诗的过程首先是精神高度集中地观赏一个意向,由物我两忘到物我同一再到物我交织,在此过程中将"我"的情绪移到外物,将外物的姿态移到"我",然后借诗的语言表达出来的过程。也就是说,诗的最高境界是情见于词,就是将诗人的情趣或气质表现在意向上,通过语言加以传达,这样就算达到火候了。这里就涉及物质与意识、物质与语言、意识与语言的关系问题。马克思与恩格斯在1845—1846年期间合著的《德意志意识形态》一书中说道:"人并非一开始就具有纯粹的意识。'精神'从一开始就很倒霉,注定要受物质的'纠缠',物质在这里表

---

① [法]瓦莱利:《诗与抽象思维》,伍蠡甫等编《现代西方文论选》,朱光潜译,上海译文出版社1983年版,第35—36页。

现为震动着的空气层、声音，简易之，即语言。"语言是一时的物质化，也就是说，语言是思维的外化，诗歌语言也是一种物质化，它是诗人将情思融注到审美意象然后再转化为语言。为什么诗歌在千百年的历史中存而不亡，而且还有其存在下去的必要，就在于它的真挚的感情会引发古今中外的人的共鸣，让读者也能感受到诗人当时的感受。我们可能会拒绝一个人的华丽辞藻，但我们是不太会拒绝一个人的真挚感情的。

中国的诗歌历史从先秦时代最早的一部诗歌总集《诗经》算起，已有两千多年了，在这两千多年的历史进程中有很多的事物都随着历史湮没，但诗歌至今非但没有湮没，魅力依然不减当年。当我们读两千多年前的诗歌时，感觉依然很美，如《诗经》中的《国风·关雎》，其中写道："关关雎鸠，在河之洲。窈窕淑女，君子好逑。"① 我们常在别人结婚典礼上说的祝词"白头偕老"也是源于《诗经》中的《邶风·击鼓》，其中说道："死生契阔，与子成说。执子之手，与子偕老。"② 还有劝勉他人少小就努力的千古名句是出自汉乐府《东门行》中的"少壮不努力，老大徒伤悲"等。

我们天生就有对美的追求，就有对规则的追求，即"消除混乱，建立秩序"的原则。诗就极具这个特性——规则。它要求用韵、四声的注意、平仄律格的使用、对仗的工整、典故的合理应用等，而且我们在进行欣赏时，也会自觉要求这些东西，它那种抑扬顿挫，回肠荡气，音乐的节奏感真是使人如痴如醉，陶醉其中。总之，它的音韵之美、声调之美、句子之美、节奏之美、音响之美等都是一般语言所达不到的。有时你读到的诗句甚至很无聊，但你依然不能否认它的价值。例如，选自《北平歌谣》中有两首民间歌谣，其一为：

---

① 古敏主编：《中国古典文学荟萃·诗经》，北京燕山出版社2001年版，第1页。
② 同上书，第14页。

玲珑塔，玲珑塔，玲珑宝塔十三层。

塔前有座庙，庙里有老僧，

老僧当方丈，徒弟有六名。

一个叫青头楞，一个叫楞头青；

一个是僧僧点，一个是点点僧；

一个是奔葫芦把，一个是把葫芦奔。

青头楞会打磬，楞头青会捧笙；

僧僧点会吹管，点点僧会撞钟；

奔葫芦把会说法，把葫芦奔会念经。

其二为：

老猫老猫，上树摘桃。

一摘两筐，送给老张。

老张不要，气得上吊。

上吊不死，气得烧纸。

烧纸不着，气得摔瓢。

摔瓢不破，气得推磨。

推磨不转，气得做饭。

做饭不熟，气得宰牛。

宰牛没气，气得打铁。

打铁没风，气得撞钟。

撞钟不响，气得老鼠乱嚷。

著名美学家、心理学家、诗论家朱光潜（1897—1986）认为："这种搬砖弄瓦式的文字游戏是一般歌谣的特点。它们本来也有意义，但着重点并不在意义而在声音的滑稽凑合。如专论意义，这种叠床架屋的对齐似太冗沓，但是一般民众爱好他们，正是因为冗沓，他们仿佛觉得这样圆转自如的声音凑合有一种说不出来的巧妙。"①

### 三　语言传达的价值

诗人经过长期的准备，在经历了诗创作心理定向阶段、诗创作心理准备阶段、诗创作心理酝酿阶段和诗创作心理豁朗阶段之后，一首诗的大概样貌已经在诗人头脑中浮现出来，然而毕竟此诗作还没有正式诞生。只有运用诗人的笔墨纸砚通过诗人将其写出来，成为一首诗作，才能成为诗读者欣赏的对象。也就是说，诗只有通过诗人将其写出来，成为一首诗作，才能成为诗读者欣赏的对象。也就是说，诗只有通过一定的媒介表现出来成为一首诗。若是没有了语言媒介，别人看不见，仅仅存在于诗人心中，那怎么能称之为诗呢？但有些美学派别就不这样认为。近代美学派别何其之多，几乎每个重要的美学家都有其独到的见解，其中最主要的美学派别是19世纪德国的唯心主义或形式主义派别，始于康德，继起者有席勒、黑格尔、叔本华、尼采等诸人，其集大成者当数克罗齐。

克罗齐是意大利著名历史学家、哲学家、文艺批评家、美学流派影响最大的人物，但他却不这样认为，在他看来，一首诗仅仅诞生于诗人的头脑中，也就是说，诗作的完成在头脑中就已经完成了，根本没有必要用外在的媒介（语言）表现出来，若使用了外在的媒介使之表现出来，那这也不算创作。他在《美学原理》一书中指出："那些叫作诗、散文、诗篇、小说、传奇、悲剧或戏剧的文字组合，叫作歌剧、交响乐、奏鸣曲的声音组合，叫作图画、雕像、建筑的线条组合，不过是再造或回想所用的物理刺激物。"② 也就是说，这些称作文字组合、声音

---

① 朱光潜：《诗论》，漓江出版社2011年版，第39页。
② ［意］克罗齐：《美学原理》，《美学原理·美学纲要》，朱光潜译，外国文学出版社1983年版，第107页。

组合、线条组合的东西不是艺术品,与艺术本质没有太大的关系,仅仅是再造或回想所用的物理刺激物而已。

克罗齐的全部美学思想都是从"艺术即直觉"这个定义推演出来的。所谓的直觉即是最单纯的,是在知觉和概念形成之前的认知活动。它的对象只是单纯的未经肯定的意象。克罗齐认为,艺术活动只是直觉,艺术作品只是意象。克罗齐认为意象有两种,一种是艺术意象;另一种是非艺术意象。它们的区别主要是意象是否完整统一。非艺术意象是没有经过美感的心灵综合作用的,七零八落的,没有形成一个完型。而艺术意象是经过美感的心灵综合作用,把原来纷乱的意象整合为一个有生命的有机整体。

他认为:"使本来错乱的无形式的意象变为有整一形式的意象,要有一种原动力,这种动力就是情感。生糙的情感不表现于具体的意象,非艺术;无所表现的意象也非艺术。艺术就是情感表现于意象。情感与意象相遇,一方面他自己得表现,一方面也赋予生命和形式给意象,于是情趣、意象融化为一体。这种融化就是所谓的'心灵综合'。直觉、想象、表现、创造艺术以及美都是一件事,都是这种心灵综合作用的别名,它们中间并无任何分别。"[①] 从上述论述中我们可以很清楚地知晓克罗齐的观点,也可以将克罗齐的"艺术即直觉"这个定义将其进行引申为"艺术即抒情的直觉",若用一个方程式来表达,那就是:艺术＝美＝直觉＝抒情的直觉＝创造＝欣赏＝想象＝心灵的综合作用。

就像我们的诗歌,它并不是直观的一幅画,画成之后每个人都可以加以欣赏,它是活生生的有生命的有机体,欣赏者可以看到诗歌的外形文字,但不一定都能悟出诗歌里面的精神内核,更何况每个人的人生阅历不同,经验、价值观和人格等都不同,对其精神内核的领悟也是仁者

---

[①] 参见朱光潜《文艺心理学》,《谈美·文艺心理学》(增订本),中华书局2012年版,第259—260页。

见仁、智者见智的。创作诗歌和欣赏诗歌的确可以说得上是有些相同之处，正所谓读者欣赏是第二次创作，每一次的欣赏都是投射欣赏者自己的人生阅历、思想感情以此来再创造，但他们欣赏的毕竟不是他们自己的作品，所以他们并不像克罗齐说的那样是完全相等的。

进一步加以引申即艺术即情（即情绪、情感、情趣或内容）见于词（即意象或形式），也就是"情感＝意象＝内容＝形式"。其实我们公正地来看，克罗齐的学说在大体上还是接近真理的，只是他将传达不认为是艺术，认为艺术创作完全是一种纯精神思想的、与物质无所关联的，在这一点上就有很多人不赞同。

英国美学家鲍山葵认为："克罗齐的观点是错误的唯心主义。实体的事物大大丰富了单纯概念和幻想的质地和关系。如果我们企图将我们世界的身体一面割掉，我们就会发现，这个世界的心灵一面也就不剩下什么了。"[1]

按照克罗齐的观点，只要艺术家在心里构思好一件艺术作品，那就算尽了艺术的职责，这一艺术过程也就完事了，没有必要将其描绘出来让欣赏者欣赏，即使通过了外在的媒介固定了下来，这一举动也称不上艺术，而完全是出于功利心。其实这种观点颇为偏激，因为我们若是考虑到现实生活，就可以看出这种观点是立不住脚的。在现实生活中，我们每个人都能直觉得到事物的意象，但为什么我们每个人都不能成为艺术家，那根本的一点就是能否表达出来，形成一个具体的能感知的作品。

德国哲学家、文化哲学创始人、新康德主义马堡学派的集大成者卡西尔也曾说道："只要我们记住，艺术不是用一般方式、用非特定的方式来表现，而是用特定的媒介来表现，克罗齐的谬论就消失了。一个伟

---

[1] [英] 鲍山葵：《美学三讲》，周煦良译，上海译文出版社1983年版，第36页。

大的艺术家在选用某媒介的时候，并不是把它看成外在的、无足轻重的质料。文字、色彩、线条、空间形式和图案，音响等对他来说都不仅仅是再造的技术手段，而是必要的条件，是进行创造艺术过程本身的本质要素。"

其实艺术家在直觉到事物的意象时是不能离开他所使用的凭借媒介的，在构思时，没有外在媒介工具为依托，那何来思维。诗人在构思一首诗时，必须要以语言为依托，也就是要连着语词的声音和语词的意义一起来加以思考，那才能完成诗作。更何况媒介符号的不同，决定了你的思维方式及最终结果。自古诗画一家，但诗与画是完全不同的两种艺术式样，在构思它们时，所使用的凭借媒介也是完全不同的。在构思诗作时主要以语言为主；在构思画作时要以线条、色泽、明暗等为主，由此可见，传达是必不可少的艺术环节。即使同时是作诗，用外文与用中文写的也是完全不同的；用文言文与用现代文做出来的也是有着千差万别的。在直觉古体诗意象时必须要加以考虑押韵、平仄、对仗、粘对、拗救、五言七言、古诗绝句律体诗等，而且特别是律诗，它就像是数学那样精确，在每个位置上必须要用什么声调，经过排列组合、加工改造，一旦排列组合、加工改造有所改变，那么整首诗的韵味也就会完全变了；在对仗要求方面也是要做到这样近乎苛刻的要求。而至于新诗也就没那么太讲究了，但它也绝不能像散文那样随意，它还是有一些要求的，如对诗歌语言的暗示性、象征性、多义性、变形性、形象性、跳跃性、音乐性等要求。

现在我们来看一下同是表达秋天的诗歌，在中文与英文、文言文与现代文之间在诗性方面是如何的不同。被认为是历史上最出色的英语诗人之一的英国著名浪漫主义诗人雪莱在他的名作《西风颂》中借助自然的精灵让自己的生命与鼓荡的西风遥相呼应，暗合无间，用气势恢宏的语调唱出了生命的旋律，用强悍无可抵挡的身姿舞出了心灵的节奏。

## 第六章 诗创作心理验证阶段论

诗共分 5 节，节选第五节①如下：

Make me thy lyre, even as the forest is:
What if my leaves are falling like its own!
The tumult of thy mighty harmonies

Will take from both a deep, autumnal tone,
Sweet though in sadness. Be thou, Spirit fierce,
My spirit! Be thou me, impetuous one!

Drive my dead thoughts over the universe
Like wither'd leaves to quicken a new birth!
And, by the incantation of this verse,

Scatter, as from anunextinguish'd hearth
Ashes and sparks, my words among mankind!
Be through my lips tounawaken'd earth

The trumpet of a prophecy! O Wind,
If Winter comes, can Spring be far behind?

把我当作你的竖琴吧，有如树林：
尽管我的叶落了，那有什么关系！
你巨大的合奏所振起的音乐

---

① 《雪莱抒情诗选》，查良铮译，人民文学出版社 1993 年版，第 75—76 页。

将染有树林和我的深邃的秋意：
虽忧伤而甜蜜。呵，但愿你给予我
狂暴的精神！奋勇者呵，让我们合一！

请把我枯死的思想向世界吹落，
让它像枯叶一样促成新的生命！
哦，请听从这一篇符咒似的诗歌，

就把我的话语，像是灰烬和火星
从还未熄灭的炉火向人间播散！
让预言的喇叭通过我的嘴唇

把昏睡的大地唤醒吧！西风呵，
如果冬天来了，春天还会远吗？

1819 年

我国现代派象征主义诗人戴望舒在他的《秋夜思》[①] 中从秋夜感觉"身体表面的冷"想到"心的冷"。从"诗人云：心即是琴"到"而断裂的吴丝蜀桐"就是一颗受伤的心，虽然心已受伤，但心却未死，"仅使人从弦柱间思忆华年"，可知他还对未来抱有希望，其诗写道：

谁家动刀尺？
心也需要秋衣。

---

[①] 《中国现代文学大师精品集丛书》编委会编：《戴望舒精品集》，广东世界图书出版公司 2009 年版，第 92 页。

听鲛人的召唤,

听木叶的呼息!

风从每一条脉络进来,

窃听心的枯裂之音。

诗人云:心即是琴。

谁听过那古旧的阳春白雪?

为真知的死者的慰藉,

有人已将它悬在树梢,

为天籁之凭托——

但曾一度谛听的飘逝之音。

而断裂的吴丝蜀桐,

仅使人从弦柱间思忆华年。

唐代大诗人杜甫在唐代宗大历二年（767）秋天在夔州通过登高所见秋江景色,倾诉了诗人长年漂泊、老病孤愁的复杂感情,这首被誉为"七律之冠"的《登高》读来慷慨激昂,从中也表达了诗人对诗歌语言声律的驾驭已达通透之境,虽是愁苦之作,但作为读者的我们除体会诗人的身世之感之外,还让我们沐浴在诗美的氛围中:"风急天高猿啸哀,渚清沙白鸟飞回。无边落木萧萧下,不尽长江滚滚来。万里悲秋常作客,百年多病独登台。艰难苦恨繁霜鬓,潦倒新停浊酒杯。"[①]

从这些诗篇的表现上来看,我们在诗创作心理定向阶段、诗创作心理准备阶段、诗创作心理酝酿阶段及诗创作心理豁朗阶段无一不考虑到诗歌表现时的媒介,所以诗语言传达的价值也并非克罗齐说的一首诗仅

---

[①] （清）彭定求等编:《全唐诗》(上),上海古籍出版社1986年版,第559页。

仅诞生于诗人的头脑中，也就是说，诗作的完成在头脑中就已经完成了，根本没有必要用外在的媒介（语言）表现出来，即便用了外在的媒介使之表现出来，那这也不能算创作。

## 第三节　言语产生的过程

关于言语产生的研究差不多已有半个世纪的历史，但由于这个研究涉及的问题异常的复杂，我们对它的结论还不是很统一，有名的一些研究者对语言产生的阶段提出了重要的观点，例如，弗朗琴于1973年根据语误研究提出了语言产生的七个阶段，分别是选择需要表达的意思；为分句选择句法结构；把内容词插入句法结构；指定出词的词法形式；指定出代表分句的音位；选择运动要求；发出分句。安德森于1980年提出了三阶段模型，分别是根据目的确定要表达思想的构造阶段；运用句法规则将思想转换成语言形式的转化阶段；将语言形式说出或写出的执行阶段。德尔于1986年提出了语言产生包括彼此相互联系的四种加工水平：第一种是语义水平的加工，它确定语言要表达的意义；第二种是句法水平的加工，它是为词语选择适当的句法结构；第三种是构词法水平的加工，它包括确定名词单复数以及动词时态等过程；第四水平是语音水平的加工，它包括提取语音、发出语音等的过程。勒韦于1989年提出了语言产生的三个阶段，分别是对所要表达的概念产生前词语信息的概念化阶段、把前词语的信息映射到语言形式表征中的公式化阶段、把语音通过发音器官发出的发音阶段。[①]

经过上述研究者的研究可以分析得出，其实归而言之，言语的产生

---

[①] 参见彭聃龄主编《普通心理学》（修订版），北京师范大学出版社2004年版，第321页。

过程大体分为四个阶段：第一个阶段是概念化阶段；第二阶段是计划阶段；第三阶段是执行阶段；第四阶段是自我监控和校对阶段。

## 一 概念化阶段

在概念化阶段，要确定意图，并从记忆中或环境中选择信息，准备建构想要说的话语，其结果就是形成了信息水平的表征。所谓表征即信息在我们头脑中的表现形式和组织形式。其实语言的生产过程就是将想要表达的意象转化为内部言语然后再转化为外部言语的过程。在概念化阶段就是将要表达的意象转化为内部言语的过程，这个转化过程是一个转译过程。我们在头脑中形成的意象一般是视觉形式的，要转化为内部言语，而内部言语属于听觉的形式，这就需要我们将视觉的形式转化为听觉的形式。这个转译的过程也属于思维过程，所谓思维就是一种认识，它是借助于语言、表象或动作实现的对客观事物的概括和间接认识，它包括分析、综合、比较、分类、抽象、概括、具体化和系统化等形式。

前面在提到言语种类时就提到内部言语，它是一种不出声或自问自答的语言活动，它一般不直接与别人交流，但并不代表它就没有语言器官的参与。其实内部语言本质上也就是一种语言活动，它需要语言器官，只是在语音方面不明显罢了。雅可布森在1972年所做的一个实验表明："把电极放置在被试的下唇或舌头上，记录在不同任务时的动作电位。结果发现，在出声数数或完成简单应用题时，用电极记录到的动作电位的节律，与在内心默默地完成这些任务的记录结果是相同的。"[①]

由此可见，内部语言也算是一种思维活动，心理学家维果茨基也认为："没有对内部言语的全部实质的正确理解，就没有，也不可能有在

---

[①] 参见彭聃龄主编《普通心理学》（修订版），北京师范大学出版社2004年版，第296页。

思维与言语关系的全部实际复杂性中分析这些关系的任何可能性。"①我们知道，内部言语之所以具有隐蔽性和简略性的特点，就在于它不需要别人的理解，只需要自己理解即可。正像我们打腹稿或列提纲一样，可能只需要两三个字或词，但我们就可以根据这两三个字或词长篇大论，而且它还极其的随意和自由，一般这里面渗透了作者的写作风格，它不是按照概念、命题、判断、推理等严格的逻辑程序来进行的，它可以是无根据的异想天开，自以为是的方式来进行的。正是由于内部语言极不稳定，它极需要转化为外部语言才能为我们所把握，所以我们急需要进入下一个阶段——计划阶段。

## 二 计划阶段

言语产生的第二个阶段即计划阶段，这一阶段是形成语言计划。一些学者认为，这个过程包含了一系列的阶段，具体地说，在确定了想说的话语的意思之后，首先要选择句子的句法结构，即产生句子的总体句法框架，在这个框架中给词留下一些空位，这有助于以后填充。其次就是要确定与句法框架相匹配的语调。语调代表了句子的整体韵律特征，表明了其是要提出问题还是要做一个陈述。此时要标记出话语中需要被强调的成分。在安排了句子的整体韵律特征之后，就要开始寻找合适的词语来填充句子框架了。它先得把名词、动词、形容词等内容词填充到句法框架中，于是乎再加入功能词（如冠词、连词、介词等）和词缀。言语计划过程的最后一个阶段是把句子表述为音段，即在将内容词、功能词和词缀填充到句子框架中以后，要根据语音规则形成音位表征。此时，完整的语言计划就形成了。

这个阶段也就是内部语言向外部语言进行转化的阶段。内部语言是有着和人的思维差不多的特征，而且每个人的内部语言都有着与众不同

---

① 参见朱曼殊主编《心理语言学》，华东师范大学出版社1990年版，第141页。

的特性，由于它具有个人的性质，它又不出声或自言自语，它不要求别人能否理解听懂，只需自己能掌握就行了（有时甚至自己也不能掌握）。然而一旦转换为外部言语，那就完全不同了。外部言语可以交流思想，抒发感情，传递外部刺激信息或历史文化知识或经验，而且我们一般所说的语言也是指的外部语言。外部语言是一种社会现象，只要涉及社会的非个人的，那就会涉及这个社会所约定俗成的一些规矩，所谓"无规矩不成方圆"。

马克思曾在《关于费尔巴哈的提纲》中曾说过："人的本质不是单个人所固有的抽象物，在其现实性上，它是一切社会关系的总和。"[①]也就是说，人的本质不是单个人所具有的，而是在社会中所形成的，生活在现实社会中的人也必定是生活在一定社会关系中的人，生活在一定社会关系中，人就要表达需要，通过语言来沟通交流。这里讲的是语言的社会性，除此之外，语言还具有创造性、指代性、意义性和整体性等性质。其中语言的创造性是指使用有限的词语和将这些词语连接起来的句法规则，就可以创造无数的表达。语言的指代性是指我们在利用语言交流沟通的过程中一定是有针对性的对象的，并不是天方夜谭、漫无边际。语言的意义性是指我们所说的话都是有具体含义的，都是要有一个具体目的的交谈，否则也就不会交谈。语言的整体性即一个人的语言系统是以整体的方式存在的，如果所谈论的观点是纷纷散散、零零落落的，风马牛不相及，没有联系可言，那也没法交流。

诗人创作出来的诗歌，一般都是具有创造性的，因为每个诗人是不同的，有不同的人生经历，不同的教育文化背景，不同的智力水平，不同的情绪情感，不同的性格气质等。所以诗人在诗创作之初所建构的意象也是不同的，对其意向的传达那就更加不同了。从内部言语到外部言

---

[①]《马克思恩格斯选集》第1卷，人民文学出版社1972年版，第60页。

语，也不是一蹴而就的，而且是需要下很多功夫。可能你会说你看大诗人李白的"李白斗酒诗百篇"①，他哪有什么准备，只要有酒，诗兴大发，挥墨而就。也就是说，诗人一下子就选好了词语，将内部语言转化为外部语言，而且一经形成就不再修改。其实这并不是说他没有准备，没有反复琢磨，而是这个过程极其隐蔽，只是外人甚至诗人自己也没觉察出来罢了。这一过程是在潜意识中进行的。而历朝历代的诗人大部分的诗作还是经过了反复琢磨的。这就正如《诗经·卫风·淇奥》诗中所说的："如切如磋，如琢如磨。"② 在这一点上大诗人杜甫素有"语不惊人死不休"之毅力。

我们来看曾在中学课文里学过的一篇文章"贾岛推敲"之故事。

（贾）岛初赴举在京师，一日于驴上得句云："鸟宿池边树，僧敲月下门。"又欲"推"字，炼之未定，于驴上吟哦，引手作推敲之势，观者讶之。时韩退之权京兆尹，车骑方出，岛不觉行至第三节，尚为手势未已。俄为左右拥止尹前。岛具对所得诗句："推"字与"敲"字未定，神游象外，不知回避。退之立马久之，谓岛曰："'敲'字佳。"遂并辔而归，共论诗道，留连累日，因与岛为布衣之交。③

故事的意思是，贾岛初次去参加科举考试，住在京都长安。一天他在驴背上想到两句诗："鸟宿池边树，僧敲月下门。"又想用"推"字，不知用哪个好，于是就在驴背上反复吟咏，并且伸出手来比画着推、敲的姿势，看到的人为之惊讶不已！当时韩愈在做京城的行政长官，正带着车马出巡，贾岛便不知不觉地冲撞到了韩愈仪仗队，而且还在不停地

---

① （清）彭定求等编：《全唐诗》（上），上海古籍出版社1986年版，第511页。
② 古敏主编：《中国古典文学荟萃·诗经》，北京燕山出版社2001年版，第26页。
③ 静永健、刘维治：《贾岛"推敲"考》，《南阳师范学院学报》2010年第1期。

做着"推""敲"的动作,这样子就被韩愈的侍从带到了韩愈的面前,贾岛如实地回答了所得的诗句不知道是用"推"字好还是用"敲"字好,所以神思出游,没注意眼前的事物,不知道要回避,故而冒犯了大人。韩愈立马思索了一会儿,对贾岛说:"用'敲'字好。"于是两人就双双回到了家中,一同谈论作诗之法,一连过了好几日,韩愈因此与贾岛结下了很深厚的情谊,这也是一段诗坛佳话,广为传诵。

与贾岛齐名的唐代大诗人还有一位孟郊,他的那首《夜感自遣》真是道尽了万千诗人的"难言之隐"。他感怀地写道:"夜学晓未休,苦吟神鬼愁。如何不自闲,心与身为仇。死辱片时痛,生辱长年羞。清桂无直枝,碧江思旧游。"①

其意为,夜里苦思冥想作诗,反复吟咏直令鬼神发愁。为什么就不能让自己悠闲一下呢?心里所想与身体力行不一致呀!死辱只在片痛时,生辱即是长年的羞辱。想到了清桂无直枝,神思游到了对"游碧江"幸福往事的怀念上。

真堪悲情万丈,痛罢不已。与贾岛"推敲"故事相仿的另一个诗坛佳话当数宋朝大诗人王安石的"绿"的故事,他写了一首题为《泊船瓜洲》的诗"京口瓜洲一水间,钟山只隔数重山。春风又绿江南岸,明月何时照我还。"②

洪迈在《容斋随笔》中有载,王荆公绝句云:"京口瓜洲一水间,钟山只隔数重山。春风又绿江南岸,明月何时照我还。"吴中士人家藏其草,初云"又到江南岸",圈去"到"字,注曰"不好",改为"过",复圈去而改为"入",旋改为"满",凡如是十许字,始定为

---

① (清)彭定求等编:《全唐诗》,中华书局1960年版,第4032页。
② 缪钺、霍松林、周振甫等撰:《宋诗鉴赏辞典》,上海辞书出版社1987年版,第207页。

"绿"。① 一个"绿"字顿扫仕途的阴霾，而且又象征春意，"春风得意马蹄疾"，又显江南生机勃勃，春意盎然。一个字尚且如此，那么诗人真可谓呕心沥血，但正是因为有了这个字，乃有全诗生色，名传千古，何乐不为？

### 三 执行阶段

一旦我们在头脑中形成了语言计划，接下来我们就要执行这个计划，说出想说的话语。在这个阶段，大脑要支配发音器官的肌肉运动把音位表征转化为实际要说的声音。此阶段也是运用外部言语的阶段。对于诗人写出来的诗作，我们不能孤立地看，所谓"意由境生"，我们要放在诗人创作的这个大环境中去欣赏，清代诗人袁枚在《续诗品·布格》中写道："造屋先画，点兵先派。诗虽百家，各有疆界。我用何格，如盘走丸。横斜操纵，不出于盘。消息机关，按之甚细。一律未调，八风扫地。"②袁枚在这里所讲的就是作诗的布置安排，就是讲我们在造屋修房之前，需要进行设计一番。我们在调兵遣将之前，也是需要进行一番统筹谋划。诗学门派虽各有不同，但也是有各自门派的宗旨之所在的。在作诗时，用什么格局呢？就像是驱使丸子在盘中滚动一样。不管怎么操纵，丸子在盘中都会滚动自如，不会离开盘子。对于任何的蛛丝马迹都要细细探查。若有一丝的舛误，那就会无地自容，颜面尽失。

其实单个字、词、短语、句子都不能成为诗作，只有将这些放在一起，用一种整体的眼光去考察，去欣赏，那么它才能成为诗。在这一点上与格式塔心理学的主张有相似之处。格式塔心理学是在1912年创立于德国并在美国发展起来的一个主要心理学流派之一，它的主要代表人

---

① 古敏主编：《容斋随笔》《中国传统文化选编》，北京燕山出版社2001年版，第102—103页。

② （唐）司空图著，郭绍虞集解：《诗品集解》；（清）袁枚著，郭绍虞辑注《续诗品注》，人民文学出版社2006年版，第153页。

物是韦特海默、考夫卡、苛勒及勒温等心理学家。它靠批判构造主义心理学和行为主义心理学而起家，实则它是集构造主义和行为主义两者于一身的，可见它的研究对象为人的经验和人的行为。他主张心理的整体性，强调整体大于部分之和，整体先于部分而存在，并制约着部分的性质和意义。

格式塔心理学强调整体性，韦特海默曾指出："一个乐音或一条直线只是一支曲子或图形中的部分，部分的总和不等于曲子和圆形的整体，只有曲子或图形的整体特性才决定单个乐音或直线的作用，这种赋予整体特性的东西就是形——质（格式塔质）。"① 而且格式塔心理学也有"一件艺术品就是一个格式塔的观点，也就是一件艺术品（包括诗歌）是讲求完整统一的"。

考夫卡在《艺术与要求性》一书中指出："艺术品是一个完整的统一体，一种有力的'格式塔'。"它"不仅使自己的各部分组成一种层次统一，而且使这一统一有自己的独特性质"。② 总之，诗作是一种结构完形而不是单个语言符号积累而成的文字材料，它是按照诗的组织规律组织在一起的有机整体。这一点诗人是非常明确的，正是因为明了了这一重要特点，诗人才好在执行阶段即外部语言阶段更好地运用，使诗以一种整体"质"的方式展现出魅力来。

## 四 自我监控和校对阶段

在言语产生的过程中，自我监控和校对有可能出现在两个阶段中，一个是出现在计划阶段的隐蔽的自我监控；另一个是在执行阶段出现的显性的自我监控。莫特立（Motley）等人分别在1981年和1982年采用

---

① ［美］杜·舒尔茨：《现代心理学史》，杨立能等译，人民教育出版社1981年版，第296页。
② ［德］考夫卡：《艺术与要求性》，邓鹏译，蒋孔阳编《二十世纪西方美学名著选》下册，复旦大学出版社1988年版，第320页。

了实验室诱发口误的方法探讨了被试不说话前是否对言语进行了校对。为了测量说话者对情绪性言语错误的觉知,研究者记录了被试的皮肤电反应(GSR)作为情绪唤醒的指标。如果一个被试意识到他将要说出的是禁忌词对(如 cool—its),那么,相对于说非禁忌词对(如 tool—kits)之前记录的 GSR,说禁忌词对之前记录的 GSR 应该更高。实验中,他们给被试呈现准备词对(如 tool—tarts),让被试默读。默读准备词对后,被试要出声地读出目标词对(如 tool—kits),实验者观察被试在读目标词对时是否会由于准备词对的影响而产生禁忌词口误(如 tool—tits),结果显示,被试产生了更多的中性的口误(如 tool—kits)而不是禁忌词与高 GSR 相联系的禁忌语需要花费更长的时间说出来。总之,引起情绪唤醒的单词,诱发被试产生更高的 GSR;并且,在说出来之前,被试花时间审查了不适当的禁忌词。

另外,显性的自我监控和校对可以在人们的说话中直接观察到。罗特布姆(Nooteboom)在 1980 年发现,几乎 2/3 的言语错误都在错误发生后被很快纠正。但是,不同类型的错误得到纠正的可能性不同,提前错误比持续错误更经常被纠正。莱维勒分别在 1983 年、1989 年也有类似的发现,18% 的错误在惹麻烦的单词内被纠正,51% 的错误在错误单词被说完后立即被纠正,31% 的错误要延迟到一个或几个单词后才被纠正。莱维勒认为,说话者在检测出言语错误之后会自行中断言语;然后通常会说一些表示正在校对的插入语,如 I mean uh;最后对言语做自我纠正,如果当句子不适合情景时,会放弃这个句子而重新开始。[①]

其实莫特立和莱维勒这两个科学家的研究也是非常适用于诗人的"吟诗"活动的,也就是将诗说出来,但诗人更改诗篇通常是通过写下来的方式来进行的,其实说与写也差不多,只不过一个是听觉思维一个

---

① 此一节参见丁锦红、郭春彦编著《认知心理学》,中国人民大学出版社 2010 年版,第 229—232 页。

是视觉思维而已。

我们在这里所说的校对，其实就是删其余，补其损，更其形，美其质，达到恰到好处的地步，多一点不行，少一点也不行。所谓"过犹不及"。这也就是控制力的把握问题，一个大诗人可能在别人的眼中是那种情感浓烈、内心丰富多姿、下笔千言、一发不可收拾的那种。其实这样说也不无道理，诗人有时真的有点神经质，有时思考问题视旁人如无物，可谓"思接千载，视通万里"。但诗人内心终究是有缰绳在手的。美国诗人庞德在《严肃的艺术家》一书中说过："写得好就是控制得恰到好处：作者所说的，正是他所要说的。"①

我们都知道，诗人主要是以情感取胜，诗也主要是以抒情为主，情感过强，诗人始终处于情感的包围中，虽然这样写出来的诗意也不是没有，但会显得过于苍白无力、冲动、声嘶力竭，能抓住很多听觉，但这也只能解决诗人一时的泄愤，过后观看，真是淡而至极，无味可嚼。鲁迅先生曾在《两地书·三二》中说过："我以为情感正烈的时候，不宜作诗，否则锋芒太露。能将诗'美'杀掉。"② 也正如宋代大诗人苏轼的一首名作《江城子·十年生死两茫茫》中所写："十年生死两茫茫，不思量，自难忘。千里孤坟，无处话凄凉。纵使相逢应不识，尘满面，鬓如霜。夜来幽梦忽还乡，小轩窗，正梳妆。相顾无言，惟有泪千行。料得年年肠断处，明月夜，短松冈。"③ 这首词为苏轼悼念亡妻之作，苏轼的结发妻子王弗，年轻貌美，知书达礼，是苏轼的贤内助，夫妻之间的感情深厚，可惜红颜薄命，王弗与苏轼生活了十一年之后病逝，苏轼遵从父命将其安葬在自己的母亲坟旁，并且他还在附近

---

① [美]庞德：《严肃的艺术家》，罗式刚、麦任曾译，《现代西方文论选》，上海译文出版社1983年版，第264页。
② 鲁迅：《两地书·三二》，《鲁迅全集》第11卷，人民文学出版社1981年版，第97页。
③ 王宝华主编：《唐宋八大家全集》，百花洲文艺出版社2011年版，第227页。

种植了三万棵松树以寄哀思，即词中所说的"料得年年肠断处，明月夜，短松冈"。该词作于熙宁八年（1075）正月二十日。时诗人与王安石政见出现了不和而被贬谪到密州做知州，时年四十岁，此时距妻亡已整整十年了。

为什么十年之后写出的诗作还如此真挚、感人呢？就在于二人生前感情至笃。若在妻子亡故之时写一首悼亡之作以示哀思，即使写也不会如此，因为那时一切被哀思所压倒，再加之举哀事务繁忙，身心俱疲，诗的缪斯也不会轻于降临，在这种紧张又悲痛的情况下，过去的一些意象不易回忆，新的情思又难于浮现。这又随着时间之流的消磨，情感经过沉淀，痛定思痛乃至沉至潜意识深层，审美意象重新在审美情感的推动下，此时写出来的诗才堪称真切，动容诗读者。

前面说到感情高涨、亢奋不宜作诗，但感情枯竭、心灰意冷，像干涸的水井没有半滴雨水能激荡起涟漪可言，这样也自然是不宜作诗的，因为诗本来就要情感作为推动力。情感是意象的催生剂，它能够使我们的感官活跃，使大脑兴奋，潜沉在大脑深处的记忆也随之复活，想象力也会由之爆发，灵感更是源源不尽，所以说诗是在感情的带动下融入其中，美不可言。

情感是属于诗的内核，那么诗的外核又如何进行校对呢？诗的外核主要体现在诗篇的语言和整体结构。对于这一点在刘勰的《文心雕龙·章句》篇中有所体现："夫设情有宅，置言有位；宅情曰章，位言曰句。故章者，明也；句者，局也。局言者，联字以分疆；明情者，总义以包体。区畛相异，而衢路交通矣。夫人之立言，因字而生句，积句而成章，积章而成篇。篇之彪炳，章无疵也；章之明靡，句无玷也；句之清英，字不妄也；振本而末从，知一而万毕矣。夫裁文匠笔，篇有大小；离章合句，调有缓急；随变适会，莫见定准。句司数字，待相接以为用；章总一义，须意穷而成体。其控引情理，送迎际会，譬舞容回环，

第六章　诗创作心理验证阶段论

而有缀兆之位；歌声靡曼，而有抗坠之节也。寻诗人拟喻，虽断章取义，然章句在篇，如茧之抽绪，原始要终，体必鳞次。启行之辞，逆萌中篇之意；绝笔之言，追胜前句之旨；故能外文绮交，内义脉注，跗萼相衔，首尾一体。若辞失其朋，则羁旅而无友；事乖其次，则飘寓而不安。是以搜句忌于颠倒，裁章贵于顺序，斯固情趣之指归，文笔之同致也。"①

也就是说，文章的设置布局要有适当的位置安排，语言的设置要有一定的次序。设置布局规定好的叫"章"，语言的词序规定好的叫"句"，所以"章"就是彰显，"句"就是局限。对言语的局限就是联结文字再组合成句子。要使文章布局明显，就是准备将各个句子组合起来，构成一个整体，篇章和句子虽各不相同，但二者最后由章节组成篇章。所以，要使全篇文章大放异彩，必须得各个章节没有瑕疵；要使各个章节出彩，必须是各个句子没有弊病；要使所有句子都清秀，必须每个字都不能乱用。由此可见，作文不能本末倒置，懂得字、句、章的道理，那么一切文章都尽皆掌握了。大凡作文，篇幅有长有短；分章节造词填句，音节轻重缓急，这些都是根据不同情况而做的调试，没有放之四海皆准的道理。一个句子统摄若干文字，要有一定的联系才能起到它的作用；篇章总有一定的意义，它必须要表达一个完整的意义才行。在内容的情理控制上，要取舍得当，就像回环的舞姿，有它的排列顺序；美妙的歌声也有其高低起伏。考究写《诗经》的诗人，虽是分章节说明其意义，但章节和句子全在诗中体现了，就像蚕吐丝一样，从开始到结尾都是始终相连的。由此可见，开始写的时候事先要考虑好中间内容；最后写的内容又要承接前面的核心，所以才能将文采置于外而内在意义注于内，从而达到前后衔接，首尾一体。如果文辞失去了整体的结构，

---

① 古敏主编：《中国传统文化选编·文心雕龙》，北京燕山出版社2001年版，第115页。

· 405 ·

就会像孤独的旅客一样独自前行；叙事违反了顺序，就会像飘荡的游子无处安家，所以组合句子要避免颠倒，分章断节要符合顺序，这就是作诗习文的共同准则了。

## 第四节　意在言外

在诗创作心理验证阶段概说中我们提到了诗人的痛苦。常常言与意不搭，也正如《易传·系辞》上说的那样："书不尽言、言不尽意"①的感慨。"言不尽意"说无论是在中国古今，抑或是外国古今，都是如此。在中国最早提出"言不尽意"学说的是东周战国中期著名的思想家、哲学家和文学家庄子（约公元前369—前286），他在《庄子·天道》中说道："世之所贵道者书也，书不过语，语有贵也。语之所贵者意也，意有所随。意之所随者，不可言传也，而世因贵言传书。世虽贵之，我犹不足贵也，为其贵非其贵也。故视而可见者，形与色也；听而可闻者，名与声也。悲夫，世人以形色名声为足以得彼之情！夫形色名声果不足以得彼之情，则知者不言，言者不知，而世岂识之哉？"②庄子在这里是说，世上人所看重和称道的是书，而书却比不上语言，而语言却有它的可贵之处。语言的可贵之处在于它有意义可言，而语言的意义是有所指称的，意义所指的又不可以用语言来传达，所以世人看中语言而使之留书传世。世人虽然看重书，但是"我"却不以为然！因为人们所看重的并不是真正所看重的。所以，可以看见的只有事物的形状和颜色；可以听见的只有名字和声音。悲哀呀！世人以为从形、色、名、声中就可以得到事物的实情，那么知道的不说，说了的反而不知道，然

---

① 王凯主编：《儒家经典》全6册，线装书局2014年版，第87页。
② 古敏主编：《中国古典文化荟萃·庄子》，北京燕山出版社2001年版，第116页。

而世人又怎么会知道呢？

与庄子持相同见解的有《易传·系辞上》所云："子曰：书不尽言，言不尽意；然则圣人之意，其不可见乎？子曰：圣人立象以尽意，设卦以尽情伪，系辞焉以尽其言，变而通之以尽利，鼓之舞之以尽神。"① 意思就是，孔子说："文字不能完全传达所要讲的话，讲的话又不能完全传达所想的思想。"那么圣人的思想难道就不能认识了吗？孔子说："圣人设立像是想把一切思想都加以表现出来，设立卦是想把一切情况都如实反映出来，并用一些话语使之更加清楚明白，还从卦象的变化和思想沟通中尽可能取得利益，从而鼓舞它以显示它的妙处。"孔子在这里明确提出了一个"言不尽意"的解决方案，那就是"立象以尽意"。

三国曹魏经学家、哲学家王弼（226—249）将"立象以尽意"加以阐释，使之更加明朗具体。在王弼《周易·明象》中说道："言者所以明象，得象而忘言，象者所以存意，得意而忘象。"② 王弼认为，"言"和"意"的中介是"象"，"得意而忘象，得象而忘言"。要想得"意"，就得"忘象"，要想得"象"，就得"忘言"。也就是说，要想"得意"，就得"忘象"和"忘言"。历代的文人墨客几乎都是与此持相同的观点。清代诗论家吴乔的《围炉诗话》也说道："诗不可以言语求，当观其意。"又说道："善论文者，贵作者之意指，而不拘于形貌也。"

无论是作诗还是为文，都讲究"忘言""去言"，但是我们要与人交流沟通情感，传达信息，了解古今中外的事迹，没有语言文字怎么行呢？因为在我们的这个流体时间世界中，一切的一切都会随着时间的消逝而不复存在，消失殆尽。若没有语言的文字记载，那我们何以理解过

---

① 王凯主编：《儒家经典》全6册，线装书局2014年版，第87页。
② 《王弼校释》下册，中华书局1980年版，第609页。

去，如何更好地生活，如何预测未来。因此，无论从什么角度上讲都是不可行的。而为何诗家论者还一再强调"忘言""去言"呢？要阐发人的观点，没有语言无论如何都是不行的。这就给我们提出了一个问题，应从什么角度去对待语言。对于这个问题，毛正天在《中国古代心理诗学探索·本体论篇》中有很好的阐释，他说道："把语音单独作为一个封闭系统去看，可以说它具有极为玄妙的表意性，任何玄妙的道理都可以表示出来。人类不是通过语言这一媒介去接受传递人类文明的吗？诗人作家不是通过语言去表情达意，成为艺术大师的吗？作家诗人本身就是语言艺术家。这是不可怀疑的。而当我们从诗本体论角度，即诗究竟以什么为本，究竟表现什么的角度去看待语言，就瞬然间建起了一个异常复杂的艺术系统。诗创作主体、客体，诗文本、诗接受体皆和谐统一交织在一起。这个时候，语言就退居到另外的地方去了。比较起来，诗表现的就不再是"言"了，而是那一个看不见，摸不着，说不清，道不完的包容巨大语境的"意"，而诗要表现的就是它，有了它，诗才美，语言也才跟着而美。正是从这个意义上，古人才说"文以意为主"，其词采章句只是一种'兵卫'。"[1]

正是由于一意难求，古诗中常有诗人感叹，如陶渊明的《饮酒二十首》（其二）云："此中有真意，欲辩已忘言。"刘禹锡的《视刀环歌》才有："常恨言语浅，不如人意深。"陈与义更是发出："忽有好诗生眼底，安排句法已难寻"等感慨，大凡得诗道者皆有这样的兴叹。

---

[1] 毛正天：《中国古代心理诗学探索》，民族出版社 1995 年版，第 186—187 页。

## 附文　时空隧道之诗的无限[*]

### 朱光潜

诗本是以言达意，言足达意，意尽于言，那就应该已尽了诗的能事；而历来论诗者却主张诗要"意在言外"，"言有尽而意无穷"，"有弦外之音"。这里有几个问题。第一，意既借言而达，所谓"言外之意"当然不是言所达出的，它从何而来？第二，"修辞立其诚"，所谓"言外之意"是"言在此而意在彼"，这岂不近于说谎？第三，意既可见于"言外"，而岂不是有一种意无须借言来达，而且言的达意功用是有限度的，这就是说，言往往不能达意？第四，言中之意言外之意的界限究竟如何？如有界限，那界限如何制定？如无界限，则言外之意故不能据言确定，即严重之意也有伸缩性了。把这看法推到逻辑的结论，语言的达意功用不但是有限度的，而且是无凭准的。

这些问题的背后的基本问题是什么：什么叫作"达"？孔子说，"辞达而已矣"，这话说的一点也不错，可是达的意义究竟如何？就言者说，达是"表达"，把心中要说的意思都恰如其分地表达出来了，可以"达到"读者；就读者说，达是"通达"，看到语言，恰如其分地了解言者的意思，这也就是"达到"作者的意思。普通说一首诗"意在言外"，如果没有那首诗，那"言外之意"还是不可得，所以那"言外之意"还是借言传达出的，它毕竟还是"言中之意"。

---

[*] 原载《学原》第2卷第5期，1948年9月。此文来自《朱光潜全集》第九卷，安徽教育出版社1991年版，第503—509页。

但是"言有尽而意无穷"仍是一个人人都要承认的事实。这话与"言外之意毕竟是言中之意"显然互相矛盾。要了解这矛盾所由起，我们才能了解诗与科学或哲学的分别，也才能了解诗的本质。问题还是在"达"字的意义，大约说来，"达"有两种，如果拿数学术语来说，一种"达"只有"常数"（constant），一种"达"含有"变数"（wariable），只有常数的"达"，言者与读者所了解的意思有一部分叠合（即所谓"言中之意"），有一部分参差（即所谓"言外之意"），其所以参差的原因在言与读者的资禀、经验、修养的不同。姑举两种语言为例说明：（一）2+2=4；（二）山气日夕佳，飞鸟相与还。

在（一）那个数学等式里，言恰达意，言尽于意，任何人不了解这个等式则已，若了解则所了解的必完全相同，少了解一分或多了解一分都是不可能的，那就无所谓"言外之意"。在（二）陶潜的诗句里，有一部分也几如数学等式，那就是字面的意义（"言中之意"），两句话所指的客观的事实；此外还有一个更重要的部分就是"变数"，随各个了解者的资禀、经验、修养（这些统而言之就是"人格"）而变，有些人可以见得浅一点，有些人可以见得深一点，这可变的就是"言外之意"。

这个分别就语句的功用而言，是陈述（stste）与暗示（suggest）的分别。陈述如射箭，中的为止，箭头恰对准鹄的，一点也不能支离；暗示如点燃火引，星星之火，可以燎原，引燃的火的大小要看燃料的多寡，二要看情景的顺逆。陈述的语句贵精确，有一分就说一分，说一分就了解一分，言者与读者之中不能有些微差异，有差异就不能"达"；暗示的语句贵有含蓄，有三分可以只说一分，而读者应该能"举一反三"，弦外不生余响，那仍然是不"达"。

就语句的所表对象而言，这是理与情的分别。理是走直线的，直截了当，一览无余，所以说理文贵明白晓畅，迂回或重复都是毛病；情是走曲线的，低回往复，不能自已，所以抒情文贵含蓄，情致愈深而语文

## 第六章 诗创作心理验证阶段论

也就愈缠绵委婉,直率无余味就难免肤浅。凡是诗都有几分惊奇的意识(sense of wonder),情感的流露都有几分惊赞的语气,所以古人有"一唱三叹"之说,它像音乐,必有回声余韵。

就读者的心理作用而言,这是"知"(know)与"感"(feel)的区别。懂得一个道理须凭理智。这种懂只是"知"或领会意义;懂得一种情致须凭情感,这种懂只领会意义还不够,必须亲领身受那一种情致,懂得悲要自己实在悲,懂得喜要自己实在喜,这都要伴有悲喜实际所生的心理与生理的变化。可"知"者可以言传,可"感"者大半只能以意会。比如上引陶潜的"山气日夕佳,飞鸟相与还"两句诗,就字义说本很简单,问识字的人"你懂得么?"他都可以回答"懂得",再追问他"懂得什么?"他或是解释字义,把天气好、鸟飞还当作一件与人漫不相干的事叙述一番;或是形容这景象在他的心中所引起的反应,他觉得全宇宙有一种和谐,他觉得安静肃穆,怡然自得。前者只是"知",后者才是"感"。"感"人人不同,因为人格的深浅不同。"感"都是一个变数,即所谓"言外之意"。

一般人把一首写或印的诗的文字符号叫作诗,以为它是一成不变的,无论有没有人欣赏它,都一样是"诗"。这是一个必须纠正的误解。一首写或印的诗,就它的文字符号而言,只是一种物质的痕迹,对于不识字的人不能算诗,对于识字而不能感到文字后面情味的人也还不能算诗。一首诗对于一个人如果是诗,必须在他心中起诗的作用,能引起他的"知"或"感"。他必须能欣赏,而欣赏必须在想象中"再造"(recreate),诗人所写的境界,再在诗人所传出的情味中生活一番。所以严格地说,诗只存在于创造和欣赏的心灵活动中。欣赏也不是被动地接受,它是再造,所以仍有几分是创造。创造或欣赏的心理活动如果不存在,诗也就不存在。有这种心理活动,意象情感与文才综合成为一个完整有生命的形体,产生"知"与"感"的作用。

创造和欣赏都必有综合的想象，它们的不同在凭借：创造所凭借的是人生世相中某一情境的直接的领悟，欣赏所凭借的是诗人所用为媒介的语文，由此凭借与自己对于人生世相的固有的了解，间接地达到那个清净的领悟。人人都有几分是诗人，所以诗的感受不限于作诗者那一个阶级的人们。但是能欣赏诗者不一定能创作诗。能创作诗者比我们一般人究竟要高一着，他的感觉比较敏锐，想象比较丰富，情感比较深挚，能见到我们所不能见到的，感到我们所不能感到的。他把所见所感表达出来了，我们因而学会见到他的所见，感到他的所感。在这见与感上我们把自己提升到诗人的地位。因为这个道理诗不但展开视野，扩大人生的领域，而且也提高心灵的水准。我虽非陶潜或莎士比亚，我能欣赏他们的作品，也能跟着他们见到许多自己无凭借即不能见到的境界，达到自己无凭借即不能达到的胸襟气度；至少是在欣赏的霎时，我在心灵方面逼近陶潜或莎士比亚。

我说"逼近"，因为完全的"同一"或"叠合"是不可能的。不但我与诗人不能完全同一，即诗人与他自己、我与我自己，在两个不同的时会，对于大致相同的情境，所见所感的也不能完全同一。原因在生命生生不息，世间绝没有两个完全相同的情境，也绝没有先后完全相同的自我。欣赏一首诗既然就是再造一首诗，每次再造既然要凭当前情境和自我的性格经验，而这两个成分既然都随时变化，每次所再造的诗就各是一首新诗。生命永不会复演。大同之中必有小异，诗于"常数"之外必有一个"变数"。这就无异于说，一首诗作成之后，并非一成不变，它在不断的流传与欣赏中，有随时生长的生命。同是一首诗，作者与读者各时所见所感不能相同；正如同是一片自然风景对于不同的观众在不同的时会可以引起不同的意象与心情。

因为这个道理，诗可以测量性质的宽度以及人生了解的深度。欣赏诗如欣赏一切其他艺术，不能纯然是被动的接受，有所取即必有所与，所取者诗的言中之意，所与者自己的胸襟学问，内外凑合，才成为自己所了解的那首诗，才使诗有言外之意。《世说新语》中有一条记载：

> 谢公（安）问子弟："毛诗何句最佳？"遏（谢玄字）曰："昔我往矣，杨柳依依；今我来思，雨雪霏霏。"公曰："訏谟定命，远猷辰告。"谓此句有雅人深致。

这里两人所好不同，正因为性格不同。谢玄是翩翩佳公子，对于时序景物的变迁特别有敏感；谢安是当朝宰辅，对于那老成谋国的风度特别表同情。谢玄在"杨柳依依"中所见到的比谢安要多一点。所多的一点就是个人的"所与"，各人性格的返照，也就是诗的"言外之意"。

从此我们可以明白诗以有限寓无限的道理。有限者言中之意，无限者言外之意；有限者常数，无限者变数；有限者诗的有形的迹象，无限者诗的随时生长的生命。一首诗的可能的意义往往是诗人自己所不能预料到的。《论语》中有一条记载：

> 子夏问曰："'巧笑倩兮，美目盼兮，素以为绚兮。'何谓也？"子曰："绘事后素。"曰"礼后乎？"子曰："起予者商也！始可与言诗已矣。"

用"绘事后素"解"素以为绚兮"，还可以算是"言中之意"；用"礼后"解"素以为绚兮"绝非诗人的本意，诗人的本意只在形容一个美人，而孔子却赞许子夏开导了他，可与言诗，正因为子夏能拿诗中"绘事后素"的意思印证他自己的"礼后于质"的见解，所谓"举一隅以三反"，正是得到诗中"言外之意"。诗的了解都是种"心心相印"。诗人所表现的是一个心，读者所拿来了解诗的又是一个心，两个心在某一个情趣或意旨上突然相遇，默默相契，于是就成为所"再造的"那一首诗。姑再举辛稼轩的两句词为例来说明这个道理：

众里寻他千百度，蓦然回首，那人正在灯火阑珊处。

这本是写寻人不遇，突然在最容易看见的地方看见了他，仍是一种情诗。王国维先生在《人间词话》里说古今成大学问大事业者需经过三种境界，而最高境界如此，意盖指"一旦豁然贯通"；熊十力先生说哲人明心见性的过程如此，意盖谓"道在迩人求诸远"。这两说都非辛词的本意，而辛词在这两位学者的心中触动了灵机，引申了这两层意义，虽非本意，却仍不失其为妙悟。这两句词还可以在许多资禀修养不同的人们的心中引申许多其他不同的意义。这就是所谓"以有限寓无限"。

诗不只是寓言，却可能是无数灵机的触动。诗不能只是"比""兴"或"赋"，却必同是三义的混合。凡诗都有所赋（必有一个情景），而所赋的都必可以连类旁及（由此及彼，由有限见无限），所以都必有"比"与"兴"。诗的深浅高低也就于此见出。言愈有尽而意愈无穷，诗的意味愈深永，价值也就愈高。伟大的诗像哲学家莱布尼茨所想象的"原子"（monad），以微尘反映大千宇宙。

# 云深不知处

(跋)

  《诗创作心理学》于我而言是一次灵魂的探索，是一次精灵的追踪，是一次黑夜的前行，更是一次命运的遭际。是什么让我走上这条道路，可能是命运之神吧！其间种种，唯心知耳！

  终于校毕完《诗创作心理学》的清样，真有种后怕，又踌躇起来了，不知是否该是时候交给出版社了，还是再修改，总觉不妥，徘徊不定。我记得赵逵夫老师曾对我说过："凡事多思考，多修改。"他也常引用列宁的话告诫学生："宁可少些，但要好些。"舒跃育老师也常对我说道："要对学术存敬畏之心，不可急就，要达到二十年之后再回过头来看待今天的作品，依然觉得问心无愧，那才可放心前行。"可于我自己而言，总觉时间所剩不多，有限的生命太少，总想跨步前行，满足自己的那份小小私心。所以总会在这两者之间游走，这可能是中国的集体潜意识中的一种宿命吧。也许正是这两种力量在驱遣着我，这种矛盾让我时刻无法停下步伐，但我想到了1929年度诺贝尔文学奖得主德国托马斯·曼的那句让我释怀的话："事是做完了，姑且不论它的好坏，但做完了。这'做完'本身就是好的。"于是我心安付稿。

  上述一个交付稿件的小小事情都有如此复杂的心理过程，哪承想我们的高居文字金字塔顶尖的诗歌是如此的心理过程。真可谓"难，难，难，难于上青天"。一般对于这种需要"悟性"的学科，我们一般是靠描述其外在，进而来达到推进此一学科的前进。就像控制论所认为的那样，将未知之物当成一个系统，人们在研究复杂事物（系统）的过程中，需要做的是给它输入一个外在的信号，然后通过我们观察其间的输出信号，然后对其内部的本质进行推断。这种模糊的研究方法在很大程度上阻碍了许多有意义的课题进入像研究自然科学那样的科学殿堂，也影响了研究的深化开展。诗歌自古有之，古往今来不知有多少仁人志士、诗家词客、文豪大家不惜耗费毕生精力在上面研磨，皓首穷经，但由于研究方法的局限，终归难以窥测诗创作心理的门径。随着现代科技的高速发展，各种仪器的制造发明，使得我们似乎看到了希望，看到了自古以来认为像诗歌这样的文学艺术韵味极强的学科不可能像研究自然科学那样通过实验、通过一些高精密仪器的方式来进行研究，这是很受人欢欣鼓舞的，看到了这一点，对作为一个纯理科出身的我（本科是生物化学）有如晴天里的一个霹雳，大旱时降临的一场甘露那样既震惊又欣喜，为此我足足高兴了半个小时。可就在这之后，我的心情又倍感沉重，如何将自然科学之方法引入歌的研究中来，这才是问题的关键所在。下一步就是谋划着如何将自然科学中的方法、设备等引入诗歌的研究中来，例如像听力计、立体镜、深度知觉仪、时间知觉仪、空间知觉仪、速示器、记忆鼓、反应计时器、警戒仪、镜画仪、眼动仪等仪器，计算机的应用，还有如正电子发射层描记术（PET）、高分辨率脑电图（如ERP）、脑磁图（MEG）、功能性核磁共振成像（FMRI）等实验研究仪器。借助这些来研究诗创作心理过程，使之成为一种实证研究、定量研究，借助于各种生理指标，那是完全可能的。不要反对人文社科类性质的学科采取自然科学的方法，因为只有我们看到了它的可行之处才去借鉴，又加之诗歌心理过程的研究人文性太重，方法难关困难重重，只好亦步亦趋，步步为营。说实在的，用自然科学的方法来研究诗歌真是有如在黑暗中游泳,凭借科学的直觉来摸索出一条路径来,那就轻松多了。之前的我在诗词创作上仅仅凭借人文科学的眼观来看待研究方法,以为用自然科学的研究方法来研究人文科学的研究对象,那是否有割裂整体之嫌,因为会削弱掉诗词本身的审美特性,其实在思维上那是一个误区,我们之所以反对是因为我们根本就不会用自然科学的方法,用理科的思维方法我们文人墨客很是反感之所在。不是我们瞧不上用自然科学的方法,而是我们不会用之,是一种文饰心理。自然科学为何会异军突起,短短时间就独占鳌头,这可能是数据说话简单直接,论据直指论点的缘故吧!在我们心理学中用心理学的自然科学方法来研究诗歌的真可谓寥寥无几,但还好,还有这么个寥寥,不至于没有,凭着前面的研究者的这几个研究,就足以有走下去的信心和勇气,至少用这种方法是得到了学术界的一致认可的,这也是我的动力之所在,不管成与不成,这条道势必有另一番风景。

我们明知道用自然科学的这种方法好,但就是心有余而力不足,只可远观而不可亵玩,这真是着实伤脑筋,心急程度可以想见一斑。在世界上的"七大宇宙之谜"中,心理学就占到了3个,而诗歌诗人之谜也是云雾重重,注定了这一学科之艰难程度,就拿心理学中的幻想来说,自古在诗词创作中就不乏见,但无人能对之加以解释,自从弗洛伊德及荣格等的学说理论问世之后,各诗家词客也有意识地对之加以运用,无往而不胜。梦境、儿童心理、精神病等人的言行、原始人的作品等都无一不说明此问题。但到目前为止,这些问题还未完全搞清楚,还需进一步实证。可能科学研究的一大乐趣不是太在于结果(虽然很重要),而是在获取这个结果的途中的一些其他的因素。对于个人而言,可能有些科研终身不能得到实证,不能得到一个具体的研究结果,为何这些科学家还乐此不疲呢?过程发现美,过程论者的世界就是如此,时间终会证明我们的所为值与不值。有很多人生的意义本来就是没有定解的,那为何我们还会如此呢？回归到学科方法上，不可执着于自然科学的方法还是人文社科的方法孰优孰劣，只取其一，持两点论才是科学之道，对于这种事情，我们只可注意全面，不可过分有意将之夸大，我们偏执于任何一端都会将我们滑向宗教迷信的深渊。

诗创作艰难，诗创作心理过程之研究更是如此。学会求全，即可释怀。我国最早的过程论者可能当数王子猷，在《世说新语·任诞》篇中讲到一则"雪夜访戴"的故事，其说道："王子猷居山阴。夜大雪，眠觉，开室，命酌酒。四望皎然，因起彷徨，咏左思《招隐诗》。忽忆戴安道，时戴在剡，即便夜乘小船就之。经宿方至，造门不前而返。人问其故，王曰：'吾本乘兴而行，兴尽而返，何必见戴！'"[①] 一句"吾本乘兴而行，兴尽而返，何必见戴！"直令许多人不解，非是不解也，是不为也，受世俗之事牵绊太多，功利之心太重，放不下是也。这颇有苏轼在《定风波·莫听穿林打叶声》里的那句"谁怕？一蓑烟雨任平生"之风范。

而且世间大凡有大作为者，无不是以这种不拘一格之风范行事，只有过程论者方可看透世事，才能认识到生命存在的旨归，这也是创造性思维的一大前提条件。在1995年的第二篇考研阅读理解中有一篇文章也专谈看待成长的态度问题，其有两种，一种是过程论者，一种是目的论者。而本篇作者的观点是持过程论，正如他所谈到的那样：看待成长有两种基本态度：其一为目的，其二为过程。人们通常视个人成长为其一种易于被人所识别和权衡的外显目的或结果。员工得到升迁、学生成绩得到提高和学得了一门新的外语——这些都可言明在人们付出辛劳之后所取得的能测量的成绩。相比于测量个人成长的过程，那可是小巫见大巫了。从定义来明晰，它可比为一段旅程，而不是旅程中的一种特定

---

① 程帆主编：《世说新语》，北京教育出版社2013年版，第405页。

路标或标志。个人成长过程非道路自身,而是当所遇新境况或未预之坎坷心酸时的态度和情感,是谨言慎行抑或直路前行。在此过程中,旅行永远没有真正结束;它总会通过新的方式方法来感知这个未知的世界,总会尝试新思想,接受新挑战。为了个人成长,为了探索新程,人们会为之欣然冒险,去为之勇于面对未知,去面对也许一开始就注定它的"失败"的可能性。当我们试着去尝试一种新的生存方式时,如何看待就成了至为关键的事了。

换一种眼光,换一种思路,可能境界就会全出。过程论者并非完全不计后果,不计后果的过程是不可能的。但有一个谁轻谁重的权衡问题。人有后代延续,我们的科学事业也有生命的延续,过程论可视为是一个永恒,接续不断,在其间就会见出大观。正如自然科学的方法与人文社科的方法也是如此,自然科学的方法遇到了瓶颈,可换做人文社科的方法;人文社科的方法走到尽头,也可采取自然科学的方法。双向互动,借力打力。

《诗创作心理学》虽带有心理学的学科性质,但它不仅是通过从心理学的方法来窥测诗创作的各种因素,还有其他的方式,如社会学的方法、哲学的方法等。其实在最初笔者是想完全站在科学心理学的立场来写这本书,也就是完全站在自然科学的层面来对之加以立论,但随着查阅资料,感到这方面的资料太稀缺了,笔者的能力也可从其间窥到太过单薄、无力。于是只好用既有文科的方法,又有理科的方法。现在来看,可能这种结合是合适的。

限于笔者能力有限,时间的仓促,本书就只好是现在这个水平,希望在以后的研究中再来加以补充,也希望无论是研究文学的抑或研究心理学研究者,都极力加入这个交叉学科中来,这个学科也很是需要你们的指点。自古很少对诗学进行实证研究,一方面可能是学科性质的缘故,另一方面可能是人文学科的研究者与自然科学的研究者缺少合作,若是能两相结合，那么学科的繁荣也是可想而知的。

太多的事宜未尽，太多的话还未道完，人生终会散场，何以自慰，诗意人生。

庄子曾曰："始生之物，其形必丑。"在这一点上我们还是有自知之明的，绝不袒护自己的缺点和不足，在这一全新领域的学科里，由于刚开始起步，还有很多不足的地方，希望有更多的人士对"诗学心理学"这门学科无论是在理论或实践上有所建树，建立一门新兴学科。庄子曰："其作始也简，其将毕也必巨。"我坚信"蜂蝶纷纷过墙去，却疑春色在邻家"的日子不复存在，历经"山重水复疑无路"之后，必将迎来"柳暗花明又一村"。

期许都是很美好的，一旦涉及实际的问题又会很骨感。真有"只在此山中，云深不知处"之感。经常提及这句话，很是感动，有时甚至是激动地长叹"云深不知处"。多想打开此道门，但又摸不到门道，再次喟然"云深不知处"。"路漫漫其修远兮，吾将上下而求索。"

想在这里用一首诗我国著名诗人汪国真的《热爱生命》与有志于诗创作心理学研究的同好共勉：

> 我不去想是否能够成功
> 既然选择了远方
> 便只顾风雨兼程
>
> 我不去想能否赢得爱情
> 既然钟情于玫瑰
> 就勇敢地吐露真诚
>
> 我不去想身后会不会袭来寒风冷雨

既然目标是地平线

留给世界的只能是背影

我不去想未来是平坦还是泥泞

只要热爱生命

一切，都在意料之中

想感谢的人太多，首先得感谢我的奶奶，虽然在写这本书期间不幸离世，但我的求学之路以及坚持到现在始终离不开我奶奶的殷切希望，这本书的出版也算得上是对我奶奶的一个交代，希望奶奶在那边一切安好。

还有我的父母，是他们的理解与支持使得本书顺利完成。

特要感谢人生心灵导师吴思敬老先生，是他的坚持让我看到了学术的态度。还有就是上述提到的在成书过程中学习并吸收了许多前辈和同道中人的研究成果，是他们的开拓之功方能让我们在这条道路上轻松前行。

最得感谢我的研究生导师王晓丽以及舒跃育老师，本书的完成是与他们的理解、支持与指导不可须臾以离的。王晓丽老师虽不苟言笑，但她的学术思想于我而言影响至深，她的言行也时时在我耳际回响。舒跃育老师是我们学校的明星级老师。学术范十足，思想深刻，他虽是研究理论心理学的，但往往能寓教于乐，深入浅出，逻辑推理无懈可击，耐人寻味。还有幽默风趣的周爱保院长，一丝不苟的杨玲老师，学贯中西的丁小斌老师，妙趣横生的康廷虎老师，严苛洒脱的夏瑞雪老师，学术王子赵鑫老师，可敬可爱的雍琳老师，魅力十足的赵国军老师，激情四射的张晓斌老师，等等。

还有我们师门的师姐妹们（只有我一个师兄弟），特别感谢学妹何圆圆，稿件的校对工作大部分是她完成的。还得感谢我的一帮兄弟舍友，写作的工作极费时间，经常加班加点到深夜，是他们的容忍、支持与理解，使得本书更早地面世，恩情难忘呀！还要感谢中国社会科学出版社的郭晓鸿老师，他们的不吝指教使得此书加快了面世进程，少走很多弯路。此外我还要感谢关心和帮助本书出版的有关朋友，并期待着读者对本书的批评和斧正。

2016 年中秋节于西北师范大学农马斋